Nikola Vertidi
Bedrohliches Kreta

Nikola Vertidi lebt mehrere Monate im Jahr auf Kreta. So hat sie auch Land und Leute kennengelernt, insbesondere jedoch den kretischen Genuss. Gerne schlemmt sie sich durch Tavernen und Restaurants, trinkt auch mal einen Raki und tanzt Sirtaki.

Nikola Vertidi

Bedrohliches Kreta

Kommissar Galavakis ermittelt

PIPER

Mehr über unsere Autorinnen, Autoren und Bücher:
www.piper.de

Wenn Ihnen dieser Krimi gefallen hat, schreiben Sie uns unter Nennung des Titels »Bedrohliches Kreta« an empfehlungen@piper.de, und wir empfehlen Ihnen gerne vergleichbare Bücher.

Triggerwarnung: Dieser Roman behandelt explizit das Thema Angststörung.

Unser Versprechen für mehr Nachhaltigkeit
• Klimaneutrales Produkt
• FSC®-zertifiziertes Papier
• Hergestellt in Europa

FSC www.fsc.org MIX Papier | Fördert gute Waldnutzung FSC® C083411

ISBN 978-3-492-50600-7
1. Auflage Juli 2022
2. Auflage Juli 2022

Redaktion: Julia Feldbaum
Satz auf Grundlage eines CSS-Layouts
von digital publishing competence (München)
mit abavo vlow (Buchloe)
Covergestaltung: Traumstoff Buchdesign traumstoff.at
Covermotiv: Bilder unter Lizenzierung von Shutterstock.com genutzt
Printed in the EU

Personenregister

Hyeronimos Galavakis – Kommissar der Mordkommission
Athina – seine Mutter
Anatolis – sein Vater
Ekaterini, genannt Titika – seine Großmutter/Yaya
Kassia – die Frau, die er liebt

Stelios Mentakis – sein Chef
Maria – Mentakis' rechte Hand
Zacharis Zentakis – sein Mitarbeiter und Assistent
Christos Papadakis – sein Kollege
Elonidas Spectros – Kapetan der Einheit für Cyber-Kriminalität

Penelope Demostaki – leitende Pathologin der Insel
Giorgia – ihre Sektionsassistentin
Eleni Pentulaki – Influencerin und Penelopes Freundin

Aristidis, Fischer
Elara – seine Frau
Selena, Iraklis und Alexia – seine Kinder

Vangelis, Fischer
Gaia – seine Frau
Maria und Iasonas – seine Eltern

Manolis, Fischer
Dorea – seine Frau
Irini – seine Tochter

Dimitris Stefanakis – Minister in Athen
Iota – seine Ex-Frau
Nicholas – sein älterer Sohn
Konstantinos – sein jüngerer Sohn
Melina – Konstantinos' Freundin

Michalis Serpantakis – Mafiaboss aus Zoniana
Filomena – Serpantakis' Schwester, bekannt als »Die Wohltäterin«
Achilleas Serpantakis – Filomenas Sohn

Costas Xylouris – Mitarbeiter des Nachrichtendienstes (EYP)
Prokopios Kaptakis – Mitarbeiter der Direktion für kriminologische Ermittlungen (DEE)

Überfluss des Leids um die Toten ist Wahnsinn;
denn er verletzt die Lebenden,
und die Toten erfahren nichts davon.

Xenophon, griechischer Schriftsteller

Die Abwehrphase

1. Kapitel

Oktober 2014

»Aristidi!« Manolis' Stimme überschlug sich vor Panik, als er den Freund über die Bordwand kippen sah. Eben noch hatten sie staunend aufs Meer geblickt, ihre Angeln in den Händen gehalten und alberne Witze gerissen, in denen Aliens und Poseidon eine Rolle spielten, und nun lag der Mann, den er seit Kindertagen kannte, mit voller Montur im Wasser.

Es war ein kalter und grauer Morgen. Die Sonne war noch nicht durch die Wolkenschicht gebrochen, und der Himmel kündigte nach den regnerischen Wochen einen weiteren nassen Tag an. Das Meer hatte sich über den Winter auf fünfzehn Grad abgekühlt, und sie trugen Gummistiefel, Regenhosen und schwere Regenjacken. Aristidis hatte sogar mit gackerndem Lachen einen Anglerhut aufgesetzt, und sie hatten ihn schubsend als »Weichei« betitelt.

Sie hatten sich wieder einmal zu jenem ganz besonderen Fanggrund aufgemacht, der fast zwölf Meilen vom Festland entfernt lag. Vangelis' und auch Aristidis' Vater kannten ihn. Die beiden alten Knochen hatten sich immer mal wieder hier herausgewagt, denn die vollen Netze und die großen Fische, die sie mit den Hochseeangeln auf das Boot holten, waren das Risiko immer wert gewesen. Sie hatten die Söhne ein- oder zweimal mitgenommen und sie mit der Umgebung vertraut gemacht. Doch die Jugend fuhr nur sehr selten her, denn sie hatten alle Familie, und das Meer konnte hier draußen unbezwingbar ungestüm werden.

Die ersten Fänge hatten sie schon hereingeholt und ihr Glück kaum fassen können. Doch dann war das Unfassbare geschehen, und der Ozean hatte begonnen, wie ein wütendes Tier zu brodeln. Aristidis hatte nah an der Reling gestanden, breitbeinig, den lächerlichen Hut tief in die Stirn gezogen, mit der Angel in der Hand, als das oft erprobte Fischerboot angefangen hatte, wie eine Nussschale hin und her zu torkeln. Dann war er gefallen. Manolis hatte die Panik in sich gespürt, und sie hatte ihn für einen Moment bewegungslos gemacht.

Jetzt winkte er seinem Freund hektisch zu, brüllte seinen Namen aus Leibeskräften über das Strudeln hinweg und streckte ihm seine Arme entgegen. »Aristidi, nimm meine Hand!«

Verdutzt paddelte der junge Fischer in Richtung Boot, bevor die See ihn erneut packte und fortzerrte.

Manolis sah die allumfassende Angst in Aristidis' Gesicht, als ihn die Unterströmung ergriff und seinen Kopf unter Wasser zog. »Vangeli«, schrie er, »wir müssen ihn da rausholen.«

Doch der dritte Mann an Bord schien zu Stein erstarrt und bewegte sich nicht. Er saß an die Bordwand gelehnt auf dem Boden und hielt das Netz, an dem er noch eben konzentriert geknüpft hatte, verkrampft in den Händen.

»Vangeli?« Manolis beugte sich vor und riss am Arm des Fischers, doch der Mann schüttelte ihn ab und starrte wie paralysiert auf die Stelle, an der Aristidis eben noch zu sehen gewesen war. Manolis folgte seinem Blick, riss sich die Jacke vom Körper und streifte die hohen Stiefel ab, mehr Zeit blieb ihm nicht, wenn er seinen Freund den Fluten entreißen wollte.

Mit einem beherzten Satz sprang er in das kalte graugrüne Wasser, nicht ohne den angeleinten Rettungsring mit sich zu ziehen. Wieso kämpfte Aristidis nicht? Sie waren alle gute Schwimmer, und nicht zum ersten Mal ging einer von ihnen über Bord. Sie waren am Meer aufgewachsen, und ihre Väter hatten sie mit rausgenommen, kaum dass sie sicher stehen gelernt hatten. Manolis schwamm wie ein Fisch, daran konnte auch die Bekleidung erst einmal nichts ändern. Doch das Meer blubberte wie ein Kochtopf voller Wasser am Siedepunkt. Was war hier los? Es gab keine Seeungeheuer, daran glaubte er fest. Doch das hier ließ ihn zweifeln. Zog es gerade seinen Freund in die Tiefe? Er musste ihn erreichen. Er musste ihn retten. Warum half Vangelis ihm nicht?

»Aristidi«, schrie er japsend, als das Meer ihm eine Welle ins Gesicht warf und die Strömung an seinen Füßen zu zerren begann. Er hätte die Hose auch ausziehen sollen. Wo war sein Freund? Suchend blickte er sich um, denn es war doch unmöglich, dass der Kerl nicht mehr auftauchte. Mit einem Arm hielt er den Ring, mit der anderen paddelte er vorwärts.

»Vangeli, du musst Hilfe rufen«, brüllte er erneut den Mann auf dem Boot an, der wohl noch immer an derselben Stelle saß und keine Anstalten machte, ihnen zu Hilfe zu eilen. Gott, verdammt, was lief hier nur schief? Warum hatte er nicht als Erstes einen Hilferuf abgesetzt?

»Vangeli, verdammt noch mal, ruf Hilfe!« Seine Stimme überschlug sich, und er schluckte Wasser. Dann sah er zu seiner Erleichterung eine Bewegung an Bord. Er ließ den Rettungsring los und tauchte, er musste Aristidis finden. Dessen Frau Elara war im fünften Monat schwanger, und auch Selena und Iraklis brauchten ihren Vater. Die Strömung ergriff ihn und zerrte an seinen Hosenbeinen. Er tauchte tiefer, doch das Wasser war so dunkel, dass es schien, als würde er mit geschlossenen Augen suchen. War dort nicht ein Umriss zu sehen? Er spürte den Druck auf seiner Brust und wusste, dass er auftauchen musste, um seine Lunge mit Sauerstoff zu füllen, doch das Meer schien andere

Pläne mit ihm zu haben und zog unbarmherzig an seinem Körper.

Auch er hatte Frau und Kind und träumte mit ihr gemeinsam von einer großen Familie. Er durfte nicht aufgeben, er durfte nicht sterben!

2. Kapitel

Zurück in der Gegenwart

»Ich bin dieses Gerangel wirklich leid.« Stelios Mentakis' Hand sauste mit einem lauten Knall auf die Tischplatte, und Hyeronimos senkte beschämt den Kopf. Es gab keine logische Erklärung, warum er auf Christos so reagierte, wie er es tat. Es entsprach weder seiner Art noch seiner Erziehung und schon mal gar nicht seiner Vorstellung von kollegialem Verhalten. Er konnte aus dem Augenwinkel sehen, wie Christos Papadakis den Kopf ein wenig in den Nacken legte, was den Eindruck erzeugte, dass er sich sicher war, im Recht zu sein. Das war dem kleinkarierten Kollegen mit am wichtigsten: Er wollte immer recht behalten und damit im Gegenzug verdeutlichen, dass Hyeronimos im Unrecht war. Die Rivalität zwischen ihnen befeuerte der Kollege, dessen Hemden mit Karomuster seiner Einstellung entsprachen, jedoch nicht ganz allein. Das musste Hyeronimos sich eingestehen, denn auch er unterstützte den beständigen Wettkampf zwischen ihnen und schaffte es nicht, sich zu distanzieren. Christos triggerte etwas in seinem Inneren, was ihn immer wieder auf dessen Provokationen anspringen ließ, so, wie die Pawlow'schen Hunde auf das Läuten einer Glocke hin zu sabbern begannen. Er wusste selbst, dass dies weder erwachsen noch vernünftig war, und auch Stelios legte den Finger nun genau in diese Wunde.

»Selbst Fünfjährige benehmen sich besser als meine beiden leitenden Ermittler«, fuhr der Chef fort und hörte sich nun mehr enttäuscht als frustriert an, »ich habe mir das seit dem Ariakis-Fall nun lange genug angeschaut. Ich erwarte von euch, dass ihr das endlich in den Griff bekommt. Daher habe ich beschlossen, dass ihr zwei Tage mit einem Mediator in den Bergen verbringt. Das ist keine Option, sondern ein Befehl!«

Hyeronimos stockte der Atem, und er hob den Kopf, um festzustellen, ob Stelios es wirklich ernst meinte. Selbst Christos schien es die Sprache verschlagen zu haben. Na bravo! Das waren ja großartige Neuigkeiten. Er wollte aufbegehren, doch ein Blick in Mentakis' Gesicht gebot ihm zu schweigen.

3. Kapitel

Das Flugzeug setzte sanft auf, und die Frau neben ihr bekreuzigte sich dreimal und küsste dazu ihre Finger. Penelope selbst war weit entfernt davon, diesem kirchlichen Brauch nachzuhängen, und doch war es beruhigend gewesen, als die Frau dieses Ritual schon beim Start durchgeführt hatte.

Sie sah das Meer, das so nah an der Landebahn türkisblau schimmerte, und rang mit den unterschiedlichen Gefühlen. Sie hatte einige Wochen mit Eleni in Deutschland und Frankreich verbracht und das Leben mit der mutigen Influencerin genossen. Es hatte lange genug gedauert, bis sie endlich zueinandergefunden hatten, und zu ihr zu fliegen, war eine wirklich gute Entscheidung gewesen. Alles war so anders gewesen als auf Kreta, und sie hatte sich schon lange nicht mehr so frei und leicht gefühlt. Sie liebte ihren Job sehr und trug die Verantwortung als leitende Pathologin der Insel meist gern, doch in diesem Augenblick schien es ihr kaum vorstellbar, sich und ihr Leben wieder einzusperren. Natürlich gab es auch hier Menschen, die Bescheid wussten und sie nicht verurteilten. Doch die kulturellen Verkrustungen der kretischen Gesellschaft ließen es nicht zu, sich offen zu bekennen, wenn man keine Lust verspürte, angegriffen zu werden. Sie hatte tatsächlich wenig Interesse an gesprayten Parolen auf ihrem Auto oder gar Drohbriefen. Sie verbarg nicht, wer sie war. Sie log nicht. Sie kommunizierte ihre Beziehungen eben nur nicht offen. Es war auch auf ihrer Reise ein Drahtseilakt gewesen, nicht zu viel preiszugeben, denn dafür stand Eleni zu sehr im öffentlichen Interesse und trat eben auch für die LGBT-Gemeinschaft in ihrem Blog und ihren Posts mit klaren Worten ein. Sie hatten viele Gespräche dazu geführt und sich sogar heftig gestritten, als Penelope die junge Frau um Diskretion gebeten hatte. Nicht nur, weil sie den Kampf auf Kreta in ihrer Position nicht führen wollte, sondern auch, weil sie mehr als zwei Jahrzehnte älter war als ihre Geliebte. Sie hatte schon die hämisch gierigen Gesichter der Männer vor ihrem inneren Auge gesehen. Homosexuelle Frauen gaben meist Anlass für Fantasien und wurden damit oft sexualisiert. Kaum auszudenken, was die Kerle in ihrem Umfeld mit diesem Wissen alles anstellen würden. Sie schüttelte sich schauernd bei diesen Gedanken, und die zarte Freude, wieder zurück zu sein, löste sich auf.

Das Flugzeug war voll besetzt, und sie wartete, bis der erste Pulk nach draußen gestürzt war. Die Touristen drängelten sich in dem schmalen Gang, als bedeutete eine Sekunde Vorsprung mehr Urlaubsgenuss. Am Gepäckband würden sie einander wiedertreffen und warten, denn dort wurde der kretische Siga-siga-Gedanke – das »Immer mit der Ruhe« – mit Akribie praktiziert. Es gab auch Zeiten, in denen man überrascht seinen Koffer nach wenigen Minuten in Empfang nahm, doch es war normaler, dreißig Minuten oder mehr zu warten. Der Flughafen in Irakleio war zu klein für den Andrang während der Saison, und es würde noch Jahre dauern, bis der neue in Kastelli seine Pforten öffnete. Bis dahin übte man sich eben in Geduld.

Sie wechselte einige Worte mit den attraktiven Stewardessen und verabschiedete sich auch von dem Kapitän, dann trat sie auf die Treppe und spürte die frühsommerliche Wärme auf der Haut. Auf Kreta wartete Hyeronimos, und auch ihre Freundschaft mit Stelios Mentakis hatte sich gefestigt. Sie war nicht allein.

4. Kapitel

Hyeronimos trug sein Sakko ordentlich gefaltet über dem Arm. Es war viel zu warm dafür, doch es gehörte eben für ihn zu einem gepflegten Outfit, und das war ihm wichtig. Also nahm er es auch im Sommer mit. Er öffnete die Tür seines Wagens, und brütende Hitze schlug ihm entgegen, sicher würde sein Hemd binnen Sekunden auf seinem schwitzenden Oberkörper kleben. Das Wetter war hervorragend. Das war gut für den Tourismus und meist auch für die Abteilung »Gewaltverbrechen mit Todesfolge«. Alle waren damit beschäftigt, Geld zu verdienen, und kamen dadurch nicht so oft auf dumme Gedanken. Selbst die Hirten in den Bergen posierten für die Touristen, die immer häufiger mit Jeeps durch die Natur gekarrt wurden, anstatt sich gegenseitig Kugeln in die Brust zu jagen. Er vergewisserte sich mit einem Blick auf die Uhr, dass er pünktlich am Flughafen sein würde, um seine beste, er berichtigte sich in Gedanken, seine *einzige* Freundin abzuholen. Kassia war zwar irgendwie auch als Freundin in ihm verankert, doch seine Liebe zu ihr war anders geartet als die für Penelope. Kassia war so sehr Teil seines Herzens, dass es ihr gehörte und er sich nicht vorstellen konnte, jemals eine andere Frau an diesen Platz zu lassen. Doch sie war nun einmal verheiratet, und damit war ihre Liebe in der Regel mehr platonischer Natur. Sie sahen sich nur sehr selten, telefonierten aber, so oft sie konnten. Sie war seine Vertraute, seine Geliebte. Penelope war anfangs nur seine Kollegin gewesen. Bei der Mordkommission jedoch kam man nicht an der Pathologie vorbei. Daher hatten sie regelmäßig miteinander zu tun gehabt und rasch festgestellt, dass sie auf einer Wellenlänge funkten. So waren sie enge Freunde geworden, was ihn noch immer erstaunte.

Sie hatte ihn gelehrt, manches mit mehr Humor zu nehmen, und bei gemeinsamen Ermittlungen hatte sie sich als hervorragende Partnerin herausgestellt, sodass sein Vorgesetzter es mittlerweile fast als Normalität ansah, dass sie ihn zu Befragungen begleitete. Als Leiterin der Abteilung hatte sie auch die Möglichkeit, sich diesen Freiraum zu verschaffen. Zudem war ihre Sektionsassistentin Giorgia eine ausgezeichnete Mitarbeiterin, der das Vertrauen ihrer Chefin in sie, viele Situationen selbstständig zu meistern, sehr guttat.

Er fuhr auf die Nationalstraße auf und ließ es zu, dass der Wind sein Haar zerzauste, denn diesen Tick hatte er mittlerweile wirklich gut im Griff. Das Schicksal hatte ihn mit einigen Sonderlichkeiten geschlagen, und die ständig zum Haar zuckende Hand hatte dazugehört. Vor allem, wenn er unter Stress stand oder nervös war, erwies sie sich als kaum zu bändigen. Doch er hatte es so sehr gewollt, gerade die offensichtlichen Dinge beherrschen zu können, um sich nicht ständig in der Öffentlichkeit wie ein kompletter Freak zu gebärden, dass es ihm gelungen war, den Impuls bewusst wahrzunehmen und dann zu unterbrechen. So entstand nun lediglich noch ein winziges Zucken in den Fingern, was für andere kaum bemerkbar war.

Er freute sich auf Penelope. Sie war lange weg gewesen und hatte die Zeit mit Eleni genossen, zumindest hatte sie es ihm bei einigen Telefonaten so geschildert. Als sie im vergangenen Winter den Tod des weltberühmten Sängers Callistus Ariakis aufgeklärt hatten, hatte ihre Psyche irgendwie einen Knacks erlitten, und die Reise war Teil des notwendigen Heilungsprozesses gewesen. Er konnte das nur zu gut verstehen, denn schließlich begab er sich regelmäßig in die Berge, um dort mit seiner Vergangenheit aufzuräumen. Die

Hoffnung, seinen Eigenheiten damit die Macht zu rauben, hatte er noch immer nicht aufgegeben. Wenn es also notwendig war, die Insel zu verlassen, um zu gesunden, dann war das eben so. Er mochte es sehr, Zeit mit Penelope zu verbringen, kam jedoch auch gut mit sich selbst zurecht. Er verbrachte Stunden lesend auf seinem Sofa, schwamm regelmäßig und saß oft mit seiner Yaya zusammen, die ihn trotz ihres hohen Alters bekochte und mit Klatsch und Tratsch aus Agia Pelagia versorgte. Er hatte alle Ferien bei den Großeltern in dem kleinen Fischerdorf unweit von Irakleio verbracht und kannte Mensch, Getier und Region daher in allen Facetten.

Es war wenig los auf der Straße, die Touristen lagen um diese Zeit gewiss am Strand und ließen sich die Sonne auf ihre blasse Haut brennen. Das Gespräch mit Stelios Mentakis geisterte ihm durch den Kopf, und rein kognitiv war ihm vollkommen bewusst, dass sein Chef recht hatte und die Idee gut war. Christos und er mussten einen Weg finden, kooperativ zu arbeiten. Sie würden sicher niemals Freunde werden, doch es war ihre Aufgabe, gemeinsam für Recht und Ordnung zu sorgen, und das war ein hilfreiches Fundament. Im ersten Moment hatte ihn Stelios' Ansinnen sprachlos gemacht, doch dann hatte er die Bedeutsamkeit hinter dem Ärger wahrgenommen. Vielleicht ließ es sich jedoch umgehen, irgendwo in den Bergen kampieren zu müssen – er würde sich so kooperativ wie möglich zeigen.

Hyeronimos parkte den Wagen am Seiteneingang nahe der Ankunftshalle und hatte das Glück, trotz des wuselnden Andrangs am Flughafen sogar in der ersten Reihe stehen zu können. Sein Handy zeigte ihm ein Koffersymbol und ein Emoji mit einem erhobenen Daumen. Penelope hatte also bereits ihr Gepäck und würde gleich bei ihm sein. Er stieg aus, öffnete den Kofferraum und hielt nach ihr Ausschau. Dann tauchte seine Freundin winkend an dem Durchgang am Zaun auf. Sie zerrte ein Ungetüm hinter sich her, das gewiss nicht in den Kofferraum seines Octavia passen würde, also öffnete er die hintere Tür, um den rollenden Schrank auf die Rückbank zu packen.

»Hey, Hyeronimo«, hörte er ihre Stimmen, bevor sie ihm sanft die Hand auf den Arm legte. Sie wusste nur zu genau, wie er zu Berührungen stand, und ging immer respektvoll damit um.

»Penelope!« Er drehte sich um, sie hob die große Sonnenbrille an, und er spürte die plötzlich aufwallende Freude, sie zu sehen, so stark, dass er sie kurz in die Arme schloss. »Schön, dass du endlich wieder da bist!«

»Ich bin auch froh und auch irgendwie nicht«, sie zuckte unentschieden mit den Schultern und erwiderte die Umarmung, »du hast mir gefehlt, Hyeronimo!«

Er hob das monströse Gepäckstück in den Wagen, knallte die Tür aufatmend zu, als es endlich drin war, und hielt ihr gentlemanlike die Beifahrertür auf. Schon heute früh war er bei ihrem gemeinsamen Lieblingsbäcker gewesen und hatte eine bunte Auswahl an Leckereien besorgt. Die Tüte erwartete sie, und aufseufzend roch sie an den gewohnten Köstlichkeiten, zog ein Stück Karottenkuchen heraus, wartete, bis er das Auto entgegen allen Verkehrsregeln gewendet hatte, und reichte ihm dann eine Knusperstange mit Sonnenblumenkernen, während sie gedankenverloren an ihrem Gebäck zu knabbern begann. Das waren die Kleinigkeiten, die er sich erlaubte, wenn es um Gesetzesverstöße ging. Er war in Deutschland aufgewachsen und hatte es von Kindesbeinen an gelernt, Regeln als etwas Gutes zu erachten. Hier auf der Insel musste man jedoch immer mal wieder fünfe gerade sein lassen, und er hatte sich entschieden, es bei den für ihn weniger wichtigen Aspekten umzusetzen, sodass ihm niemand vorwerfen konnte, dass er sich nicht genügend integrierte.

»Was ist los mit dir, Pen?«, fragte er, denn sie war zwar da, schien aber trotzdem Meilen entfernt zu sein.

5. Kapitel

»Herzlich willkommen bei uns!« Gaia lächelte die Gäste an, die durch den Eingang des Hotels auf sie zutraten. In den letzten zwei Jahren hatte sich das Haus zu einer Art Geheimtipp entwickelt, denn sie hatten schöne Zimmer mit einem wundervollen Blick auf das Meer, und ihre Schwiegermutter Maria kochte wie eine Göttin. Ihr Schwiegervater fuhr jeden Morgen aufs Meer hinaus, kam meist mit reicher Beute zurück, und Maria brachte den Fang virtuos veredelt auf den Tisch. Das führte zu hervorragenden Bewertungen in den gängigen Onlineportalen, und Gaia konnte sich nicht über mangelnde Arbeit beschweren. Sie hatte nie geplant, ein Hotel zu bauen und zu führen, doch so war das Leben eben. Es gab einem Zitronen, und man konnte Limonade daraus machen oder versauern. Sie hatten sich für Ersteres entschieden, auch wenn das alles wahrlich nicht leicht gewesen war und noch immer viel Unmut bei einigen Bewohnern der Region erregte.

Sie hatte so lange den Kopf gesenkt gehalten, und es war wirklich an der Zeit, etwas daran zu ändern. Sie hatten sich nichts zuschulden kommen lassen, ganz im Gegenteil. Wie konnte es daher sein, dass sie sich schämen sollte. Sie hatte so vieles in den letzten Jahren nicht verstanden, und auch ihre Schwiegereltern waren anfangs vollkommen überfordert gewesen, doch dann hatten sie sich zusammengesetzt. Sie hatten so darauf geachtet, von niemand belauscht zu werden, dass noch nicht einmal ein Telefon im Raum gewesen, und die massiven Holzfensterläden hatten sie von innen verriegelt. Danach hatten sie das Grundstück am Wasser gekauft und mit dem Hotelbau begonnen. Ihre Eltern waren schon seit ein paar Jahren tot, und ihr Bruder lebte in Holland. Ihre Familie war schon lange nur noch Maria und Iasonas. Die harten Jahre hatten sie zusammengeschweißt, und sie waren eine Einheit, auch wenn Iasonas aus seiner Trauer keinen Hehl machte, während Maria und sie sich in die Arbeit stürzten, um vor ihren Gefühlen zu fliehen.

Gaia war beileibe nicht dumm. Sie hatte in der Schule zu den besten Schülerinnen gezählt und auch komplexe Inhalte immer rasch durchdrungen. Doch all das, was in den letzten Jahren passiert war, hatte sie nicht vollumfänglich begreifen können. Anfangs hatte sie noch nächtelang gegrübelt, war abgemagert, hatte sogar einige graue Haare bekommen, obwohl sie noch nicht einmal dreißig gewesen war. Dann hatte sie begriffen, dass sie damit aufhören musste, wenn sie überleben wollte. Sie hatte sich einen guten Friseur gesucht, die Haare zu einer flotten Frisur schneiden lassen und mit Farbe das Grau überdeckt. Das war der Anfang gewesen. Eine neue Frisur war immer ein neuer Anfang. Nach ein paar Monaten hatte sie wieder Rundungen an den richtigen Stellen gehabt, und ihre Energie war zurückgekehrt. Das Hotel war nun ihr Baby und würde vielleicht auch bis an ihr Lebensende ihr einziges Kind bleiben. Sie verweigerte sich nicht gegen kleine Flirts, aber sie war nicht bereit, eine neue Liebe einzugehen. Sie liebte jetzt das Hotel so, wie sie einst Vangelis geliebt hatte. Doch ihr Mann war fort. Sie verscheuchte die verwirrenden und dunklen Gedanken, denn als Gastgeberin musste man strahlen.

Das »Evangelos« würde in absehbarer Zeit das beste Haus am Platz sein, dafür würde sie mit Marias Hilfe sorgen. Sie brauchten beide diese Aufgabe und ein großes Ziel. Sie hatte große Ziele, und der Erfolg gab ihr recht. Sie waren Frauen, und es waren immer die Frauen, die aus den Trümmern ein neues Zuhause errichteten. So wie damals ihre Großmutter geholfen hatte, das niedergebrannte Dorf Anogia wieder zu errichten. Jeder auf der Insel hatte in seiner Familie eine Frau, die genau dies getan hatte, und Gaias Umstände waren wesentlich besser als nach einem Krieg oder während einer Hungersnot. Sie hatte gelernt zu kämpfen, aber auch zu akzeptieren, und das war viel schwerer gewesen als der Kampf.

6. Kapitel

Konnte man lernen, in einem Meer aus Schmerz zu leben, oder war es tatsächlich besser, darin zu ertrinken? Der Schmerz pflügte sich seine Straße durch jede Zelle des Körpers und glich irgendwann jenen Trampelpfaden durch die Natur, auf denen kein Bewuchs mehr zu finden war. Über der Pein konnte auch nichts mehr gedeihen. Nichts konnte die verkrustete Schicht durchbrechen, und so blieb nur die Öde. Nicht immer war es besser, entkommen zu sein. Doch das Schicksal spannte seine Fäden nach eigenem Gusto, und es gab nichts, was Menschenhand dagegen unternehmen konnte. Egal, wie sehr man es auch so manches Mal hasste, dem ausgeliefert zu sein. Der Mensch war machtlos gegen die Kräfte des Universums und die Entscheidungen, die metgeschwängerte Götter trafen.

Plötzlich stand man also da – am Rande eines Abgrunds. Wurde hineingestoßen in die Fluten des Leids, und je mehr man kämpfte, umso tiefer versank man darin, und man konnte sich vollkommen sicher sein: Die Wahrheit ging so manches Mal unter, doch eines war gewiss: Sie würde nie ertrinken! Ihr war ewiges Leben beschert, und mit jedem verzweifelten Klagen über die zu ertragende Qual wurde sie zu dem Klotz am Bein, der dafür sorgte, dass man vom Schmerz verschlungen wurde, während man verzweifelt versuchte, seine Zähne zu schärfen, um die Fesseln, die das Gewicht fixierten, eines Tages doch noch zerbeißen zu können. Und dennoch würde alles bleiben, wie es war. Die Moiren hatten es entschieden.

7. Kapitel

Die Rotorblätter drehten sich und warfen windige Wellen auf den Ozean, dessen Oberfläche sich unter dem Flattern aufbauschte. Er passte den Winkel der Rotorblätter mit dem Stick feinfühlig an, um das Fluggerät ein wenig nach links auszurichten, und stabilisierte den Hubschrauber geübt über die Fußpedale. Er musste die angegebenen GPS-Daten des Rendezvous-Punktes außerhalb der Zehnmeilenzone in spätestens fünfzehn Minuten erreicht haben, so lautete der unmissverständliche Auftrag. Er senkte den Pitch nach unten, um die Flughöhe zu verringern, so blieb er unter dem Radar. Noch befand er sich innerhalb des Radius, der von Kreta kontrolliert wurde.

Die Gischt warf feine Tropfen auf die Frontscheibe. Er machte sich oft sogar einen Spaß daraus, mit den Kufen die Wasseroberfläche zu streifen. Heute hielt er jedoch genügend Abstand, denn er war schließlich nicht zum Spaß unterwegs. Ganz im Gegenteil: Er wollte zeigen, wie professionell und zuverlässig er war. Das Geld, das ihn erwartete, war mehr als großzügig berechnet, und er hatte daher nicht gezögert, den Flug zu tätigen, obwohl es keine der üblichen Aufgabenstellungen war. Unterm Strich machte er es genau deshalb und nicht, weil es ein Job war.

Verwirrt spürte er plötzlich Wind durch sein Haar wehen. Er drehte sich rasch seitlich, um herauszufinden, wie das möglich war, als ihn ein stechender Schmerz durchfuhr. Dann umhüllte ihn Dunkelheit.

8. Kapitel

»Holst du bitte Papa zum Essen, Irini?« Dorea hörte den Klang ihrer eigenen Stimme und hasste sich dafür, wie stumpf und hoffnungslos sie klang.

»Mama ...« Irini transportierte all ihre Empörung wie immer ungefiltert, und Dorea atmete tief ein, während ihre Finger sich am Rand des fleckigen Spülbeckens verkrampften. »Ich hab noch Englischaufgaben zu erledigen.«

Der Unterricht war teuer, und sie sparte sich ihn wirklich im wahrsten Sinne vom Munde ab. Das Kind und der Mann bekamen volle Teller, und sie tat so, als hätte sie schon in der Küche gegessen. Oft hatte sie das tatsächlich getan, um fertig zu sein, bevor die anderen beiden an den Tisch kamen, und dann beide Hände frei zu haben, um sich vollkommen auf ihre Aufgabe konzentrieren zu können. Doch regelmäßig verzichtete sie eben auch auf eine Portion für sich und hatte somit noch für den nächsten Tag etwas zu essen im Kühlschrank.

Sie hasste ihr Leben. Sie hasste ihr Spiegelbild, hasste das heruntergekommene winzige Loch, in dem sie lebten, und nicht selten hasste sie auch Mann und Kind. Sie tat wirklich alles, damit Irini nicht hinter den anderen Kindern zurückfiel, und nähte ihr regelmäßig moderne Kleidung auf ihrer alten Maschine. Früher hatte sie davon geträumt, eine kleine Änderungsschneiderei zu eröffnen und nebenbei ein paar Auftragsarbeiten für das ein oder andere hübsche Outfit zu bekommen. Schon als junges Mädchen hatte sie ihre Freundinnen in Modefragen unterstützt und oft mit wenigen

Handgriffen dafür gesorgt, dass aus einer alltäglichen Kombination etwas Besonderes mit Wow-Effekt entstand. Sie wohnten zwar nicht in der großen Stadt, aber Petras war im Sommer immer gut von Touristen besucht, und daher hatten sie es genossen, sich chic zu machen, wie die jungen Frauen in Irakleio oder auf den Covern der Magazine. Ihre Eltern waren nicht reich gewesen, hatten aber doch genügend verdient, um ihr die Nähmaschine zu kaufen, und ihre Mutter hatte dafür gesorgt, dass immer Stoffe, Knöpfe und glänzende Bänder im Haus waren. Dorea hatte die Hosen des Vaters geflickt, die Röcke der Mutter am Saum mit Borten verziert und auch ihre eigene Kleidung immer wieder verwertbar gemacht. Dadurch hatte sie die Ausgaben für ihre Leidenschaft rasch wieder eingespart.

Dann hatte sie sich in Manolis verliebt. Der gut aussehende Fischersohn hatte die Blicke aller Mädchen auf sich gezogen, und auch die Töchter der Urlauber waren ihm schnell verfallen gewesen. Doch er hatte nur Augen für sie gehabt, und so war ihr bereits mit sechzehn ein fester Freund vergönnt gewesen. Als er zwei Jahre später offiziell um ihre Hand angehalten hatte, war sie überglücklich gewesen. Sie hatten beide die Schule beendet, und Manolis war danach mit seinem Vater raus aufs Meer gefahren und hatte die Restaurants bis Sitia mit frischem Fisch beliefert. Dorea hatte einen guten Job in einer nahe gelegenen Hotelanlage gefunden und während der Saison genug verdient, um etwas für ihre Änderungsschneiderei auf die Seite zu legen. Manolis hatte nie etwas dagegen gesagt, auch wenn seine Mutter nicht verstanden hatte, warum er das so unterstützte. Sie waren ein modernes Paar gewesen und hatten Träume für eine wundervolle Zukunft geschmiedet. Als sie dann schwanger geworden war und für ein Jahr mit dem Hoteljob hatte aussetzen müssen, war das eben noch greifbare Ziel weiter weggerückt. Irini war knapp achtzehn Monate alt gewesen, als Dorea ihren alten Job wieder zurückergattert hatte, und sowohl ihre Mutter als auch ihre Schwiegermutter hatten ihr mit dem Kind geholfen, und Manolis war ebenfalls ein hervorragender Vater gewesen. Sie hatten die Ersparnisse angegriffen, um ein Zimmer an ihr Haus anzubauen und dabei auch das Fundament für ein weiteres Bad, ein zweites Kinderzimmer und ein großes Wohnzimmer gegossen. Stück für Stück hatten sie sich so ihre gemeinsame Vorstellung vom Leben erfüllt. Es war viel Arbeit gewesen, und ihr Mann war häufig abends kaum aus den staubbedeckten Klamotten gekommen vor lauter Müdigkeit. Irinis Zimmer war klein, aber das machte nichts, denn zumindest hatte sie ein eigenes Zimmer, und Manolis und Dorea hatten wieder wie ein junges Ehepaar ungestört das Ehebett teilen können.

Ein Schauer lief ihr bei dem Gedanken über den Rücken, denn das Thema Sexualität war für sie zu einem roten Tuch geworden. Sie löste langsam die verkrampften Finger von dem stumpfen Edelstahl. »Irini«, rief sie erneut, diesmal mit unverhohlenem Ärger in der Stimme, »das ist keine Bitte!«

Die Tür zu dem Zimmer des Mädchens fiel mit einem Knall ins Schloss: »Warum holst du ihn nicht selbst, Mama? Warum versklavst du mich dazu?«

Dorea war fast so weit aufzugeben. Sie war die täglichen Diskussionen so leid und versuchte, sich daran zu erinnern, ob sie es jemals gewagt hatte, ihren Eltern gegenüber einen solchen Ton anzuschlagen. Wahrscheinlich eher nicht, denn in ihrer Generation war der Respekt den Eltern gegenüber noch tief in der Tradition verwurzelt. Die Grundhaltung des Filotimo, basierend auf Ehre und Respekt, auf Würde und Verbundenheit, ging immer mehr verloren, je mehr Facebook und Instagram auf die Kinder Einfluss nahmen.

»Hol! Deinen! Vater! Zum! Essen!« Sie betonte jedes Wort und versuchte, nicht sofort zu explodieren. Sie war hungrig und müde.

Abends besserte sie Kleidung aus, um zumindest ein paar Euro zu verdienen. Die Nähmaschine arbeitete nicht mehr so zuverlässig wie früher, und Dorea hatte sich angewöhnt, mit besonderen Stichtechniken mit der Hand zu nähen. Doch das Geld reichte hinten und vorn nicht, und auf den Staat war kein Verlass. Knurrend und schimpfend machte Irini endlich, was sie ihr aufgetragen hatte, und schon bald ruckelte der einfache Rollstuhl quietschend und schabend durch den schmalen Flur.

An so etwas hatten sie damals nicht gedacht. Doch wer plante schon sein Leben auf eine solche Art? Wer bedachte schon das Schicksal, wenn er jung und voller Lebensfreude war?

9. Kapitel

Hyeronimos' Telefon klingelte, bevor Penelope zu einer Erklärung ansetzen konnte, was ihr gerade alles durch den Kopf ging. Sie liebte, was sie tat, obwohl das sicher für viele Menschen unverständlich war, denn wie konnte man es lieben, einen toten Körper aufzuschneiden, Organe zu entfernen oder gar eine Scheibe vom Gehirn so selbstverständlich zu filetieren, als würde man ein Brot in Stücke schneiden. Sie hatte sich ganz bewusst für die Pathologie entschieden und nicht etwa dort angefangen, weil ihr nichts anderes übrig geblieben war. Ihre Mutter hatte ihr die Entscheidung mehr als übel genommen und sie sogar für den Tod ihrer Großmutter verantwortlich gemacht, denn wer konnte schon den Gedanken ertragen, dass das Enkelkind, anstatt chic in einer Privatpraxis zu residieren, lieber Leichenschändung betrieb! Doch es war eine sinnvolle Tätigkeit, denn nicht selten waren es genau ihre Erkenntnisse, die halfen, einen Mörder zur Strecke zu bringen oder Familien im Krankenhaus die Gewissheit einer Todesursache zu geben, um danach besser mit dem Geschehenen abschließen zu können. Sie liebte die Pathologie auch oder genau deshalb, weil sie mit ihren Besuchern zwar in stummer Zwiesprache stehen konnte, es am Ende aber nur auf wissenschaftliche Fakten ankam und nicht auf zwischenmenschliches Geplänkel, auf Lügen oder gar Verschlagenheit. Ein toter Körper sagte stets die Wahrheit.

Sie lauschte auf das Gespräch, denn ganz offensichtlich handelte es sich um ein berufliches Telefonat, jedoch war sie sich sicher, dass der Kommissar nicht mit seinem Chef sprach. Sie hatte ihn schon mehrfach gebeten, wenn sie mit im Wagen war, über die Freisprecheinrichtung zu telefonieren, doch egal, wie sehr er sich sonst an bestehende Regeln hielt, das Handy hielt er sich anscheinend gern ans Ohr. Er war ein sonderbarer Kerl, doch sie mochte ihn genau so, wie er war – mit all dem Licht und den Schatten, die ihn umgaben. Das machte ihn menschlich, verletzlich und greifbar. So, wie Menschen nun eben einmal waren.

Sie hatte in den letzten Wochen immer mehr das Gefühl bekommen, gegen alles aufbegehren zu müssen, was Unterdrückung nach sich zog, und das war ein gefährliches Fahrwasser. Es ging ihr um Unterdrückung jedweder Art, auch wenn man sich selbst oder einen Teil von sich unter Verschluss hielt und somit unterdrückte, aber eben auch jeder Form der gesellschaftlichen Unterdrückung. Ihr komplettes Arbeitsumfeld war männlich dominiert, und obwohl es völlig normal war, dass Frauen arbeiten gingen, um Geld für die Familie zu verdienen, so hatte es trotzdem keinen Einfluss auf das traditionelle Rollenbild auf der Insel. Zudem indoktrinierte die Kirche das gesamte System und kolportierte damit auch weiterhin die Unterordnung der Frau. Gern wurde jedoch das Prinzip kommuniziert, dass es die Frauen waren, die in den Familien die letzte Entscheidung trugen: Ein Kind übergab sich bei einem Fest, es heulte dreißig Minuten jämmerlich, endlich erhob sich auch der Vater nach dem fünften Tsikoudia, um nach Hause zu gehen. Wenn die Mutter dann entnervt darum bat, doch bitte auch ihren Teller leer essen zu dürfen, hoben die Vertreter dieser verqueren Auffassung den Zeigefinger und erklärten überzeugt, dass das ihre These beweise. Denn schließlich sei der Vater ja bereit gewesen zu gehen, und sie fälle nun die Entscheidung zu bleiben. Vergessen wurde, dass die Frau des Hauses nun im vollgerotzten Pullover dasaß und in dieser Zeit mehrfach Erbrochenes aufgewischt hatte.

Penelopes Geduld mit all dem schwand zusehends, und das machte ihr Angst.

»Was meinen Sie mit *verschwunden?«*, hörte sie Hyeronimos fragen und horchte auf.

Der Kommissar lauschte konzentriert auf den Wortschwall seines Gesprächspartners. Sie konnte jedoch nur wenige Wortfetzen aufschnappen.

»Jawohl, Herr Minister, selbstverständlich.« Es klang beinahe so, als würde er salutieren, und jetzt war sie wirklich neugierig auf das, was noch kommen würde, denn ganz sicher war dort *Athen* am Apparat. Sie spitzte konzentriert die Ohren und versuchte, anhand dessen, was sie hören konnte, und Hyeronimos' Kommentaren herauszufinden, um was es ging. Der Mann neben ihr ließ resigniert die Schultern sinken, seine Miene versteinerte zusehends, und sie war sich plötzlich sicher, dass etwas Schlimmes geschehen sein musste. Kaum dass sie einen Fuß auf heimischen Boden gesetzt hatte, war sie also schon wieder mittendrin im Leben. Unterm Strich war das vielleicht sogar gut, denn so würde sie nicht dauernd in dieses depressive Grübeln verfallen, denn in ihren Gedanken gab sie der Beziehung zu Eleni kaum eine Chance, und das belastete sie sehr. Der Altersunterschied war einfach zu groß, und auch ihre Lebenswege waren zu unterschiedlich. Noch einmal fühlte sie die Arme der jungen Frau um sich und ihre Lippen auf den ihren, sanft und fordernd zugleich. »Du bedeutest mir sehr viel, Penelope«, hatte Eleni geflüstert und sie erneut geküsst. Sie hatten am Eingang zum Security-Check-in am neuen Berliner Flughafen gestanden, und niemand hatte sich um sie gekümmert oder gar mit abwertenden Blicken bedacht. Sie waren einfach ein Paar gewesen, das sich voneinander verabschiedete.

Hyeronimos beendete das Telefonat, und fast sah es so aus, als wollte er das Handy aus dem geöffneten Fenster werfen. Sie schaute zu ihm, ließ ihm aber seine Zeit. Dann zuckte er entschuldigend mit den Schultern, griff unter seinen Sitz, holte das Blaulicht heraus, aktivierte es und setzte es aufs Dach.

Das hatte sie bisher noch nie erlebt, und sie war erstaunt, dass das Ding entgegen allen Mythen funktionierte.

»Was ist passiert, Hyeronimo?«, wollte sie wissen, denn sie mutmaßte, dass er sie nicht unter Blaulicht nach Ammoudara fuhr.

Mit quietschenden Rädern sauste er auch sogleich die nächste Abfahrt hinunter und nahm in einem halsbrecherischen Manöver die Auffahrt auf die andere Seite. Es ging also gen Osten.

10. Kapitel

»Was tust du da, Mama?« Elara fuhr hoch, als Selena neben ihr stand und ihr die Hand auf die Schulter legte. »O nein! Du schreibst schon wieder einen Brief an den Präsidenten. Bitte, Mama ...«

Elara bedeckte das Schreiben mit einer Hand. Sie schämte sich nicht für das, was sie tat, wollte aber das Kind schützen und nicht in ihren ganz eigenen Kampf hineinziehen, obwohl sie genau wusste, dass es vollkommen unmöglich war, die Kinder da herauszuhalten. Es war ihr aller Leben, und ihre kleine Familie kannte es kaum anders. Sie war niemals eine Kämpferin gewesen, hatte niemals vorgehabt, ihr Leben so auszurichten, und doch verlor sie den Glauben daran nicht, dass sie eines Tages die Wahrheit erfahren würde – das war für sie zu einer Art Antrieb geworden. Es gab ihr die Kraft, jeden Tag aufzustehen und ihren Kindern eine gute Mutter zu sein.

Selena war bereits viel zu erwachsen für ihre elf Jahre und versuchte, sie überall zu unterstützen. Sie kümmerte sich um die kleine Alexia, die mit ihren sieben Jahren noch wirklich klein war, auch wenn sie nach den Sommerferien zur Schule gehen würde. Iraklis war ein Wildfang und tat alles, um jede Form von Aufmerksamkeit zu bekommen. Er war neun und kannte keine Angst oder zumindest vermittelte er diesen Eindruck, sie lebte also in ständiger Furcht um den Jungen. Er war seinem Vater in allem so ähnlich, dass sie manchmal verwirrt innehalten musste, wenn sie mit ihm sprach und dabei das Gefühl hatte, in Aristidis' Augen zu blicken. Wenn

Menschen davon sprachen, dass die Zeit alle Wunden heile, konnte sie nur trocken auflachen, denn es war eine Lüge. Die Zeit heilte gar nichts, ganz im Gegenteil: Sie machte es vor allem dann schlimmer, wenn sich nichts maßgeblich veränderte.

»Mama«, erneut war es Selenas Stimme, die sie aus ihren Gedanken zurück in die Realität holte, »bitte hör doch endlich auf damit. Ich ... ich ...« Das Mädchen wurde leiser und verstummte dann.

Elara straffte sich und legte ihrer Tochter eine Hand auf die Wange. Sie war so schön! Das schwarze Haar fiel ihr lockig auf den Rücken und umgab ihr Gesicht wie eine wellige Wolke. Die Sonne hatte ihre Haut in Bronze getaucht, und damit stachen ihre grünen Augen ganz besonders aus dem Gesicht hervor. Bald würde sie zur Frau werden, und die Jungen würden sich nach ihr umdrehen. Es war ihre Aufgabe, Selena zu beschützen. Sie schluckte trocken und unterdrückte ein würgendes Aufschluchzen. Ihre nicht enden wollende Verzweiflung half den Kindern nicht, sondern zog auch sie hinab. Hinab in diese dunkle Tiefe, in der die Monster nur darauf warteten, sich in das wehrlose Fleisch zu beißen und sich in das Innere des Menschen zu fressen. Der dabei entstehende Schmerz war nicht auszuhalten, und sie schaffte es oft kaum, sich aus dem Strudel wieder nach oben ans Licht zu kämpfen. Doch die Kinder durften sie nicht verlieren. Sie nicht auch noch.

11. Kapitel

Minister Dimitris Stefanakis fuhr sich entnervt durch das Haar. Er wusste, dass das aktuelle Geschehen weit mehr als kleine Wellen schlagen konnte oder ganz sicher sogar würde. Es lag an ihm und seiner Vorgehensweise, das zu verhindern oder herbeizuführen. Er war sich nicht sicher, welche Richtung er einschlagen wollte, und er konnte dies auch nicht komplett allein entscheiden. Doch er hatte nicht lange überlegt, wen er in vorderster Front sehen wollte, denn diese Wahl würde sich in alle Richtungen auszahlen. Er wusste auch, dass es nicht korrekt gewesen war, den vorgesetzten Major zu übergehen, dennoch war es wichtig, die Weichen gleich so auszurichten, dass er sein Engagement unter Beweis stellen konnte, denn er musste schlussendlich an niemand anderen als den Präsidenten berichten. Vielleicht reagierte er auch über, und alles war nicht so schlimm. Doch besser so als andersherum: Lieber warf man ihm vor, zu viel zu tun als zu wenig, denn geriet er in ein Kreuzfeuer der Befindlichkeiten – und das war etwas, was immer geschehen konnte – so war er auf der sicheren Seite. Soweit man politisch gesehen je auf der sicheren Seite sein konnte. Er fühlte sich seiner Heimat Kreta sehr verbunden, sein ältester Sohn Nicholas hatte sich dort mit einer Privatpraxis niedergelassen, nachdem er lange im Athener Generalkrankenhaus *Ippokrateio* gearbeitet hatte. Der Junge hatte seine Karriere vorbildlich gesteuert, angemessen geheiratet und lebte und praktizierte im schicken Elounda. Er war stolz auf diesen Teil seiner Familie. Über Sohn Nummer zwei dachte er jedoch weniger gern nach. Iota, seine Ex-Frau, hatte ihn vollkommen verzogen, und so war Konstantinos auch vollkommen aus der Spur gelaufen. Dimitris war sogar häufig versucht zu leugnen, dass er zwei Söhne hatte. Konstantinos pendelte zwischen dem Festland und der Insel hin und her, schien mal im Geld zu schwimmen und mal auf die Almosen seines Vaters angewiesen zu sein, denn dann stand er bettelnd bei ihm in der Tür. Dimitris hatte schon einige Male mit dem Gedanken gespielt, ihn hinauszuwerfen oder seine Bodyguards anzuweisen, den jungen Mann einfach nicht durchzulassen. Doch er scheute sich vor dem, was das nach sich ziehen konnte. Schlimmstenfalls würde sich daraus eine Rufmordkampagne entwickeln, die er nicht mehr stoppen konnte. So gab er Konstantinos regelmäßig Geld. Er hatte gerade erst wieder eine unschöne Begegnung mit dem Bengel gehabt und war noch mental angegriffen.

Als der Anruf ihn erreicht hatte, dass eine englische Touristin die Küstenwache über ein sonderbares Ereignis vor der kretischen Küste informiert hatte, war ihm daher das Herz mehr als in die Hose gerutscht. Die Frau hatte mit ihrer Familie eine Jacht gechartert und schipperte durch die Ägäis. Sie hatten das gute Wetter genutzt und auf dem offenen Meer geankert, um einige Runden mit dem Jet-Ski, der zur Jachtausstattung gehörte, zu drehen. Die Tochter im Teenageralter hatte gerade mit dem Ding ihre Bahnen gezogen, und die Mutter hatte das Mädchen mit Argusaugen und einem Fernglas im Blick behalten. So war sie auf das niedrig fliegende Objekt aufmerksam geworden, das von einer Sekunde auf die andere ins Wasser gefallen und verschwunden war. Sicherheitshalber, so hatte sie es den Polizisten erklärt, habe sie die Behörden informiert, auch wenn ihr Mann gemeint habe, sie sei einer Fata Morgana zum Opfer gefallen. Die resolute Frau hatte sich jedoch nicht abbringen lassen und so den Stein ins Rollen gebracht.

Der mittlerweile zu einem Felsbrocken angewachsene Stein lag nun in seinen Händen, und er hatte versucht, alles so schnell wie möglich in die Wege zu leiten, um aus dem Vorkommnis keinen Staatsakt werden zu lassen. Sicher hatte er bei aller kühlen Berechnung mit der Beauftragung der Mordkommission zu viel getan, doch sein Bauch sagte ihm, dass es der richtige Schritt war. Okay, der Pilot konnte auch einen Herzinfarkt erlitten haben, oder eine falsche Reaktion hatte den Hubschrauber zum Absturz gebracht. Doch er sei extrem niedrig geflogen, hatte die Augenzeugin berichtet, also hatte er gewiss unter dem Radar bleiben wollen, und das sprach aus seiner Sicht dafür, dass hier etwas ganz und gar nicht mit rechten Dingen zuzugehen schien. Und selbst wenn Galavakis nicht in seinem originären Berufsfeld zum Einsatz kommen würde, so war er ein cleverer Ermittler, und das würde überall den Eindruck vermitteln, dass Dimitris alles tat, um das Geschehen aufzuklären. Wohl wissend, dass Flüge unter dem Radar nie etwas Gutes bedeuteten und in ganz bestimmte Richtungen wiesen.

12. Kapitel

»Es tut mir leid, dass ich dich einfach so entführe.« Einerseits tat es ihm wirklich leid, dass sie nicht erst einmal nach Hause gehen durfte, nachdem sie die Insel gerade erst betreten hatte, und andererseits war er extrem froh, dass sie just in diesem Augenblick in seinem Auto saß und mit ihm in diese sonderbare Situation geriet.

»Kann ich jemanden anrufen für die Lösegeldverhandlungen?«, fragte sie und knabberte an einem weiteren Gebäckstück aus der *Emmanouil*-Pâtisserie, während sie die Tüte mit hochgezogenen Augenbrauen in die Luft hielt. »Denn das hier reicht echt nicht aus für eine Fahrt nach ... Wohin fahren wir eigentlich?«

»Wir fahren nach Sitia, also eigentlich auf die Landzunge nahe Akra Faneromeni«, gab er wieder, was er gehört hatte.

»Akra...was?« Penelope zückte ihr Handy, rief Google Maps auf und ließ sich das ins Meer hineinragende Gebiet anzeigen.

»Da ist nichts«, meinte sie und hielt ihm das Gerät hin.

Hyeronimos warf einen raschen Blick darauf. »Ja, der Teil ist unbewohnt, ein Stück Richtung Sitia ist noch eine kleine Ansammlung von Gebäuden, und dann enden auch die Straßen, aber du hast ja gute Schuhe an«, er warf ihr erneut einen Blick zu, »wir müssen wahrscheinlich ein Stück laufen.«

»Verrätst du mir bitte endlich, was passiert ist und wer dich da angerufen hat?«

»Quasi die rechte Hand unseres Präsidenten«, gab er stöhnend zu und wurde sich erneut der Tragweite des Befehls bewusst, »die Küstenwache wurde von einer englischen Touristin alarmiert, die ein Flugobjekt hat ins Wasser stürzen sehen.«

Penelope sog scharf den Atem ein. »Echt oder Aliens?«

»Leider wohl ziemlich echt, denn die Kollegen haben ein Rotorblatt gefunden, was für einen Hubschrauber spricht, und die Ortung und die Taucher sind schon unterwegs«, führte er aus.

»Das klingt nicht gut«, bestätigte die Pathologin, »haben sie Überlebende gefunden? Was sagt die Flugsicherung?«

»Das ist das, was es zu so einer ›besonderen‹ Sache macht«, er ließ das Lenkrad kurz los und setzte das Adjektiv in Anführungszeichen, »denn der Flug war weder angemeldet noch sichtbar.«

»Er ist unter dem Radar geflogen?« Ihre Stimme klang überrascht.

»Ja ... und in diesem Bereich dort draußen ordnet unsere Regierung das offensichtlich eher unter *kriminelle Aktivität* ein«, fuhr er fort.

»Also Waffen? Drogen? Oder ein illegaler Personentransport?«, sinnierte Penelope.

»Das könnte sein, aber die Frage ist natürlich auch, wo der Hubschrauber hinwollte, denn da gibt es einfach weit und breit ... nichts.« Er spürte, wie seine Neugier immer mehr erwachte. »Es war übrigens Dimitris Stefanakis, der mich da angerufen hat.«

Penelope ließ ihren Unterkiefer herunterklappen, wandte ihm den Kopf zu und schob mit einer Hand das Kinn wieder hoch.

»Mhh, so ging es mir eben auch«, meinte er nickend.

»Unser Minister für internationale Beziehungen, auweia, Hyeronimo. War der Hubschrauber schon in internationalen Gewässern? Warum ruft er *dich* an?«

»Ich weiß es nicht, habe aber meine Vermutungen. Ich muss jetzt erst einmal mit Stelios telefonieren. Ich muss wissen, was der Minister *ihm* gesagt hat.« Hyeronimos nahm das Handy erneut ans Ohr, während er den Wagen mit Blaulicht über die Nationalstraße jagte.

»Darf ich mithören?«, bat sie.

»Entschuldige!« Er klemmte das Handy in den Halter, und es verband sich mit der Freisprecheinrichtung.

»Hyeronimo«, rief Stelios scheppernd, »was ist das für eine verdammte Scheiße?«

»Penelope sitzt neben mir, ich habe sie eben vom Flughafen abgeholt«, informierte er seinen Chef einerseits, damit er wusste, dass sie mithörte, und andererseits, um ihn davon abzuhalten, weiterhin so zu fluchen, denn normalerweise entsprach dies gar nicht Stelios' Art.

Stille entstand, dann räusperte sich Mentakis und sagte: »Hallo, Penelope, kaum zurück und schon mittendrin. Entschuldige meine harsche Ausdrucksweise, aber ich bin echt außer mir.«

»Sei unbesorgt, ich habe schon mal jemanden fluchen hören, Stelio, und kann das selbst auch ganz gut«, beruhigte ihn Penelope.

»Dimitris Stefanakis hat mich angerufen«, begann Hyeronimos.

»Malakka«, fluchte Stelios erneut, »der Mann ist wirklich ein durchtriebener Mistkerl!«

»Lass uns den Wissensstand abgleichen«, versuchte Hyeronimos erneut, seinen Chef zu beschwichtigen, denn dessen Unmut brachte ihnen aktuell nichts, »ich fahre nämlich gerade zu einem GPS-Datenpunkt im Gebiet von Sitia, weil dort wohl ein niedrig fliegender Hubschrauber ins Meer gestürzt ist. Keine Ahnung, warum die Mordkommission da sofort ins Spiel kommt. Weißt du mehr?«

»Er hat mir mitgeteilt, dass er dich auf den Fall ansetzen möchte, was sich in meiner Welt ja eher so anhört, als wäre das der zweite Schritt, aber bitte nicht der erste«, ereiferte sich der Major der Polizeibehörde. »Seine Erklärung war, dass der Pilot bisher noch nicht aufgetaucht sei und man daher von einem gewaltsamen Tod ausgehe. Klingt das nur für mich konstruiert oder auch für euch?«

»Er könnte auch einen Schlaganfall oder einen Herzinfarkt erlitten haben«, schaltete sich Penelope ein.

»Richtig«, blaffte Mentakis.

»Es könnte aber auch etwas dran sein bei einem Flug unter dem Radar«, warf Hyeronimos ein.

»Hat er das gesagt? Also das mit dem Radar?« Stelios wurde wieder lauter.

»Er hat nichts dergleichen gesagt«, Hyeronimos blieb ruhig, »nur, dass der Hubschrauber sehr niedrig flog, denn das hat wohl auch die Zeugin mit ihrem Fernglas beobachtet.«

»Also Drogen«, knurrte sein Chef, »verdammtes Kokain oder irgendein chemischer Dreck!«

»Wäre möglich. War ein Schiff irgendwo in der Nähe? Kein Hubschrauber fliegt so niedrig ins Nirgendwo, und nach Gyanisada oder Dragonada bringt ja auch nur etwas, wenn jemand dort vor Anker geht. Ist die Touristin denn wirklich eine ... Touristin?«, wollte Hyeronimos wissen.

»Ich gehe davon aus. Sie haben mit der Familie eine Jacht gechartert. Das hat der Herr Minister wohl sofort überprüfen lassen«, erklärte Stelios Mentakis nun etwas ruhiger.

»Zurück zum Schiff«, warf Penelope erinnernd ein.

»Unserem aktuellen Wissensstand nach gab es kein Schiff, außer der Jacht in der Nähe«, gab der Polizeichef sein Wissen weiter, »ich habe es jedoch noch nicht selbst überprüft.«

»Lass das doch Zacharis machen«, brachte Hyeronimos seinen Mitarbeiter ins Spiel. Der Mann war zwar sonderbar – gut, wer war das nicht? –, aber er war hervorragend, wenn es darum ging zu recherchieren. »Wenn es etwas zu finden gibt, dann findet er es.«

»Sehr lobenswerte Idee«, gab Stelios zu.

»Mal im Ernst, Stelio, was vermutest du, warum mich ein hohes Tier wie Stefanakis persönlich anruft und damit die normale Befehlskette bewusst umgeht?«, hakte Hyeronimos nach.

»Ich habe wirklich keine Ahnung, was das soll. Ich kann es mir nur so erklären, dass er etwas vermutet oder gar weiß, was er nicht preisgeben möchte, und nun sind wir, also du, da mittendrin.«

»Und was, wenn ich das gar nicht will?«, begehrte Hyeronimos kurz auf. Er hatte wirklich keine Lust, sich wieder in politische Ränkespiele und Befindlichkeiten zu begeben, so wie bei dem Fall mit den drei Toten am Strand von Vai im vergangenen Jahr. Sein Cousin Costas, rechte Hand eines Ministers, hatte ihn damals gezielt mit der Aufklärung des politisch brisanten Falls betraut und einiges von ihm verlangt. Er konnte es nicht ausstehen, wenn man ihn instrumentalisierte, doch genau das schien hier erneut der Fall zu sein.

»Die Vorgehensweise ist doch ganz einfach«, ergriff Penelope nun das Wort, »Athen schickt einen sehr guten Ermittler an die Front, und zwar, ohne irgendwelche Zuständigkeiten zu berücksichtigen. Die Kollegen vor Ort haben unseren Eingriff damals schon ertragen dürfen, nun sind wir wieder da, und du, Stelio, hast auch keine Befehlsgewalt. Die hat dir Stefanakis abgenommen, was so viel bedeutet, wie: *Wir in Athen halten die Fäden in diesem Fall in der Hand.«* Im Auto war es still, und sie setzte an, ihre Gedanken weiter zu erläutern, als es laut hörbar an Stelios' Tür klopfte.

13. Kapitel

Elara hatte die Kinder versorgt und den Brief unbeendet gelassen. Es war für sie zu einer Art Zwang geworden, an alle Minister und den Präsidenten zu schreiben. Oftmals schickte sie die fertig adressierten Umschläge gar nicht ab. Das wusste Selena nicht, und wahrscheinlich wäre es viel besser, es sie wissen zu lassen und ihr zudem zu zeigen, wo Elara die beendeten Schreiben aufbewahrte. Sie waren durch die Jahre wie eine Art Tagebuch geworden, eben nur in Briefform und an Personen gerichtet, die sich letzten Endes nicht die Bohne für sie und das Schicksal ihrer Familie interessierten. Doch für ihre Kinder konnte es irgendwann gut sein, das alles zu lesen, auch um zu erfahren, dass sie wirklich immer und immer wieder alles getan hatte, was nötig und möglich gewesen war. Auch wenn damals etwas in ihr zerbrochen war, was sie nicht mehr hatte kitten können oder zumindest nur so notdürftig, dass einige Teile an Stellen gelandet waren, wo sie nicht passten, wo sie schmerzten, weil sie immer wieder spitzkantig an vermeintlich Repariertes stießen und dort Reibung und Verletzungen verursachten, die niemals heilten. Es fühlte sich an, als würde man immer und immer wieder Schmutz in eine bereits eiternde Wunde reiben. Sie war sich sicher, dass sie all das vor ihrer Familie gut verbarg, doch Selena hatte manchmal diesen wissenden Blick, als könnte sie tief in die Seele ihrer Mutter blicken und alles erkennen.

Sie musste sich besser im Griff haben. Die Kinder brauchten sie. Sie hatte regelmäßig daran gedacht, über die Grenze zu schreiten, und es immer und immer wieder durchdacht, bis sie zu dem Schluss gekommen war, dass sie keine andere Wahl hatte. Der Schmerz war zu umfassend, und sie wollte ihn nicht noch Jahrzehnte ertragen müssen.

»Mama?« Alexia stand plötzlich in der Tür, die Augen weit aufgerissen, ihren Kuschelhasen fest an sich gepresst.

Elara schaute in ihr kleines Gesicht und fragte sich, ob die Schwangerschaft voller Trauer und Resignation das kleine Mädchen geprägt hatten, denn Alexia wurde oft von Angst und Albträumen geplagt. Man konnte sie nur beruhigen, indem man sie ganz fest in die Arme schloss. Sie winkte die Kleine herbei, nahm sie auf den Schoß, presste sie an ihre Brust, und ein starker Gefühlsmix überflutete sie. Alexia war ihre letzte Verbindung zu Aristidis, sie war wie ein Geschenk, und gleichzeitig war sie eine immerwährende Erinnerung an die schlimmste Zeit ihres Lebens. Bei der Geburt dieses Kindes war sie fast gestorben, als sie ohne jeden Lebensmut in den schmerzvollen Prozess eingetreten war, den es bedeutete, ein Kind zu gebären. Das Wochenbett, jene vierzig Tage, in denen sie das Haus nicht verlassen durfte, um nicht vom bösen Blick getroffen zu werden, hatte sie damals wirklich im Bett verbracht. Sie war nicht in der Lage gewesen aufzustehen, und bereits die Aufgabe, das Baby zu stillen, war einem Kraftakt gleichgekommen. Ihre Mutter war gekommen und hatte ihr mit den beiden anderen Kindern geholfen, während sie blass und blutleer mit dem Schicksal gehadert hatte, drei Kinder ohne Vater großziehen zu müssen. Sie hatte noch nicht einmal einen Leichnam besessen, von dem sie hätte Abschied nehmen können. Das Meer hatte ihn behalten. Einfach so. Genommen und behalten! Sie hatte das Meer gehasst, auch ihr Leben – und sie hatte es nicht mehr haben wollen. Doch Gott hatte sich geweigert, sie zu nehmen, obwohl sie sich ihm dauernd angeboten hatte. Sogar zum Tausch, denn der letzte Funken Hoffnung hatte einfach nicht verglimmen wollen: Aristidis lebte irgendwo, war jedoch noch zu schwach, um sich zu melden, doch er würde heimkehren. Im Tausch gegen ihr Leben. Es war verrückt gewesen, mit Gott so pokern zu wollen, denn für ihre Kinder hätte es die Situation ja nicht verbessert. Zu diesem Zeitpunkt jedoch waren diese Gedanken ihre beständigen Begleiter, so wie heute noch regelmäßig. Auch wenn sie den toten Körper dann doch noch bekommen hatten. Einige Wochen später hatte ein Schiff, viele Kilometer von dem ursprünglichen Fanggrund entfernt, den Leichnam gesichtet und gesichert, sodass die Küstenwache ihn hatte bergen können. Der Ehering und das verschlungene Tattoo aus vier Herzen – jedes stand für ein Mitglied ihrer damaligen Familie – hatten ihn eindeutig identifizierbar gemacht, und sie hatte akzeptieren müssen, dass Gott nicht auf ihrer Seite war. Seitdem hasste sie auch ihn.

Alexia regte sich auf ihrem Schoß, rollte sich kleiner zusammen und seufzte erleichtert, die schlimmen Gedanken waren wie immer durch Elaras Wärme und Nähe gewichen. Sie umfasste den kleinen Körper und stand auf, um das Mädchen in ihr Bett zu bringen. Wenige Monate nach ihrer Geburt hatte sie sogar mit dem Gedanken gespielt, dass es besser sein würde, Aristidis mit allen Kindern zu folgen, doch stattdessen hatte sie begonnen, die Briefe zu schreiben. Wenn sie nur erfahren würde, was dort draußen passiert war, würde alles besser werden. Davon war sie lange Zeit überzeugt gewesen.

14. Kapitel

Maria, Stelios Mentakis' raubeinige Assistentin, hatte das Telefonat unterbrochen, denn natürlich hatte nun auch die Presse Wind von dem Vorfall bekommen, und die Telefone liefen in allen Präfekturen heiß. Jeder wollte zuerst erfahren, was da los war, und selbstverständlich hatte niemand daran gedacht, der Besatzung der Jacht den Kontakt zur Außenwelt zu untersagen. Natürlich hatte die Familie darüber geredet, kaum dass sie den Notruf abgesetzt hatten. Obwohl es so weit draußen auf dem Meer oft Probleme mit dem Handysignal gab, war es ihnen gelungen, die Nachricht zu verbreiten, dass dort auf hoher See wohl etwas Furchtbares geschehen war.

»Es tut mir leid, Stelio«, hatten sie noch Marias Stimme gehört, die geklungen hatte, als würde sie Whiskey in Massen vertilgen, »aber du musst irgendwas tun, um aus dem Hubschrauber nicht ein Passagierflugzeug oder gar ein UFO werden zu lassen.«

Knurrend hatte er sich von Hyeronimos verabschiedet und sie wenig schlauer als zuvor zurückgelassen.

»Stefanakis weiß ganz sicher mehr«, sagte Penelope in die Stille hinein.

»Sicher«, bestätigte Hyeronimos, »aber er wird es uns nicht sagen. Er will einfach nur seine Schäfchen ins Trockene bringen, und ich bin der Idiot, der sie aus der Gefahrenzone führen darf.«

»Wir klingen beide ganz schön resigniert.«

Penelope schaute ihn an, und er spürte ihren prüfenden Blick auf der Haut. Ihre Aura flackerte leicht rötlich, normalerweise leuchtete sie wunderbar lila. Das hatte ihn auch von Anfang an für sie eingenommen, denn er kannte nur eine weitere Person mit dieser Farbe – und das war seine geliebte Yaya. Die besondere Eigenschaft, die Auren der Menschen farbig zu sehen, hatte er von Kindesbeinen an besessen. Er hatte gelernt, es zu akzeptieren, auch wenn es in jungen Jahren eine große Herausforderung gewesen war. Später hatte er begriffen, dass diese Fähigkeit keine Bürde war, sondern ein echter Schatz, der es ihm ermöglichte, Menschen genauer einzuschätzen. Für einen Kriminalkommissar glich diese Fähigkeit sogar einer Art Ermittlungsinstrument, denn die Aurafarbe sagte ihm im Regelfall sehr viel über die Persönlichkeit der Menschen, mit denen er es zu tun hatte, und das war ein Wissensvorsprung, der ihm schon oft geholfen hatte, hinter die sorgsam gepflegten Fassaden zu schauen. Er ging mit dieser Fähigkeit nicht hausieren, denn für viele Menschen waren Auren etwas Esoterisches und damit Hokuspokus. Auch Penelope gegenüber hatte er sich noch nicht geoutet, obwohl seine Freundin ihn gewiss nicht dafür verurteilen würde. Er konnte nicht genau sagen, warum er es für sich behielt, gleichzeitig war es seit Jahrzehnten sein Geheimnis, und er hatte es oft auf die harte Tour gelernt, dass seine Besonderheiten in der Gesellschaft nicht auf Zustimmung stießen. Es war also ein gewohntes Muster für ihn, Dinge für sich zu behalten.

Vielleicht war es falsch, aber auf jeden Fall hatte ihn seine Verschlossenheit diesbezüglich schon oft vor Angriffen von außen bewahrt. Manchmal stellte er sich eine Welt vor, in der man offen über sich und seine Eigenarten sprechen konnte: *Hallo, ich bin Hyeronimos, und ich habe regelmäßig schlimme Panikattacken, die durch ein Datum oder die Störung meines persönlichen Ordnungsempfindens ausgelöst werden, zudem habe ich kleine Handticks und sehe Menschen von*

Farben umgeben. Das wäre doch mal ein Fortschritt. Und alle würden freundlich lächelnd von ihren eigenen Problemen berichten. Das würde die Welt gewiss zu einem besseren Ort werden lassen, besser jedenfalls als all die Situationen, in denen man sich maskierte und versuchte, gute Miene zum bösen Spiel zu machen. Er wusste, dass nichts dergleichen je geschehen würde, denn diese Form der Offenheit und der Eingeständnisse bedurften einer grundsätzlich wohlwollenden Haltung – und so waren Menschen eben nicht.

»Zeigst du mir deins, zeig ich dir meins.« Sie grinste leicht schief, und er konnte den Schmerz in ihrer Mimik sehen.

»Wie meinst du das?«, wollte er wissen und bemerkte, dass seine Stimme leicht erschrocken klang.

»In diesem Auto sitzen meiner Meinung nach zwei Menschen, die von der Welt gefrustet, genervt und auch irgendwie desillusioniert zu sein scheinen. Ich biete an, dir meine dunkle Seele zu zeigen, wenn du mir deine zeigst!«

Die gesamte Situation war so absurd, dass er spontan beschloss, sie in seine eben durchlebten Gedanken einzuweihen. »Ich kann Auren sehen, sie sind unterschiedlich farbig. Je nach vorherrschendem Persönlichkeitsaspekt in der jeweiligen Situation – bei dir herrscht Lila vor«, platzte er heraus.

In ihrem Gesicht zeichnete sich echtes Erstaunen ab. »Auren? Also Energiefelder, die Menschen umgeben? Echt? Wie cool ist das denn? Warum hast du mir das nicht längst erzählt. Wow! Das ist toll. Wie geht das?«, sprudelte eine Frage nach der anderen in den Innenraum des Wagens.

»Es ist einfach schon zu lange mein Geheimnis«, sagte er entschuldigend und erklärte ihr, was er sah.

»Das bedeutet also, dass die Aura dir verrät, ob jemand eher auf Durchsetzung und Einfluss oder Harmonie und Geborgenheit gepolt ist?«, hakte sie nach.

»Ja«, bestätigte er, »und die Achse mit Ordnung und Stabilität oder Inspiration und Leichtigkeit gibt es auch noch.«

»Ist das krass«, sie war noch immer vollkommen aus dem Häuschen, »wenn du also bei mir normalerweise Lila siehst bedeutet das, dass ich eine Mischpersönlichkeit aus Rot und Blau bin. Das passt zu mir. Ich liebe die Struktur und Ordnung der Wissenschaft, will aber auch meine Ziele verfolgen, ohne mich zu verbiegen oder mich kleinmachen zu lassen. Das ist eine Gabe, Hyeronimo, wie eine Geheimwaffe!«

»Na, na, na«, winkte er ab, »jetzt wollen wir es mal nicht gleich übertreiben. Es ist hilfreich und ziemlich verlässlich, löst aber keinen Fall für mich.«

Sie nickte, war aber noch immer vollkommen gefangen von dieser Offenbarung. »Das war sicher nicht leicht für dich früher.«

»Stimmt. Deshalb habe ich mir auch abgewöhnt, es zu erwähnen. Ich vertraue dir und verlasse mich darauf, dass es nun unser gemeinsames Geheimnis ist!«

Sie hob beide Hände zum Schwur.

»Jetzt bist du dran«, er lenkte das Auto vorsichtig über die kurvige Straße. Sie hatten Sarantapichos gerade hinter sich gelassen, und nun war es nicht mehr weit bis zum Ziel, das kurz hinter Panagia Faneromeni lag. Von dort aus würde die Straße irgendwann zu einem Schotterweg werden, der auf der Landzunge endete, vor der das Boot der Küstenwache auf sie wartete.

»Ich liebe sie, glaube aber, dass es eine komplizierte Beziehung ohne Zukunft ist.«

Er warf ihr einen Seitenblick zu und forderte sie mit einem verstehenden Nicken auf, mehr zu sagen.

»Eleni lebt in der Öffentlichkeit. Sie will die Freiheit, zu sein, zu leben, wie sie will. Also warte, das klingt irgendwie verwirrend.« Sie hielt kurz inne, sammelte sich und fuhr dann fort. »Sie will sich nicht von Konventionen maßregeln lassen. Dafür steht und kämpft sie. Ich verstehe das und bewundere es auch. Gleichzeitig fürchte ich mich davor, dass Kollegen Bilder von mir mit ihr im Netz sehen und mich dann angreifen. Nicht offen, selbstverständlich. Weiß du, was ich meine?«

»Ja«, antwortete er schlicht, denn er verstand vollkommen, worauf sie hinauswollte.

»Ein hübsches Graffito mit *Lesbe* am Institut oder eine Fotomontage mit uns beiden nackt ...«, sie klang hoffnungslos, »das würde meinen Ruf demontieren.«

»Und deshalb willst du nicht mit ihr zusammen sein oder sie nicht mit dir?«, fragte er nach.

»Ich weiß es nicht, Hyeronimo. Ich bin vollkommen zerrissen. Ich will auch frei sein, aber ich liebe meine Arbeit und egal, wie beknackt vieles hier auch sein mag: Ich liebe diese verdammte Insel!«

»Titika würde sagen: ›Alles ist für etwas gut. Sei geduldig, mein Kind‹«, zitierte er seine Yaya.

»Du weißt, dass das nicht unbedingt hilfreich ist«, erwiderte sie.

»Ich weiß«, gab er zu, »aber ich habe noch keine andere Antwort. Gib mir etwas Zeit, darüber nachzudenken. Liebe ist etwas Kostbares.«

Sie schwiegen beide und schauten auf das Meer, auf dem sich langsam die Farben des Abends abzuzeichnen begannen. Sein Magen knurrte plötzlich vernehmlich, und sie mussten beide lachen.

Die Atemanhaltephase

15. Kapitel

Oktober 2014

Er trudelte immer weiter nach unten, versuchte verzweifelt, sich gegen den Sog des Meeres zu wehren, dessen starke Unterströmung ihn erfasst hatte, ohne dass er verstand, wo sie herkam. Der Ozean war brausend und strudelnd, und er hatte das Gefühl, wie ein Spielball hin und her geschleudert zu werden. Um ihn herum war Schwärze, mehr nicht. Die Sonne war noch immer hinter den Wolken verborgen, und plötzlich erschien ihm die Idee, hier draußen nach den Roten Thunfischen zu suchen, die dümmste seines Lebens zu sein. Er hatte Vangelis und Aristidis dazu überredet, so weit hinauszufahren, hatte die Abenteuerlust in ihnen geweckt und von den Geschichten geschwärmt, die sein Vater immer erzählt hatte, als er einst einen 65 Kilogramm schweren Fisch im Netz gehabt und diesen dann teuer verkauft hatte. Heute gab es genügend Restaurants auf der Insel, die sich schicken Trends anpassten, und daher würde ein solcher Fang auch ihre Taschen füllen. Vielleicht kam sogar ein ganzer Schwarm aus den kühlen Tiefen.

»Jackpot, Jungs«, hatte er übermütig gerufen, und nun gab es diesen wohl nur noch auf dem Meeresgrund für ihn. Alles, was er sah, war das aufschäumende Wasser. Konnte ein Schwarm Roter Thunfische das verursachen, oder kam hier ein Monster aus den Tiefen, um ihn zu verschlingen? Erst kürzlich hatte jemand von einem 10 Meter langen Kalmar berichtet, der um das Boot herumgeschwommen sei, als wollte er es verschlingen. War es keine Geschichte gewesen, sondern Realität? Würde ihn gleich einer der Fangarme des Tintenfischs umschlingen und ihn noch weiter hinabziehen?

Der Druck auf seiner Brust wurde immer unerträglicher. Was hatte er sich nur dabei gedacht, seinem Freund einfach hinterherzuspringen? Ob Vangelis Hilfe gerufen hatte? Er musste die Wasseroberfläche erreichen, sonst würde er hier unten sterben. Panik erfüllte ihn, und er verspürte den Drang, den Mund zu öffnen, um zu atmen. Er würde Aristidis nicht mehr retten können. Jetzt musste er sich selbst retten. Er begann zu strampeln, sich gegen den Sog zu wehren, spürte, wie ihm schwindelig wurde und wie das Gefühl, ohnmächtig zu werden, sich seiner bemächtigte. Er musste hinauf! Sein Kopf schmerzte, seine Lunge brannte, doch er hielt den Mund verbissen geschlossen, kämpfte gegen den Gedanken an aufzugeben und wurde dann erneut von einem Sog erfasst, der ihn wie eine Kanonenkugel erst nach unten zog und dann an die Oberfläche schleuderte. Er musste sich bewegen, um nicht wieder unterzugehen, und als er die Augen einen Spaltbreit öffnete, sah er, dass er vollkommen allein war – um ihn herum nur das Meer mit leicht schaumigen Wellenkämmen.

»Vangeli! Ruf Hilfe!«, flüsterte er und schluckte hustend salziges Wasser, dann stieß etwas gegen seinen Kopf.

16. Kapitel

Zurück in der Gegenwart

Die See war glatt, und ihre Oberfläche glänzte wie ein Spiegel in der Abendsonne. Die Taucher glitten von dem Boot ins Wasser, ausgerüstet mit Tiefseeausstattung, da das kretische Meer vor der Ostküste teilweise mehrere 100 Meter tief war. An der karpatischen Bodenwelle waren es sogar rund 3,5 Kilometer. Die Suche nach einem verschwundenen Objekt dieser Größe und mit rund 2 Tonnen Gewicht war schon nach wenigen Minuten eine Herausforderung, und bis das Boot der Küstenwache an dem von der Zeugin beschriebenen Punkt angekommen war, war nichts mehr zu sehen, und es kam der Suche nach einer Stecknadel in einem Heuhaufen gleich. Ein weiteres Boot hatte einen Rotorflügel gefunden, und den Rettungskräften war bewusst, wie das Sinken eines Hubschraubers vonstattenging, der, einmal auf die Wasseroberfläche gefallen, zur Seite wegkippte und dann rasch unter Wasser versank. Zwar hatte er nach wenigen Metern bereits seine Aufprallgeschwindigkeit verloren und nahezu gegen null gesetzt, das bedeutete aber nicht, dass er nicht innerhalb der fast dreißig Minuten, die das Schnellboot der Behörden gebraucht hatte, um die beschriebene Stelle zu erreichen, sehr weit hinabsinken konnte. Je nachdem, wie tief das Meer an genau jener Stelle war und wohin eventuelle Unterströmungen das Objekt getrieben hatten. Die Taucher konnten ohne Dekompressionskammer kurzzeitig auf bis zu 50 Meter Tiefe gehen, und eins war auch jetzt schon sicher: Selbst wenn sich der Pilot und seine eventuellen Passagiere hatten befreien können, so hatten sie höchstwahrscheinlich nicht überlebt. Niemand hatte im Umkreis hilflose Personen im Wasser gesichtet. Aktuell ging es viel eher darum, die Maschine zu bergen und herauszufinden, was geschehen war. Stavros Limanakis, der Kapitän des Taucherbootes, war darüber informiert, dass der Hubschrauber unter dem Radar geflogen war, und sämtliche bisherigen Recherchen hatten ergeben, dass der Flug auch nirgendwo angemeldet worden war. Hierin bestand schon grundsätzlich ein großes Risiko, daher vermutete er ein Drogengeschäft, das unter Umständen misslungen war. Doch ohne das Flugobjekt blieb alles Spekulation.

»Delta 217 an Brücke«, knarrte es aus dem Funkgerät, *»alle Taucher abgelassen.«*

»Alle Taucher abgelassen«, wiederholte Limanakis und trat an die Reling, um einen besseren Blick auf das Geschehen und seine Jungs zu haben. »Beleuchtung einschalten«, gab er den Befehl. Der erste Offizier wiederholte die Worte, und alle schalteten gleichzeitig ihre Lampen an, denn langsam zog die Dunkelheit herauf, und dann war das Meer fast mystisch schwarz. Es sah beinahe ein wenig spielerisch aus, wie die Lichtpunkte unter der Wasseroberfläche hin und her glitten. Man hätte es für ein inszeniertes Schauspiel halten können.

Er war vor vielen Jahren einmal in Österreich zum Skilaufen gewesen und hatte fasziniert eine Show der Skilehrer beobachtet, die in absoluter Dunkelheit mit Fackeln in den Händen in synchronen Bögen den steilen Hang hinabgeglitten waren. Ähnlich wirkten die Lichter, die sich immer mehr in die Tiefen des Ozeans sinken ließen, auch auf ihn. Sie hatten selten solche ernsten Einsätze. Natürlich übten seine Taucher immer auch in der Dunkelheit. Doch hier und jetzt in dieser Situation, die sonderbar und auch etwas unglaubwürdig wirkte, fühlte er die Spannung zwischen Faszination und Realität ganz genau. Sie würden schweres Bergungsgerät benötigen, sollten sie den Hubschrauber finden, denn zwei Tonnen aus der Tiefe zu bergen machte man nicht mal eben so mit einer Seilwinde. Das Boot der Küstenwache, das zuerst an dem vermuteten Havarieort angekommen war, zog immer größere Kreise in der Hoffnung, doch noch andere Teile des Geräts oder gar Überlebende zu finden. Das Wasser war zu dieser Jahreszeit nicht zu kalt, zumindest wenn sich die Passagiere oder der Pilot rasch genug hatten befreien können – was, wenn man ordnungsgemäß angegurtet war, schon einer großen Herausforderung glich. Wenn die Flucht aus dem sinkenden Objekt jedoch erst spät gelungen war, dann war nicht die Wassertemperatur das größte Risiko für Menschen in Todesangst, sondern das zu schnelle Auftauchen. Auch die Gefahr einer Stickstoffnarkose war gegeben, sollte man sich erst nach mehr als 20 Metern Tiefe befreien können, ganz unabhängig davon, ob sich jemand nach einem Absturz so sehr kontrollieren konnte, dass er sich dann zwei oder drei Minuten Zeit zum Auftauchen nahm. Wer konnte schon so lange die Luft anhalten? Das war unter normalen Umständen für Laien schon kritisch, und wenn die Panik dazukam, geradezu unmöglich. Er schüttelte gramerfüllt den Kopf. Er hatte viel gesehen in seinem Leben, denn er war schon immer zur See gefahren, und sosehr er das Meer auch liebte, so sehr respektierte er es auch.

17. Kapitel

Stelios Mentakis ließ sich in seinen Bürostuhl fallen. Er war davon ausgegangen, schon wirklich alles erlebt zu haben, vor allem nach dem Tod des berühmten Sängers im vergangenen Jahr, doch das hier setzte allem die Krone auf. Sie waren zu einem Spielball, er verbesserte sich in Gedanken, zu einem Punchingball politischer Interessen geworden und mussten sich dem Befehl eines Ministers unterordnen, der zwar faktisch die Kompetenz dazu hatte, ihnen Befehle zu erteilen, aber sie ganz offensichtlich nur benutzte, um irgendetwas zu verschleiern. Zumindest kam es ihm so vor, auch wenn er in diesem Moment keine Idee hatte, was das sein konnte. Jedoch ließ Dimitris Stefanakis' Position nur einen Schluss zu, und den durfte man ganz bestimmt nirgendwo laut aussprechen: Der unerlaubte zivile Hubschrauberflug – mittlerweile war er so weit zu beten, dass es wirklich eine zivile Maschine war, die sie auf dem Meeresgrund finden würden – hatte einen militärischen Grund gehabt zu fliegen. Er wünschte sich gerade, seinen Dienst quittieren zu können und irgendwo in den Bergen seine Ruhe genießen zu dürfen, als es erneut klopfte und Maria, ohne sein »Ja« abzuwarten, schon in der Tür stand.

»Warum bist du immer noch hier?«, knurrte er.

»Weil *du* noch immer hier bist«, gab sie ebenso verbissen zurück.

»Welche Katastrophe bricht nun schon wieder über mich herein?« Eigentlich wollte er es gar nicht wissen.

»Anders kann man es tatsächlich nicht ausdrücken«, gab sie ihm recht, und er machte sich innerlich auf alles gefasst und atmete seufzend aus. »Du musst einfach nur den Fernseher anmachen oder auf Facebook gehen.«

Er spürte, wie ihm die Galle bitter aufstieß, und hätte am liebsten ausgespuckt: Die sozialen Medien waren der Untergang einer jeden behördlichen Arbeit! Dann griff er zu der Fernbedienung und schaltete das Gerät ein: »Welcher Kanal?«

»Egal«, meinte sie und zuckte entschuldigend mit den Schultern, kam zum Schreibtisch, stellte zwei kleine Gläser auf den Tisch, die er erst jetzt sah, und sagte auffordernd: »Trink erst!«

»Also ist es irgendwie schlimm, aber doch nicht ganz so schlimm? Denn ein Gläschen hilft wohl kaum gegen etwas richtig Übles«, mutmaßte er und kippte das Höllengetränk, das irgendjemand aus ihrer Familie oben in den Bergen gebraut und ganz sicher zum Desinfizieren hergestellt hatte, in einem Schluck hinab. Seine Kehle brannte, und seine Speiseröhre löste sich gefühlt auf, während er auf dem Bildschirm dabei zusah, wie eine braun gebrannte Frau einem Reporter per Videochat erzählte, dass sie gesehen hatte, wie ein Flugobjekt kurz über der Wasserfläche geflogen und dann heruntergefallen und untergegangen sei.

»Na bravo«, sagte er, »und das läuft jetzt überall?«

»Ja, seit ungefähr fünf Minuten. Ich denke, die da draußen müssen mit uneingeladenem Besuch rechnen und daher unbedingt eine Schutzzone einrichten. In der Luft und zu Wasser. Ich habe die Küstenwache schon informiert, aber du musst sicher auch selbst noch einmal mit dem Kommandanten Kontakt aufnehmen. Noch einen?« Sie hob fragend das Glas an.

Er überlegte kurz und nickte dann. Er hasste es, im Dunkeln zu tappen, und genau das war hier der Fall. Sie mischten sich in etwas ein, was sie nichts anging. Nicht nur, weil es sich um eine andere Präfektur handelte, sondern auch, weil es um ein Geschehen auf hoher See ging, das damit dem Seerecht unterstand. Zudem gab es bis jetzt keinerlei Anzeichen, dass jemand gewaltsam zu Tode gekommen war. Was wollte also sein bester Ermittler mit der Leiterin der Gerichtsmedizin da draußen auf einem Schiff der Küstenwache?

Am liebsten hätte er die Flasche angesetzt, mit der Maria jetzt zurückkam, und gehofft, dass ihn das Zeug binnen Sekunden ins Koma versetzte.

18. Kapitel

Konstantinos Stefanakis fuhr sich durch das strubbelige Haar und lehnte sich zu dem blonden Mädchen, das neben ihm an der Bar Platz genommen hatte. Er konnte deutlich sehen, dass sie Griechin war, obwohl sie versuchte, sich so international wie möglich zu geben. Sicher saß sie hier, um einen Touristen an Land zu ziehen, also ins Bett. Er ließ seinen Blick über sie gleiten, und ihm gefiel, was er sah: Ihre glatten, wohlgeformten Beine ragten unter einem kurzen Rock hervor und steckten in schwindelerregend hohen Sandalen. Ihren gebräunten Oberkörper zierte eine weiße Bluse mit Tüllärmeln, die gleichzeitig zeigte und verbarg, denn sie war leicht durchscheinend. Man konnte den roten BH sanft schimmernd sehen, mehr aber auch nicht. Es war subtil und verheißungsvoll zugleich. Er war sich sicher, dass sie ihren Job professionell beherrschte.

Hier in den Bars von Ammoudara waren viele junge Frauen zu finden, die ihre Dienste für wenig Geld zur Verfügung stellten, denn es galt, die Miete zu zahlen oder einfach nur etwas zu essen auf den Tisch zu bekommen. Er war nicht dumm, auch wenn sein Vater ihm dies immer wieder gern an den Kopf warf. Er wusste Bescheid und sah, was die Krise mit sich brachte. Früher waren es meist osteuropäische Frauen gewesen, die an den Bars warteten. Doch in den letzten zwei bis drei Jahren sah er vorwiegend junge Griechinnen, manche waren wirklich *sehr* jung, und die Kerle, denen die Bars gehörten, fragten nicht nach einem Ausweis. Letzten Endes profitierten sie von den Mädchen, denn die Männer kauften ihnen Drinks, und manche Eigentümer verlangten daher sogar eine Art Stuhlmiete von den Frauen. Er war sicher kein Musterknabe und überschritt oft die Schwelle der Legalität, doch das System missfiel ihm sehr. Er hatte sogar schon von Mädchen gehört, die einen Blowjob für fünf Euro erledigten, was ihn dazu brachte, die Kerle, die ein solches Angebot annahmen, zu verabscheuen. Heute hatte er Geld, manchmal kaum etwas, aber jetzt waren seine Taschen voll, und er konnte es sich leisten, sie von einem solchen Schwein fernzuhalten.

Also beugte er sich zu ihr und fragte: »Darf ich dich auf einen Drink einladen?«

Sie ließ ihren Blick taxierend über ihn gleiten, lächelte leicht und wiegte dann den Kopf abwägend hin und her.

»Ich bin Konstantinos«, murmelte er, reichte ihr die Hand und konnte nun Erstaunen in ihrem Gesicht erkennen, so, als wäre diese Geste absolut außergewöhnlich in ihrem Leben.

»Ich bin Melina.«

Vorsichtig nahm sie seine Finger in die ihren. Ihre Stimme klang rauchig und verheißungsvoll, und sie hielt seine Hand einen Augenblick länger als nötig fest.

Er überlegte, ihr zu sagen, dass sie ihr Pulver bei ihm nicht verschießen musste, wollte sie aber nicht vertreiben und direkt in die Arme eines der feisten Fieslinge jagen, die gerade laut lärmend und mit von der Sonne rot verbrannten Gesichtern einen Tisch in der Nähe geentert hatten. Er sah die begehrlichen Blicke der Kerle, stufte sie als Engländer ein und hatte bereits ein fertiges Meinungsbild im Kopf, ohne sie genauer beobachtet zu haben. Er saß gern an Theken herum und beobachtete und hielt sich für einen hervorragenden Menschenkenner. Er hätte gewiss als Psychologe eine gute Figur gemacht, doch er hatte wirklich keine Lust gehabt, sich in das System einzugliedern und jeden Tag wie ein braves Schaf mit vielen anderen auf den harten Universitätsbänken zu hocken. Sein Bruder Nicholas hatte diese Aufgabe mit Bravour erledigt, daher musste er das nicht ebenfalls tun. Jeder lebte eben nach seinem Gusto und nach seinen Fähigkeiten. Er sah sich eher als Lebenskünstler, auch wenn die Titulierungen seines Vaters sich ganz anders anhörten, doch jetzt wollte er nicht an Dimitris denken. Er wollte sich auf die Schönheit vor sich konzentrieren und gleichzeitig für ihre Sicherheit sorgen.

Sie schaute kurz in die Karte und orderte eine kleine Flasche Champagner. Er wertete dies als Test. Bei einem der Billigtouris, die auf ein schnelles Erlebnis aus waren, wären die achtundzwanzig Euro gewiss nicht drin, aber er nickte dem Barkeeper bestätigend zu. Die sorgsam gewahrte Fassade rutschte ihr ein wenig aus dem hübschen Gesicht. Sie hob erstaunt die Augenbrauen und zeigte damit, wie wenig sie damit gerechnet hatte, diesen Drink von ihm zu bekommen.

Er selbst blieb beim Bier. Sein Vater hatte vollkommen recht, wenn er ihm vorwarf, Drogen zu konsumieren, doch er hielt sich von den harten Sachen fern, und auch den ganzen chemischen Quatsch mied er. Er rauchte gern Joints und hielt sie für ungefährlicher als den Whiskey, den sein Alter soff, oder den Raki, mit dem sich viele hier auf der Insel das Leben schöntranken. Das Gras entspannte ihn, und er verlor den Überblick nicht und wurde auch nicht aggressiv, wie er es oft bei Besoffenen beobachtete, die nur auf eine Prügelei aus waren, sobald sie eine bestimmte Promillezahl erreicht hatten. Gras und Alkohol waren für ihn keine gute Kombination, deshalb trank er nur ein Bier, und auch das war häufig alkoholfrei.

Der Mann hinter der Theke, auf seinem Namensschild stand tourigerecht *Giannis,* beugte sich über den Tresen und goss Melina das hochstielige schmale Glas halb voll. Sie nickte dem mittelalten Barkeeper freundlich zu, denn gewiss freute auch der sich, dass sie guten Umsatz einbrachte. Dann hob sie ihr Glas, und sie stießen an.

»Yamas!«

Er blickte ihr in die Augen. Sie waren von einem tiefen Braun, fast wie flüssige Schokolade, und die Wärme darin ließ ihn kurz aufmerken. Das passte so gar nicht zu einer *Professionellen.* Doch anscheinend fühlte sie sich in seiner Gegenwart wohl, und er stellte überrascht fest, dass auch er ein angenehmes Gefühl verspürte. Er war nicht darauf aus, sie nachher in einem billigen Zimmer zu nehmen oder sich in einer Seitenstraße hinter der Bar einen blasen zu lassen. Er wollte wissen, wer sie war und was sie dazu brachte, zu tun, was sie hier tat. Er horchte in sich hinein und war wirklich verwundert über die Wendung, die der Abend gerade nahm. Im Augenwinkel sah er auf dem Bildschirm hinter der Bar eine braun gebrannte Touristin, die aufgeregt plapperte. Auf dem Nachrichtenband, das am unteren Bildschirm entlanglief, las er etwas von einem abgestürzten Flugobjekt und musste über die Frau lächeln. Mal wieder hatte jemand ein UFO gesehen. Die Welt bestand nur noch aus Verrückten. Dann richtete er seine volle Aufmerksamkeit auf Melina. Erneut hielt er ihr die Hand hin. »Ich bin Konstantinos, und ich freue mich, dich kennenzulernen, Melina.«

Sie machte große Augen, ergriff seine Hand noch einmal. Diesmal war ihr Griff fest und ehrlich.

19. Kapitel

»Ich habe Hunger«, gab Penelope unumwunden zu, »auch wenn ich weiß, dass wir keine Zeit haben, um uns jetzt gemütlich am Strand in ein Restaurant zu setzen. Doch so ganz ohne Marschverpflegung möchte ich nicht auf einem Schiff draußen auf dem Meer landen.«

Sie hielt sich bedeutungsvoll den Bauch.

Hyeronimos nickte verstehend. »Wie man deutlich hören kann, habe auch ich Hunger! Wir suchen uns was zum Mitnehmen. Niemand kann von uns erwarten, mit knurrenden Mägen zu arbeiten.«

»Und wenn jemand umgekommen ist, dann ist er auch noch fünfzehn Minuten später tot«, lächelte sie. Ihre Gedanken glitten kurz zu einer anderen dunklen Nacht zurück, als sie dem Tod auf einem Schiff begegnet war, und ein kalter Schauer lief ihr über den Rücken. Schnell schaute sie zu Hyeronimos und sagte geschäftig: »Soll ich mal unseren besten Kumpel Google befragen?« Sie scrollte emsig auf dem Handy umher und hatte schnell einige Adressen in der Nähe aufgetan. Sie traf ihre Auswahl und dirigierte ihn zum Platania Beach, an dem es wohl einen kleinen Imbiss gab.

»Ich hoffe, er hat noch offen«, sagte sie, denn es war schon spät, und die meisten Strandbesucher waren gewiss schon fort, »ansonsten gibt es gerade vor uns einen Lidl.«

Er verzog das Gesicht ein wenig.

»Besser als nichts«, erwiderte sie darauf, »wollen wir lieber zur Sicherheit ein paar Sachen dort holen, bevor wir nachher da unten stehen und der Imbiss bereits geschlossen hat. Dort, wo uns das Boot gleich einsammelt, ist das absolute Nirgendwo, und danach gibt's echt nichts mehr!«

»Also Lidl«, sagte er nicht besonders begeistert und bog scharf ab, denn gerade tauchte der Supermarkt am Straßenrand auf.

Sie kauften eilig ein paar Knabbereien und ergatterten sogar noch zwei unterschiedlich gefüllte Pita. Penelope legte zusätzlich drei große Flaschen Wasser in den Wagen und etwas Obst, bei dem sie darauf achtete, dass es von der Insel kam und nicht aus anderen Ländern eingeflogen worden war. Sie hatte den Geschmack der sonnenbeschienenen Produkte vermisst und freute sich auf den ersten Biss in einen der Pfirsiche. Bevor sie wieder ins Auto stiegen, nahm sie die Früchte und wusch sie mit einer halben Flasche Wasser ab. In der Bäckertüte fand sie einige Servietten, reichte eine an Hyeronimos weiter, ließ sich sein Taschenmesser geben, teilte die Früchte in Viertel und versorgte erst ihn, bevor sie selbst genussvoll kaute.

»Müssen wir uns noch irgendwie abstimmen?«, fragte sie mit vollem Mund, während sie das Schauspiel vor sich genoss, das Meer im Halbdunkel glitzern zu sehen.

»Ich denke nicht.« Er kaute schnell und schluckte, bevor er weitersprach. »Wir haben doch keine Ahnung, was uns erwartet, daher sind wir einfach wir. Ich denke, die Küstenwache weiß, dass wir auf Befehl von ganz oben kommen und nicht, weil uns gerade furchtbar langweilig ist. Maximale Kooperation erscheint mir daher das Mittel der Wahl zu sein.«

»Ich weiß, dass es blöd klingt«, gab sie zu, »aber ich hoffe natürlich, dass ich was zu tun bekomme. Müssen wir meine Anwesenheit erklären? *Sie saß gerade zufällig in meinem Auto,* klingt für mich irgendwie ... unglücklich.«

»Je mehr wir erklären, umso mehr Aufmerksamkeit richten wir darauf. Wir tun so, als wäre das völlig normal. So was wie weise Voraussicht eben. Sie rufen den Mordermittler, dann ist die Pathologin mit im Boot – im wahrsten Sinne des Wortes«, erläuterte er seine Gedanken.

»So machen wir es.« Sie reichte ihm eine Hälfte der Tiropita und biss herzhaft in das blättrig-teigige Gebäck. Der Käse war salzig, und der buttrige Geschmack des Blätterteigs stand in einem hervorragenden Kontrast dazu.

»Greif mal bitte hinter meinen Sitz«, bat er, »da liegt ein Handtuch. Ich will nicht mit einer Hose voller Fettflecken dort ankommen.«

Sie tat wie geheißen, und er breitete das Tuch auf seinem Schoß aus, bevor er die Käsetasche vertilgte. Sie mochte es, dass er Wert auf sein Äußeres legte. Er hatte einen ganz besonderen Stil: Er trug nur Beige und Blau in allen Schattierungen. Heute waren es eine beige schmal geschnittene Hose, ein hellblaues Hemd, dessen Ärmel er bis zum Ellenbogen aufgerollt hatte, und weiche dunkelblaue Slipper. Sein Vollbart war kurz geschnitten und sein dunkles Haar ein wenig länger als sonst. Sie hatte schon mehrfach während der Fahrt wahrgenommen, dass er es einfach so im Wind flattern ließ, und eine vorwitzige Strähne war ihm dabei in die Stirn gerutscht, ohne dass er sie glättend zurückgeschoben hatte. Sie nahm sich vor, ihn später darauf anzusprechen, denn sie wusste um seine Eigenheiten. Was die Leute oft am meisten irritierte, waren seine blauen Augen, die so leuchtend waren, dass es unnatürlich in dem griechischen Gesicht wirkte. Sie übten eine faszinierende Macht aus, denn sie erweckten den Eindruck, dass er bis in die Tiefen jeder Seele blicken konnte, was ja auch irgendwie stimmte, wie sie jetzt wusste. Auch wenn die Auren ja äußerlich sichtbar waren, wenn sie ihn richtig verstanden hatte. Es war wirklich cool und fast ein bisschen magisch. Viele andere Menschen wären wahrscheinlich schockiert und würden sich bekreuzigen, um sich vor dem eventuell Bösen, was sich dahinter verbarg, zu schützen. Doch warum sollte es etwas Schlechtes sein, Menschen genauer als andere einschätzen zu können.

»Worüber denkst du nach?«, wollte er wissen.

»Über dich«, gab sie wahrheitsgemäß zu, »die Aurensache begeistert mich, gleichzeitig verstehe ich aber auch nur zu gut, warum du es für dich behältst ... Und du weißt hoffentlich, wie sehr du mir vertrauen kannst!«

»Das weiß ich, Pen!« Er schaute sich suchend um und bog dann rechts in einen holperigen Feldweg ein. Sie waren eine kurvenreiche Strecke durch lange Olivenhaine gefahren, bis ans Meer hinunter, und dann wieder eine Straße am Berghang hinaufgezockelt, bevor sie an einem Aussichtspunkt mit kleiner Gedenkkapelle und einem steinernen Sitzplatz mit Tisch und Bank rechts abgebogen waren. Fast hatte er den schmalen Feldweg übersehen, der sich den Hang hinunterschlängelte, denn er bremste so ruckartig, dass Penelope ein Pfirsich vom Schoß kullerte.

»Kreta at it's best«, sagte sie grinsend, hob das Obst rasch auf und wies mit hochgezogenen Augenbrauen auf den steinigen Pfad, den man kaum als Straße bezeichnen konnte.

Er fuhr sehr langsam und versuchte, großen Steinbrocken in den Fahrrinnen auszuweichen, während er gleichzeitig darauf zu achten schien, sie nicht allzu sehr durchzuschütteln.

»Wir sind gleich da«, sagte er und schob sich den letzten Happen der mit Spinat gefüllten Pita in den Mund, die sie ihm noch gereicht hatte.

»Ich bin bereit«, erwiderte sie und packte die Reste des Einkaufs zurück in die Tasche, die sie mit an Bord nehmen wollte. Würde sich tatsächlich Arbeit für sie ergeben, konnte sie nur eine erste Beschau vornehmen, denn sie reiste ja schließlich nicht mit pathologischen Utensilien im Koffer durch Europa. Lediglich Desinfektionsmittel und einige Einmalhandschuhe befanden sich in ihrer Handtasche, und das war zumindest ein guter Anfang.

20. Kapitel

Dorea senkte den Kopf und versuchte zu atmen. Es gelang ihr nicht immer, denn oft schien die Luft bereits in ihrem Hals stecken zu bleiben. Das sorgte für Enge in ihrem Brustkorb, die sich rasch in Schmerzen umwandelte. Auch jetzt fiel es ihr schwer, genügend Sauerstoff in ihren Körper zu bekommen, und ihr Kopf verweigerte ihr das klare Denken. Sie spürte nur das Pochen ihres Herzens, das schnell und unregelmäßig ging.

Irini hatte sich angewidert vom Tisch erhoben und mit vor Ekel triefender Stimme gesagt: »Dein Problem!« Dann hatte sie sich mit laut knallender Tür verabschiedet.

»Irini!« Doreas Ruf war unbeantwortet geblieben, das Mädchen war fort, flüchtete sich zu einer Freundin, um dem Elend in ihrem Zuhause zu entkommen. Doch für Dorea gab es kein Entkommen. Dort saß Manolis in seinem Rollstuhl, sein Gesicht war mit Essen verschmiert, denn sie hatte ihn gerade erst gefüttert. Er konnte nicht selbstständig essen. Er konnte nicht sprechen, er konnte sich nicht mehr kontrolliert bewegen, aber Teile seines Körpers funktionierten wie früher: Er schied aus wie früher, und sie musste ihn säubern, wenn sie nicht frühzeitig genug erkannt hatte, dass er musste. Sie hatte es schon mit Windeln versucht, aber die Dinger waren furchtbar teuer, und sie hatte sich davor geekelt, den Kot wie bei einem Baby abwaschen zu müssen. Zudem hatte er nicht stillgehalten, und es war immer eine grässliche Tortur gewesen. So war sie davon abgekommen und hatte nun regelmäßig damit zu kämpfen, ihn zur Toilette zu bringen. Es war aussichtslos, nicht etwa wie bei einem Kind, das man zur Sauberkeit erziehen konnte, denn er würde nie mehr lernen, all diese selbstverständlichen Dinge allein zu bewältigen. Die Waschmaschine lief zu oft, und Wasser und Strom waren jeden Monat ein gehöriger Batzen Geld. Ein paar Hilfsmittel hatte sie erhalten: den Rollstuhl und einen Sitz für die Dusche mit stabilen Saugfüßen, sodass sie den schweren Mann darauf absetzen und waschen konnte, ohne sich dabei einen Bruch zu heben. Auch Stützstrümpfe hatte sie bekommen, denn seine Füße und Waden waren durch die mangelnde Bewegung und Wassereinlagerungen immer stark angeschwollen und schmerzten ihn sehr, vor allem, wenn sie ihn dort berührte. Dann hatte er regelmäßig unkontrolliert um sich geschlagen vor lauter Pein und sie nicht selten erwischt, sodass sie mehr als einmal versucht gewesen war zurückzuschlagen. Einzig ihre Scham vor Irini hatte sie davon abgehalten, denn was sollte sie dem Kind noch alles zumuten?

Ihr ganzes Leben bestand nur noch aus Gram und Scham. Am liebsten hätte sie ihn fortgegeben oder ... Doch sie verbot sich alle Gedanken in diese Richtung. Er gab grunzende Geräusche von sich und bewegte sich in dem Stuhl, indem er sein Becken sonderbar zuckend hin und her schob. Davor war Irini geflüchtet: Die Erektion drückte sich sichtbar unter dem weichen Stoff der Jogginghose ab, und wenn sie ihm nicht Erleichterung verschaffte, würde es mit jeder neuen immer schlimmer werden. Tränen liefen ihr über das Gesicht, als sie sich zu ihrem Mann beugte. Sie hielt dieses Leben nicht mehr aus.

21. Kapitel

Sie lächelte ihn plötzlich so offen an, dass er sich fragte, wie sie wohl war, wenn sie ihre Arbeitsbekleidung ablegte. Also nicht, wie es sein würde, wenn sie nackt war, sondern ein ganz normales Mädchen in Jeans, Shorts und Flip-Flops. Ihr Lachen zauberte einen strahlenden Schein in ihr Gesicht und die dunklen Augen. Alles an ihr wurde durch dieses Leuchten erhellt, und er fühlte sich ein wenig bezaubert. Sie beugte sich zu ihm, ließ ihre Hand sanft auf seinen Unterarm sinken und neigte den Kopf ein wenig zur Seite.

»Warum bist du hier an dieser Bar, Konstantino?«

»Das ist eine gute Frage«, verschaffte er sich Zeit. »Ich habe mich mit meinem Vater gestritten, und immer, wenn das passiert, versuche ich, mich bei einem Bier am Meer zu entspannen«, antwortete er wahrheitsgemäß.

»Du streitest dich öfter mit ihm?«

Ihr Interesse klang ehrlich, obwohl es natürlich auch sein konnte, dass sie sich dieses Verhalten antrainiert hatte, um bessere Kundschaft abzubekommen und nicht nur die notgeilen Betrunkenen. Er war trotz der Probleme, die seine Eltern miteinander gehabt hatten, behütet aufgewachsen. Sie hatten sich Gott sei Dank scheiden lassen, und seine Mutter war auf der Insel geblieben, während Dimitris seinen Lebensmittelpunkt auf das Festland verlegt hatte. Sein Vater warf seiner Mutter immer gern vor, dass sie ihn verzärtelt hatte. Er hatte damit nicht vollkommen unrecht. Iota hatte ihm tatsächlich vieles durchgehen lassen. Er war acht Jahre jünger als sein Bruder Nicholas, und sie hatte ihn sorgsam behütet. So konnte man es nämlich auch sehen, doch sein Vater war ein sturer und harter Mann. Er sah immer nur das Schlechte. Für ihn war sein jüngster Sohn eine Pleite auf ganzer Linie, also hatte Konstantinos es sich zur Aufgabe gemacht, diesem Anspruch gerecht zu werden. Dimitris wollte einen Versager, also bekam er ihn. Nun ja, zumindest das, was »Versager« in der machtgeilen Welt der Politiker eben bedeutete. Er musste nur ungekämmt in sein Büro kommen, das T-Shirt leicht knittrig, schon war er ein bettelnder Junkie.

Er nickte leicht: »Wir sind sehr verschieden.«

»Ist das nicht gut so?«

Diese Frage war durchaus lebensklug.

»Natürlich. Kinder sollten nicht genau wie ihre Eltern sein«, meinte er, prostete ihr zu und nippte an seinem Bier. »Bist du wie deine Eltern?«

Seine Frage war unschuldig gemeint, doch im selben Augenblick durchzuckte ihn der Gedanke, dass dies unterstellte, dass sie aus Verhältnissen kam, die Prostitution begünstigte. Ihr musste bewusst sein, dass er sah, was sie hier tat.

»Meine Eltern leben oben in den Bergen«, antwortete sie mit einer unbestimmten Geste in Richtung des Landesinneren, und damit schien alles gesagt.

»Ich habe ein Stand-up-Paddling-Board. Damit bin ich oft draußen«, wechselte er abrupt das Thema und deutete aufs Meer hinaus.

»So ein Brett, mit dem man die Balance halten muss, während man paddelt?« In ihren Augen glomm Neugier auf.

»Ja«, bestätigte er, »manchmal ist es, als wäre ich schwerelos, und es ist irgendwie eine Kombination aus so was wie ... hm ... so was wie Meditation und Sport.«

»Das klingt toll. Da muss man bestimmt sehr konzentriert sein«, sie machte eine Pause, und ihre Hand glitt federleicht seinen Arm hinauf, »und man bekommt auch großartige Muskeln.«

Er musste ihr bald sagen, dass er nicht an bezahltem Sex interessiert war, damit sie aufhören konnte, sich so anzustrengen. Er würde sie für ihren Einnahmenverlust entschädigen, denn ihre Gesellschaft gefiel ihm immer besser. Wahrscheinlich würde sein Vater es sogar gut finden, dass er sich mit einer Prostituierten beschäftigte. Kerle wie er sahen doch alles nur als Handelsware an und festigten sogar ihre Position über ihren mannhaften Status in jedem Bereich. Man las und hörte ja einiges über Partys unter Geschäftspartnern, die nur darauf ausgelegt waren, sexuelle Gelüste zu befriedigen. Doch er war nicht so. Für ihn gab es diese Machtspiele nicht. Er wurde nicht zum Mann, indem er eine Frau unterwarf oder gar kaufte. Er fand den Gedanken abstoßend, Sex wie eine Ware zu erwerben. Eine Frau sollte es mögen, mit ihm zusammen zu sein, und nicht die Beine breitmachen, weil er ihr einen Geldschein zusteckte.

»Hast du Lust, mal mit mir zu kommen?«, fragte er spontan und war gespannt, wie sie auf diese Einladung reagieren würde.

Wieder wurden ihre Augen groß, und sie sah plötzlich aus wie Bambi, das Hirschkitz aus dem Disney-Film, bei dem er sich als Kind die Augen aus dem Kopf geweint hatte. Das verrückte Gefühl, sie beschützen zu wollen, war auf einmal übermächtig, und er fragte sich zum ersten Mal in seinem Leben, ob die Geschichte von der Liebe auf den ersten Blick tatsächlich keine Mär war, sondern wirklich passieren konnte.

22. Kapitel

Gaia hatte die Gäste zu ihrem Zimmer geleitet, und ihr Gesicht brannte vom vielen Grinsen. Natürlich bereitete es ihr Freude, ein Hotel zu leiten und damit ein wirklich sicheres Fundament für eine gute Zukunft geschaffen zu haben, doch um alles und jeden herumzuschleimen entsprach nicht ihrer Art. Genau deshalb hatte Vangelis sie so geliebt. Sie war keines von den braven Püppchen, die zu allem eine gute Miene machten. Sie hatte ihre Meinung und vertrat diese, wenn es sein musste, auch vehement. Ihre Schwiegereltern hatten das anfangs nicht so gut gefunden, und Vangelis hatte ihr von den Vorbehalten der alten Leutchen offen berichtet. Doch auch er hatte verdeutlicht, dass er nicht auf der Suche nach einem Hausmütterchen war, sondern nach einer gleichberechtigten Partnerin, und das hatte für ihn nicht bedeutet, sie die Farbe des Autos auswählen zu lassen oder zu bestimmen, wen man zum Essen einlud. Dieser vorsintflutliche Nonsens geisterte nämlich nach wie vor in vielen Köpfen als Synonym für gelebte Gleichberechtigung umher. Diskussionen darüber waren meist wirklich für die Katz, und daher war sie umso überraschter gewesen, dass Iasonas und Maria sie dann doch als Schwiegertochter akzeptiert hatten und auch nach Vangelis' Verschwinden weiterhin zu ihr gestanden hatten und ihre Familie waren. Sie weigerte sich, einen anderen Begriff als *Verschwinden* zu benutzen, denn sie war sich vollkommen sicher, dass ihr Mann nicht tot war. Sie würde es spüren, und ihr Herz war zwar durch sein Fehlen schwer verwundet, aber nicht zerbrochen. Sollte er tot sein, dann wäre das nämlich passiert: Ihr Herz wäre in tausend kleine Splitter zerbrochen.

Der Tag war lang gewesen, würde sich aber auch noch lange nicht dem Ende zuneigen, denn in der Saison kamen Flugzeuge zu jeder Tages- und Nachtzeit herein, und damit kamen die Gäste auch zu den unmöglichsten Zeiten an. In diesem Jahr hatte sie noch bewusst darauf verzichtet, jemanden für die Rezeption einzustellen, denn sie wollte den Kontakt zu jedem einzelnen Gast selbst herstellen, um so immer mehr Dauerkundschaft zu generieren. Denn dann wäre das Haus irgendwann einfach von ganz allein immer ausgebucht. Deshalb schwang Maria in der Küche den Kochlöffel und Iasonas in den Zimmern den Schraubenschlüssel. Sie waren Gastgeber zum Anfassen, und die Leute fühlten sich bei ihnen wie zu Hause. So, als wären sie Teil einer kretischen Familie, und das las Gaia auch in den Bewertungen im Internet immer wieder als etwas, was die Gäste besonders hervorhoben. Ob Vangelis es guthieß, was sie hier taten und wie sie das Geld angelegt hatten? Sie hoffte es so sehr.

Müde fuhr sie sich durchs Haar. Sie hatte es wachsen lassen und sich geschworen, es erst wieder schneiden zu lassen, wenn sie ihn wieder in ihre Arme schließen konnte. Das mochte verrückt wirken, aber es war ihr egal, dann war sie eben verrückt. Sie hängte ihre Überzeugung sowieso nicht an die große Glocke.

Es wäre viel leichter gewesen, sich nach einer angemessenen Trauerphase auf einen anderen Mann einzulassen und Vangelis loszulassen. Sie war jung, noch immer, und eine eigene Familie zu haben war kein unerfüllbarer Wunschtraum. Sie hatten damals gemeinsam eine Familie geplant, und wenn sie an Elara dachte, bereute sie es manchmal, dass sie sich so viel Zeit gelassen hatten. Man plante das Schicksal irgendwie nie in sein Leben mit ein. Doch heute, mit ihrem Hotel, das sie wie ein Kleinkind Tag und Nacht in Anspruch nahm, war sie recht froh, dass sie nicht wie Aristidis'

Witwe allein für die Erziehung eines oder mehrerer echter Kinder verantwortlich war. Die Verantwortung für den Neubau, dessen Einrichtung und der Unternehmensaufbau waren schon anstrengend genug. In den Nächten, in denen sie nicht schlafen konnte, weil ihr das Bett zu leer erschien und ihr Körper sich nach zärtlicher Zuwendung oder auch Leidenschaft sehnte, ging sie ans Meer. Eigentlich sollte sie es hassen, denn es hatte ihr den Liebsten genommen. Doch sie hasste es nicht. Das Meer war nicht schuld daran, das wusste sie. Sie war einfach zu klug, um all das zu glauben, was man ihr aufgetischt hatte. Vangelis hatte oft Witze darüber gemacht, dass sie alles hinterfragte und sich niemals mit einfachen Erklärungen oder gar dummen Aussagen wie »So ist das eben« zufriedengab.

»Meine Gaia sollte Präsidentin werden, schlau genug ist sie, und ansonsten fragt sie so lange, bis alle Gegner auf dem politischen Parkett einfach kapitulieren«, hatte er regelmäßig mit einem liebevoll neckenden Lächeln gesagt. Sie hatte ihn dann in die Seite geknufft und eine neue Frage gestellt: »Warum sollte ich Dinge einfach so akzeptieren?« Oftmals hatte es damit geendet, dass sie sich stürmisch küssten und sich voller Leidenschaft liebten.

Sie war keine von den Frauen, die glaubten, sich dem Schicksal ergeben zu müssen, sie glaubte auch nicht an Märchen und die einzig wahre Liebe. So war das nicht. Vangelis war einfach wie ihr Spiegel gewesen, sie hatte sich in seinen Augen so gesehen, wie sie war: streitbar, fröhlich, zielstrebig und kritisch. Nun, da er nicht mehr bei ihr war, musste sie sich selbst an dieses Bild von sich erinnern, und es drohte immer mehr zu verblassen. So wie die Erinnerung an die vielen kleinen Momente mit ihm, die das Leben in einer Partnerschaft ausmachten. Sie hatte ihn geliebt, weil sie sich an ihm hatte reiben können und es ihr erlaubt gewesen war, so zu sein, wie sie sein wollte. Das konnte sie nicht vergessen. Unter all den Trümmern, die sein Verschwinden wie

Geröllmassen bei einem Bergrutsch über ihre Seele geworfen hatte, war jede Minute mit ihm aufbewahrt. Manchmal hatte sie mit Elara über diesen Gefühlsmix gesprochen, hatte aber immer nur wenig preisgegeben, niemals alles – und vor allem sprach sie mit niemandem über ihre feste Überzeugung, dass Vangelis irgendwo war und über sie wachte.

23. Kapitel

Stavros Limanakis lauschte auf die knarzenden Geräusche im Funk und hoffte, dass die Taucher rasch fündig werden würden, damit sie sich erst einmal von hier verziehen konnten. Sein erster Offizier meldete das Boot mit dem Kommissar, das nun von Backbord kam, um die Passagiere übersetzen zu lassen. Gott sei Dank war die See ruhig, sodass es einfach vonstattengehen würde. Er hob sein Nachtsichtgerät und prüfte, ob jemand dem ankommenden Boot gefolgt war. Er kannte Stelios Mentakis, den Chef der Mordkommission, von einigen Treffen in Fachkreisen und hatte sich dessen Warnung zu Herzen genommen. Er spürte auch, dass die Geier sicher bald über ihm kreisen würden, in der Hoffnung, etwas Verwertbares zu ergattern. Sie würden wesentlich mehr Manpower benötigen, um das Areal hier weitläufig abzuschirmen, und auch der Luftraum musste überwacht werden. Die Nacht würde einige davon abhalten, aufs Meer hinauszufahren, doch es gab genügend versierte Fischer, die für ein paar Scheine auch ein solches Manöver mitmachen und Interessierte auf die hohe See hinausbringen würden.

»Kommissar Galavakis?« Er streckte dem bärtigen Mann fragend die Hand hin, die dieser nickend kurz und fest schüttelte. Dann drehte sich der Polizist leicht zur Seite, wies auf die Frau mit dem schwarzen langen Haar, die halb hinter ihm stand, und sagte: »Das ist Dr. Penelope Demostaki.«

Limanakis hatte natürlich schon von der Chefpathologin gehört, und nun ergriff er die Hand der Frau, schlug ganz leicht die Hacken zusammen und begrüßte auch sie: »Willkommen an Bord, Doktor!«

Beide Besucher blickten ihn nun an, und Galavakis ergriff wieder das Wort: »Sind Ihre Taucher schon fündig geworden?«

Stavros schüttelte verneinend den Kopf: »Es ist dunkel, und das Wasser ist hier recht tief, meine Jungs müssen vorsichtig vorgehen. Sie checken das Gebiet per Sonar, aber da wir keine genauen Angaben haben, wo das Flugobjekt abgestürzt ist, ist der Suchradius sehr groß. Die Kollegen haben in der Nähe ein Rotorblatt gefunden, damit ist auf jeden Fall bestätigt, dass es sich tatsächlich um ein Hubschrauberunglück handelt.«

»Ich weiß, dass es nicht Ihre Aufgabe ist, zu klären, warum der Hubschrauber hier in dieser Zone knapp über der Wasseroberfläche geflogen ist, aber Sie sind ein erfahrener Fachmann«, begann der Polizist, und Limanakis wusste, worauf es hinauslief, wartete aber ab, bis der andere zu Ende gesprochen hatte. »Was denken Sie über die Hintergründe?«, fragte Galavakis auch schon.

Limanakis fuhr sich mit der Hand durch das Gesicht. Er war ein verantwortungsbewusster Chef, und seine Männer in die Tiefe zu schicken, die hier durchaus mehr als zwanzig oder dreißig Meter betrug, war schon bei Tageslicht mit normaler Ausstattung ein Risiko, doch bei Nacht schier unkalkulierbar. Natürlich hatte er sich Gedanken darüber gemacht, was er hier tat und warum er mit solcher Massivität dazu gedrängt wurde, sofort ein Ergebnis zu erzielen. Der Pilot war ganz sicher tot, egal, wie er umgekommen war, und selbst ein Sturm an der Oberfläche würde ein schweres Gerät am Boden nicht bis in die Türkei spülen. Das Gebiet zu markieren war ja in Ordnung, aber hinabzutauchen und das gesunkene Flugobjekt ausfindig zu machen war aus seiner Sicht erst einmal übertrieben. »Für mich ist das hier, vorsichtig formuliert, ein Einsatz, der so nicht nötig ist. Es sei denn, wir haben es mit einer Maschine zu tun, die etwas sehr Wichtiges transportiert hat, das sofort gefunden werden muss.«

»Wir bleiben einfach einmal dabei, die Dinge vorsichtig zu formulieren«, griff Galavakis seinen Faden auf, »was könnte es denn sein?«

Limanakis wiegte langsam den Kopf hin und her. »Mein Bauchgefühl sagt mir, dass Drogen wegfallen, denn die hätten ja irgendwo übergeben werden müssen, und es gab weit und breit nichts, was zu einem Drogendeal passt. Es sei denn, der gesamte Deal ist irgendwie geplatzt, und man hat den Piloten aus dem Weg schaffen wollen.«

»Und dabei auch den Hubschrauber geopfert?«, fragte der Kommissar kritisch.

»Da haben Sie vollkommen recht, das ist etwas zu brachial. Selbst wenn wir ein Billigteil finden, reden wir hier von fünfzigtausend bis hunderttausend Euro«, bestätigte Limanakis, »daher denke ich eher, auch mit der Befehlslage im Hintergrund, dass es einen politischen beziehungsweise militärischen Hintergrund haben könnte.«

»Waffen?«, fragte Galavakis leise, und die Pathologin trat einen Schritt vor.

In Limanakis' Funkgerät knarzte es erneut: *»Da ist was Käpt'n. Aber es ist tief. Wir können da nicht runter.«*

»Markieren, im Koordinatenquadranten Bojen setzen und die Auftauchzeiten keinesfalls unterschreiten!«, kommandierte er sein Team mit lauter und klarer Stimme.

24. Kapitel

Die Gesellschaft akzeptierte viele sonderbare Verhaltensweisen und Entscheidungen von überforderten Männern, wie zum Beispiel Selbstmorde von gestandenen Kerlen, weil sie etwas in ihrem Leben nicht mehr ertrugen: vielleicht eine Schuld, Schmerzen oder Mittellosigkeit. Wenn sich dann zum Beispiel der Onkel auf dem Speicher erhängte, war das etwas, worüber man sich zwar grämte, aber man hatte eher Mitleid mit dem Geplagten und manchmal sogar Verständnis. Ja, er hinterließ eventuell Frau und Kinder, aber so war es dann eben. Wenn eine Mutter jedoch daran dachte, mit dem Strick die Treppe hinaufzugehen, dann war das die größte Freveltat, die eine Frau vollbringen konnte. Die verpflichtende Mutterliebe schien etwas zu sein, was Menschen für ein Füllhorn hielten, das niemals leer werden konnte.

Elara hielt sich den müden Kopf. Sie war so unendlich ausgelaugt. Als Alexia endlich wieder in ihrem Bettchen lag und in tiefen, ruhigen Atemzügen leise schnarchte, war sie in ihr Schlafzimmer gegangen und hatte erneut überlegt, einfach mit dem Atmen aufzuhören. Ach, wenn es doch nur so einfach wäre. Sie hatte sich oft gefragt, wie es möglich war, dass sie nach wie vor funktionierte, denn jede Maschine wäre unter dieser Überlastung zusammengebrochen. Anfangs waren ihre Briefe noch voller Logik gewesen. Sie hatte erreichen wollen, dass sich irgendjemand daranmachte aufzuklären, warum drei Familien ihre Männer, Väter und Söhne verloren hatten. Doch die Erklärungen waren lapidar gewesen: Die Fischer hätten sich zu weit nach draußen gewagt, ein gefährliches Spiel eben, und seien über Bord gegangen. Dort könne die See sehr tückisch sein.

Sie hatte es nicht akzeptieren wollen. Aristidis war kein waghalsiger Fünfzehnjähriger gewesen, sondern ein verantwortungsbewusster Familienvater. Doch mit jedem weiteren Widerspruch gegen diese fadenscheinigen Argumente waren die Antworten weniger geworden und irgendwann ganz ausgeblieben. Ihre Briefe hatten begonnen, immer mehr um den Verlust ihres Lebensgefährten und ihre eigene Verzweiflung zu kreisen, und die Spirale war enger und enger geworden, bis sie das Gefühl gehabt hatte, gar nichts mehr zu sehen. Wahrscheinlich wäre es besser gewesen, nur die Briefe der ersten zwölf Monate so aufzubewahren, dass die Kinder diese einst würden lesen können. Die dann folgenden waren nicht für Kinderaugen bestimmt, auch wenn Selenas Augen tiefer sahen. Sie war ihrem Alter voraus. Vielleicht wurde man so, wenn man als kleines Kind die Mutter zerbrechen sah. Es gab wahrscheinlich nur wenige Möglichkeiten, den Verlust des Vaters und den Schmerz der Mutter zu ertragen: Man wurde schneller erwachsen, als es gut für eine Kinderseele war, man verkroch sich in sich selbst und blieb zurück, oder man wurde so wütend wie Irini, Doreas und Manolis' Tochter. Elara hatte mehr als hundert-, ja wahrscheinlich tausendmal darüber nachgedacht, ob Dorea es besser hatte als sie. Ihr Mann war nicht in einem Blechsarg zurückgekommen, sie hatte niemanden beerdigen müssen. Doch einen Schwerbehinderten zu Hause zu haben war gewiss kein Wunsch, den sie hegte. Es wäre schlimmer als ein viertes Kind, denn er würde nie selbstständiger werden und irgendwann in sein eigenes Leben davonfliegen. Kein Wunder also, dass Irini nicht mehr wusste, wohin mit ihrer Wut, und das anbrechende Teenageralter kam gewiss erschwerend hinzu. Wie hielt Dorea das alles nur jeden Tag aus? Sie hatte noch dazu kaum Einkünfte und musste jeden Cent zweimal umdrehen. Da ging es ihr schon besser. Sie kam finanziell gut über die Runden. Sie kämpften alle mit ihren eigenen Dämonen, und anfangs hatten sie sich hin und wieder für kurze Momente aneinander festgehalten. Es änderte nichts an ihrer jeweiligen Lebenssituation, und doch hatte es geholfen, zu wissen, dass man nicht allein war – mit diesem Kummer, der einen von innen heraus zu verzehren drohte. Gaia ging es finanziell am besten. Sie hatte mit den Schwiegereltern ein tolles Hotel am Wasser gebaut, keiner wusste, woher die Familie das Geld hatte, aber was war schon Geld? Es machte zwar die Mägen voll und das Haus warm, brachte aber den Liebsten nicht zurück. Daher beteiligte sich Elara nicht an dem Geschwätz hinter vorgehaltenen Händen, denn Gaia war diejenige von ihnen, die vollkommen im Ungewissen leben musste: Vangelis' Leiche war nie aufgetaucht. Es gab böse Stimmen, die dem Mann anlasteten, für Aristidis' Tod und Manolis' Behinderung verantwortlich zu sein und sich deshalb aus dem Staub gemacht zu haben wie ein schuldiger Verbrecher. Doch auch das wollte sie nicht hören. Die Männer waren seit Ewigkeiten Freunde, und Vangelis war gewiss kein Mörder gewesen! Bei all diesen Gedanken – wie konnte sie da fröhlich sein und nicht den Glauben an alles verlieren? Sie redete sich immer ein, für die Kinder stark sein zu müssen, doch was, wenn das ein verdammter Selbstbetrug war? Eine Lebenslüge, die die Kinder nur noch schwerer belastete? Was, wenn die drei besser ohne sie dran wären?

Ihre Finger streichelten Aristidis' Gesicht. Das Glas des Bilderrahmens war glatt und kalt. Er war kalt gewesen. Kalt wie Eis. Sie hatte nicht gewusst, dass ein Körper so kalt werden konnte. Der aufgedunsene Leichnam hatte nichts mehr mit ihrem geliebten Mann zu tun gehabt, nur die Tattoos waren geblieben.

Ein trockenes Schluchzen entrang sich ihrer Kehle, und sie wünschte sich, einzuschlafen und einfach nicht mehr aufzuwachen.

25. Kapitel

Die Taucher kamen unendlich langsam nach oben, glichen erst winzigen Lichtpunkten und wurden dann zu immer helleren Illuminationen, die das Meer von unten erleuchteten. Es wirkte beinahe magisch.

Hyeronimos unterhielt sich flüsternd mit Penelope, um Limanakis nicht bei seiner Arbeit zu stören. Der pflichtbewusste Kapitän überwachte das Auftauchen seiner Leute genauestens und bellte immer wieder Befehle in das Funkgerät, um die Ruhezeiten sicherzustellen, die sie benötigten, um den Druck ausgleichen zu können. Seine Stimme klang zwar rau und laut, gleichzeitig strahlte er aber absolute Kompetenz und Gelassenheit aus. Die Menschen dort unten konnten ihm vertrauen, das war ganz offensichtlich. Er war ein gestandener Seebär mit Herz, Verstand und jeder Menge Erfahrung. Das von grauen Strähnen durchzogene Haar trug er zu einem glatten Zopf gebunden, der ihm bis zu den Schulterblättern hing. Er war groß, und seine Autorität strahlte Natürlichkeit aus.

»Das bedeutet dann wohl, dass wir ganz umsonst hier herausgefahren sind«, bemerkte Hyeronimos.

»Wir haben einen wichtigen Mann in seinem Umfeld getroffen. Das macht es uns leichter, das Heft in die Hand zu nehmen, wenn wir dann dran sind«, antwortete Penelope.

»Da hast du gewiss recht.«

»Wie wirkt er denn auf dich?«, flüsterte sie nun.

Er verstand sofort, was sie meinte. Er hatte ihr noch ein paar Details über die Farben erläutert und sagte nun: »Blau.«

»Ja, er kommt sehr vernünftig und sorgfältig rüber ... präzise.«

Hyeronimos nickte und sah die Freude in ihrem Gesicht aufleuchten, dass sie das Konzept verstanden hatte. Zudem hatte sie bisher noch nicht so überzeugend gelächelt wie gerade eben, das erleichterte ihn. Penelope war die Lebenslustigere von ihnen beiden, und ihr Humor machte sie besonders liebenswert. Er hatte diesen zu schätzen gelernt und an sich gearbeitet, ebenfalls öfter witzig zu sein. Es gelang ihm nicht immer, aber mittlerweile doch häufiger. Er wollte nicht darauf verzichten, mit ihr gemeinsam zu lachen. Die Traurigkeit, die er an ihr wahrgenommen hatte, umgab sie wie ein kratziger Pulli: Irgendwie hatte sie gehofft, das Ding würde sie wärmen, aber dann festgestellt, dass es sie nur juckte und störte. Sie konnte ihn jedoch nicht einfach wegwerfen, denn er war teuer gewesen. Gott, was für ein Vergleich! Er war ganz kurz davor, sich das Haar zu raufen, was wahrscheinlich bei solch kruden Vergleichen eine vollkommen normale Reaktion gewesen wäre, doch er war sich sehr häufig nicht so sicher, was als normal eingestuft wurde und was als skurril. Zu sehr haftete das Adjektiv an ihm.

Er wollte diesen Tatbestand gerade mit ihr klären, als der erste Taucher die Wasseroberfläche erreichte. Helfende Hände zogen ihn an Bord. Nach und nach tauchten die schwarz gekleideten Menschen aus der nun nachtschwarzen See, denn kurz bevor sie die Oberfläche erreichten, schalteten sie wie auf Kommando ihre Lampen aus. Sicher, um das beleuchtete Schiff besser zu sehen.

Hyeronimos und Penelope tauschten einen Blick und gingen dann die schmale Metalltreppe hinab auf das untere Deck, um mit den Tauchern ins Gespräch zu kommen, doch erst einmal erstatteten die Männer Bericht. Ein kleiner, sehr dünner Mann hatte sich die Maske vom Gesicht genommen und bereits den Neoprenanzug von seinem Oberkörper geschält. Er übernahm den Bericht. Hätte man ihn nur in seinem Anzug gesehen – mit Maske und Flasche auf dem schmalen Rücken –, hätte man ihn auch für einen Jungen halten können. Doch er schien der Anführer der Truppe zu sein, deren Mitglieder sich nun ebenfalls nach und nach aus dem Oberteil der eng anliegenden Bekleidungsstücke pellten. Einige setzten sich hin und bekamen sofort von der Crew Getränke gereicht, andere blieben stehen und saugten langsam an den Energydrinks.

»Es war wirklich erst mal nichts zu finden. Das Handsonargerät hat nur Gesteine gemeldet, aber kein größeres Objekt wie ein Wrack oder so. Wir haben hier jede Menge Stellen, die mehr als dreißig Meter tief sind. Das erschwert die Suche immens«, erklärte der Taucher, und seine Kollegen nickten. »Doch dann haben wir die Umrisse mit dem Nachtsichtglas entdeckt.«

Ein älterer Mann, aus dessen langem Bart Wasser tropfte, sagte: »Um das Ding hochzubekommen brauchen wir Spezialgerät, und wenn der Pilot nicht vorher rausgekommen ist, dann hatte er sicher kaum eine Chance zu überleben.«

»Die Unterströmungen halten sich hier im Gebiet absolut in Grenzen. Wir mutmaßen, dass der Hubschrauber rasch gesunken ist«, ergriff der Kleine wieder das Wort, »ich bilde mir nämlich ein, gesehen zu haben, dass die hintere Tür offen ist.« Er deutete dabei auf sein Fernglas.

»Wenn die Tür offen ist, ist der Innenraum sofort mit Wasser vollgelaufen, und das beschleunigt das Sinken und verringert die Chance, sich zu befreien, richtig?«, erkundigte sich Hyeronimos nun.

Die Männer nickten unisono.

Ein etwas rundlicher junger Kerl ergriff das Wort: »Wobei man ja darauf trainiert wird, im Notfall den Gurt rasch zu öffnen. Vielleicht hatte er einen Herzinfarkt. Das könnte auch den Absturz ganz allgemein erklären.«

Wieder nickten alle. Dann trat Stille auf dem Boot ein, und nur das Rauschen des Meeres war zu hören. Es klang beinahe idyllisch.

Stavros Limanakis kam heran, klopfte jedem einzelnen Taucher lobend auf die Schulter und ergriff das Wort.

26. Kapitel

Konstantinos fühlte sich rundum wohl in seiner Haut. Das Gespräch mit Melina glich einer Berg-und-Tal-Fahrt: mal ganz gemächlich und dann wieder temporeich. Ihr anfangs noch antrainiert klingendes perlendes Lachen wurde immer herzhafter, fast sogar burschikos, und er hatte das Gefühl, dass sie immer mehr vergaß, die Rolle des sexy Vamps zu spielen. Die wahre Melina kam hervor.

Sie war in Krousonas aufgewachsen und hatte unbedingt der Enge dort entfliehen wollen, die sie in vielerlei Hinsicht eingeschränkt hatte. Die Eltern besaßen ein Haus, in dem sie sich das Zimmer mit ihrer jüngeren Schwester geteilt hatte, und sie hatte zwei Brüder, die ebenfalls gemeinsam einen Raum bewohnt hatten. Doch das war nicht die Enge gewesen, an die sie dachte. Es war vielmehr die Enge der Tradition, die sie hinter sich gelassen hatte. Die Eltern waren davon nur wenig begeistert gewesen, doch sie hatte versprochen, keine finanzielle Zuwendung zu benötigen. Rasch war sie jedoch in der Realität angekommen, in der es kein Bett gab, in das sie abends einfach sinken konnte, keine Waschmaschine für ihre Wäsche, keinen Kühlschrank für ihre Lebensmittel und erschreckenderweise auch keine Lebensmittel! All das, was zu Hause selbstverständlich gewesen war, hatte in der Stadt ganz plötzlich gefehlt, und nach einigen Nächten auf der Couch bei Freunden hatte sie angefangen, sich für jeden nur möglichen Job zu bewerben. Sie hatte keinerlei Vorkenntnisse, und auf eine freie Stelle im Service in einem netten Lokal kamen mehrere Bewerberinnen und Bewerber. Niemand hatte auf Melina aus Krousonas gewartet ... Sie hatte auf Empfehlung ein winziges Zimmer in der Wohnung einer attraktiven quirligen Brünetten gefunden und sich anfangs nichts dabei gedacht, dass diese ständig wechselnde Besucher hatte. Doch nach und nach war ihr wohl ein Licht aufgegangen, obwohl sie sich nicht weiter über den Status der Mitbewohnerin ausließ. Sie erzählte es vielmehr mit einer leicht hochgezogenen Augenbraue, was wie eine Mischung aus Überraschung und Ablehnung wirkte.

»Ich habe Wasserflaschen und so was aus einem Lager in einen Supermarkt geschafft und Obst nachgefüllt. Es hat gerade so gereicht, um die Miete zu bezahlen und Toast zu kaufen«, erzählte sie, »und habe dann wochenlang nur von Toast mit Formkäse gelebt. Und geschenkten Tomaten.« Sie grinste schief. »War echt scheiße, aber es hat mich stärker gemacht, auch mal so eine Zeit zu durchleben!« Sie schaute rasch auf die Uhr, erschrak und richtete sich auf. »Das hier ist sehr nett von dir, aber ...«

Ehe sie fortfahren konnte, sagte er: »Bitte, sei mein Gast. Der Abend mit dir ist schön.«

Die schlichte Aussage und das leichte Flehen in seiner Stimme ließen ihre Züge ganz weich werden: »Ich sollte besser gehen.«

»Bleib. Du musst nicht ...« Er machte eine Pause, während er nach den passenden Worten suchte. »... woanders hingehen, du kannst einfach bei mir bleiben.«

Er hoffte, dass sie ihn verstand, gleichzeitig wollte er aber auch nicht, dass sie etwas Falsches in seine Worte hineininterpretierte. Noch vor einer Stunde war es ihm vollkommen selbstverständlich und einfach erschienen, ihr zu sagen: *Du musst mit niemandem ins Bett springen, ich gebe dir das Geld einfach so.*

Doch jetzt war eine sonderbare Nähe zwischen ihnen entstanden, und die machte es ihm so gut wie unmöglich, auf etwas anzuspielen, was so beleidigend war. Denn sollte er sich entgegen aller Wahrscheinlichkeit über den Grund ihres Hierseins täuschen, so konnte man eine Frau wohl kaum mehr beleidigen, als sie der Prostitution zu bezichtigen!

Was passierte hier nur gerade? Er war erschütternd ehrlich, zumindest sagten das die Menschen in seinem Umfeld über ihn. Er hatte von seinem Vater zu viel politisches Geschwafel gehört, bei dem die Wahrheit freundlich formuliert »angepasst« wurde. Also sprach er immer aus, was er dachte. Bis jetzt.

Hier in diesem Augenblick wollte er nun plötzlich lügen, bis sich die Balken bogen, nur damit sie nicht fortging und sich in einem anderen Laden an die Theke setzte, um dann mit einem notgeilen Kerl zu verschwinden.

Ihre Blicke trafen sich, gingen unter die Haut und hinterließen dort eine brennende Spur. Er legte seine Hand auf die ihre, umfing sie vollkommen. Sie hatte wirklich zierliche Hände mit langen, schmalen Fingern. Er sagte: »Wenn ich allein essen muss, schmeckt es mir nicht so gut, und ich schlafe schlecht. Meine Mutter hat mich eben vollkommen verzogen.« Er lächelte und spürte, dass es schief war.

Ein Hauch von Unsicherheit flog über ihr schönes Gesicht.

»Melina, bleib bei mir!« Er begriff in dem Augenblick, in dem er die Worte aussprach, dass er mehr damit meinte als nur das gemeinsame Abendessen.

Die eben noch da gewesene Leichtigkeit hatte sich verflüchtigt. Vollkommen ernst schauten sie sich in die Augen, er versank in ihrer Tiefe, und sie schien vollkommen in ihn hineinzugleiten, dann stahl sich ein Lächeln auf ihre Lippen: »Ja!«

Er warf dem Barkeeper einen Schein hin und zog das Mädchen vom Stuhl. Der Mann hinter der Theke verzog die Miene wissend, und er hätte ihm dafür am liebsten eine reingehauen. Hand in Hand verließen sie das Lokal, und er spürte, wie die Kerle sie mit geifernden Ausdrücken taxierten. Erneut kroch Ärger in ihm hoch. All diese Gefühle verwirrten ihn, erregten ihn aber auch freudig. Er hatte es gefunden: das Wesen, das ihn komplettierte. Und er würde sie bitten, wirklich bei ihm zu bleiben, nicht nur heute Abend. Seine Mutter würde es verstehen, und seinen Vater Dimitris musste er mit seinen eigenen Waffen bekämpfen. Er drückte Melinas Hand und zog sie in Richtung Heaven Beach. Das war der richtige Ort für sie beide.

»Ich kann mir kaum vorstellen, wie das für dich war.« Er blieb ehrlich, wollte einfach nicht mit dummen Floskeln kommen, denn er kannte diese Art von Sorgen tatsächlich nicht. Seine Mutter hätte es niemals zugelassen, dass er in einem Loch hauste und sich von der Hand in den Mund ernährte. Seinem Vater spielte er oft etwas vor, damit dieser mal ein paar Scheine springen ließ, denn der Alte konnte es sich leisten und machte leider zu oft auf »Mein Sohn, die unerträgliche Last meines Lebens!«. Doch er wollte nicht über sich nachdenken, er wollte, dass sie weitersprach. Auffordernd sah er sie an. Er mochte es, ihr zuzuhören. Ihre Stimme – die wahre, nicht die auf Püppchen getrimmte – klang tief und warm und ließ seinen Magen erzittern. Es war wirklich sonderbar, wie er auf dieses Mädchen reagierte, beinahe so, als hätte sie ihn mit ihren Blicken verzaubert. Er freute sich, neben ihr sitzen zu dürfen, und lud sie zum Essen ein. »Ich habe Hunger, magst du mir Gesellschaft leisten?«

27. Kapitel

Zacharis Zentakis legte auf Befehl des Majors eine Nachtschicht ein. Mentakis hatte ihn darüber in Kenntnis gesetzt, dass sein direkter Vorgesetzter Hyeronimos nahe Sitia unterwegs war, ohne genau zu wissen, warum man ihn dort hinbeordert hatte. Es war der verworrenen Geschichte einer Touristin und dem Anruf eines hohen Tiers aus Athen zu verdanken, dass sie nun herauszufinden versuchten, ob es das Flugobjekt tatsächlich gegeben hatte, und wenn ja, warum. Mentakis ging davon aus, dass der Minister alle relevanten Flugsicherungsdaten bereits geprüft hatte, und doch beauftragte er ihn, alles noch einmal gegenzuprüfen. Für Zacharis war dies gleichbedeutend mit Misstrauen. Es war ihnen allen nur zu sehr bewusst, dass es zu viele persönliche Befindlichkeiten an jeder Stelle gab und dies zu einer Verdrehung der Realität führte. Mit seiner Freundin diskutierte er oft solche philosophischen Grundsätze, denn sie war davon überzeugt, dass es keine allgemeingültige Realität gab, er schon. Er war nicht gut im Diskutieren, und sein Sprachfehler machte ihm noch mehr zu schaffen, wenn er sich aufregte, was bei Diskussionen rund um Philosophie immer der Fall war. Er zog daher oft den Kürzeren.

Doch hier an seinem Arbeitsplatz war er gut, und wenn man ihn auf etwas ansetzte, war er ein Spürhund, der tief grub, um die richtige Fährte zu finden. In der Zusammenarbeit mit Hyeronimos und Penelope Demostaki – ja, mittlerweile sah er sich als vollwertiges Mitglied des Ermittlungsteams – hatte er regelmäßig entscheidende Hinweise, die zur

Festsetzung des Täters oder der Täterin geführt hatten, gefunden. Die Pathologin war in den letzten beiden Jahren zu einem nicht mehr wegzudenkenden Teil ihrer Arbeitsgruppe geworden, und er bewunderte sie sehr. Mehrfach hatte sie ihm versichert, wie sehr sie seine präzise und sorgfältige Vorgehensweise schätze, und das hatte das Vertrauen zwischen ihnen stark gefestigt. Sein Chef lobte ihn regelmäßig, und doch hatte er oft das Gefühl, sich noch mehr anstrengen zu müssen, um dessen Anerkennung zu erringen.

Heute hatte er eine Aufgabe vor sich, die auf jeden Fall eine Herausforderung war, denn er musste einen nicht angemeldeten Flug finden, der nach Mentakis' Angaben unter dem Radar stattgefunden und weit draußen vor Sitia ein schlimmes Ende genommen hatte. Andererseits war es genau diese Art von Challenge, die ihn anstachelte.

Sein Telefon schrillte plötzlich durch die abendliche Stille, und er schrak durch den lauten Ton aus seiner Konzentration. Die Nummer seines Vorgesetzten leuchtete ihm auf dem Display entgegen.

»Ch'f«, meldete er sich.

»Zachari, guten Abend!«

Hyeronimos' Stimme rauschte, und er musste sich konzentrieren, um ihn zu verstehen.

»Wir sind auf dem Taucherboot. Dort unten ist wirklich ein Hubschrauber, aber er liegt zu tief für die Taucher. Kapitän Limanakis hat ein Bergungsschiff angefordert. Wir treffen uns bei Sonnenaufgang alle wieder hier draußen.«

»Hm, hm«, machte Zacharis bestätigend.

»Ich weiß, du bist nicht mein Sekretär, doch könntest du bitte für Dr. Demostaki und mich Zimmer in Sitia auftreiben? Es macht keinen Sinn, jetzt zurückzufahren, um dann um vier Uhr morgens wieder loszudüsen.«

Zacharis konnte hören, dass sein Chef unangenehm berührt war. Er kannte ihn gut genug. »Ja, Ch'f«, antwortete er und fühlte sich keineswegs ausgenutzt oder gar degradiert.

»Konntest du schon irgendetwas herausfinden?«, wollte der Kommissar nun wissen.

»Zu wen'g Zeit«, antwortete er und konzentrierte sich, »und zu wen'g Infos.«

»Ja, wir haben verdammt wenig«, bestätigte Hyeronimos, »morgen wissen wir mehr. Die Küstenwache überwacht das Areal, und wir sind gleich auf dem Weg nach Sitia.«

»Wir müssen nur noch an Land und dann einen fürchterlichen schmalen Schotterweg hinauffahren«, hörte er jetzt die Pathologin sagen, und Zacharis freute sich, ihre Stimme zu vernehmen.

»Ja, das ist noch ein kleines Abenteuer«, bestätigte sein Chef.

»Melde m'ch«, versprach Zacharis, legte auf und scrollte bereits durch die Hotelangebote. Die Saison lief, da konnte es schon eine Herausforderung sein, etwas Anständiges zu finden.

Rasch hatte er dann doch zwei Zimmer entdeckt und quartierte die beiden direkt an der Promenade im Hotel *Itanos* ein. Die Räume waren klein und einfach eingerichtet, aber schließlich wollten die zwei ja keinen Urlaub dort machen, sondern brauchten ein Bett zum Schlafen und eine Dusche. Für Hyeronimos war es gewiss keine einfache Entscheidung gewesen, über Nacht zu bleiben, schließlich war er nicht darauf eingerichtet gewesen und hatte zweifellos keinen gepackten Koffer im Wagen. Penelope jedoch kam direkt von ihrer Reise, das wusste er, und eine weitere Nacht in einem fremden Bett würde sie daher entspannt hinbekommen. Bevor er weiter über Zahnbürsten und Boxershorts nachdachte, schickte er Hyeronimos die Hoteldaten und empfahl ihnen das nur wenige Meter entfernte Restaurant *Zorbas.* Wenn sie Glück hatten, bekamen sie noch etwas zu essen dort. In der Saison war dies durchaus im Rahmen des Möglichen. Vielleicht gab es keine große Fischplatte mehr, er hatte sie einmal mit seiner Freundin auf einem Ausflug dort verspeist, und es war wirklich lecker gewesen, aber Meze waren vielerorts noch bis Mitternacht zu bekommen.

Er wandte sich wieder seiner originären Aufgabe zu und versuchte, über verschiedene Parameter etwas über die Region herauszubekommen, in der das Unglück geschehen war. Dazu schaute er sich das Video der Touristin mehrmals an, um aus ihrer Beschreibung schlau zu werden. Gewiss wäre es gut, wenn der Kommissar mit ihr sprechen würde.

Er begann DIN-A5-Zettel aus festem Papier zu beschriften. Galavakis hatte eine Wand in seinem Büro, die zum Teil beschreib- und wieder abwischbar war und zum Teil aus einer Pinnwand bestand. Dort würde er alles aufhängen, was er notierte, damit sein Chef seine Gedankengänge visualisiert nachvollziehen konnte. Bei den letzten Fällen hatten sie immer mit einer Art Zeitlinie gearbeitet, um besser zu verstehen, was wann passiert war. Das würde gewiss auch diesmal nützlich sein. Er kannte sich mit Hubschraubern nicht so gut aus und googelte daher, welche Strecke das Flugobjekt in welcher Zeit zurücklegen konnte. Je nach Modell konnten die Dinger wirklich sehr schnell sein, wobei natürlich zu bedenken war, dass sie nicht wie ein Auto mit reiner Vorwärtsenergie unterwegs waren, sondern gleichzeitig oben bleiben mussten und der Thermik ausgesetzt waren. Ein durchschnittlicher Hubschrauber, tief fliegend wie dieser, würde wahrscheinlich für die knapp zwanzig Kilometer ungefähr zwanzig Minuten benötigen, vielleicht auch dreißig. Gewiss war er nicht in stark bewohnten Gebieten unterwegs gewesen, denn so, wie es aussah, hatte der Pilot ja etwas zu verbergen, denn sonst wäre er nicht unter dem Radar geflogen und hätte den Flug ordnungsgemäß bei der Flugsicherung angemeldet.

Er tippte die Region ein, schaute sich auf Google Maps die Gegend an, in der Hyeronimos und Penelope abgeholt worden waren und deren Koordinaten Stelios ihm gegeben hatte. Von dort konnte ein Hubschrauber hervorragend starten und landen, denn die Landzunge, die sich in das Meer hinaus erstreckte, war ein sehr großes Plateau mit eher niedrigem Bewuchs. Doch warum sollte er von jener Stelle aus losgeflogen sein? Das war unlogisch. Es gab dort nur ein einfaches Haus mit einigen Anbauten, alle eher nicht für das Unterstellen eines Hubschraubers geeignet, zumindest nicht nach dem, was er auf seinem Bildschirm beim Hereinzoomen sehen konnte. Er entdeckte mehrere kleine Boote, das war aber auch schon alles. Er verwarf den Gedanken rasch wieder, jedoch nicht, ohne einen Screenshot von dem Plateau zu machen und diesen zu archivieren.

Ein alter Zeitungsbericht tauchte aufgrund einiger Suchparameter auf, und interessiert las er ihn durch, klickte ihn dann wieder weg und recherchierte weiter. Das Internet spuckte haufenweise Informationen aus. Es würde sicher auch für ihn eine lange Nacht werden.

28. Kapitel

Oktober 2014

Wie konnte das Meer nur so brausen, ohne dass der Wind Orkanstärke hatte? Er hatte das Netz gehalten, als das Boot immer mehr ins Schlingern geraten war, und es hatte ihn anfangs davor bewahrt, über Bord zu gehen. Er hatte seine Freunde fallen sehen, war eingefroren, die Hände bewegungslos in die dünnen Seile verkrampft. Er hatte seinen Namen immer wieder gehört, doch er war in sich gefangen gewesen. In einer panischen Starre. Was tat das Meer dort? Was tat er hier? Warum waren sie überhaupt hier draußen? Warum hatte er auf Manolis gehört? Das Geld hatte ihn gelockt, Gaia und er hatten Träume. Er verspannte sich bei dem Gedanken an seine geliebte Frau noch mehr und war unfähig, irgendetwas zu tun. Er glaubte, die Stimme seines Freundes zu hören, die ihn um Hilfe anflehte, doch er konnte einfach nicht. Er konnte sich nicht vom Boden erheben.

Das Boot wurde von einem so starken Sog erfasst, als würde es von etwas angesaugt. Seine Freunde waren gewiss schon tot, und nun würde er folgen, gleich würde er untergehen. Alle Hoffnung wurde aus ihm herausgepresst, als er verzweifelt versuchte, nur ganz wenig Luft aus seiner Lunge zu lassen, während er hin und her geworfen wurde, als wäre er ein winziges Sandkorn. Wahrscheinlich war er genau das im Vergleich zu den ewigen Weiten und Tiefen des Ozeans, doch er wollte nicht im Dunkel des Meeresgrundes enden. Er wollte leben.

Dann wollte er seinen Augen kaum trauen.

29. Kapitel

Hyeronimos warf seine Jacke auf das Bett. Das Zimmer war einfach eingerichtet und sehr sauber, doch er war nicht auf eine Übernachtung vorbereitet. Sie hatten an einem kleinen Kiosk angehalten, und er hatte sich eine Zahnbürste und Zahncreme gekauft. Sein Hemd würde er später auf den Balkon hängen und die Boxershorts einfach kurz mit der Hotelseife durchwaschen. Es berührte ihn zwar unangenehm, so zur Arbeit zu erscheinen, doch nur für frische Kleidung die lange Fahrtzeit nach Irakleio auf sich zu nehmen wäre kompletter Blödsinn gewesen. Penelope hatte Gott sei Dank ihre Sachen bereits im Auto aus dem Koffer gekramt und nicht das Riesenteil ins Zimmer geschleppt. Er wusch sich rasch das Gesicht, kämmte sich mit den Fingern durchs Haar und ging dann ins Foyer. Sie würden der Empfehlung folgen und ihr Glück im *Zorbas* versuchen. Zacharis hatte ganze Arbeit geleistet und sogar zwei Bewertungen mitgeschickt. Jetzt musste die Küche nur noch geöffnet haben, ein Blick auf die Uhr zeigte ihm an, dass es auf elf zuging.

Penelope trat aus dem Treppenhaus und lächelte ihn an.

»Warum siehst du nach diesem langen und aufregenden Tag aus wie das blühende Leben?«, wollte er wissen.

»Alles, was du hier siehst, ist gut geschminkt.« Sie lächelte kokett und wies auf ihr Gesicht.

Sie traten auf die Straße, überquerten diese und waren direkt an der Promenade. Sie schlenderten am Meer entlang, ließen ihren Blick über das Wasser schweifen und bewunderten die Spiegelungen der Lichter auf der Wasseroberfläche. Die Boote am Kai schaukelten sanft, und es roch schon nach Sommer.

»Ich finde diese gesamte Geschichte außerordentlich sonderbar«, ergriff Penelope das Wort und blieb stehen. Sie zückte ihr Handy und machte einige Fotos von der abendlichen Idylle.

»Ich gehe sogar noch weiter und sage *fragwürdig* dazu«, griff er den Faden auf, »denn mit Blaulicht auf dem Dach hierherzusausen war aus meiner Sicht komplett unnötig.«

»Vielleicht hätten wir doch einfach nach Hause fahren sollen«, ihre Stimme klang plötzlich sehnsüchtig, »und erst dann wiederkommen, wenn tatsächlich klar ist, dass es etwas für uns zu tun gibt.«

»Nun sind wir hier«, sagte er pragmatisch, »und machen das Beste draus. Lass uns vielleicht über andere Dinge reden als über diese Story, die wie aus einem Actionfilm klingt. Gleich kommt James Bond über die Promenade auf uns zugerannt ...«

»Hast du den neuen Bond-Film schon gesehen?«, fragte sie sogleich.

»Ich war vor ein paar Wochen im Kino«, erzählte er und schaute betrübt.

»Eleni und ich waren in Berlin drin. Ein echtes Spektakel, aber dieses Ende ...« Sie machte eine kunstvolle Pause. »... finde ich ... hm ... nun ja!«

»So ging es mir auch. Ich bin ein echter Daniel-Craig-Fan. Nur Sean Connery war ebenso gut«, plauderte er.

»Die beiden Schauspieler sind vom Typus her sehr ähnlich«, bestätigte Penelope, »ich mochte außerdem Judy Dench als M wirklich sehr.«

Er nickte, und sie setzten sich an einen freien Tisch direkt am Wasser. Das Lokal war noch gut besucht und überall saßen Menschen in den Restaurants und Bars. Die Nacht war lau und lud zum Verweilen ein. Musik drang an seine Ohren und unterschiedlichste Sprachfetzen. Er hörte deutsche

Wörter, englische, französische, italienische, russische und welche, die sehr nordisch klangen. Das Publikum auf der Insel war multikulturell. Genau das mochte er, obwohl ihm die Menschenmassen im Sommer regelmäßig auf die Nerven gingen, wenn er zum Schwimmen wollte. Daher suchte er während der Saison ganz bewusst unbewirtschaftete Strände auf, wenn es ihn ins Meer zog, um sich zu reinigen und auszupowern. Seine Liebe zum Meer war intensiv und tief. Es lockte ihn, und wenn er das salzige Nass auf der Haut spürte, fühlte er sich vollständig. Er hatte großen Respekt vor dem Ozean und war immer von großer Dankbarkeit erfüllt, wenn das Meer seine Gedanken klärte und ihn mit Energie auflud. Es war einer der Gründe, warum er unbedingt auf Kreta hatte leben wollen: Das Meer hier war besonders für ihn, vor allem das kretische. Das libysche Meer auf der Südseite der Insel war auch wundervoll, und oft schien ihm der Horizont dort noch weiter zu sein, aber wenn ihm alles zu viel wurde und er die samtig seidige Konsistenz des Wassers spüren musste, um wieder klare Gedanken fassen zu können, dann bevorzugte er die Nordseite der Insel.

Eine ältere Dame kam an ihren Tisch, begrüßte sie freundlich und brachte ihnen unaufgefordert die Speisekarte. Anscheinend war die späte Stunde hier überhaupt kein Problem. Erleichtert bestellten sie Weißwein und Wasser und vertieften sich in die Karte. Kurze Zeit später standen die Getränke auf dem Tisch, dazu ein Brotkorb und ein Schälchen mit Hummus. Sie prosteten einander zu und begannen, das lockere Weißbrot in die cremige Masse zu dippen. Hyeronimos bestellte gegrillten Oktopus und Fava, Penelope entschied sich für einen kretischen Salat und gegrillte Sardinen. Zufrieden seufzend lehnte er sich zurück, nahm einen weiteren Schluck Wein und entspannte sich. Heute war heute, und morgen war morgen.

»Du siehst sehr nach *Siga siga* aus«, merkte Penelope kauend an.

»Gut erkannt«, gab er ihr recht, »ich habe beschlossen, den Abend mit dir und alldem hier zu genießen!« Er machte eine ausladende Geste, und sie stimmte ihm nickend zu.

30. Kapitel

Zacharis war nur schwer aus der Ruhe zu bringen, doch diese ihm aufgetragene Recherche zehrte an seinen Nerven. Er war nicht nur im Internet unterwegs, sondern auch im polizeiinternen Intranet und las sich nun durch die ungefähr ein Jahrzehnt zurückliegende Auseinandersetzung der Polizei aus Rethymno mit den Drogenbaronen oben im Psiloritis. Der Bereich um die Dörfer Zoniana und Livadia wurde von einigen wenigen Familien kontrolliert, die ihr Geld in erster Linie mit Drogen verdienten, aber auch in andere illegale Geschäfte verstrickt waren. Ein Polizeieinsatz vor Ort hatte dazu geführt, dass scharf geschossen worden war. Die mafiös strukturierten Clans hatten ihre Waffen gezückt und ohne Skrupel auf die vermeintlichen Eindringlinge geballert. Daraufhin war damals ein Sondereinsatzkommando aus Athen aktiv geworden und hatte überall, sogar auf dem Friedhof, Drogen sichergestellt. Der Generalstaatsanwalt hatte im Anschluss eine Überprüfung des Polizeiapparates angeordnet, um herauszufinden, ob mit den offensichtlichen Verbrechern zu milde umgegangen worden war. Danach war kaum noch jemand von den alteingesessenen Kollegen im Dienst gewesen, zu viele hatte man mit dem Vorwurf der Komplizenschaft konfrontiert gesehen. Doch all das änderte nichts am Reichtum und der Herrschaft dieser Familien in der Region, der sogar noch weiter angestiegen war, als die holländischen Dealer, die Hauptabnehmer der Haschisch-Ernten, begonnen hatten, mit Heroin zu zahlen.

Er schämte sich für das, was dort vor ihren Augen geschah, doch die Furcht vor den Männern hatte ihren Grund: Sie schossen ohne Rücksicht auf jeden – eben auch auf die Polizei! In Agia Galini hatten die Kollegen von der Drogenfahndung ein Schiff auseinandergenommen und Drogen im Wert von mehr als 150 Millionen Euro sichergestellt. Teilweise wurden Drogen und Waffen mit nicht autorisierten Hubschrauberflügen auf das Meer hinaus transportiert und dort von Frachtern übernommen. Es war ein einfaches Spiel: Man traf sich an einem sogenannten Rendezvous-Punkt, was außerordentlich romantisch klang, und dann konnten Pakete von mehreren Hundert Kilogramm Gewicht einfach abgelassen werden. Selbst bei kleineren Maschinen waren Zuladungen bis vierhundertfünfzig Kilogramm möglich. Eine geradezu perfekte Möglichkeit, um das Zeug in Umlauf zu bringen. Und die Kerle, die an der Spitze dieser Organisationen standen, hatten nicht nur das Geld, sich Villen mit riesigen Pools zu bauen, sondern konnten auch mal eben aus der Portokasse einen Hubschrauber kaufen. Er schämte sich für diese Landsleute, die sich einen Dreck um das scherten, was ihre Handelswaren anrichteten, denn Waffen waren da, um zu töten, und Drogen, vor allem auch die synthetischen Pillen, die mittlerweile in Massen gehandelt wurden, um süchtig zu machen.

Doch wenn der Hubschrauber dort vor Sitia einem der Kartellbosse gehörte, dann war es mehr als verwunderlich, dass hier ganz offiziell ermittelt wurde. Was hatte Stefanakis dazu bewogen, sich sofort einzuschalten? Worum ging es hier wirklich? Zacharis hatte tatsächlich noch keine Idee. Ein missglückter Drogentransport schien ihm möglich, aber wenig überzeugend. Niemand hatte bisher ein Boot oder andere Taucher gemeldet, was für ihn gleichbedeutend damit war, dass keiner unterwegs gewesen war, um die Waren sicherzustellen, die eventuell in dem Hubschrauber lagen. Was konnte also sonst dahinterstecken?

Er war müde, und seine Konzentration ließ nach, gleichzeitig war seine Neugier geweckt, und er wollte nicht einfach so aufgeben. Er stand auf, sperrte seinen Computer, dehnte sich ausgiebig, ging in die kleine Küche und kochte sich einen starken Tee. Es war fast Mitternacht, vielleicht wäre es klüger, morgen früh weiterzusuchen. Er hoffte, dass die Küstenwache das Gebiet weiträumig abgesperrt hatte und bewachte, nicht dass in der Nacht etwas abhandenkommen würde. Hyeronimos hatte ihn zwar in Kenntnis gesetzt, dass die Taucher mit normaler Ausstattung nicht so tief tauchen konnten, wie die Maschine lag, doch er traute gewissen Kreisen alles zu, und schließlich gab es ja sogar Apnoe-Taucher, die hundert Meter tief gehen konnten und die Fähigkeit hatten, bis zu zwanzig Minuten den Atem anzuhalten. Die Gesundheitsschäden, die dabei entstehen konnten, waren mannigfaltig. Aber für Geld waren Menschen schließlich bereit, alles zu tun.

Er trank die Tasse in kleinen Schlucken leer und beschloss, auf die Fachkompetenz der Coast Guard zu vertrauen. Morgen früh würde er frisch und munter weiterarbeiten. Er fuhr seinen Computer herunter, nachdem er alle Lesezeichen gesichert hatte, verließ das Polizeigebäude und lief völlig verdattert der Presse in die Arme. Die hatte er vollkommen vergessen. Er stülpte sich sofort seinen Helm über den Kopf und ging schweigend zu seinem Roller.

31. Kapitel

Man fand keine Worte. Es gab nichts zu sagen. Man konnte in einem Meer aus Schmerz ertrinken, oder man lernte eben, darin zu schwimmen. Doch es änderte nichts daran, das Leid zu spüren, das die Einsamkeit und durchwachte Nächte hinterließen. Es änderte nichts an dem Gram, der sich durch die Zellen fraß und das Denken immer mehr einnahm. Hatte man verloren, was wirklich bedeutsam war, dann waren Pein und Kummer mit einem Mal neue Freunde fürs Leben. Nichts bereitete einen je darauf vor, solche Verluste zu verkraften. Nichts half dabei, sich selbst nicht immer mehr zu verlieren. Wie sollte man das auch lernen? Wer sollte einen Menschen lehren, das zu können, und wer wollte der Lehrling einer solchen Unterweisung sein? Es gab eben keine Worte oder Gesten, die ausreichten, um zu beschreiben, wie es war, wenn man nicht mehr atmen konnte, wenn jeder Gedanke zum Labsal für Kummer und Bitterkeit wurde und die Kraft weiterzuleben nur noch aus einer einzigen Quelle, dem Hass, gespeist wurde.

32. Kapitel

Er hatte ihr einen sanften Kuss auf die Wange gegeben und sich von ihr verabschiedet. Sie hatten beim Essen viel gelacht, und Melina hatte ihm erlaubt, sie bis an den Hauseingang zu begleiten.

Noch nie hatte sie einen Mann wie Konstantinos kennengelernt. Sie war sich sicher, dass er vom ersten Augenblick an gewusst hatte, warum sie an der Bar saß, und doch hatte er keine Sekunde gezögert und sie wie ein ganz normales Mädchen behandelt. Er hatte nichts gesagt oder sie gar bedrängt. Sie waren wie eine Frau und ein Mann auf einem Date miteinander umgegangen, hatten sich kennengelernt und einfach nur geredet. Er hatte ihr beim Essen sogar den Stuhl zurechtgerückt, und sie hatten sich die leckeren Vorspeisen geteilt. Ja, das war ein für Griechen vollkommen normales Unterfangen, und doch war es so selbstverständlich vonstattengegangen, als würden sie einander schon ewig kennen. Genau so kam es ihr vor: als würden ihre Seelen sich schon ewig kennen. Sie hatte sich keine Sekunde fremd an seiner Seite gefühlt oder gar billig. Denn so fühlte sie sich, wenn sie gekauft wurde. Danach musste sie sich lange duschen, jedes Mal. Sie hatte gehofft, dass sie sich irgendwann einmal daran gewöhnen würde, doch der Schweiß und der Geruch von Sex widerten sie an. Also musste sie sich sauber machen. Im Sommer war immer genug warmes Wasser da, denn der Tank auf dem Dach wurde über die Sonnenkollektoren aufgeheizt, und Sonne gab es im Sommer von früh bis spät. Heute brauchte sie nichts zu entfernen. Ganz im Gegenteil. Als er sich zu ihr gebeugt hatte und sie für einen Sekundenbruchteil Angst bekommen hatte, einem durchtriebenen Täuschungsmanöver zum Opfer gefallen zu sein, hatte sie seinen männlich herben Geruch wahrgenommen. Er hatte nach Zedern, Zitrone und jenem Aroma gerochen, das die Sonne auf der Haut hinterließ. Sie hatte den Duft aufgesogen und abgespeichert und hoffte sehr, dass er es ernst gemeint hatte, als er sie erneut zu dem Ausflug ans Meer mit seinen Stand-up eingeladen hatte.

»Kommst du morgen um elf Uhr an den Strand?«, hatte er gefragt, und sie hatte fasziniert genickt. Er wollte wirklich mehr Zeit mit ihr verbringen. Vielleicht hatte er doch nicht durchblickt, was sie tat, wer sie war und was das aus ihr gemacht hatte. All ihre Träume waren verloren gegangen auf diesem Weg, sich und ihrer Familie zu beweisen, *wie* unabhängig sie war. Nach Krousonas konnte sie jedenfalls nicht mehr zurückkehren. Sie konnte einerseits ihren Eltern nicht mehr in die Augen blicken und andererseits auch nicht eine Ehe mit einem Mann von dort eingehen und sich als Hausfrau unterordnen. Ihre Eltern waren brave Leute. Sie hatten ihr nie etwas Böses getan, sondern ihr alles gegeben, was sie hatten geben können. Ihre Mutter war gottesfürchtig und der Vater hartes Arbeiten auf den Feldern gewohnt. Er war davon überzeugt, eine Scheibe Dakos und etwas Olivenöl reichten aus, um zufrieden zu sein.

Als sie gegangen war, hatte er mit Unverständnis reagiert und sich enttäuscht zurückgezogen. Ihre Mutter hatte gebetet und sich gewiss tausendmal bekreuzigt. »Hier ist immer dein Zuhause, Melina«, hatte sie gesagt und es auch so gemeint. Doch nun war sie keine erfolgreiche Frau, die in der Stadt ihr Glück gemacht hatte, sondern eine billige Nutte. Der Begriff schmerzte in ihrem Kopf, aber er war einfach wahr. Zumindest hatte sie es geschafft, sich nicht in das System der Prostitution eingliedern zu lassen. Es war ihr zweiter Sommer, und niemand hatte sich neben sie gesetzt und ihr gedroht, ihr etwas anzutun, wenn sie nicht ab jetzt ihre Einnahmen teilte. Sie wusste, dass es reines Glück war, so unbehelligt *arbeiten* zu können, und dass das Risiko groß war, in die Falle zu rennen. Doch sie hatte sich in eine Art Sackgasse manövriert, aus der sie nicht mehr herauskam. Einen Blowjob für fünf oder zehn Euro zu machen war sicher etwas, was man als verwerflich bezeichnen konnte, doch für dreieinhalb Euro pro Stunde zu bedienen bedeutete, abends mit dreißig Euro nach Hause zu gehen. Das Geld hatte sie mit ihrem Job natürlich schneller in der Tasche. Manche Kerle waren großzügig und drückten ihr einen Zwanziger in die Hand, nachdem sie sich ausgiebig vergnügt hatten, und an guten Tagen legte sie Geld für den Winter zur Seite.

Sie war für das System nicht verantwortlich, hatte nur nach etwas anderem gesucht, als in den Bergen zu sitzen, Ziegen zu melken und Kinder aufzuziehen.

Sie streifte ihr Kleid ab, legte sich auf ihr Bett und träumte von Konstantinos. Sie sah in ihm keine Fahrkarte in ein besseres Leben, sie sah nur seine warmen Augen und sein respektvolles Verhalten ihr gegenüber. Konnte sie ihm wirklich vertrauen? Sie hatte schon die wildesten Geschichten gehört von Zuhältern, die sich so in das Leben der Frauen schlichen. War er einer von denen oder wirklich nur der, für den er sich ausgegeben hatte?

Mit gemischten Gefühlen schlief sie ein.

Dyspnoische Erstickungsphase

33. Kapitel

Sie war einfach aus dem Bett gestiegen und in ihrem dünnen Nachthemd auf den Balkon vor ihrem Schlafzimmer gegangen. Ein leichter Wind vom Meer hatte die Gardinen aufgebläht und ihr das Hemd zwischen die Schenkel geweht. Die Nacht war hell, und man konnte das Mondlicht auf dem Wasser schimmern sehen. Es sah einfach bezaubernd aus. Sie war weitergegangen bis an die Brüstung, hatte das Geländer mit beiden Händen ergriffen, ihre Füße auf die untere Strebe gestellt und sich dann kopfüber hinuntergestürzt. Sie hatte den Aufprall noch gespürt, ihr Schädel war aufgeplatzt wie eine zu reife Wassermelone, und zuckend hatte sich ihr Körper dem Tod ergeben. Alles in ihr war still im Tod, und sie hieß ihn zufrieden willkommen. Endlich würde sie ihren Frieden haben. Es war die richtige Entscheidung gewesen, dachte sie, als sie über dem toten Körper zu schweben schien, der sonderbar verrenkt dort auf den Steinen hinter dem Haus lag. Aus der Kopfwunde quoll eine gräuliche Masse, und eine dunkelrote Blutlache umgab sie. Sie sah aus wie eine alte Puppe, die zerbrochen und achtlos weggeworfen worden war. So würden ihre Kinder sie nachher, wenn die Sonne aufging, finden. Alexia mit ihrem Stofftier in der Hand, nach den schlechten Träumen der letzten Stunden mit müdem Gesichtchen hinaustapsend, Iraklis fröhlich und munter wie immer, während er selbst auf dem Geländer herumkraxelte, und Selena, die ihre Geschwister von dem Anblick fortzerren würde, um sie vor dem schlimmsten Schock zu bewahren. Zitternd würden die drei sich dann irgendwo verkriechen und langsam begreifen, dass sie nun vollkommen allein auf der Welt waren – ohne Mutter und Vater. Was ihr gerade noch so einfach erschienen war, wurde nun zu einem furchtbaren Fehler. Sie hörte das Schluchzen der Kleinen, Selenas beruhigendes »Sch, sch, sch« und die helle Stimme ihres Jungen: »Warum schläft Mama dort? Das ist doch total unbequem!«

Sie fuhr schweißgebadet in ihrem Bett hoch, der Wind blähte die Gardinen in den Raum, und das Mondlicht erhellte ihr Zimmer, beschien die leere Seite des Bettes mit traumwandlerischer Sicherheit. Sie setzte sich auf, das Nachthemd klebte an ihrem feuchten Körper. Sie stand auf und ging hinaus auf dem Balkon. Das Geländer lockte sie, zog sie geradezu magisch an. Sie umklammerte die Brüstung und spürte die tiefe Sehnsucht nach Ruhe in sich. Vielleicht war der Traum keine Warnung gewesen, wie sie im ersten Augenblick gedacht hatte. Vielleicht war er eine Zukunftsvision. Zu oft dachte sie an den Tod, sehnte ihn herbei.

Ein Fuß hob sich und stellte sich auf die untere Strebe. Ein Geräusch ließ sie auffahren, denn plötzlich stand Selena neben ihr.

»Was tust du da, Mama?«

Die Stimme des Mädchens klang hart und kalt, und Elara senkte schuldbewusst den Kopf. Alles, was ihr in den Sinn kam, hörte sich vollkommen hirnlos an. Also sagte sie nichts.

»Das würdest du wirklich tun? *Du* würdest uns auch noch allein lassen?« Selena hörte sich erfroren an, als wäre alle Wärme aus ihr gewichen, als ihr bewusst geworden war, was ihre Mutter wohl ersehnte.

Elara wollte weinen, doch sie hatte keine Tränen mehr, fühlte sich wie ausgetrocknet. Ihr Atem ging stoßweise, und anstatt, dass sie ihrem Kind Trost zusprach und dem Mädchen versicherte, dass sie nicht wirklich hatte springen wollen, spürte sie plötzlich die Hand ihrer Tochter auf ihrem Arm. Nicht sanft oder liebevoll, sondern klauenartig zupackend, und die Elfjährige zerrte sie vom Balkon zurück ins Schlafzimmer, stieß sie dort aufs Bett und formulierte mit klirrender Stimme: »Ich bin ein Kind! Ich kann nicht für die beiden Kleinen sorgen. Wir werden nicht zusammenbleiben können, niemand nimmt drei so kaputte Menschen wie uns gemeinsam auf. Dann haben wir wirklich gar nichts mehr. Ist es das, was du willst?«

Elara konnte ihre Hände nicht heben, obwohl sie sich diese so gern auf das Gesicht gepresst hätte. Ihr großes Mädchen war noch ein Kind, da hatte sie vollkommen recht. Was war sie nur für ein Monster geworden, dass sie Aristidis' Blut in eine ungewisse, höchstwahrscheinlich sogar lieblose Zukunft schicken wollte.

Aristidis! Ihre Hände krampften sich bei dem Gedanken an ihn zusammen, und als sie es endlich schaffte, ihren Blick zu heben, war Selena bereits gegangen. Wie sollte sie es hinbekommen, ihrer Tochter später bei Tageslicht in die Augen zu schauen? Wie sollte sie jeden Tag schaffen ... ohne ihn? Sie fühlte sich ausgelaugt und schuldig zugleich. Wer war sie ohne ihren Mann, und wann war sie zu diesem grausamen Menschen geworden?

34. Kapitel

Es war ein farbenprächtiges und bezauberndes Schauspiel gewesen, zu sehen, wie der orangerote Ball aus dem Ozean aufstieg, so, als würde er gerade neu geboren. Der Horizont färbte sich von strahlendem Orange über Blutrot bis hin zu gleißend hellem Gelb, und das Meer nahm innerhalb weniger Minuten unterschiedlichste Blautöne an. Sie hatten beide mit ihren Kaffeetassen in der Hand den fantastischen Moment genossen, und die Stille zwischen ihnen war angenehm.

Hyeronimos rückte das Besteck auf dem Tisch zurecht und richtete es an der Tischkante aus, damit er sich wohlfühlen konnte. Er hatte recht gut geschlafen. Das Bett war wider Erwarten gemütlich gewesen, und durch die weit geöffnete Balkontür war eine leichte Brise vom Meer hereingeweht.

Penelope erhob sich, warf ihm einen auffordernden Blick zu und wartete, bis er ebenfalls aufgestanden war.

Sie schlenderten gemeinsam zu dem üppig bestückten Buffet und luden sich die Teller mit noch warmen Croissants, Butter, Marmelade und gebratenen Eiern mit knusprigen Speckstreifen voll. Hyeronimos nahm noch etwas Obst, während Penelope Tomaten auf ihrem Teller stapelte.

»Die habe ich sehr vermisst.« Sie deutete auf die roten Gemüseviertel.

»Ich weiß, was du meinst«, sagte er, »sie schmecken hier einfach unvergleichlich lecker.«

Sie nickte und schöpfte noch einen Löffel Schafskäse neben die Tomaten. »Ich zitiere meine Mutter, und wie du weißt, mache ich das sehr selten bis gar nicht: ›Die Götter haben den Boden dieser Insel geküsst!‹«

Er hob einen Daumen. Diese Ausdrucksweise kannte er auch, seine Yaya nutzte sie immer wieder, sogar seine Mutter, die es seit Jahren nicht mehr zurück auf die Insel zog, kam ins Schwärmen, wenn sie von dem Geschmack von Obst und Gemüse auf Kreta sprach. Penelope hatte keinen Kontakt zu ihrer Mutter, und ihren Vater traf sie nur selten und eher heimlich. Sie hatte keine Lust auf eine Auseinandersetzung mit der Frau, die ihre Art zu lieben so sehr verurteilte und auch an ihrer Berufswahl kein gutes Haar ließ. Er wusste, dass es Penelope belastete, auch wenn sie immer so tat, als wäre es Schnee von gestern. Familie war eben das, was auf der Insel zählte.

»Titika sagt das ebenfalls regelmäßig, du kannst also auch gern sie zitieren«, bot er ihr mit einem kleinen Lächeln an, während sie ihre voll beladenen Teller zum Tisch balancierten. Sie waren allein auf der Dachterrasse des Hotels, und der Blick auf das türkisblaue Meer und die Molen des Hafenbeckens war atemberaubend schön. Einige bunte Boote schaukelten an ihren Seilen, und der Morgen sah wundervoll einladend aus.

Penelope nickte, verspeiste kaum sitzend den ersten Bissen und kaute genießerisch an Tomaten und Schafskäse.

»Das Wetter ist gut, und Limanakis hat somit beste Bedingungen.« Hyeronimos packte sich die Gabel voll mit Spiegelei. Er hatte etwas Olivenöl und Zitronensaft darübergeträufelt und eine Prise Meersalz draufgestreut. Das Wasser lief ihm schon vor lauter Vorfreude im Mund zusammen. Eier zu braten war nun wirklich kein Hexenwerk, er sollte sich tatsächlich öfter die Zeit nehmen und ein solch leckeres Frühstück zubereiten, beschloss er in Gedanken.

»Unter den gegebenen Bedingungen und mit der richtigen Ausstattung müsste es für so einen gestandenen Seebären ein Kinderspiel sein, den Hubschrauber zu bergen«, bestätigte sie seine Aussage.

»Wobei im Meer draußen ja nichts ein Kinderspiel ist«, gab er zu bedenken, »niemand weiß so genau, was sich da alles abspielt, und wenn ich die Medien für bare Münze nehme, haben wir ja ständig wechselnde Besucher unter der Wasseroberfläche.«

»Und die machen da was?« Penelope steckte sich ein Stück Graviera-Käse in den Mund, den ein Schild am Buffet mit *homemade* angepriesen hatte.

»Die spionieren für jeden und alle!«

»Unter Wasser?«

»Unter Wasser!« Er zuckte mit den Schultern, denn auch für ihn waren die Interessen ausländischer Mächte ein undurchdringliches Dickicht.

»Letzten Endes geht es immer nur um Macht, nicht wahr«, fasste sie zusammen und kaute intensiv.

»Ja, das ist eine massive Antriebsfeder, und Macht ist im Regelfall mit Geld verbunden«, meinte er, und plötzlich überkam ihn das Gefühl, sich von alldem distanzieren zu müssen. »Das stößt mich mit den Jahren immer mehr ab.«

Penelope nahm sich eine Gabel voll Tomaten, betrachtete das Gemüse lange und sagte dann: »Es ist schwer, sich von Geld zu distanzieren. Klar muss man es nicht anhäufen, aber wir brauchen es täglich, und Menschen haben unterschiedliche Bedürfnisse.« Sie hielt einen Augenblick inne. »Das ist jetzt kein Plädoyer für diesen Irrsinn, aber ich kann mich nicht ganz davon frei machen, dass ich es genieße, in ein tolles Restaurant zu gehen oder auch mal beim Shoppen meine Tüten vollzuladen …«

»Aber es geht dir dabei wohl kaum darum, andere zu beherrschen oder gar zu besitzen und dafür absolut rücksichtslos zu agieren?«

»Das werte ich als rein rhetorische Frage«, sagte sie nickend, »aber wenn ich Eleni so zuhöre, dann ist quasi jeder Konsum, den ich als Normalo betreibe, doch an Unterdrückung und Ausbeutung gekoppelt.«

»Ach, Pen!« Er merkte, wie sich die Leichtigkeit, die er dank des Meerblicks und der Köstlichkeiten auf seinem Teller empfunden hatte, verflüchtigte. Rasch schnitt er ein Stück von einem fluffigen Pancake ab und tauchte ihn in die Bueno-Soße, dann fuhr er fort: »Das Thema ist tiefgreifend und philosophisch und mir tatsächlich etwas zu viel, bevor ich meine zweite Tasse Kaffee getrunken habe.«

»Wir könnten doch mal einen ganz einfachen Fall haben, ohne irgendwelche Verstrickungen und Anrufe vom Festland«, bemerkte sie abschließend und prostete ihm mit dem frisch gepressten Orangensaft zu.

Er tat es ihr gleich, und sie frühstückten zu Ende, ohne mental belastende Gespräche zu führen.

Eine halbe Stunde später saßen sie im Auto und machten sich auf den Weg zum Treffpunkt, obwohl er sich noch immer fragte, warum er hier war und welche Strategie der Minister damit bediente. Sollte der Absturz etwas mit Drogen oder Waffen zu tun haben, müssten andere Abteilungen hinzugezogen werden. Sollte er politisch motiviert sein, was auch immer das bedeutete, hatte er wirklich keine Lust, sich auf diesem Minenfeld zu bewegen, und doch schien er ja keine Chance zu haben, Nein zu sagen. Er hoffte auf einen Unfall, denn das wäre der Idealfall. Ein Herzinfarkt des Piloten, und *plumps* war der Hubschrauber abgestürzt, und das Warum der gesamten Aktion herauszufinden war Aufgabe von anderen.

»Ich merke gerade, dass ich innerlich mantraartig darum bitte, dass es ein Herzinfarkt war und wir einfach wieder nach Hause fahren können«, gab er offen zu.

Penelope legte ihre Hand auf seinen Arm, während er in die Straße nach Panagia Faneromeni abbog und sagte: »Vielleicht haben wir ja Glück!«

35. Kapitel

Gaia lehnte sich in ihrem Sessel zurück und konzentrierte sich auf den kurzen Film, der über ihr iPad flackerte. Sie war sich nicht sicher, was sie empfinden sollte. Es geschahen viele furchtbare Dinge auf der Welt und eine ganze Menge davon quasi direkt vor ihrer Haustür. Kreta war schon immer für jede Form der Okkupation bekannt. Sie kannten es beinahe nicht anders auf der Insel. Ein deutscher Offizier, ein Gast im Hotel im vergangenen Sommer, hatte die Insel als schwimmenden Flugzeugträger bezeichnet: eine Tür in den Nahen Osten und von Interesse für jeden Machthaber mit Gier nach mehr. Früher waren es die Sarazenen, Venezianer und Osmanen gewesen. Dann waren die Deutschen gekommen; heute fand das Ganze subtiler statt. Die Amerikaner hatten ihre Stützpunkte auf der Insel, die Russen umkreisten sie, und Drogen- und Waffenhändler korrumpierten das gesamte System. Frieden war etwas, was es nur in der Fantasie von Menschen gab, darüber hinaus wurde das Konzept gern laut propagiert und dann von innen heraus ausgehöhlt. Sie war einerseits Opfer dieses Systems und andererseits auch Nutznießerin und damit auch irgendwie Täterin. Musste sie sich deshalb schuldig fühlen? Manchmal überkam sie dieses dumpfe Gefühl der Hilflosigkeit und Überlastung, und sie kratzte sich die Innenseiten der Oberschenkel auf an Stellen, die niemand zu sehen bekam. Doch meist hatte sie die Oberhand über diese Gedanken und konnte sie mit einem Wisch beiseitefegen.

So würde sie es auch jetzt handhaben, denn sie konnte sich keine Sentimentalitäten leisten. Lange Zeit hatte sie nur gelitten über ihren und Elaras Verlust und über das Schicksal, das Dorea zu tragen hatte. Es hatte Tage gegeben, an denen sie kaum die Kraft gefunden hatte, sich aus dem Bett zu erheben. Sich die Zähne zu putzen war eine geradezu unlösbare Aufgabe gewesen. Doch nachdem sie sich fast einen Monat wie ein Zombie gefühlt hatte und das Unglück der drei Männer auf hoher See aus dem Fokus der Menschen geraten war, hatte sie sich aus ihrer Lethargie gezerrt. Sie hatte sich dessen besonnen, wer sie war, und dann alles getan, um ihr Leben wieder in den Griff zu bekommen. An manchen Tagen hatte sie sich ins Auto gesetzt und war einfach losgefahren, war irgendwo in den Bergen gelandet und hatte in trostlosen Tavernen ein simples Gericht gegessen und sehr viel Tsikoudia getrunken. Die Alten hatten sie beäugt und meist in Ruhe gelassen. Sie hatte wohl genau das ausgestrahlt, was sie auch empfand: Sie war allem überdrüssig und keinem Streit abgeneigt. Ihr Vater hatte sie früh gelehrt, eine Waffe zu benutzen. Er hatte sich nicht darum geschert, sie von alldem fernzuhalten, was das Leben bereithalten konnte, und sie schoss besser als viele der Männer, die sie kannte. Auf der Insel war es vollkommen normal, schießen zu lernen und sich mit Waffen auszukennen. Mannigfaltige Straßenschilder zeugten von Übungen und heimlichen Wettkämpfen. Und sie hatte es ohne Probleme geschafft, immer wieder dasselbe Loch in einem Schild zu treffen.

Vangelis hatte sich von ihrer Wildheit nicht schockieren lassen, er hatte auch das genommen und geliebt. Ihr scharfer Verstand und ihr scharfes Auge hatten viele andere dazu provoziert, sie zu unterwerfen, doch er war tapfer und wacker gewesen, hatte respektvoll um sie geworben und sie dann erobert. Sie hatte ihm nie verraten, dass sie ihn von Anfang an auserkoren hatte, ihr Mann zu sein. Es war immer besser, einem Mann das Gefühl zu geben, der Ritter in goldener Rüstung zu sein.

Sie schob sich die Haare aus dem Gesicht, es war schon sehr warm, und einige Strähnen klebten ihr auf der schwitzigen Stirn. Sie fragte sich, ob es wirklich nur an den Temperaturen lag oder ob das Video für die aufsteigende Hitze in ihr gesorgt hatte. Zudem hatte sie wieder nur wenige Stunden geruht und noch keine Zeit gehabt, sich frisch zu machen.

Sie war stolz auf das Hotel, war stolz darauf, was sie mit den Schwiegereltern geschaffen hatte, und stolz auf sich, denn sie war wie ein Phoenix aus der Asche geflogen, nachdem sie lange genug durch die Berge gegeistert war, eine Pistole zwischen den Beinen, jederzeit bereit zu schießen. In manchen Dörfern war alles möglich, auch, Respekt durch einen gut gezielten Schuss zu bekommen.

Nachdem die Phase vorüber gewesen war, hatte sie sich oft gefragt, ob sie dort gewesen war, um den Tod zu suchen, und das, obwohl sie doch nicht daran glaubte, dass ihr Mann gestorben war. Doch mit der anfänglichen Ungewissheit über seinen Verbleib, dem tiefen Schock über das Unglück und der Zerstörung ihres bisherigen Lebens war sie nicht sofort zurechtgekommen.

Als man die Leiche von Aristidis gefunden und nach Hause gebracht hatte und von Vangelis noch immer jede Spur gefehlt hatte, hatte sie begonnen zu zweifeln. Doch dann war die Gewissheit gereift: Er war nicht tot. Es gab niemanden, mit dem sie diese Überzeugung teilen konnte, denn auch Iasonas und Maria hatten irgendwann ihre Hoffnungen begraben – im wahrsten Sinne des Wortes. Obwohl Gaia sich gewehrt hatte, hatten die beiden ein Begräbnis für ihren Sohn organisiert und einen leeren Sarg hinabgelassen.

Sie schüttelte sich bei dem Gedanken an jenen grausigen Tag, dann klingelte das Glöckchen an der Rezeption.

Rasch tupfte sie sich mit einem Papiertuch den Schweiß von der Stirn, warf sich das Haar auf den Rücken, knipste das Lächeln in ihrem Gesicht an und trat durch die Tür ihres kleinen Aufenthaltsraums in das Foyer, um die Gäste zu begrüßen.

36. Kapitel

Stavros Limanakis stand hoch aufgerichtet an der Reling des Schiffes. Heute trug er eine verspiegelte Sonnenbrille und sah damit äußerst verwegen aus. Das lange Haar zum Zopf gebunden, umflatterten nur ein paar Strähnen sein wettergegerbtes Gesicht. Einer seiner uniformierten Leute streckte erst Penelope und dann Hyeronimos die Hand entgegen, um sie von dem kleinen Boot, das die beiden in der Bucht nahe Sitia aufgegabelt hatten, auf das Schiff der Taucher zu ziehen. Boote der Küstenwache umkreisten das Gebiet, und Hyeronimos beobachtete das Geschehen interessiert. Die Arbeit der Küstenwache war interessant, und die Männer waren eben immerzu auf dem Meer unterwegs. Das hätte ihm auch gefallen, aber seine Wahl war auf die Abteilung Gewaltverbrechen mit Todesfolge gefallen. Mordermittler zu sein war ihm als etwas Ehrenvolles erschienen, denn jemandem das Leben zu nehmen war Unrecht und ehrlos, die Tat aufzuklären brachte Gerechtigkeit. Zumindest war das damals seine romantische Vorstellung gewesen. Er hatte wohl als Heranwachsender zu viel *Miami Vice* und *Starsky & Hutch* geschaut.

»Mir fehlt nur der Alligator.« Als er die Blicke der Menschen um sich herum sah, wurde ihm bewusst, dass er laut gedacht hatte, und seine Hand verselbstständigte sich nervös und schnellte in Richtung Haar. Doch er ergatterte sie noch, bevor sie ihr Werk vollenden konnte, und lenkte sie um. Sie zog stattdessen am Bügel der Sonnenbrille, gab seine Augen ein wenig frei, und er fügte mit einem lässigen Lächeln »Elvis!« an, was es nicht wirklich besser zu machen schien. Na bravo! Er hatte es mal wieder geschafft, dass alle den Sonderling in ihm sahen, der er war. Penelope lächelte zurück, schlug sich dann mit der Hand auf die Stirn und rief: »Crockett und Tubbs!«

Die jungen Leute auf dem Boot warfen sich Blicke zu, in denen deutlich zu lesen war, dass sie die beiden aus Irakleio komisch fanden, aber auf Limanakis' Gesicht zeichnete sich so etwas wie Verstehen ab. Die Aura des großen, hageren Mannes strahlte in einem satten Grün und wurde von einem roten Kranz umrandet. Er war zielgerichtet und hatte die Zügel in der Hand, gleichzeitig waren ihm seine Männer wichtig, und Hyeronimos war sich sicher, dass der Kapitän alles für seine Mannschaft tun würde.

Tutend kam der große Hochsee-Bergungsschlepper Olympic aus Richtung Irakleio, und man konnte den massiven Kran schon erkennen. Der Heckbereich bestand aus einer riesigen Fläche, die auf Pontonschwimmern thronte. Hier konnte das Bergungsgut abgelegt und zum Hafen transportiert werden. Limamakis dirigierte das massive Schiff bedächtig an die Stelle, die seine Taucher gestern Abend noch mit Bojen markiert hatten.

Hyeronimos nahm am Horizont Bewegung wahr. Selbstverständlich folgten einem Bergungsschiff auch die Neugierigen: Fischer, Urlauber, Pressegeier ...

Doch sie würden den Ring der Küstenwache nicht durchstoßen, ohne sich strafbar zu machen, und er rechnete fest damit, dass sie das auch tatsächlich davon abhalten würde. Die Fotografen an Bord der kleineren, wendigen Sportboote hatten gewiss Objektive dabei, mit denen man noch vom Mond aus eine Falte in seinem Augenwinkel erkennen konnte, daher mussten die Kollegen an der Front ganz bewusst darauf achten und dafür Sorge tragen, dass diese Kerle nicht ungehindert Fotos machen konnten. Nicht auszudenken, wenn die Kennung des Hubschraubers schneller im

Netz publik sein würde, als dass er sie an Zacharis weitergeben konnte. Er wusste, dass Limanakis, obwohl er hier auf dem Schiff der Kapitän war, eine vergleichbare Position wie die von Stelios Mentakis bekleidete: den Grad eines Majors. Also sprach er ihn jetzt auch so an, denn er wollte den Mann mit seinem Ansinnen nicht beleidigen oder gar Zweifel an seiner fachlichen Kompetenz äußern. Es war eben nur so, dass er vorsichtig war.

»Major Limanakis, da wir bisher noch keinerlei Anhaltspunkte bezüglich des Hubschraubers und seiner Besatzung haben, müssen wir sehr darauf bedacht sein, dass wir die Informationen, die nach draußen gehen, steuern.« Er warf einen raschen Blick zu Penelope, um sich rückzuversichern, dass er auch wirklich die passenden Worte gewählt hatte, und sah ihr winziges Nicken. »Daher ist es von äußerster Wichtigkeit, dass die Fotografen auf den Booten ausfindig gemacht werden und ihnen die Aufnahme des Geschehens untersagt wird.«

Stavros Limanakis straffte sich beinahe unmerklich ein wenig, doch Hyeronimos fiel es auf, denn mit dieser veränderten Körperhaltung wechselten dessen Aurafarben die Position: Das Rot umwaberte ihn nun, und das Grün bildete den Rahmen. Das war außerordentlich interessant, und er hatte etwas Vergleichbares bisher nicht oft gesehen. Auren waren nicht selten an den jeweiligen situativen Kontext angepasst, was so viel bedeutete wie: Ein Mensch mit einer stark roten Ausprägung im Beruf konnte zu Hause bei der Familie komplett von Grün umgeben sein und im Kirchenchor von Gelb. Gleichzeitig gab es aber bei den meisten Menschen eine charakteristische Herausbildung, und diese hing eben mit der Grundpräferenz der Persönlichkeit zusammen. Bei Limanakis war es das in den Vordergrund tretende Rot, jetzt, da er die Situation unter Kontrolle behalten wollte, und demonstrierte seine Durchsetzungskraft. Er wies die Kollegen auf den umliegenden Booten an, jeden Fotografen sofort an die Haie zu verfüttern. Tatsächlich wurden Haie rund um Kreta nur sehr selten gesichtet, doch hin und wieder wurden die Raubfische mutiger und kamen näher an die Insel heran. Daher war es nicht komplett undenkbar, so weit hier draußen Vertretern dieser Gattung zu begegnen.

Limanakis' Leute verstanden ihn jedoch, und Hyeronimos hoffte, dass der Kanal, auf dem der Kapitän funkte, tatsächlich sicher war. Ein Mitschnitt dieser Nachricht würde gewiss für Furore sorgen und die angespannte Beziehung der Behörden zur Presse noch weiter anstacheln. Die Olympic war nun stationiert, und die Taucher würden gleich den Kran positionieren. Jeden weiteren Meter in die Tiefe, den sie nicht mehr machen konnten, ohne ihre Gesundheit zu schädigen, übernahm sodann ein Roboter, der vom Deck des Bergungsschiffes aus gesteuert wurde. Nun würde es hoffentlich nicht mehr lange dauern, bis sie endlich Gewissheit über den Helikopter und seine Besatzung bekamen.

Limanakis gab mit ruhiger Stimme Befehle.

»Wir manövrieren unser Schiff nun auf Abstand zur Olympic, um nicht in die Gefahrenzone einer möglichen Kollision zu geraten«, erklärte er, und Hyeronimos nickte verstehend. Das riesige Bergungsschiff war mit seinen rund sechzig Metern Länge und fünfzehn Metern Breite ein beeindruckender Koloss.

»Wie kommen wir dort hinüber?«, wollte Penelope wissen und wies mit dem Kinn in Richtung der Pontonfläche.

»Wenn der Heli geborgen ist, drehen wir bei und setzen Sie mit einem der Schlauchboote über«, beantwortete Stavros ihre Frage.

»In Ordnung«, sagte die Pathologin, und Hyeronimos konnte die Faszination auf ihrem Gesicht sehen, als die Olympic geankert hatte und ein stabiles dickes Drahtseil, an dem der Roboter befestigt war, zu Wasser gelassen wurde. Die Spannung stieg ins Unermessliche.

37. Kapitel

Rachegelüste konnten vieles mit Menschen machen, sie konnten starke Antreiber sein und scheinbar Unmögliches möglich werden lassen, weil man so akribisch jedes noch so winzige Fitzelchen betrachtete und prüfte, bis man irgendwann den Schwachpunkt fand, an dem man geschickt den Hebel ansetzen konnte. Man wuchs in den Dörfern in den Bergen mit dem Gedanken auf, dass Rache zu nehmen vollkommen in Ordnung sei. *Zack* wurde die Waffe aus dem Hosenbund gezogen und dem vermeintlichen Feind ein drittes Auge verpasst. Wenn man Pech hatte, war man als Nächster dran oder ein anderes Familienmitglied – und dann ging es immer so weiter. Ein schicksalhafter Kreislauf hatte sodann Schwung aufgenommen. Eine Facette der Rache. Man war auf der Hut, während man gleichzeitig bereit war, jede Chance zu ergreifen, um das erfahrene Unrecht wiedergutzumachen.

Rachegedanken hatten jedoch auch die Macht, jeden Lebensfunken aus einem herauszusaugen. Wie ein Vampir lauerten sie im Dunkeln und warteten auf den richtigen Augenblick. Dann spürte man die scharfen Zähne des Ungeheuers plötzlich an einer weichen und empfindlichen Stelle und wurde von Sekunde zu Sekunde schwächer, während einen die rohe Gewalt zu Boden drückte. Man zog die Waffe aus dem Hosenbund, weil man den Schmerz nicht mehr ertragen konnte und in einem Moment der aus der Qual auftauchenden Klarheit erkannte, dass es keine Rettung geben würde. Niemals. Man verpasste sich also selbst den Schuss!

Manchmal jedoch, in außergewöhnlichen Fällen, waren die Rachegelüste wie eine übernatürliche Heimsuchung, so, als wäre etwas geschehen, was es möglich machte, hinter alle Kulissen zu blicken und die Masken herunterzureißen, die Feinde wie Freunde erschienen ließen. Dann brauchte man Geduld, musste sich unsichtbar machen und sich in das System hineinschleichen, das man zerstören wollte. Das Wagnis dabei war, dass man riskierte, sich zu verlieren oder eben auch in diesem Fall mit einem dritten Auge in der Stirn zu enden.

38. Kapitel

Zacharis hatte schlecht geschlafen und war schon früh wieder auf den Beinen gewesen. So saß er nun an seinem Schreibtisch und durchsuchte Informationsberge, denn er war sich ganz sicher, würde er all das ausdrucken, was er hier durchforstete, wäre der Papierstapel höher als sein Schreibtisch.

Seine Augen glitten geübt über den Bildschirm, und im Augenwinkel nahm er Christos Papadakis auf dem Flur wahr und wappnete sich rasch innerlich gegen eine Attacke des Mannes, der es nie versäumte, ihn zu demütigen. Doch nichts dergleichen geschah, und er schüttelte verwundert den Kopf. Natürlich hatte es sich herumgesprochen, dass Stelios Mentakis seine beiden Ermittler irgendwo in einer Berghütte einsperren wollte, damit sie endlich miteinander klarkamen. Doch dass sich diese Androhung so rasch auch auf ihn positiv auswirken würde, hatte er nicht zu hoffen gewagt. Aber vielleicht hatte Christos auch nur einen Termin und war in Eile und würde es auf dem Rückweg nachholen, sich auf seinen Schreibtisch zu setzen, was er so sehr hasste, dass es ihn noch mehr Wortteile verschlucken ließ als sonst.

Er spürte, dass er den Atem angehalten hatte, und ließ die Luft nun langsam ausströmen. Er dachte angestrengt darüber nach, was er eigentlich suchte, denn wenn das Bergungsschiff Olympic den Hubschrauber hochgezogen hatte, brauchte er nur die Kennung einzugeben, um mehr zu erfahren. Die Gegend um Sitia herum war teilweise gering besiedelt, und das machte einiges möglich, auch wenn Orte wie Agia Galini auf der Südseite strategisch für gewisse Transporte besser lagen. Man konnte aus den Bergen rasch hinunter ans Meer, und von dort bewegten sich Schiffe in alle Richtungen. Einflussreiche Familien hatten dort ihre Anwesen, und er war sich sicher, dass sehr viele Gelder aus Geschäften stammten, die den Rahmen der Legalität hinter sich gelassen hatten, und gleichzeitig betrieben diese Leute mit sozialem Engagement eine effektive Form von Beeinflussung und Augenwischerei, denn wer wollte schon daran glauben, dass zum Beispiel eine schöne Frau, die mit vollen Händen gab und in Bildung und andere Projekte investierte, in Wirklichkeit eine kaltblütige Verbrecherin war? Er hatte sich sogar schon abgewöhnt, das zu thematisieren, wenn sie mit der Familie zusammensaßen, denn die Älteren am Tisch reagierten mit ernsthafter Empörung darauf, wenn er diese Wahrheiten formulierte.

Was machte also das Meer vor Sitia interessant für einen Flug wie diesen? Er überprüfte den Verkehr dort draußen, nahm Kontakt mit der zuständigen Abteilung auf und bat darum, alle Bewegungen in einem Bereich von der Küste bis zu zwanzig Meilen hinaus auf die hohe See in den letzten zwei Jahren zu erhalten. Das würde gewiss eine ganze Menge sein, parallel vermutete er jedoch, dass es weniger sein könnte als eben dort auf der Südseite oder nahe Irakleio oder gar Chania oder Souda, wo die Amerikaner stationiert waren. Die Flugsicherung meldete sich und teilte ihm mit, dass sie pro Monat im Schnitt von zehn Flügen ausgingen, die rund um Sitia ohne Genehmigung stattfanden. Sein Kontakt wollte wissen, ob er auch an den Schätzungen für andere Orte interessiert sei, und er bejahte.

Dann stand Christos plötzlich vor seinem Schreibtisch, als wäre er dorthin teleportiert worden. Zacharis versuchte, sein Erschrecken zu verbergen, doch es gelang ihm anscheinend nicht gut.

»Nicht erschrecken, Zachari«, sagte der Ermittler, dessen grau meliertes Haar in kleinen Locken gepflegt um seinen Kopf lag. »Du möchtest bitte kurz zu Stelios reinkommen.«

Dann ging er weiter zu seinem eigenen Assistenten, der einige Meter weiter an seinem Schreibtisch saß, und ließ Zacharis vollkommen verdutzt zurück. Er fasste sich nach kurzer Zeit wieder, sperrte seinen Computer, verschloss einige Notizen in der Schublade und machte sich auf zum Major. Er war sich sicher, dass Mentakis keine gute Laune hatte, und dann ließ man ihn besser nicht warten.

Maria lächelte ihn an und winkte ihn einfach durch, als er den Vorraum zum Büro des Mannes betrat. Schneller als erwartet stand er vor dem großen Schreibtisch, und der Chef wies ihn mit einem knappen Nicken an, Platz zu nehmen. Er war neugierig, gespannt und auch ein wenig aufgeregt.

39. Kapitel

Minister Dimitris Stefanakis knallte den Hörer des Festnetzapparates auf und kratzte sich am Kopf. Das da draußen im Meer vor Kreta entwickelte sich zu einer großen Sache und nicht nur, weil die Olympic im Einsatz war, sondern auch, weil nun die Aufmerksamkeit der Öffentlichkeit auf der Bergung lag und damit nichts geheim bleiben würde. Er dachte darüber nach, was es bedeuten würde, die örtliche Polizei dazu zu verdonnern, alles, was sie finden würden, sofort unter Verschluss zu nehmen. Würde das das Interesse nicht nur noch mehr anheizen? Er war hin- und hergerissen. Einerseits musste er aufpassen, dass nicht zu viele Informationen publik wurden, und andererseits musste er dafür sorgen, dass die Ursache für das Unglück gefunden wurde. Vielleicht war es ein Fehler gewesen, Galavakis damit zu beauftragen, denn der Kommissar stand immer im Fokus der Öffentlichkeit.

In letzter Zeit geriet er einfach zu schnell unter Stress und traf seine Entscheidungen nicht mehr mit jenem Fingerspitzengefühl, mit dem er sonst agierte und für das er geradezu berühmt war. Lag es eventuell an den Auseinandersetzungen mit Iota und der Art, wie sie sich für Konstantinos starkmachte, während er sich für den Jungen schämte? Oder wurde er einfach nur alt und sein Gehirn geriet ins Stocken, weil er sich manchmal einfach nicht mehr richtig konzentrieren konnte und auch mal etwas vergaß? Er war zweiundsechzig und schon sehr lange auf dem politischen Parkett tätig. Er hatte sich so oft verbogen und neu erfunden, dass er unterm Strich gar nicht mehr so genau wusste, wer er eigentlich war. Seine Ex-Frau verglich ihn oft mit ihrem Zweitgeborenen, und das nahm er ihr übel, denn er war nie verantwortungslos gewesen, und außer dass er rauchte und gern ein gutes Glas Wein trank, hatte er sich stets von Drogen ferngehalten. Was also hatte sein jüngeres Ich mit dem missratenen Lümmel gemein, der sich auf seine Kosten durchs Leben schnorrte?

Er spürte seinen Blutdruck bei diesen Gedanken ansteigen, und das machte ihm klar, warum er plötzlich Fehlentscheidungen traf, denn der Junge machte ihn ganz offensichtlich krank. Ärger wallte in ihm auf. Konstantinos war schuld an dem aktuellen Desaster. Er hatte seinen Vater durcheinandergebracht, und dadurch hatte Dimitris einen fatalen Fehler begangen. Was ihm erst als Geniestreich erschienen war, wurde nun zu der Schaufel, die vielleicht sein eigenes Grab ausheben würde.

Konnte er den Kommissar jetzt noch abziehen, ohne deutlich zu machen, dass er unüberlegt gehandelt hatte und nun sogar lieber dafür sorgen würde, dass der Heli auf dem Meeresgrund liegen blieb? Konnte er das noch befehlen? Würden sich die einmal in Gang gesetzten behördlichen Prozesse durch einen Befehl von ihm aufhalten lassen? Er schüttelte den Kopf und fuhr sich nervös durchs Haar. Die Olympic hatte den Roboter schon zu Wasser gelassen, die Küstenwache war mit einem Riesenaufgebot vor Ort, und es würde unmöglich sein, die Aktion jetzt zu stoppen. Wenn es ganz dumm lief, dann hatte das vom Bergungsschiff aus gesteuerte Gerät das Stahlseil schon an dem havarierten Rotorflugzeug angebracht, und sie zogen es gerade nach oben. Sie würden den Heli gewiss nicht mehr fallen lassen, egal, welche Anordnungen er gab. Der verantwortliche Beamte auf dem Schiff, Stavros Limanakis, hatte ihm zudem mitgeteilt, dass sich auch die leitende Pathologin der Insel auf dem

Schiff befand und somit gleich einen fachgerechten Blick auf den Piloten werfen würde.

Alles schien sich plötzlich gegen ihn zu wenden, und er fühlte sich auf einmal angreifbar, und das machte ihn noch wütender, als er schon war. Wie hatte er es nur so weit kommen lassen können? Sein Sohn war schon seit vielen Jahren eine Belastung, und er hatte sich einfach nicht gut genug von ihm abgegrenzt. Nun würde Konstantinos wohl endlich erreichen, was er sich schon als Teenager auf die Flagge geschrieben hatte: Er würde seinen Vater zerstören.

Iota hatte regelmäßig mit einem ihrer perfekt manikürten Finger auf ihn gedeutet und ihn paranoid und krank genannt, denn in ihrer Welt war Konstantinos ein guter Junge mit herausragenden Werten, die alle Facetten von Filotima beinhalteten. Dass er dazu bereit war, ein Kind und noch dazu sein eigen Fleisch und Blut so zu verurteilen, machte ihn in ihren Augen zu einem herzlosen Monster. Irgendwann hatten sie nichts anderes mehr getan, als sich zu streiten, und er hatte kurzerhand beschlossen, dass es besser für ihn und seine Karriere sei, wenn er sich aus diesem toxischen Umfeld entfernte und sein eigenes Leben lebte. Doch der Junge hatte sich an seine Fersen geheftet, tauchte regelmäßig in Athen auf, mit zerzaustem Haar und Löchern in den lächerlich engen Hosen. Konstantinos wollte ihn ganz offensichtlich bloßstellen und den Mitstreitern und Gegnern seines Vaters Munition bieten, um ihm das Wasser abzugraben und so seinen Einfluss zu schmälern.

Iota ließ Konstantinos gewähren. Er wohnte bei ihr, fraß ihr den Kühlschrank leer, warf seine Wäsche in ihre Maschine und tankte sein Auto mit ihrem Geld. Den Rest seines Lebens durfte Dimitris netterweise finanzieren, und wenn er androhte, keine Zahlungen mehr zu leisten, lächelte sein Sohn nur mit gebleckten Zähnen, zuckte mit den Schultern, vergrub die Hände in den Hosentaschen und sagte: »Wenn du meinst, dass das richtig ist, Papa …!«

Das klang im Regelfall auf eine ganz subtile Art bedrohlich für ihn, und daher blieb ihm nichts anderes übrig, als die Schublade seines Schreibtischs zu öffnen und einem Umschlag mehrere Hundert-Euro-Scheine zu entnehmen: der Preis für seinen Frieden. Dann hatte er einige Wochen Ruhe, im Sommer waren die Zeiträume allerdings deutlich kürzer als im Winter. Iota lachte ihn aus, wenn er sie anrief und ihr befahl, den Drogensüchtigen von ihm fernzuhalten: »Du irrst dich, Dimitri, wie immer! Er nimmt keine Drogen, und ganz ehrlich – wie viel gibst du ihm pro Jahr? Fünftausend? Vielleicht mal sechstausend? Mach dich nicht lächerlich! Es tut dir nicht weh, und du warst ihm nie ein Vater, dann kannst du ihm wenigstens Geld geben. Das beschwichtigt dein mieses Karma vielleicht ein wenig!«

Das war der Zeitpunkt, bei dem er im Regelfall seine Sicht der Dinge ausführte, und er war davon überzeugt, dass dieses Kind schon immer ein Dorn unter seinem Nagel gewesen war, anders konnte er die Spaltung seiner Familie durch den Zweitgeborenen nicht erklären. Er war immer stolz gewesen auf seine Professionalität und darauf, wie er alle Fäden in der Hand gehalten und sie immer im richtigen Augenblick gezogen hatte. Anscheinend wurde er senil und angreifbar, und nun hatte er die wahrscheinlich elementarste Fehleinschätzung seines Lebens vollbracht. Er musste nachdenken und herausfinden, wie er die Situation doch noch zu seinen Gunsten drehen konnte.

Mit seinem Sohn und wie er diesen endgültig aus seinem Leben katapultieren konnte, würde er sich später beschäftigen. Jetzt musste er erst eine internationale Katastrophe abwenden.

40. Kapitel

Melina jauchzte, als eine kleine Welle das Stand-up erschütterte und sie fast ins Wasser befördert hätte. Sie spürte unbändige Lebenslust in sich und reine Freude. Sie hatte sich schon lange nicht mehr so gefühlt, so menschlich, so wenig als Ware, so wenig verzweifelt. Ganz im Gegenteil war es ein Tag, an dem sie einfach nur eine ganz normale junge Frau war, und Konstantinos war nicht nur wahnsinnig attraktiv, sondern auch der geduldigste Lehrer, den man sich vorstellen konnte. Das machte er doch nicht, um sie ohne Kosten ins Bett zu bekommen, denn das war vollkommen widersinnig. Schon der gestrige Abend hatte ihn mehr gekostet als jede Nummer mit ihr. Doch sie wollte nicht darüber nachdenken, wann sie wieder an einer Bar sitzen musste, um sich im Anschluss von einem widerlichen Besoffenen begrapschen lassen zu müssen oder vor ihm zu knien. Sie würde es tun müssen, denn wenn sie die Miete nicht zahlte oder Strom und Wasser, dann würde sie demnächst ungewaschen auf der Straße sitzen, und tatsächlich würde sie lieber im Eingang einer Kirche schlafen als so zurück nach Krousonas zu kriechen: gescheitert, belächelt und letztlich beschmutzt. Nein, das kam nicht infrage. Doch heute war ein Tag, den sie genießen wollte, ohne an etwas anderes zu denken.

»Spann dein Becken an!«, hörte sie Konstantinos sagen, der neben ihr herschwamm. Sie waren nicht weit draußen, und er konnte noch stehen, sodass er sie regelmäßig stabilisieren konnte, wenn sie wieder auf das Board klettern musste. Hatte er das Gefühl, dass sie zurechtkam, schwamm er ein paar Meter vor, um ihr Raum zu lassen, und wartete dann auf sie.

Sie machte, was er sagte, spannte ihr Becken an und spürte, wie ihre Beine einen besseren Stand bekamen. Sie hatte einen Bikini mit einer taillenhohen Hose und hohem Beinausschnitt angezogen, der ihre schlanke Figur an den richtigen Stellen betonte. Ihr Bauch war flach, ihre Brüste wohlgeformt, und ihre Beine waren gerade gewachsen und nicht zu kurz. Ihr Po war für ihr Schönheitsempfinden zu flach, aber in der Hose wirkte er in Ordnung. Sie hatte ein Bustier gewählt und kein normales Bikinioberteil, denn sie hatte damit gerechnet, mehrfach ins Wasser zu plumpsen. Sie wollte dann nicht jedes Mal erst hektisch ihre Brüste sortieren müssen, bevor sie wieder auftauchte. Der Mann neben ihr hatte Muskeln genau an den richtigen Stellen. Bereits gestern Abend hatte sie seinen tollen Bizeps bewundert, und heute konnte sie sehen, dass er muskulöse Oberschenkel hatte und sich auf seinem Bauch ein Sixpack abzeichnete – nicht übertrieben, nur ganz leicht, und das machte es besonders sexy. Er war gleichmäßig gebräunt, und wenn er schwamm, konnte sie sehen, dass auch seine Rückenmuskulatur ausgeprägt war. In den kurzen Momenten, in denen sie ihrer Unsicherheit Raum ließ, fragte sie sich nach dem Haken, denn alles war einfach zu perfekt, und das konnte nicht sein. Denn das gab es im Leben nicht. Sie spürte ein sonderbares Kribbeln in ihrem Unterleib und konnte es erst nicht recht einordnen. Dann ging ihr auf, dass sie das Zusammensein mit ihm erregend fand.

Vor Schreck fiel sie vom Board. Weder er noch sie hatte damit gerechnet und so landete sie quasi auf ihm und fühlte sich plötzlich von seinen starken Armen umfangen. Wärme stieg in ihr auf, und er hielt sie länger als nötig fest, während sie sich enger als nötig an ihn presste. Dann griff sie rasch nach dem Stand-up, und die Spannung zwischen ihnen legte sich ein wenig. Er hielt das Board fest, während sie sich wieder draufschwang, und seine Hand streifte leicht ihr Bein. Es fühlte sich an, als würde ein Feuer auf ihrer Haut entflammt. Peinlicherweise seufzte sie wohlig auf, und sein beobachtender Blick ruhte auf ihr, dann wackelte er am Board, und sie stürzte erneut in seine Arme. Diesmal hielt er sie fest, und ihre Gesichter waren direkt voreinander. Wasser perlte über seine Wangen, und seine Lippen hatten sich leicht geöffnet. Das Ziehen in ihrem Unterleib wurde stärker, und ihre Beine schlangen sich wie von selbst um ihn, während er leise fragte: »Ist es in Ordnung, wenn ich dich jetzt küsse?«

Sie nickte, streckte ihm die Lippen entgegen, doch dann wurde ihr wieder bewusst, wer sie war, *was* sie war, und sie machte sich rasch von ihm los. Sie sah, dass ihn ihre Bewegung, die sie von ihm wegbrachte, verletzte.

»Habe ich etwas falsch gemacht?« Seine Stimme klang rau.

»Nein! Du bist perfekt«, stieß sie hervor und schwamm ein paar Züge von ihm weg.

Das Stand-up trudelte langsam mit der Strömung von ihnen fort, und er fing es mit einer geübten Bewegung wieder ein. »Was ist es dann? Du musst dich vor mir nicht fürchten. Ich kann *dich* sehen.«

Er betonte das Wort *dich* so, als könnte er wirklich bis in ihr Innerstes schauen und ihren wahren Kern, ihre Persönlichkeit, die unter all dem Müll der letzten Monate vergraben lag, erkennen.

»Ich weiß«, flüsterte sie, »und das macht mir Angst!« Denn das war die Wahrheit. Sie wusste, dass er es wusste, ohne dass er es aussprach, und er war trotzdem hier mit ihr und sah nur das lebenslustige Mädchen in ihr, das sie einst gewesen war. Heute wagte es sich ins Sonnenlicht, gab sich seinen durchdringenden Augen preis.

»Es macht mir nichts aus«, sagte er und hielt den Blickkontakt.

»Vielleicht heute nicht«, antwortete sie, denn sie musste sich nicht mehr verbergen.

»Und morgen auch nicht.« Er blieb ruhig und unterbrach die Verbindung zwischen ihnen nicht. Dann kam er ganz langsam näher, als wäre sie ein scheues Tier, das er auf keinen Fall verschrecken wollte.

Das Wasser umspülte sie, die Sonne wärmte jede Zelle ihres Körpers, und alles roch nach Sommer und Zufriedenheit. Sie gab ihre Vorsicht auf und kam ihm einen winzigen Schritt entgegen. Ihre Münder berührten sich, und es war, als würde der Himmel über ihr explodieren. Seine Lippen waren weich, und sein Atem streichelte ihre Wangen. Er roch unverschämt gut nach einem herben Parfüm, dem salzigen Wasser und jenem Duft, den nur Sonne und Wind auf eine Haut zaubern konnten. Sie war wie berauscht von diesem Augenblick, und ihr wurde bewusst, dass sie noch nie einen solch perfekten Moment erlebt hatte.

Langsam hob sie eine Hand, legte sie auf seinen Hinterkopf und sog seinen Atem ein, als sie ihre Lippen öffnete, um seine Zunge zu suchen. Das hier war kein Spiel. Das hier war Liebe, und sie wusste, dass er es genauso spürte. Wie ein Blitz war sie aus heiterem Himmel eingeschlagen, und ihr Leben hatte sich innerhalb von vierundzwanzig Stunden komplett verändert. Wie, wusste sie noch nicht, ihr war nur klar, dass es so war, als sie miteinander verschmolzen und sie sich mit ihm eins zu fühlen begann.

41. Kapitel

»Die Olympic hat den Heli am Bändel«, wandte sich Stelios Mentakis an Zacharis. Hyeronimos' Assistent saß ihm gegenüber, die Hände auf dem Schoß gefaltet wie ein Sonntagskirchgänger. Auch wenn der Mann sonderbar wirkte mit seiner blassen Haut und dem Haarkranz, zu dem er sein schütteres Haar kompliziert um den Kopf wand, so war er doch eine ernst zu nehmende Persönlichkeit. Sein Sprachfehler war eine Herausforderung, aber es gab genügend Situationen, in denen Zacharis bewiesen hatte, dass er etwas auf dem Kasten hatte, Nuscheln hin oder her. Er hatte ihn bewusst für Galavakis ausgewählt, denn sein Ermittler war ebenfalls ein Sonderling und musste daher die Bälle Zentakis gegenüber flach halten.

Gleich würden sie die Kennung des Hubschraubers bekommen und konnten dann bewusst nachforschen. Ebenso würden Hyeronimos und Penelope ihnen Bilder des Piloten schicken, und Zacharis konnte sich damit auf die Suche nach der Identität des Mannes machen, sollte er keine Ausweispapiere dabeihaben. Selbstverständlich mussten diese auch auf Echtheit überprüft werden. Es gab also einiges zu tun für den Rechercheexperten. Im Büro war der Mann klasse, draußen verschreckte er Menschen hin und wieder, was dazu geführt hatte, dass Hyeronimos oft allein unterwegs gewesen war.

»M'j'r.« Zentakis schaute den Mann auffordernd an, und er bemerkte, wie sehr sich der andere konzentrierte. »Was mach'n wir, wenn der Heli g'klaut ist oder jemand'm aus z'm Beisp'l Zoniana gehört?«

Obwohl Zacharis wieder eine ganze Menge Buchstaben verschluckt hatte, war er doch recht gut zu verstehen, und Stelios musste sich eingestehen, dass seine Fragen gut waren, denn sie passten genau zu seinen eigenen Bedenken. Zoniana war von reichen Drogenbossen beherrscht, und das würde bedeuten, auf einem aktiven Minenfeld Cha-Cha-Cha tanzen zu wollen. Aber auch ein geklautes Fluggerät würde es ihnen nicht einfacher machen. Was jedoch unterm Strich der schlimmste Fall sein würde, wäre ein internationales Thema, wenn also der Heli zum Beispiel den Amerikanern gehörte. Daran wollte er erst einmal nicht denken, denn da waren sogar die Drogen die bessere Lösung! Er fragte sich bestimmt zum hundertsten Mal, warum Dimitris Stefanakis auf diese Art aktiv geworden war und warum der Minister sie dazu gebracht hatte, ihren Tanz auf diesem explosiven Parkett zu tanzen.

»Die Seilwinde bewegt sich.« Hyeronimos versuchte, mit seinem Handy die Bewegung einzufangen, doch das Bergungsschiff war für die Kamera des Mobilgerätes einfach zu weit weg. Was man sehen konnte, war, dass von der Olympic ein Schlauchboot zu Wasser gelassen wurde, wahrscheinlich jenes, das den Ermittler und die Pathologin abholen würde, damit sie an Bord waren, wenn der Hubschrauber auf dem Plateau abgeladen wurde. Ein Taucher kam an die Oberfläche und wedelte wild mit den Armen. Sie hörten den Kommandanten des Taucherboots einige Befehle bellen, konnten diese aber nicht vollständig verstehen.

»Was passiert da?«, erkundigte sich Stelios bei seinem Mitarbeiter, der sie vom Ozean aus informiert hielt.

»Anscheinend hängt eine Kufe des Helis irgendwie fest, und sie haben Bedenken, dass sie abreißen könnte und dabei die gesamte Aktion gefährdet. Es muss einer in einer Tauchkugel runter. Verdammt, ich dachte, wir sind zum Mittagessen zu Hause«, fluchte Galavakis, was sehr untypisch für ihn war.

Stelios spürte, dass er weder Kraft noch Lust auf all das hier hatte. Wenn er ehrlich zu sich war, dann hatte ihn das jahrelange Taktieren und all die Gewalt, mit der quasi täglich konfrontiert war, ausgehöhlt. Seine Ehe war den Bach runtergegangen, weil er es nicht mehr geschafft hatte, den Job hinter sich zu lassen und ein freier und fröhlicher Mann zu sein. Die Scheidung war alles andere als einvernehmlich gewesen und hatte ihn zermürbt. Alles schien auf ihm zu lasten und an ihm zu haften wie zusätzliches Gewicht. Er wollte Hyeronimos zurückbeordern und einfach auf Athen pfeifen, doch er wusste, dass man sich mit jemandem wie Dimitris Stefanakis nicht anlegte. Also musste er wie ein hilfloser Depp mit ansehen, wie sie in etwas hineingezogen wurden, was nicht gut ausgehen konnte. Dass Penelope, die er sehr mochte und deren Freundschaft ihm wichtig geworden war, ebenfalls auf dem Schiff dort draußen war, machte ihm noch zusätzlich zu schaffen.

»Der Roboter hat die Tiefe gemessen, und der Heli liegt auf rund achtzig Metern. Ein Taucher kann mit einer Kapsel runter, versucht dann wohl erst mal, das Problem zu lösen, ohne rauszugehen, und wenn das nicht klappt, muss er ins Wasser und im Anschluss in die Dekompressionskammer«, erklärte sein Ermittler und klang dabei erstaunlicherweise nun weniger frustriert als neugierig.

»Wie lange wird das dauern?«, wollte Stelios wissen.

Er hörte, wie Hyeronimos den Kapitän befragte, der mit unwirscher Stimme antwortete: »Ich bin kein Hellseher!«

»Ich habe es gehört, Hyeronimo.« Er hatte Limanakis gut verstehen können.

»Jetzt, wo der Roboter den Hubschrauber etwas aus der Spalte, in der er sich wohl verklemmt hat, gehoben hat, ist zumindest die Kennung sichtbar geworden«, rief der Ermittler nun.

Stelios horchte auf und sah, dass auch Zacharis sich aufrichtete und die Ohren spitzte.

»SX-QRVE«, wiederholte Galavakis die Buchstabenkombination, die verdeutlichte, dass es sich um einen griechischen Heli handelte.

»Dann haben wir ja zumindest schon mal etwas, womit Zacharis loslegen kann.« Stelios nickte dem blassen Mann, der ihm gegenübersaß, auffordernd zu, und Zentakis sprang überraschend behände aus dem Stuhl.

»Ich melde mich wieder, wenn es mehr zu berichten gibt. Hier bricht gerade ziemliche Hektik aus, und wir gehen mal lieber aus dem Weg«, meldete sich der Kommissar ab.

Plötzlich war er allein, und obwohl er sich erst wenige Minuten zuvor Stille und Frieden gewünscht hatte, war es nun so, als säße er in einer Art Luftblase. Er war kein Mann, der sich großartig gefühlsduselig gab. Ganz im Gegenteil war er eher beherrscht und darauf bedacht, Fakten abzuwägen. Das hatte unterm Strich auch zu seiner Scheidung geführt, denn seiner Frau war er zu berechnend erschienen. Doch so war es nicht. So war *er* nicht. Er hatte eben nur gelernt, faktenbasiert zu entscheiden und nicht auf seinen Bauch zu hören, denn vor Gericht war das Bauchgefühl eines Polizisten nichts wert. Er hatte seine Lektionen gelernt und nicht wenige davon auf schmerzhafte Weise. Er hatte Kollegen kommen und gehen sehen, und manche davon hatten zu sehr mit dem Feuer gespielt, immer fest davon überzeugt, dass sie sich nicht verbrennen würden, ja, sogar nicht konnten. So, als wären sie feuerfest. Doch politisch hatte sich im vergangenen Jahrzehnt so viel geändert, dass vieles einfach nicht mehr tragbar war, und dabei spielte es keine Rolle, ob die Entscheidungen ehrlicher Empörung unterlegen oder unter Druck von außen entstanden waren, weil sich so viele Augen auf Griechenland richteten. Zudem hatten die modernen Medien auch ihren Teil an all dem, denn schnell beobachtete jemand etwas und stellte es bedenkenlos online einer Masse von Menschen zur Verfügung. So wie gestern, als die englische Touristin ihre Beobachtungen in die Welt hinausposaunt hatte, ohne sich auch nur im Entferntesten Gedanken darüber zu machen, welche Konsequenzen ihr Handeln haben könnte. Es war Fluch und Segen: Einerseits erleichterte es ihnen die Recherchen, und andererseits brachte es so oft auch gefährliches Halbwissen unter die Leute. Manchmal fühlte er sich, als wäre er innen roh. Er konnte es nicht anders beschreiben, denn so stellte er es sich vor, wenn es keine Schutzschicht mehr gab, wenn das rohe, empfindsame Fleisch ungeschützt jeder Berührung ausgesetzt war. Er hatte anscheinend zu oft versucht, so zu tun, als könnte er mit allem umgehen, um dann immer wieder festzustellen, dass es Bilder gab, die er nicht aus dem Kopf bekam, dass es Geräusche gab, die er nicht vergaß, und dass ihn Gerüche dazu brachten, dass er sich vor Ekel übergeben wollte.

Wann war es so weit mit ihm gekommen? Musste er sich langsam eingestehen, dass er den Job nicht mehr machen konnte oder gar machen wollte? Er hatte noch ein paar Jahre bis zur Rente, ein überschaubarer Zeitraum zwar, aber dennoch fast vier Jahre. Die Regierung hatte das Rentenalter vor einigen Jahren auf fünfundsechzig angehoben, und das betraf ihn eben auch.

Er schloss für einen kurzen Moment die Augen und rieb sich den Nacken, dann stand er auf. Er durfte nicht hier sitzen und sich bemitleiden, das half wirklich niemandem. Er musste mit Maria reden. Sie war ein Urgestein und hatte in den Bergdörfern jede Menge Verwandtschaft, sodass sie vielleicht schon einmal etwas gehört hatte oder auf ihre unnachahmliche Weise etwas in Erfahrung bringen konnte – über inoffizielle Hubschrauberflüge. *Etwas* sagte ihm, dass Zacharis Zentakis nichts zu einem Helikopter mit einer solchen Kennung finden würde. Wenn es hier um Drogen oder Waffen ging, pinselte gewiss niemand ein Kennzeichen auf die Maschine, die zu dem wahren Eigentümer führte.

Vor sechs oder sieben Jahren, vor dem Einsatz der Spezialeinheit aus Athen in den Bergdörfern und dem darauf folgenden Austausch vieler Positionen bei der örtlichen Polizei, wäre es sicher noch möglich gewesen, einen Eintrag zu finden, denn da waren die Drahtzieher in ihren Dörfern wie in einem Kokon geschützt gewesen, doch heute waren diese Leute vorsichtiger geworden. Zu viel Polizeipräsenz in ihrem Umfeld war einfach schlecht fürs Geschäft, und die Beamten, die nun am Werk waren, handelten gesetzestreu. Das hoffte er zumindest.

Er trat an die Tür zu seinem Vorzimmer, straffte sich und öffnete sie. »Maria«, sagte er, »ich brauche dich!«

42. Kapitel

Jeder Tag war gleich, egal, wie er begann, egal, wie er endete, er war einer in einer Reihe unendlich vieler, und nur der Tod würde daran etwas ändern. Sie konnte sonst nichts tun, wobei sie sich oft ausmalte, was alles möglich sein würde, wenn sie Geld hätte. Nicht nur die paar Euro, die kaum ausreichten, um für all die monatlichen Kosten aufzukommen, sondern viel Geld. Wenn sie versuchte, vor ihrem Leben zu fliehen, und sich eine Fernsehsendung ansah, dann bevorzugt solche, in denen sie Reichtum, leidenschaftliche Liebe und natürlich auch ein paar Intrigen fand. Das war der Stoff, aus dem die Träume gemacht wurden, und mit Stoffen kannte sie sich schließlich aus. Ein guter lud einen dazu ein, sich einzuhüllen und wohlzufühlen. Sie hatte auch einmal begonnen, eine Serie über eine verklemmte Designerin zu schauen, die sich immer mehr vom Entlein zum schönen Schwan entwickelte, aber hier hatte sie irgendwann aufhören müssen, denn der Schmerz hatte begonnen, in ihr zu brennen und zu wüten. Es war der Schmerz über all das, was das Leben ihr vorenthielt. Über all die Träume, die sie nicht mehr mit Leben würde füllen können – oder vielleicht doch? Der spinnenfeine Faden, an dem diese Hoffnung hing, war an manchen Tag zu wenig sichtbar, und dann konnte sie nicht daran glauben, welche Kraft er hatte. So, wie sie es auch oft in der Natur kaum glauben konnte, was diese achtbeinigen Geschöpfe da sponnen. Manche waren klebrig, andere nicht. Manche waren dünn und zerrissen sofort, und andere gingen wiederum nicht so rasch entzwei. Sie wollte den Faden greifen, ihn festhalten, doch ihre Angst, ihn dabei zu zerstören, war zu groß. Also hielt sie still, verharrte in ihren immer gleichen Tagen und ihrer immer gleichen Verzweiflung. Sie kochte, putzte, wusch, kaufte ein, fütterte, nähte und ertrug Irinis Türknallen. Manchmal wollte sie all ihre Wut auf das störrische Mädchen werfen, wollte ihre Hand heben und zuschlagen, sehen, wie sich ihre Finger auf der Wange des Kindes abzeichneten. Doch Gott sei Dank wurde ihr jedes Mal bewusst, dass ihre Tochter für all das nichts konnte. Sie hatte keine Schuld an den Lebensumständen und war genauso ein Opfer wie ihr Vater und ihre Mutter. Sie hatten alle drei nichts falsch gemacht, hatten die Strafe, die das Schicksal ihnen auferlegte, nicht verdient. Daher hatte Irini es auch nicht verdient, der Prellbock ihrer Mutter zu sein.

Manolis gab ein Geräusch von sich, das wie ein Brummen klang. Er saß in seinem Sessel, und sie hatte ihm die festen Stützstrümpfe noch nicht übergestreift. Es war, als würde sie vom Himmel eine Pause erbitten, einen Augenblick des Verschnaufens, in dem sie sich normal fühlen wollte. Doch wusste sie noch, was das war?

Wieder hatte sie das Bedürfnis, nach dem Faden zu greifen, sich an ihn zu klammern. Doch trotz aller Verzweiflung arbeitete ihr Verstand so gut, dass ihr klar war, dass er zerreißen würde, wenn sie zu riskant handelte. In den vergangenen Jahren hatte sie nach einem Ausweg gesucht, hatte sich ein Leben gewünscht, denn das hier war keines für eine Frau ihres Alters. Sie war noch keine fünfunddreißig. Sie hatte doch ein Anrecht auf Glück, auf ein wenig Leichtigkeit und auch ein winziges Stückchen Sorglosigkeit.

Gaia hatte immer gesagt, dass nichts schlimmer sei als die Ungewissheit, doch Dorea war sich sicher, dass ihr Schicksal das schlimmste der drei war. Die eine war Witwe, hatte einen Toten, um den sie trauern konnte und nutzte die Chance nicht, sich einen neuen Mann zu suchen. Die andere war vollkommen frei und hatte mit dem Hotel nun eine großartige Einnahmequelle, suchte sich aber auch keinen neuen Mann. Und sie, die für immer an einen Krüppel gebunden war – sie schämte sich für den Gedanken und den bösen Begriff, aber es war nun einmal wahr –, sie sehnte sich nach Liebe, Wärme und einer Umarmung. Welch' Ironie des Schicksals. Sie konnte nicht mehr geduldig sein, konnte nicht mehr abwarten, war nicht mehr dazu in der Lage, die Verachtung ihrer Tochter zu ertragen. Sie konnte nicht mehr hier sitzen und duldsam ausharren. Sie musste etwas tun.

43. Kapitel

Konstantinos konnte es nicht fassen, denn so etwas gab es nur in Filmen. Die Realität war anders. Menschen fühlten nicht binnen weniger Stunden so, wie er plötzlich fühlte. Es war, als wäre Melina ein Teil von ihm, der ihm bis jetzt gefehlt hatte, ohne dass er sich dessen wirklich bewusst gewesen war. Doch nun, da seine Lippen die ihren berührt und ihre Zungen sich gestreichelt hatten, war ihm klar, dass sie eine Lücke in ihm stopfte und das, was bisher unvollständig gewesen war, sich nun schlagartig gefüllt hatte. Er fühlte sich, als wäre er durch sie neugeboren, und er konnte an dem ungläubigen Ausdruck in ihrem Gesicht erkennen, dass es ihr ebenso erging.

Sie standen im Wasser, vor ihnen lag die Insel Dia, hinter ihnen der lang gezogene Strand von Ammoudara, und hielten einander einfach fest. Dann löste er sich vorsichtig von ihr, versenkte seinen Blick in dem ihren, streichelte sie mit seinen Augen. Sie war wunderschön und begehrenswert, doch er blendete diesen Teil bewusst aus, denn er wollte nicht, dass sie glaubte, sein Werben sei nur eine andere Art, an Sex zu kommen. Er zog sie sanft mit sich in Richtung Brett. Sie legten ihre Oberkörper nebeneinander auf das Stand-up und ließen die Beine ins Wasser baumeln. Die Strömung war heute gut einschätzbar, und selbst wenn sie sich ein Stück hinaustreiben ließen, so würden sie es ganz leicht wieder an Land schaffen. Er wollte nicht in den lauten Trubel der Strandwelt zurück, wollte Melina nicht mit den gierigen Blicken der Männer am Strand teilen. Er wollte sie in diesem besonderen Moment für sich haben, wollte mit ihr plaudern, ihre Nähe spüren und sie küssen können, indem er einfach nur den Kopf zu ihr drehte. Die Welt sollte bleiben, wo sie war, mit all ihren verdrehten Anforderungen und Verurteilungen. Damit wollte er sich jetzt nicht auseinandersetzen, denn eins war völlig klar für ihn: Er würde es nicht mehr zulassen, dass Melina anschaffen ging. Sie konnte zu ihm ziehen, und wenn sie das noch nicht wollte, dann würde er sie so lange finanziell unterstützen, bis sie eine normale Arbeit gefunden hatte. Die Saison hatte gerade erst begonnen, und auf der Insel gab es genügend Orte, die aus Tavernen, Bars und Shops zu bestehen schienen. Er würde sie begleiten, konnte Touristen Stand-up-Paddling beibringen, und für den Rest würde sein Alter eben aufkommen müssen. Da war er tatsächlich frei von Skrupeln. Sein Vater konnte nichts mitnehmen, denn das letzte Hemd hatte schließlich keine Taschen, und mit warmen Händen zu geben war doch viel edler als mit kalten. Dimitris Stefanakis legte großen Wert darauf, dass man sein edles Wesen wahrnahm. Hier kam seine Chance.

Konstantinos musste lachen.

»Worüber freust du dich so?«, wollte Melina wissen.

»Ich habe kurz an meinen Vater gedacht«, gab er ehrlich zu.

»Ich dachte, ihr kommt nicht so gut miteinander zurecht.« Sie klang verwirrt.

Die Sonne zauberte einen goldenen Glanz auf ihr feuchtes Haar, ihre Wangen waren zart gerötet, und ihre Lippen vom Küssen leicht geschwollen. Ein Gefühl der Liebe durchströmte ihn, und er beugte sich zu ihr, küsste sie erneut. »Das stimmt, doch er ist mein Vater, und wenn ich etwas brauche, ist es seine Pflicht, mir zu helfen.«

»Wie meinst du das?«, fragte sie interessiert.

»Er legt sehr viel Wert auf seinen Ruf, er ist ein hohes Tier. Also versucht er alles, damit sein missratener Sohn«, er deutete theatralisch auf sich, »nicht zu sehr auffällt. Und ich persönlich finde, dass es in Ordnung ist, wenn er mich dabei unterstützt, so zu sein, wie ich es möchte, denn es ist *mein* Leben.«

»Ich finde es mutig, dass du so denkst und dazu stehst«, sagte sie bewundernd.

»Wir haben doch nur dieses eine Leben! Soll ich das wirklich mit etwas verbringen, was mich unglücklich macht?«, rief er aus.

Sie schüttelte den Kopf, und ihre Augen waren voller Anerkennung.

»Ich brauche keinen Porsche oder eine Rolex«, stellte er klar, denn seine Forderungen an seinen Vater waren wirklich nicht übertrieben, »ich brauche nur die Freiheit, meinen eigenen Weg zu gehen.«

»Die brauche ich auch«, sagte sie leise und nachdenklich.

»Du bist wundervoll und hast genau das verdient«, bestätigte er voller Begeisterung darüber, dass sie bei ihm war und ihn verstand, »und wenn du willst, dann nehmen wir uns zusammen das, was uns zusteht!«

Ihre Beine berührten die seinen, und ganz plötzlich ließ sie sich vom Board gleiten und schob ihren Körper auf seinen. Er spürte ihre festen Brüste auf seinem Rücken, während sie sich eng an ihn schmiegte und sie gemeinsam durch den türkisblauen Ozean schwebten. So fühlte es sich also an, wenn man im Paradies war.

»Bleib bei mir, Melina!«, wiederholte er seinen Satz vom Vorabend in leicht abgewandelter Form und meinte es so ernst, wie er noch nie zuvor in seinem Leben etwas gemeint hatte.

Sie drückte ihre Lippen in seine Halsbeuge und flüsterte: »Ja. Ich will!«

Ein Schauer durchrieselte ihn bei diesen Worten. Sie würde seine Frau sein. Sie war es schon jetzt. Er lachte erneut. Laut und fröhlich, denn er war einfach nur vollkommen glücklich. Dann knurrte sein Magen.

Melina fiel in sein Lachen ein und sagte: »Wir müssen wohl zurück und dich bei Kräften halten.« Sie legte sich wieder neben ihn und begann zu paddeln.

44. Kapitel

Wenn man sein Leben betrachtete, als wäre es ein Film, den man mit einem gehörigen Abstand ansah, im Kino aus der letzten Reihe zum Beispiel, dann hatte man immer die besten Ideen für den Helden oder den Bösewicht. Steckte man jedoch mittendrin in seiner eigenen Story, gab es oft keinen Freiraum im Kopf, um etwas anderes zu erkennen. Je verworrener das Leben war, je weniger man verstehen konnte, warum man zur falschen Zeit am falschen Ort war, umso weniger Auswege zeigten sich. Es war, als würde man im Kreis umherrennen, und dieses Rennen machte zu Beginn furchtbar müde und kraftlos. Doch dann, je tiefer sich der Pfad, den man immer wieder beschritt, in den Boden drückte, desto mehr kam die Wut und setzte ungeahnte neue Kräfte frei. Wo früher Rastlosigkeit gewesen war, entstand plötzlich die Fähigkeit, geduldig abzuwarten. So wie eine Spinne in ihrem Netz ausharrte, bewegungslos und still, aber blitzschnell und ohne zu zögern, zuschlagen konnte, wenn eine Bewegung die Fäden erzittern ließ. Diese schlauen Tierchen zu beobachten konnte einen so viel lehren. Doch erst wenn man bereit war, selbst innezuhalten und nicht mehr mit den verschiedensten Qualitäten des Rennens beschäftigt war – ungefilterte Angst machte, dass man davonrennen wollte; ungebremster Ärger, dass man, ohne zu denken, auf etwas zurannte, was unter Umständen irrsinnig gefährlich war; übermäßiger Ekel erfüllte einen mit der unbändigen Energie, etwas beseitigen zu wollen –, konnte man selbst entsprechend rasant reagieren. Es gab einfach zu viele Fallen, zu viele Möglichkeiten zu scheitern, wenn man nicht den nötigen Abstand hatte und über keine Geduld verfügte.

All das lernte man nicht in wenigen Tagen oder Wochen. Man brauchte Monate, Jahre dazu, bevor man still verweilen konnte und trotzdem immer bereit blieb. Eine Kunst, die die wenigsten Menschen komplett freiwillig erlernten, meist waren es eher äußere Umstände, die einen an diesen Punkt brachten. Man musste sich mit der Einsamkeit arrangieren, musste eigene Grenzen einerseits akzeptieren und andererseits immer wieder überschreiten, sich quasi neu erfinden, egal, wie weh es tat. O ja, und es tat weh! So sehr, dass man glaubte, jeder einzelne Knochen im Körper sei zerborsten, jedes Stück Haut zerfetzt, und jeder Schmerz sei nur dazu da, einen endgültig in die Knie zu zwingen, um dann unwiderruflich aufzugeben – den Tod zu suchen und damit vielleicht Frieden zu finden oder in der ewigen Verdammnis zu landen, weil man kapitulierte. Nichts war eben so einfach, wie es auf den ersten Blick erschien, und schon gar nicht so, wie es auf der Leinwand zu sehen war, denn am Ende kam der Held dort fast immer davon. Manchmal mit ein paar Blessuren, aber selten mit gebrochener Seele und unheilbar verletzt. Nein! Denn das wollte niemand sehen, der sich ein paar Stunden im Kino vergnügte.

Die Realität war jedoch nicht dazu gemacht, Vergnügen zu schaffen. Sie ließ Rächer ebenso kaputt zurück wie die ursprünglichen Verursacher allen Unglücks. Eines war jedoch so sicher wie die Tatsache, dass auf jede Nacht ein neuer Morgen folgte: Mord endete immer mit Mord, und Blut forderte immer Blut!

45. Kapitel

Zacharis war kurz davor aufzugeben, denn er fand nichts. Entweder hatte jemand die Buchstabenkombination nicht richtig gelesen oder sie war schlicht erfunden. Hyeronimos hatte ihm noch die Marke des Helis mitgeteilt, doch er fand auch keinen entsprechenden Eintrag, als er einen *Robinson R44 Raven II* mit griechischer Buchstabenkombination zu finden versuchte, die der angegebenen ähnelte. Ihn überkam immer mehr das Gefühl, dass der Impuls, in Richtung der Mafiaclans in Zoniana und Livadia zu denken, der richtige war.

Er kratzte sich am Kopf und spürte das wachsende Unbehagen in sich. Wahrscheinlich konnte man es als Feigheit betiteln, doch niemand riss sich darum, dort zu ermitteln. Auch nach der Quasi-Besetzung damals durch die Antiterroreinheit aus Athen und der Verurteilung einiger Bauernopfer fühlte sich kein Polizist dort willkommen oder gar sicher. Die Medien wollten einem gern etwas anderes weismachen und das gepflegte Äußere des Ortes ebenfalls. Doch das war alles eine Fassade, die vor allem durch den Druck, den andere europäische Länder auf Griechenland ausgeübt hatten, entstanden war. Die einflussreichen Familien der Drogenbosse hatten trotz alledem nichts von ihrer Macht verloren und würden diese Eingriffe in ihr autarkes System niemals vergessen und gewiss nicht verzeihen.

Er suchte verbissen weiter, war nicht bereit zu akzeptieren, dass es vielleicht genau jenes Damoklesschwert war, was nun über ihnen hing.

Wieso hatte Dimitris Stefanakis sie damit beauftragt? Wusste er, woher der Hubschrauber kam und wem er gehörte, und hatte eine Rechnung offen, die die Polizei nun für ihn begleichen sollte? Wieso war seine Wahl auf Hyeronimos gefallen? Wollte er ihn aus dem Weg schaffen, aus welchen Gründen auch immer? So viele Politiker und einflussreiche Menschen hatten Leichen im Keller, und diese Aktion konnte ein Spielzug sein, um einen eventuellen Gegner auszuschalten, noch bevor er gefährlich werden konnte. Nein! Jetzt verrannte er sich. Er merkte selbst, dass seine Gedanken sich immer mehr in Richtung Verschwörung formierten und ihn davon abbrachten, aufmerksam nach weiteren Hinweisen und Puzzleteilen zu suchen. Wahrscheinlich war es wesentlich sinnvoller abzuwarten, was sich im Inneren des Helis befand, und sich erst dann wieder damit zu befassen. Er scrollte weiter durch die Nachrichten zur Region Sitia und stieß auf das Desaster rund um das einst so hoch gepriesene *Dyonisos Village.* Das einst als Fünfsterneanlage gebaute Areal, das ein bisschen wie ein kretisches Dorf aussehen sollte, aber irgendwie mehr einer Disney-Kulisse glich, war durch Missmanagement, krumme Geschäfte und jede Menge Dummheit nun zu einem sogenannten *Lost Place* geworden und verfiel munter vor sich hin. Das war nur eines von vielen Beispielen, bei denen persönliche Eitelkeiten, Unterschlagungen und auch Ignoranz dazu geführt hatten, dass riesige Anlagen und Komplexe langsam von der salzhaltigen Luft und der mangelnden Pflege zerstört wurden. So viele Leute waren einfach nur auf ihren persönlichen Profit aus und scheuten dabei kein bisschen davor zurück, andere ins Unglück zu stürzen. Nicht selten schüttelten diese Leute fröhlich grinsend einer namhaften Person die Hand, stolzierten chic gekleidet durch die Stadt und parkten ihren Porsche sichtbar in den Straßen, während sich die von ihnen Geschädigten damit plagten, dem drohenden Ruin zu entgehen.

Er schüttelte den Kopf, war er doch auf Umwegen wieder im gleichen Gedankenkonstrukt gelandet. Er schaute auf die Uhr und stellte fest, dass es Zeit war, etwas zu essen. So zuverlässig, wie er bei der Erledigung der ihm aufgetragenen Aufgaben war, so zuverlässig war er auch, wenn es um seine Gewohnheiten ging. Er musste regelmäßig essen, sonst wurde er grimmig und unerträglich. Zumindest behauptete seine Freundin das immer. Er sperrte den Computer, sah im Augenwinkel noch einen Bericht über ein Unglück auf der Suchseite auftauchen, nahm sich aber vor, das nach der Pause zu lesen. Dann holte er seine Box mit dem Essen aus der Tasche und ging in die Küche, um es in der Mikrowelle aufzuwärmen. Es war ein großes Stück Pastisio, sie hatten das Gericht gestern frisch zubereitet, so, wie er es mochte – mit einem Hauch Zimt. Aufgewärmt schmeckte es fast noch besser als frisch.

In der kleinen Küche stieß er beinahe mit Maria zusammen, die sich gerade ihren Salat aus dem Kühlschrank holte.

»Gut«, sagte sie mit dieser tiefen Stimme, die ihm manchmal Angst einjagte, »dann muss ich nicht zu dir kommen.«

Er schaute sie fragend an.

»Ich bin Stelios' neue Spionin, und du bist mein ... hm ... sagen wir mal ... Wahrheitsfinder.«

»D'n was?« Er verstand nicht, was sie ihm damit sagen wollte.

»Essen wir zusammen!« Es war keine Frage, sondern ein Befehl.

Gerade hatte er sich noch auf seinen Nudelauflauf gefreut, doch nun war das wohl eine Art Henkersmahlzeit. Er nickte ergeben, holte seinen Teller aus dem wild piependen Gerät, nahm sich eine Gabel aus der Schublade, ließ Wasser über die Forken laufen und holte sich noch ein Glas aus dem Schrank, das er mit einem Papiertuch ausrieb.

»Zachari«, knurrte Maria ihn an, »heute noch, wenn's geht!«

Er zuckte kurz zusammen und hätte das Glas beinahe fallen lassen, doch dann straffte er sich und schaute ihr in die Augen: »Gleich!«

Er spürte die Erleichterung darüber, dass das Wort vollständig aus seinem Mund gepurzelt war, und setzte seine akribische Arbeit fort. Er würde nicht aus einem schmuddeligen Glas trinken, an dem noch die Spucke eines Kollegen klebte. Kaum war das Glas sauber und mit Wasser aufgefüllt, folgte er ihr, den Teller mit dem verführerisch duftenden Gericht in der Hand. Sie lotste ihn an den kleinen Tisch, der in Stelios' Vorzimmer stand, und schloss die Tür.

Er fühlte sich etwas gefangen, doch dann erinnerte er sich daran, dass hinter der rauen Schale ein weicher Kern verborgen war, und ihm fiel das Fest wieder ein, an dem sie mit volltönender Stimme alte kretische Weisen zum Besten gegeben hatte, bis einige Gäste vor Rührung geweint hatten. Er war auch kurz davor gewesen, Tränen zu vergießen. Das war Maria eben auch. Er musste sich nicht fürchten, und egal, was sich hinter ihrer kryptischen Aussage verbarg, er würde es bewerkstelligen. Doch nun aß er seine Nudeln, komme, was da wolle.

46. Kapitel

Der Hubschrauber landete tropfend auf dem lang gestreckten Plateau der Olympic. Hyeronimos und Penelope standen in gebührendem Abstand an Deck des Bergungsschiffes. Es hatte nach einigem Hin und Her doch relativ gut geklappt, die havarierte Maschine aus dem Spalt zu lösen. Der Taucher hatte mit einem Spezialgerät die festhängende Kufe abgetrennt, und kurze Zeit später war der Heli wie ein Korken aus dem Loch geploppt. Eine wuselnde Menge an Menschen verzurrte im Moment den Viersitzer an dafür vorgesehenen Ösen, sodass er stabil stand. Er sah mit dem gebrochenen Rotor wie ein verletztes Insekt aus.

Einer der Männer winkte ihnen zu, und sie kletterten die schmale Treppe vorsichtig hinab. Die See war noch immer gelassen, sodass sie unproblematisch das Zielobjekt erreichten. Die rechte Seitentür stand offen, und er konnte sehen, dass sich dort ein Körper befand. Sein Blick glitt rasch zu Penelope: »Oje!«

Sie nickte, denn ganz offensichtlich gab es nicht nur den Piloten, sondern auch noch einen Passagier. Der Pilot hatte sich nicht aus seinem Gurt befreien können und saß vorn rechts im Cockpit.

Die Männer traten zurück und ließen ihm und der Pathologin freie Bahn.

Penelope hatte sich am Vorabend bei Lidl zwei Packungen mit Plastikhandschuhen gekauft und reichte ihm nun ein Paar. Sie streifte sich ihre über, hatte sich das Handy an einem Gurt um den Hals gehängt und zog sich auch schon in das Innere des Helikopters. Er ließ ihr erst einmal Raum, dann rief sie seinen Namen.

»Hyeronimo, nimm bitte ein Video auf!« Sie winkte ihn zu sich, und als er in den Hubschrauber kletterte, konnte er sehen, was sie sah. Der Pilot hatte ein Loch am Hinterkopf im Bereich des Hirnstamms. Vorsichtig kletterte sie umher, um ihn von allen Seiten zu betrachten, und er hielt die Handykamera auf sie und den Mann gerichtet.

»Das Salzwasser löst eventuelle Fingerabdrücke nicht auf, daher denke ich, es macht Sinn, die Maschine, so, wie sie ist, nach Irakleio zu bringen«, sagte sie konzentriert. Sie stieg vorn aus und wies ihn an, ihr zu folgen. Die hintere Tür hatte sich verkeilt. »Wenn ich wetten sollte, würde ich sagen, sie war offen, als er abgestürzt ist«, merkte Hyeronimos an.

Penelope nickte bestätigend und machte sich an dem Toten im hinteren Bereich zu schaffen. Auch er hatte ein Einschussloch, jedoch in der rechten Schläfe. »Ich lasse mich mal zu der raschen Vermutung hinreißen, dass beide Schüsse aus nächster Nähe abgegeben wurden.«

»Von einer dritten Person?«, wollte Hyeronimos wissen.

Sie neigte den Kopf zur Seite. »Du weißt, dass ich so was ungern mache, ohne alle Parameter geprüft zu haben.«

»Was wäre, wenn«, startete er ihr gemeinsames Spiel, mit dem sie regelmäßig die unterschiedlichsten Theorien überprüften, »die Maschine mit drei Passagieren gestartet ist und diese dritte Person dann unsere beiden hier erschossen hat?«

»Wenn dem so wäre, könnte es durchaus möglich sein. Doch was wäre, wenn es zwischen den beiden hier eskaliert ist und wir es mit Mord und Selbstmord zu tun haben?«, stieg sie auf die Mutmaßungen ein und deutete auf die Körper der Toten.

»Wir müssen herausfinden, wer die beiden sind. Kannst du mal schauen, ob du irgendwas findest: Ausweis, Führerschein, Kreditkarten?«, bat er.

Sie tastete vorsichtig den Körper des Mannes ab und schüttelte enttäuscht den Kopf. »Bei dem hier ist leider nichts. Aufgrund dessen, was ich bisher sehe, sage ich, das ist ein Grieche, und er ist ungefähr in unserem Alter, vielleicht ein paar Jahre älter. Aber zu mehr versteige ich mich nicht unter diesen Bedingungen ...« Sie machte eine ausgreifende Geste.

»Kannst du bitte noch den Piloten durchsuchen, Pen?« Sein Handy plingte, und er sah sowohl eine Nachricht von Zacharis als auch von Stelios. »Stelios wird unruhig und ... ha ... natürlich! Die Kennung des Helis scheint es nicht zu geben.«

»Na bravo! Wir haben bei diesem Vorfall hier wohl mit beiden Händen in die Scheiße gegriffen.« Sie setzte das Wort *Vorfall* mit den Fingern in Anführungszeichen, und ihr Gesicht zeigte eine Mischung aus Ablehnung und Sorge.

Er konnte sie gut verstehen, denn er fühlte ebenso. Schon seit dem Anruf von Dimitris Stefanakis hatte er dieses Gefühl in seiner Magengegend gehabt, und nun bestätigte es sich. Das hier war ein illegaler Flug mit einem Helikopter, der nicht gemeldet gewesen war. Das wies deutlich auf ein Umfeld hin, mit dem nicht gut Kirschen essen war. Das konnte einfach nicht gut ausgehen, davon war er überzeugt, doch er wollte nicht komplett desillusioniert klingen, also sagte er: »Ich rufe mal Stelios an, und vorher erkundige ich mich, wann wir den Heli in Irakleio haben, um die Kriminaltechnik drauf anzusetzen.«

»Der Pilot hat auch nichts einstecken«, sagte sie, nachdem sie den Mann zu Ende abgetastet hatte, und verzog das Gesicht, als hätte sie Schmerzen. »Das macht man doch nur, wenn man etwas Böses im Schilde führt.«

»Die Frage ist nur, *was* das Böse ist!«

»Das finden wir heraus, wenn wir das Ding zerlegen und ich die beiden auf meinem Tisch habe«, meinte sie, kletterte aus dem Hubschrauber und sah ihn auffordernd an. »Wolltest du nicht was erledigen?«

»Jawoll«, salutierte er, und dann wurde ihm bewusst, dass sie unter Beobachtung standen und sein Verhalten rasch missinterpretiert werden konnte, wenn man den humorvollen Unterton nicht mitbekommen hatte.

Penelope wurde akzeptiert und von vielen auch respektiert. Sie arbeitete jederzeit sauber und verlässlich, und ihre Ergebnisse hielten vor Gericht stets stand. Das war für die Ermittlungsbehörden natürlich besonders wichtig. Und doch gab es noch genügend Männer, die jemanden wie ihn – in seiner Position und mit seinem Dienstgrad –, der vor einer Frau salutierte, verurteilen würden. Für die es einer Unterordnung gleichkam, dass er die Hacken vor ihr zusammenschlug. Er konnte verstehen, warum sie sich schwer damit tat, eine Beziehung mit Eleni unter all diesen Bedingungen offen zu leben, denn ihre Befürchtungen waren alles andere als unrealistisch. Sie lebten nun einmal auf einer Insel, die durch ein ganz besonderes kulturelles Klima geprägt war, und selbst wenn man Kreta liebte, war es für Menschen wie Penelope doch schwer bis unmöglich, sich damit zu arrangieren.

Respektvoll wandte er sich sodann an den Verantwortlichen auf der Brücke der Olympic und erfuhr, dass das Schiff noch am frühen Nachmittag im Hafen von Irakleio einlaufen würde. Er überlegte kurz, ob er auf dem Bergungsschiff mitfahren sollte, da stand Penelope auch schon neben ihm und sagte: »Ist es in Ordnung für dich, wenn ich auf dem Schiff bleibe?«

Er seufzte ergeben und bejahte ihre Frage, die Fahrt mit dem Auto war lang, und logisch war es unterhaltsamer mit Begleitung, doch er würde Musik hören und jeden nur möglichen Blick auf das Meer erhaschen und so das Beste aus der Fahrtzeit machen. Dann nahm er sein Handy, um seinen Chef anzurufen, dabei sah er die offizielle E-Mail aus Athen, die ihn um einen Anruf bat, und sein Herz begann rascher zu schlagen.

47. Kapitel

Melina hatte ihre Hand in die von Konstantinos gelegt, und sie schlenderten an der Promenade entlang wie ein ganz normales Liebespaar. Sie strahlten einander an, blieben regelmäßig stehen, um sich zu küssen und eng umschlungen die Nähe des anderen zu genießen.

Was geschah hier nur gerade mit ihr? Sie war so voller Glückshormone, dass sie nicht darüber nachdenken wollte, was morgen sein würde oder in einer Woche. Zwei Dinge schossen ihr durch den Kopf: Sie würde sich nicht mehr von Toast und billigem Käse ernähren, und sie würde nicht mehr mit betrunkenen Widerlingen Sex haben. Doch wie ihr Leben nach diesen Entscheidungen aussehen würde, wusste sie auch nicht. Sie wollte nicht kalkulieren und damit rechnen, dass er Geld hatte und sie aus dem Schlamassel rausholen würde. Sein Vater war zwar ein einflussreicher Politiker, doch sie war nur ein Mädchen aus den Bergen, das als Nutte anschaffen ging, aber sie war nicht dumm und lebte auch nicht hinter dem Mond. Daher kannte sie den Namen Dimitris Stefanakis sehr wohl, gleichzeitig wollte sie ihren Ritter in goldener Rüstung von diesem Nimbus loslösen. Konstantinos war nicht wie sein Vater. Das hatte er mehr als deutlich gemacht, und sie würde ihn nicht als Fahrkarte in eine bessere Zukunft sehen, obwohl es natürlich verführerisch war. Doch es ging um das, was sie empfand, und das war mehr als berauschend.

Er zog sie zu einem Restaurant, und sie studierten die Karte. Plötzlich glaubte sie, Blicke auf sich zu spüren, als würden alle Menschen wissen, dass sie noch bis vor wenigen Stunden für Geld alles gemacht hatte und, falls es nötig wäre, auch wieder tun würde. Es war eine einfache Gleichung: auf der einen Seite ein Dach über dem Kopf, Essen und Klamotten und auf der anderen Seite ihre beschränkten Möglichkeiten, langfristig vernünftig zu verdienen. Dabei *verdiente* sie tatsächlich so viel mehr. Sie war klug und lernte schnell, mit einer entsprechenden Chance konnte sie Karriere machen, dessen war sie sich ganz sicher. Sie musste dazu nur aus Irakleio weg oder zumindest aus Ammoudara. Ob er von hier weggehen würde?

Sie schaute in sein schönes Gesicht: Seine Wangenknochen waren die eines griechischen Gottes, und seine Haut schimmerte bronzefarben in der Sonne, während das glückliche Lachen kleine Fältchen um seine Augen zauberte.

»Hast du Lust, hier etwas mit mir zu essen?«, fragte er, und sie erwachte wie aus einer Trance, sah sich um und stellte fest, dass er einen der schickeren Läden ausgewählt hatte.

Beklommen nickte sie. Sie konnte nicht erwarten, dass er schon wieder für sie bezahlte, und der Ausfall des gestrigen Abends und wahrscheinlich auch des heutigen würde eine Lücke in ihre Barschaft reißen. Doch sie wollte gern mit ihm hier sein. Aufmerksam, wie er war, hatte er ihr winziges Zögern sofort gespürt.

»Und weil ich das Lokal ausgesucht habe, geht die Rechnung auf mich!« Sie wollte widersprechen, doch er schüttelte nur den Kopf: »Wenn du aussuchst, zahlst du, okay?«

»Ich will dich nicht anlügen«, sagte sie leise, »aber ich esse normalerweise zu Hause. Das ist günstiger und …« *besser fürs Geschäft,* hatte sie sagen wollen, verkniff sich diesen Zusatz aber.

»Lass uns ehrlich zueinander sein. Wir brauchen keine Masken voreinander zu tragen. In Ordnung?«, griff er ihren Ansatz auf.

Sie nickte bestätigend, fühlte sich aber auch ein wenig beklommen.

Sie setzten sich unter einen ausladenden Baldachin auf ein lang gestrecktes weißes Sofa mit vielen kleinen türkisen Kissen. Große Korblampen hingen an den Balken der Pergolen, und schwingende Korbsessel luden zum Schaukeln ein. Er zog sie wieder an sich, bestellte Wasser und Wein und schob ihr die Karte hin. »Wir essen mindestens zwei Gänge, in Ordnung?«

»Ich habe echt Hunger«, bestätigte sie, »auch wenn mein Magen nicht so fordernd knurrt wie deiner …« Sie musste lächeln, denn Konstantinos' Magen knurrte tatsächlich schon wieder und hörte sich an wie ein wilder Tiger.

»Das müsste mir eigentlich peinlich sein«, gab er zu und legte sich die Hand auf den Bauch, »ist es aber nicht, denn ich fühle mich einfach so vollkommen vertraut mit dir. So etwas ist mir noch nie zuvor passiert.«

»Ich wusste auch nicht, dass das wirklich möglich ist. Dass ich mich so …« Sie suchte nach Worten. »… vollständig mit jemandem fühlen kann. Ja, das ist es! Ich fühle mich irgendwie *ganz* an deiner Seite. So, als wäre ich bis jetzt nur halb gewesen, ohne es zu wissen.« Sie zuckte mit den Schultern, und es war ihr vollkommen bewusst, wie unbeholfen das klang, doch es war die Wahrheit.

»Ich verstehe, was du meinst.«

Er rückte näher, und sein Duft machte sie für einen Augenblick schwindelig. Sie schloss die Augen, sog seinen Geruch ein, und es war ihr, als hätte sie noch nie etwas so Gutes wahrgenommen. Schnuppernd wollte sie mehr, legte ihre Nase in seine Halsbeuge und verlor sich in ihm. Erschrocken fuhr sie hoch, als der Kellner den Wein und das Wasser brachte. Er stellte eine kleine Schale mit Oliven auf den Tisch, etwas Olivenöl und frisches Brot. Rasch bestellten sie irgendetwas von der Karte, stießen kurz miteinander an und verloren sich dann wieder ineinander.

Sie wünschte sich, dass dieser Tag niemals endete. Es war wie im Märchen. So sollte es sein.

Doch der realistische Teil in ihr wusste nur zu gut, dass es keine Märchen gab und schon mal gar nicht für Frauen wie sie. Diese Art von Geschichte mit Happy End hielt nur das Kino bereit, doch er war kein Edward Lewis und sie keine Vivian wie in *Pretty Woman.* Sie würde den heutigen Tag nehmen und genießen, und morgen kam eben ein anderer Tag.

Er reichte ihr eine Olive, die er mit einem Zahnstocher aufgepikst hatte, und sie nahm sie vorsichtig mit den Lippen herunter. Er betrachtete sie dabei aufmerksam, und sie wusste nicht, was er von ihr erwartete.

»Ich möchte, dass du bei mir bleibst«, sagte er leise, aber mit einem Tonfall, der keinen Widerspruch zuließ, »und keine anderen Männer mehr. Du und ich exklusiv!«

Sie schluckte und wusste nicht, wie sie reagieren sollte. Er hatte bereits mehrfach erwähnt, dass er wusste, wer sie war und was sie tat, doch es so deutlich von ihm zu hören fühlte sich beschämend an. Er zog sie an sich. Um sie herum saßen viele Paare und genossen das Miteinander, küssten sich oder lachten fröhlich und hielten sich im Arm. Meist waren es Touristen, die ihren Urlaub in vollen Zügen genossen. Niemand achtete auf sie. Er rückte so nah an sie heran, dass sie das Gefühl hatte, unter seine Haut schlüpfen zu können, und flüsterte in ihr Ohr: »Bitte, tu das nicht. Fühl dich nicht schlecht oder bloßgestellt, denn nichts von dem, was vor mir war, ist für mich wichtig.«

Sie wusste nicht, wie oft er es noch wiederholen musste, damit sie es auch glauben konnte. Zu oft hatte sie gehört, sie sei billig und wertlos, eine Sexarbeiterin eben, die man benutzte und wegwarf wie ein gebrauchtes Kondom. Niemand sah mehr ihre Persönlichkeit, denn es hatte nur noch gezählt, in wie vielen Varianten sie einen notgeilen Kunden zum Orgasmus bringen konnte. Er konnte nicht von ihr erwarten, dass sie es hinbekommen würde, das binnen weniger Stunden einfach so abzulegen.

»Ich bin mir sicher, dass du viele Dinge erlebt hast, die es dir schwer machen, dir ein Leben mit mir vorzustellen.« Es war, als könnte er ihre Gedanken lesen. »Doch wir zwei haben die Möglichkeit, unser Leben miteinander frei zu gestalten und uns neu zu erfinden.«

Seine Wangen waren gerötet vor Eifer und wegen des Feuers, das zwischen ihnen loderte. Er war so schön, dass sie kurz zu atmen vergaß und erschrocken Luft holen musste, als ihr wieder einfiel, dass man das ja tun musste. Sie schmiegte sich an ihn, schloss die Augen und verlor sich in dem Traum, mit ihm ein normales Leben führen zu dürfen.

»Konstantino.« Es fühlte sich so richtig an, seinen Namen zu sagen, dass sie es noch einmal tat. »Konstantino! Wirklich, ich möchte es so gern, doch ich muss ehrlich sein, denn ich kann nicht einfach meine Sachen packen und mit zu dir in das Haus deiner Mutter gehen. Das erscheint mir nicht richtig, und ohne meine ... also ohne die Arbeit habe ich keinen Cent und kann mir noch nicht einmal eine Packung Toast leisten.«

»Wir suchen uns eine Arbeit, und dann können wir eine gemeinsame Wohnung beziehen, und wenn wir als Paar unterwegs sind, wird dich niemand ausnutzen. Wir können in einem Hotel an der Bar arbeiten, Drinks mixen und so weiter. Das ist doch kein Hexenwerk, und gewiss finden wir noch etwas, denn die Saison hat gerade erst angefangen und die Häuser haben noch keine Vollauslastung.« Er schien sich das in seinem Kopf schon zurechtgelegt zu haben. Doch sie glaubte nicht, dass er schon einmal versucht hatte, im Mai eine Arbeit zu finden. Ob er überhaupt schon einmal versucht hatte, eine zu finden?

»Ich will nicht gemein sein«, begann sie, »nur ehrlich. Hast du das schon einmal versucht?«

Er schüttelte den Kopf. »Ehrlich? Nein. Ich habe noch nicht versucht, irgendwo einen Job zu bekommen, aber ich glaube an uns. Gemeinsam können wir alles erreichen. Uns beiden zusammen kann die Welt gehören!«

Sie nahm all ihren Mut zusammen. »Liebster ...« Das Wort klang so verheißungsvoll in ihren Ohren und anscheinend auch in seinen, denn er schaute sie verzückt an, so, als hätte sie ihm gerade das Paradies versprochen.

»Liebste«, unterbrach er sie, »wir probieren es einfach aus. Ich habe noch genug Geld, und für unsere Zukunft frage ich auch meinen Vater, was er für uns tun kann.«

Für einen kurzen Augenblick sah er aus, als hätte er Zahnschmerzen, doch dann strahlte er schon wieder.

Sein Vater war einflussreich. Etwas geisterte durch ihren Kopf, doch sie konnte es nicht so recht fassen, und dann kam der Kellner mit einem vollbeladenen Tablett und tischte verschiedene Köstlichkeiten vor ihnen auf.

48. Kapitel

»Iss und schau mich nicht an, als würde ich zum Frühstück kleine Kinder verspeisen«, sagte Maria kauend und kniff die Augen zusammen.

Er schob sich eine Gabel voll Nudelauflauf in den Mund, und für einen kurzen Augenblick vergaß er die Anspannung und gab sich nur dem Genuss hin. Er kaute hingebungsvoll, doch dann riss sie ihn aus seiner Verzückung. »Er will, dass ich mich bei meiner Verwandtschaft umhöre wegen des Helis. Also eher in Bezug auf nicht angemeldete Flüge. Na ja, dezent und eher so auf der Bouroubourou-Spur, und in all dem Gerede sollst du dann die Wahrheit finden.«

Er hasste dieses Geschwätz und Geplapper ohne Sinn und Verstand, doch es fand täglich überall statt. In den Tavernen saßen die Menschen und tratschten, was das Zeug hielt – oder in ihren Küchen und Gärten. Egal, wo. Bouroubourou war der Kriti liebster Zeitvertreib.

Er nickte leicht und aß mit Appetit weiter. Das war nicht so schlimm, wie es sich angehört hatte, als sie ihn »Wahrheitsfinder« genannt hatte. Er hatte schon befürchtet, als lebender Lügendetektor irgendwo zum Einsatz zu kommen. So, als wäre das etwas, was er konnte. Er war gut hinter seinem Schreibtisch oder auch als Schriftführer bei Befragungen. Das machte ihm Spaß. Er war aber nicht gern bei Zeugenbefragungen dabei, und die Leute reagierten auch nicht besonders erfreut auf seine Gegenwart. Also hatte sein Vorgesetzter irgendwann entschieden, dass es besser war, wenn er im Büro blieb und die Recherchen übernahm. Zacharis mochte es, präzise und sorgfältig alle nötigen Informationen aufzutreiben und zu verarbeiten. Zudem respektierte er Hyeronimos' Eigenheiten, und daher war es eben mittlerweile auch in Ordnung, dass er die Wand in Galavakis Büro bestückte. Alles hatte sich gut gefügt, und er wuchs auch mal über sich hinaus und wagte etwas, aber nur selten. Wenn der Rahmen, innerhalb dessen er sich bewegte, klar umrissen war, war er zufrieden. Er brauchte Ordnung und Struktur in seinem Alltag, deshalb war er Polizist geworden, hatte jedoch nie danach gestrebt, Ermittler zu sein.

»Ich würde bei meinem Onkel in Anogia anfangen«, sagte Maria nun.

»D'r mit d'r Tav'rne?«, fragte er, nachdem er den Mund geleert hatte. Er erinnerte sich an die Dinge, die er schon einmal gehört hatte, und über den Tavernenbesitzer hatte sie schon einige Anekdoten zum Besten gegeben.

»Ja, denn dort treffen sich Jung und Alt und querbeet alle aus dem Ort. Meine Tante kocht einfach zu gut, und der Tsikoudia von Onkel Manolis ist ein echter Rachenputzer!« Sie kicherte heiser.

Kannte man diese Frau nicht, dann fürchtete man sich schnell vor ihr, doch wenn sie es zuließ, dass man sie wirklich kennenlernte, dann wusste man, dass man alles von ihr bekommen konnte, und für Stelios ging sie tatsächlich durchs Feuer. Zacharis war selbstverständlich auch bereit, seine Arbeit gut zu machen, doch er würde sich zweifellos eher in Sicherheit bringen, als in der ersten Reihe zu stehen, wenn es darum ging, jemanden zum Beispiel vor der Presse zu verteidigen. Er war kein Feigling, aber er mochte es auch nicht, im Rampenlicht zu stehen. Er hatte seine Probleme irgendwann hingenommen: Kauderwelsch war seine Sprache, und er war gewiss auch keine Schönheit, doch seine Freundin hatte erkannt, was für ein guter Kerl er war, und darauf kam es schließlich an. Marias Vertrauen in ihn war eine Auszeichnung, denn sie hätte ebenso gut zu Christos Papadakis' Mitarbeiter gehen können. Aber sie war zu ihm gekommen und glaubte an ihn.

Er richtete sich ein wenig auf, konzentrierte sich, so gut es ihm möglich war, und sagte langsam: »W's ist mit Chr'stos? Er hat m'ch heute n'ch nicht prov'ziert.«

Maria nickte, und er sah Bestätigung in ihrem Gesicht, denn der Satz war gut verständlich gewesen.

»Er kaut gewiss noch an der Mediation und will vor Stelios nicht als unkooperativ dastehen. Zudem weiß er genau wie wir alle, dass das, was der Minister uns da aufgetragen hat, eine wirklich fette Nummer ist, und dass wir uns alle richtig die Pfoten verbrennen können, wenn wir das nicht mit klarem Verstand angehen.« Sie hörte sich nun wie eine Dozentin an der Polizeischule an. »Daher müssen persönliche Dinge außen vor bleiben. Das hat er kapiert.«

»Gut«, erwiderte Zacharis erleichtert, denn das nahm eine Last von seinen Schultern. Er wischte mit den letzten Nudeln den Teller sauber und fragte: »Wann?«

Maria wiegte bedächtig den Kopf. »Morgen. Dann kapiert Onkel Manolis zwar immer noch, warum ich auftauche, aber heute ist es zu offensichtlich, und dann macht er dicht, und ich muss Unmengen Tsikoudia mit ihm trinken, bevor er redet. Das veranstalte ich mitten in der Woche nicht so gern.«

Er vermutete, dass sich das »nicht so gern« auf die Unmengen bezog, denn auch sie hatte immer eine Flasche von dem Teufelszeug in ihrem Schreibtisch und schenkte es zu jeder Tageszeit großzügig aus, wenn sie das Gefühl hatte, dass ihr Gegenüber eine Stärkung brauchte. Er war auch schon mehr als einmal in den fragwürdigen Genuss gekommen. Er trank nicht gern Alkohol und schon gar nicht den Tresterschnaps, bei dem er regelmäßig das Gefühl hatte, dass dieser ihm die Mundschleimhaut wegätzte. Er mochte eben lieber einen kräftigen Bergtee aus den vierzig Kräutern, jener sagenumwobenen Mischung, die auch seine Tante, eine Nonne in einem der Bergkloster, mit eigenen Händen sammelte, trocknete und dann an ihn weitergab. Er verdammte den Alkohol nicht, nur das Gefühl, das sich einstellte, wenn man etwas getrunken hatte, war ihm zu suspekt. Man verlor sich irgendwie, und wenn man schon einen Sprachfehler hatte, war es zudem wenig hilfreich, noch mehr der Artikulationsfähigkeit zu verlieren.

Er erhob sich, schaute Maria fragend an, ging aber davon aus, dass alles gesagt war. Er nahm Teller, Besteck und Glas in die Hand und machte sich auf in Richtung Tür.

»Zachari«, hielt ihn ihre Stimme auf, »wir müssen bei aller Wissbegierde vorsichtig bleiben, das weißt du?«

Er nickte und hielt ihrem Blick stand. Er würde kein Risiko eingehen und sich lieber einmal mehr rückversichern. Man durfte nicht davon ausgehen, dass die Leute dort oben in den Dörfern dumme, bärtige Hirten waren, ganz im Gegenteil: Sie hatten Imperien aufgebaut und beschäftigten Söldner aus Albanien, die alles für sie taten. Es gab immer einen Ort auf der Welt, an dem die Menschen ärmer und unterdrückter waren und dann für Geld und ein Schulterklopfen über Leichen gingen.

Zacharis ging bedächtigen Schrittes hinaus auf den Flur.

»Lass die Tür offen«, bellte es hinter ihm her.

Er tat wie geheißen, räumte sein Geschirr weg und machte sich wieder an die Arbeit.

49. Kapitel

Wenn man sich alles versagte, was das Herz verlangte, dann konnte man hart werden und kaltblütig entscheiden, denn es gab nichts mehr zu verlieren. Nur wer zuließ, dass das Herz sprach, wer sich auf Verflechtungen und Beziehungen einließ, der konnte an seine Grenzen geraten und war verletzbar. Nichts zu haben, nichts zu spüren, sich mit einer undurchdringbaren Mauer zu umgeben, das war das einzig Wahre. Doch es tat weh, dies zu lernen. Kein Mensch war dafür geboren, allein zu sein. Die zweibeinige Spezies war ja noch nicht einmal in der Lage, in den ersten Lebensjahren ohne Unterstützung zu existieren. Also suchte man den Anschluss, die Nähe und am Ende die Liebe. Doch Liebe machte einen weich, sorgte dafür, dass man im Kern erschütterbar war, und das sollte man nicht sein. Ja, der Körper verlangte einiges, unter anderem auch Befriedigung, aber Mönche und Nonnen bekamen das gleichfalls in den Griff. Also war es erlernbar und nur ein kleiner Verzicht, denn wenn es ein Teil der Liebe und Beziehung zwischen Liebenden war, dann brauchte es einen Menschen, mit dem man dies auslebte. Hatte man diesen nicht mehr, brauchte man auch keinen Sex oder Streicheleinheiten mehr.

Es war besser, sich zu fokussieren und alle Kraft und Energie zu nutzen, um voranzukommen auf dem staubigen Pfad, dessen Ziel zwar vorhanden und klar, aber doch nicht sichtbar war. Man strebte zu etwas hin, dessen Ende nicht vorhersehbar war. Das war oft zermürbend, brachte einen regelmäßig an den Punkt, an dem man bereit war aufzugeben. Nichts von all dem, was in alten Weisen besungen wurde, was die kretische Seele beschrieb, war einfach zu bekommen. Man musste bereit sein, alles hinter sich zu lassen. Früher hatten die Rebellen in den Höhlen hoch oben im Psiloritis-Gebirge gehaust, sich auf der Nida-Hochebene oder im Dikti-Gebirge versteckt. Die Insel war voller Geschichten über mutige Männer. Meist waren es Männer gewesen, obwohl auch die Frauen von jeher ihren Anteil an all den Kämpfen und jedem Widerstand gehabt hatten. So waren die Menschen auf der Insel nun eben nach mehr als sechshundert Jahren der Besatzung. Sie legten ihre Hände vor den Tavernen sitzend in den Schoß oder schwenkten wie in Trance ihr Komboloi. Doch kaum hatten sie ihren Stuhl verlassen, standen sie bis an die Zähne bewaffnet an den Mauern ihrer Wohnorte, bereit, jedem das Gehirn wegzupusten. Also musste man eins mit der Geschichte werden, eins mit all den Namen und sich dann wie ein Schatten voranbewegen, unsichtbar bleiben, obwohl man sichtbar war. Es war jeden Tag eine neue Show, und während man selbst den Weg ganz genau kannte, durfte niemand wissen, dass man schon alle Landkarten im Kopf hatte und genau wusste, welche Richtung die richtige war. Das Leben spielte seltsame Spiele mit den Menschen, und das wahrhaft Lustige war, dass man immer wieder geneigt war zu glauben, man bestimme den Weg selbst. Dabei war alles vorbestimmt. Es gab nur eine Richtung, und die führte einen Schritt für Schritt zum Grab. Das war der Lauf der Dinge, egal, ob man von einem verdreckten Stein aß oder von einem goldenen Teller. Der Tod machte am Ende alle gleich. Nur leider wusste man das nicht, wenn man jung, verliebt und voller Tatendrang war. Dann galt diese Weisheit nur für andere und nie für einen selbst.

50. Kapitel

Er schaute durch das Seitenfenster auf das berauschende Panorama, das sich ihm bot: links die Szenerie in den Bergen, auf deren Spitzen Kirchen und kleinere Kapellen standen, um die sich Orte rankten, und rechts immer wieder das Meer, auf das er von oben den Blick werfen durfte. Das Panorama war bezaubernd. Blau glitzerte das Wasser, und Landzungen zogen sich wie gemalt in die See und ließen so wundervolle Buchten entstehen, an deren Rändern Strände zum Verweilen einluden oder die felsige Küste faszinierende Formen malte. Immer wieder konnte er die unterschiedlichsten Farbwelten wahrnehmen, selbst von hier oben: mal türkisblau, dann wieder dunkel schimmernd oder von der Sonne erhellt silbrig glänzend.

Er hatte das Fenster geöffnet, den Arm lässig aufgestützt, und das Radio spielte aktuelle Songs. Sein Haar flatterte im Fahrtwind, und er ließ es geschehen, war stolz auf sich und summte leise mit. Er war kein großer Sänger, seine Stimme war zwar dunkel und tönend, wenn er sprach, doch sein Gesang klang für ihn immer ein wenig dünn, also betrieb er das eher für sich und nicht vor Publikum. Den Straßenrand säumten Oleanderbüsche, und der leichte Wind wehte immer wieder die duftige Luft ins Wageninnere. Es roch nach Sonne und Blumen. Er liebte diese Jahreszeit ganz besonders. Noch war alles recht grün, denn das Jahr hatte mit viel Regen begonnen. Es hatte sogar im Februar einmal kurz geschneit. Titika hatte ihn angerufen, etwas, was sie sonst nicht sehr häufig tat, denn telefonieren war ihr irgendwie suspekt. Sie hatte ihn auf die Schneeflocken in Agia Pelagia hingewiesen, so, als wäre Irakleio eine Tagesreise entfernt und nicht nur zwanzig Kilometer. Doch manchmal hatte er das Gefühl, dass es für sie so war. Die Stadt war weit weg und nicht mehr Teil ihres Lebens. Sie war alt, das war eben so. Es hatte ihr nicht gefallen, dass es so feucht gewesen war, denn diese Witterung machte ihren Knochen zu schaffen, und sie konnte sich dann meist nicht gut bewegen. Das führte dazu, dass sie unzufrieden war und auf Krawall gebürstet. Seine Mutter und seine Yaya stritten dann regelmäßig bei ihren Telefonaten und beschwerten sich im Anschluss bei ihm über die jeweils andere mit ihrem Dickkopf. Da Mutter und Tochter nur die Möglichkeit hatten, sich über das Telefon auszutauschen und in Kontakt zu bleiben, biss Titika hier in den sauren Apfel und griff regelmäßig zu dem ungeliebten Apparat.

Er musste bei diesem Gedanken lächeln. Seine Mutter Athina war ganz sicher keine einfache Frau, und dickköpfig war die Untertreibung des Jahrhunderts, aber Titika konnte ebenso gut austeilen, da standen sich seine Mutter und seine Großmutter in nichts nach. Sein Vater Anatolis und er versuchten, sich so gut wie möglich rauszuhalten, doch das wollten die beiden Frauen nicht akzeptieren. Er war nicht so gut, wenn es darum ging, sich zu diesen emotional aufgeladenen Situationen zu äußern, doch er hatte mit Kassia viel gelernt, und auch Penelope drängte ihn immer wieder dazu, über seine Gefühle zu sprechen. Daher hatte er sich zu sagen angewöhnt, wenn seine beiden liebsten Verwandten stritten und ein Statement von ihm erwarteten: »Ich liebe euch beide und werde mich nicht für eine von euch entscheiden. Niemals. Punkt!« Das akzeptierten beide Frauen unter Murren, und er kam meist einigermaßen heil aus der Sache heraus.

Er wollte nicht über das nachdenken, was ihn in Irakleio erwartete, er wollte einfach so tun, als könnte er einen warmen Tag mit einem Ausflug durch die kleinen Dörfer auf der

Strecke von Sitia nach Agios Nikolaos verbringen. Ganz egal, wie wichtig es war, herauszufinden, was da passiert war, der Pilot und der Passagier waren tot, und sie würden nicht *toter* sein, wenn er dreißig Minuten länger für die Fahrt benötigte. Denn so lange würde er brauchen, um in einer der Tavernen an der Straße Kolokithakia tiganita die köstlichen frittierten Zucchinischeiben und einen griechischen Salat zu essen. Er war ein wenig hungrig, denn das Frühstück lag schon einige Stunden zurück, also hielt er Ausschau nach einer Taverne, vor der hauptsächlich die verbeulten Autos der Einheimischen oder die leidenschaftlich von allen männlichen Kriti geliebten Pick-ups parkten.

Rasch hatte er in dem kleinen Ort Exo Mouliana, den er gerade durchquerte, eine ausgemacht und sah die bärtigen Männer dort hocken und ihre Komboloi schwenken, während sie eifrig diskutierten oder einfach schwiegen. Er parkte an der Straße und setzte sich an einen der freien Tische unter das Blätterdach zweier Platanen, die Schatten spendeten. Eilig kam eine junge Frau auf ihn zu, begrüßte ihn freundlich, und er bestellte. Dann lehnte er sich zufrieden zurück, das Dorf war unscheinbar und sah auch zu dieser Jahreszeit verschlafen aus. Ganz gewiss gab es auch hier Zimmer oder Wohnungen für Touristen, denn die Nähe zur Tigania-Bucht und ihren kleinen Stränden und der Richtis-Schlucht sorgten auch hier ganz bestimmt für Zulauf. Doch jetzt waren die Besucher wohl alle unterwegs, und die Einheimischen blieben unter sich. Die junge Frau kam wieder, stellte Wasser, Wein, Oliven, Brot und ein Schälchen mit grüner Olivenpaste auf den Tisch. Er lächelte sie dankbar an, seufzte zufrieden, brach sich ein Stück des lockeren, duftenden Brots ab, tunkte es in die sämige Creme und nahm dann einen Schluck kalten Wein dazu. Das Leben konnte wundervoll sein.

Er ignorierte das Piepen seines Handys. Er würde die Nachrichten nach dem Essen lesen. Kauend blickte er sich um und spürte, dass ihn die Männer kurz ins Auge fassten, bevor sie sich wieder ihren Gesprächen zuwandten. Dann kam das Mädchen mit einer Salatschüssel, in der sich Tomaten, Gurken, Paprika und einige Zwiebelringe befanden, dazu Schafskäse, kleine schwarze Oliven und sogar ein paar Kapern. Alles glänzte benetzt von leckerem Olivenöl. Er hatte sich die Sonnenbrille ins Haar geschoben, um die Farbenpracht des Gemüses sehen zu können. Sanft konnte er die Auren der Menschen um sich herum schimmern sehen, doch er konzentrierte sich auf das Essen und blendete alles andere weitestgehend aus. Die Bedienung kam und stellte den Teller, auf dem sich ein Berg frittierter Zucchinischeiben befand, die so herrlich knusprig aussahen, dass sein Herz einen Sprung machte, auf den Tisch. Ein kreatives Gelb umwaberte ihre Gestalt, und erst jetzt nahm er wahr, dass sie für ein Mädchen vom Dorf nicht nur originell modisch gekleidet, sondern auch mit einigen Tattoos geschmückt war. Auf ihrem T-Shirt stand ein frecher Spruch, und der Style kam ihm sonderbar vertraut vor. Dann sah er Elenis Schriftzug auf der Rückseite und musste grinsen. Wenn die junge Frau wüsste, dass er die Designerin sehr gut kannte!

Er machte sich über sein Essen her, und das Gemüse knusperte zwischen seinen Zähnen. Während er aß, konnte er es trotz allem nicht verhindern, dass seine Gedanken zu dem Helikopter und den Toten abglitten. Er glaubte nicht an eine Mord-Selbstmord-Story, sondern war überzeugt davon, dass eine dritte Person an Bord gewesen war. Doch wo war sie abgeblieben? War es so einfach, einen Hubschrauber, der im Abstürzen begriffen war, zu verlassen und dabei unverletzt zu bleiben? Und wie konnte es sein, dass die beiden Männer sich offensichtlich nicht gewehrt hatten? Das setzte gewiss eine Form von Heimtücke voraus: Man vertraute der Person und rechnete eben nicht damit, dass sie sich gegen einen wandte.

Bedächtig nahm er das Glas in die Hand, trank ganz bewusst einen Schluck Wein und ließ ihn über die Zunge rinnen. Er verputzte fast alle Zucchinischeiben, sie waren hervorragend zubereitet und trieften nicht etwa vor Fett, wie es manchmal in den Touristenläden an den Häfen der Fall war. Sie waren einfach nur knusprig und köstlich. Den Salat hatte er aufgegessen und die letzten Tropfen des Dressings mit einer Brotscheibe aufgesaugt. Er fühlte sich angenehm gesättigt und zufrieden, auch weil es ihm in den letzten Minuten gelungen war, seine Gedanken zu kontrollieren und auf den Genuss zu fokussieren.

Kaum war der Tisch abgeräumt, stand die junge Frau mit einem Teller mit Wassermelone, einem kleinen Stückchen Baklava und einem Fläschchen Tsikoudia vor ihm. Er bedankte sich herzlich, denn der Brauch, etwas vom Haus geschenkt zu bekommen, war für ihn eben auch genau das: ein Geschenk. Die Melone war saftig und süß, das Baklava nussig und voller Sirup. Er erfreute sich an jedem Happen. Das Gläschen Schnaps zum Abschluss goss er in einem Schluck in seine Kehle und war überrascht von der Milde. Gern hätte er noch eins getrunken, erinnerte sich lächelnd an seinen Freund Giannis in Chania, der das zweite Glas immer mit »Und noch einen für deinen Heimweg!« anpries. Er sollte bald mal wieder zu ihm fahren und im *Diomysos* essen – mit Blick auf den Leuchtturm in der Einfahrt zum alten venezianischen Hafen. Doch jetzt musste er erst mal seinen Job machen.

Seufzend bestellte er die Rechnung, legte das Geld auf den Tisch und sah das Strahlen in den Augen des Mädchens, als sie das Trinkgeld entdeckte. Er erhob sich und las die Nachrichten auf seinem Handy, bevor er die verspiegelte Sonnenbrille wieder vor seine Augen schob. Zacharis teilte ihm kryptisch mit, dass er jetzt auch mit Maria zusammenarbeite, für was genau auch immer, und Stelios bat ihn weiterhin um minutiöse Berichte. Hyeronimos ging jedoch davon aus, dass sein Chef damit nicht seine Fahrt von Sitia nach Irakleio meinte, und blieb bewusst gelassen. Wenn er dort war, würde er alles tun, was nötig war – und bis dahin *Siga siga:* immer mit der Ruhe! Von unterwegs konnte er nichts an alldem ändern.

Er öffnete das Fenster wieder, schaltete die Musik ein und wurde kurz wehmütig, als er Callistus Ariakis' Stimme erkannte, doch dann drehte er das Radio lauter und machte sich auf den Weg.

51. Kapitel

Gaia hatte sich oft darüber Gedanken gemacht, wie es wohl gewesen war, als die Männer dort draußen in Gefahr geraten waren, und wie sie sich gefühlt haben mussten, als das Wasser, das immer ihr Lebensraum gewesen war, zum tödlichen Feind wurde. Zu ertrinken war ein grausamer Tod. Man versuchte, sich erst dagegen zu wehren, dann die Luft anzuhalten, bevor der Körper nicht mehr genügend Sauerstoff bekam und man von innen heraus erstickte, sich alles zu verkrampfen begann und der Atem schließlich stillstand, bevor man ein letztes Mal verzweifelt nach Luft schnappte und die Lunge sich endgültig mit Wasser vollsog. Wann gab man den Kampf auf? Wie stark war die Verzweiflung bis dahin, und welche Bilder zogen vor dem inneren Auge des Sterbenden vorbei? Sie hatte alles über den Tod durch Ertrinken gelesen, was man als Laie verstehen konnte, doch nichts hatte ihren Verstand zufriedengestellt.

Am Anfang war sie immer wieder erwacht, hatte Vangelis' Gesicht vor sich gesehen, wie er den Atem anhielt und sich aus den Fluten zu kämpfen versuchte. Das war furchtbar gewesen. Dann war jedoch der Tag gekommen, an dem sich für sie alles geändert hatte und an dem die Gewissheit in ihr aufgekeimt war, dass er es geschafft haben musste zu überleben. Auch wenn es nach diesem Tag noch unwahrscheinlicher geworden war, zumindest wenn man der üblichen Logik folgte.

Iasonas tauchte hinter ihr auf und legte ihr eine Hand auf die Schulter: »Die Lampe im Badezimmer von *Vai* funktioniert wieder.«

Erst hatten ihre Schwiegereltern ihre Idee, alle Zimmer nach berühmten Stränden zu benennen, belächelt. Doch dann hatte sie ihnen gezeigt, wie sie sich das vorstellte, denn sie hatte sich für jeden Raum eine Gestaltung passend zum Namen ausgedacht. *Vai* zum Beispiel hatte überall das Grün und Braun der Palmen und in der Dusche hinter einer Glaswand vom Boden bis zur Decke ein Foto des berühmten Palmenstrandes, der den größten natürlichen Palmenwald Europas beherbergte. *Elafonissi* war in Rosatönen gehalten, *Balos* überzeugte durch Türkis und Weiß. Die Räume kamen gut an.

»Danke, Papa«, sagte sie, denn ihre Eltern waren schon lange tot, und so hatten Iasonas und Maria diese Plätze ganz selbstverständlich eingenommen und noch mehr, seitdem Vangelis ... seitdem er verschwunden war. Sie hatte sich geschworen, niemals anders darüber zu denken. In den Bergen hatte sie viele sonderbare Geschichten über Männer gehört, die vom Ziegenhüten nicht mehr heimgekommen waren. Einer hatte angeblich eine Höhle entdeckt, in der es entweder ganz besondere Steine gab oder eine Art Energie-Ader, sie hatte es nicht ganz verstanden. Wichtig an der Geschichte war eben nur, dass die Amerikaner ihren Auslandsgeheimdienst geschickt hatten, und die Agenten der CIA hatten monatelang in der Höhle gearbeitet. Im Anschluss hatten sie dann den Eingang verschüttet, und niemand wusste nun mehr, wo er genau war. Der Hirte war nie mehr aufgetaucht, auch seine Familie wusste nichts über seinen Verbleib. Doch was sich ihr ins Gehirn gebrannt hatte, war die Tatsache, dass man sich erzählte, dass der Bruder des Hirten sich ganz plötzlich einen nagelneuen Pick-up gekauft habe, die Eltern seien in ein moderneres Haus gezogen und die Schwester besuche eine Eliteuniversität in Amerika. Alles sprach für Geld, das auf einmal da gewesen war, und plötzlich auftauchendes Geld machte Menschen neugierig und missgünstig. Niemand schien es den Leuten zu gönnen, die gerade einen Sohn verloren hatten, und natürlich wurde nur hinter vorgehaltener Hand getuschelt. Oder eben am Tisch in einer der Tavernen, in der sie so viele Stunden verbracht hatte. Man hatte sie akzeptiert. Wahrscheinlich weil ihr Blick so düster gewesen war und man ihr alles zugetraut hatte. So, wie sie sich zu diesem Zeitpunkt selbst alles zugetraut hatte. Man hatte ihr die Geschichten zugeraunt, als wüsste man, was in ihr vorging, vielleicht hatten sie es tatsächlich gewusst. Auch wenn die Männer an den Tischen knorrig und ungeschliffen oder gar ungebildet gewirkt hatten, so hatte doch jeder zu Hause einen riesigen Fernseher, und man wusste daher wahrscheinlich auch recht genau, wer sie war.

Die Presse hatte ihre Familie, ebenso wie die von Elara und Dorea, belagert. Doch nur eine kurze Zeit lang, denn dann waren andere Dinge wichtiger geworden. Die Proteste gegen die Amerikaner rund um Chania waren fesselnder für die Öffentlichkeit gewesen als drei Fischer, die sich zu weit rausgewagt hatten und dann ihrer eigenen Waghalsigkeit erlegen waren. Doch niemand hatte sie auf ihre eigene Geschichte angesprochen. Es war gewesen, als trüge sie eine gefährliche stachlige Rüstung, die alle Menschen davon abhielt, ihr zu nahe zu treten und etwas von ihr erfahren zu wollen. Wenn die Stimmung dann alkoholgeschwängert geworden war, hatten die Gespräche jenen Ton angenommen, der davon zeugte, dass es um die Wahrheiten ging, die viele Leute gern als Verschwörungstheorien abtun wollten. So viele Geschichten hörten sich an wie aus Albträumen oder der Fantasie entsprungen. Würde man sie unten in der Stadt erzählen, würden alle die Augen verdrehen und sich an den Kopf greifen. Geschichten von übersinnlichen Geschehnissen, Räuberpistolen oder Komplotten klangen jedoch immer glaubhafter, je flüsternder sie vorgetragen wurden. Und in den abgelegenen Bergdörfern glaubte man ebenso daran, so wie an die Göttergeschichten, denn es war immer etwas Wahres dran! Warum sollte es unmöglich sein, dass eine Ziege den Göttervater aufgezogen hatte, und zeugten minoische Paläste nicht auch davon, dass es einst den Minotaurus gegeben hatte?

All das hatte sie in ihrem Glauben bestärkt, dass ihr Mann lebte und eben aus diversen durchaus schwerwiegenden Gründen nicht mehr bei ihr sein konnte. So, wie der verschwundene Hirte vielleicht heute in New York lebte, so konnte auch Vangelis irgendwo auf diesem Planeten einen neuen Platz gefunden haben, auch wenn sie keine Erklärung dafür fand, warum das so sein sollte. Sie wollte eben nichts anderes glauben.

»Mach mal eine Pause, Gaia«, riss Iasonas sie aus den Gedanken, in die sie so versunken gewesen war, dass sie gar nicht mehr mitbekommen hatte, dass er noch immer neben ihr stand. »Geh zu Maria in die Küche, sie hat Keftedakia und Chorta gemacht. Hol dir eine Portion und setz dich ein wenig in die Sonne, Kind. Ich passe hier so lange auf.«

Erleichtert bewegte sie sich in Richtung Küche, denn sie hatte tatsächlich Hunger. Es duftete verführerisch nach den gebratenen Fleischbällchen, und ihre Schwiegermutter stand in einer dunklen Kittelschürze am Herd und wendete die kleinen Kugeln aus Rinderhack in der Pfanne. Auf dem Tisch stand eine Schüssel mit Tsatsiki. Der Duft von frischem Knoblauch stieg ihr in die Nase, sie würde daher lieber nur etwas Joghurt dazu nehmen, denn sie wollte die nächsten Gäste nicht stark riechend empfangen, obwohl hier auf der Insel jeder verneinen würde, dass der kretische Knoblauch Mundgeruch verursache. Doch sie hatte es schon erlebt, dass gerade Menschen aus Ländern, in denen die Knolle nicht zur täglichen Küche gehörte, was sie vollkommen unverständlich fand, sich pikiert distanzierten.

Maria drehte sich um und lächelte sie an. »Gaia, Kind, iss, iss!« Sie holte einen Teller, lud ein Dutzend der kleinen Hackbällchen darauf und gab dann einen großzügigen Löffel Chorta aus einem dampfenden Topf dazu. Das Gemüse hatte sie wie immer mit Olivenöl und Zitrone verfeinert, und nun gab sie noch eine Prise körniges Meersalz darauf.

»Das sieht toll aus, danke schön!« Gaia nahm den Teller, beugte sich vor, gab ihrer Schwiegermutter einen Kuss auf die Wange und ging dann langsam nach draußen.

Es war wirklich gut, dass sie diese beiden Menschen hatte und dass sie sich so gut um sie kümmerten. Wer wusste schon, was sie ohne die zwei gemacht hätte, also auch ohne das Wissen, dass das Paar schon den Sohn verloren hatte und jede unbedachte Tat ihrerseits Maria und Iasonas noch mehr Schmerzen zufügen würde. Das hatte sie, wenn man es so nennen konnte, auf dem Boden gehalten, und deshalb war sie von ihren Touren in die Berge immer heil zurückgekehrt. Zumindest körperlich, denn in ihrer Seele loderte seit Vangelis' Verschwinden eine alles verzehrende Flamme. Sie war Antrieb und Bremse zugleich. Es war einfach kompliziert mit der Liebe.

52. Kapitel

Zacharis stöhnte auf. Er hatte den Artikel über ein Unglück mit einem Fischerboot vor rund acht Jahren gelesen, der ihm bei seiner Suche angezeigt worden war. Drei junge Männer waren dabei draußen geblieben und vom Wasser verschlungen worden, einer sogar für immer. Auch er hatte einen Onkel an das Meer verloren und stand dem Ozean sehr skeptisch gegenüber. Tatsächlich hatte er noch nie einen Fuß hineingesetzt und würde es auch nicht tun. Dort gab es einfach zu viele unabwägbare Dinge. Von mehrere Meter großen Kraken bis hin zu dunklen Tiefen und unbesiegbaren Strömungen war alles vertreten, und wenn noch starker Wind dazukam, konnte das Wasser eine Macht entwickeln, der der Mensch nichts entgegenzusetzen hatte. Das hatte der Tsunami an der Küste Thailands im Jahr 2004 mit entsetzlicher Deutlichkeit gezeigt.

Viele Menschen belächelten ihn, wenn sie erfuhren, dass er, ein Mann, der auf der Insel geboren war und sie noch nie verlassen hatte, dem Meer so ablehnend gegenüberstand. Er würde sich niemals davon abbringen lassen. Gerade solche Beispiele wie das Unglück mit dem Fischerboot im Oktober 2014 zeigten doch, dass es besser war, an Land zu bleiben. Hätte Gott gewollt, dass die Menschen im Wasser unterwegs waren, hätte er ihnen Kiemen gegeben.

Er scrollte weiter, fand noch einige Berichte über das Seegeschehen vor Sitia, die er ebenfalls aufmerksam studierte, aber als wenig relevant einstufte. Ein betrunkener Tourist hatte ein geliehenes Boot gegen eine Klippe gefahren, und der Eigentümer hatte dem Mann vor Pressefotografen und einer ganzen Menge Handykameras eine geknallt, sodass der Typ mit blutender Nase am Strand gelegen hatte. Ein Fischer hatte versehentlich ein Ausflugsboot gerammt, wobei der Eigentümer des Ausflüglers überall erzählt hatte, dass der wettergegerbte Fischer ihn mit Absicht angefahren hatte. Also eher nichts, was er in irgendeinen Zusammenhang mit dem abgestürzten Hubschrauber bringen konnte.

Er loggte sich in das interne Informationssystem der Behörden auf der Insel ein und überprüfte die Einträge dort. Er war erstaunt über die Tatsache, dass man von einer unbestimmten Menge nicht angemeldeter Flüge von der Lasithi-Hochebene ausging. Er verfasste eine E-Mail und versuchte, so herauszufinden, was unter »unbestimmt« zu verstehen war und wie man darauf kam, denn unangemeldet bedeutete ja unregistriert, und somit gab es die Flüge doch offensichtlich gar nicht. Es sei denn, sie wären auf dem Radar aufgetaucht. Das begann ihn tatsächlich sehr zu interessieren, und er stellte sich die Frage, wie die verantwortlichen Stellen damit umgingen und ob man wusste, wem diese Maschinen gehörten. Er konnte jedoch nicht auf die Systeme der Radarstationen zugreifen und musste somit auf die Kooperationsbereitschaft der Kollegen hoffen. Sollte diese nicht zustande kommen, gab es immer noch den langen Arm von Stelios Mentakis, doch er wollte es allein schaffen und feilte an dem Wortlaut der Nachricht, bis sie fordernd und bittend zugleich klang. Beim Schreiben gab es zumindest den Vorteil, dass alle Worte vollständig und verständlich waren. Er drückte auf Senden und hoffte, bald eine Antwort zu erhalten. Dann klingelte sein Telefon, und er sah die Nummer seines Vorgesetzten.

»Hallo, Zachari«, begrüßte ihn Hyeronimos und wartete keine Antwort ab, »ich bin jetzt im Krankenhaus in der Pathologie angekommen und werde mir mit Dr. Demostaki die Toten genauer anschauen. Ich sende dir sofort die Bilder, dann kannst du sie durch die Gesichtserkennung laufen lassen, damit wir herausbekommen, wer die beiden sind.«

»Okay«, antwortete er und wartete.

»Danach fahre ich rüber zu der Halle, in der die Kriminaltechniker den Heli untersuchen. Konntest du bereits etwas über die Maschine herausfinden?«, fuhr sein Chef fort, und er konnte dessen Schritte durch den Flur hallen hören, der zum Sektionssaal führte. Er war selbstverständlich auch schon dort gewesen. Das gehörte zur Arbeit eines Polizisten in seinem Segment nun einmal dazu.

»Es g'bt noch n'chts Neu's«, erklärte er und stellte fest, dass es ihm unangenehm war, keinerlei Ergebnis vorweisen zu können.

Doch Hyeronimos blieb kooperativ. »Das ist mit einer gefälschten Kennung gewiss auch eine Herausforderung. Wir wissen sicher mehr, wenn die Kriminaltechniker durch sind. Ich halte dich informiert. Auf Wiederhören, Zachari!«

Bevor Zacharis noch etwas sagen konnte, hatte der Kommissar schon aufgelegt. Jetzt würde er sich erst einmal einen Tee kochen, denn schließlich konnte er keine Antworten und Ergebnisse herbeihexen.

53. Kapitel

Konstantinos fühlte sich satt und wohlig, und es lag nicht nur an dem leckeren Essen, sondern vor allem daran, dass er zufrieden war. Sicher würden viele Menschen über ihn und Melina urteilen und deutlich machen, dass es überstürzt und unbedacht war, mit einer wie ihr nach nur wenigen Stunden eine feste Beziehung einzugehen, doch das war ihm wirklich egal. Während sie nebeneinander in der Sonne dösten, gingen ihm Situationen und Wortfetzen durch den Kopf, und er überlegte sich, wie er seinen Vater geschickt manipulieren konnte, für ihn und das Mädchen eine Zeit lang aufzukommen, sodass sie sich in einem gemeinsamen Leben einrichten konnten. Die Drogennummer war nicht wirksam genug, denn er konnte sich nicht mit einem kleinen Bündel Scheine abspeisen lassen. Er brauchte eine anständige Summe, die es ihnen ermöglichte, ein bis zwei Jahre davon zu leben und sich währenddessen ihre Existenz aufzubauen. Er war ein Freigeist und passte nicht in die kleinkarierten Schablonen der aktuellen gesellschaftlichen Strukturen. Seine Mutter würde ein wenig zögern, ihn zum Innehalten bewegen wollen, ihn aber dann ziehen lassen und ihm jede nur mögliche Unterstützung gewähren. Sie wollte ihn glücklich sehen, und er war glücklich mit Melina. Er war ihre Rettung, dessen war er sich vollkommen bewusst, jedoch rettete auch sie ihn, denn er war dabei gewesen, den Glauben an die Liebe zu verlieren. Das Scheitern der Ehe seiner Eltern und die verstörende Beziehung, die sich zu seinem Vater entwickelt hatte, hatte ihm die Überzeugung geraubt, dass man mit anderen eine tiefe Verbundenheit herstellen konnte. Dimitris kam ihm vor wie ein Kater: Er hatte seinen Spaß gehabt, und dann machte er sich auf kralligen Pfoten aus dem Staub, erkannte den eigenen Sohn nicht mehr als sein Kind an – die Frucht seiner Lenden.

Melina rekelte sich neben ihm, und er zog sie an sich. Sie hatten sich eines der großen Sunbeds am Strand vor dem Lokal gemietet, lagen unter dem Baldachin und genossen den Tag. Ihre Haare waren getrocknet und wellten sich sanft, sie sah aus wie ein Engel. Es war nicht so, dass er diese wunderschöne Frau nicht begehrte, doch er wollte ihr zeigen, dass er alles, was er sagte, wirklich ernst meinte, und daher verzichtete er bewusst darauf, sie *so* zu berühren, dass sie glauben musste, er sei doch nur einer von denen, die ihren Körper wollten.

»Es ist so schön, mit dir hier zu sein.« Ihre Stimme klang ein wenig schleppend, leicht müde vom Dösen. »Ich möchte am liebsten, dass dieser Nachmittag niemals endet.«

»Er wird enden«, sagte er und spürte, wie sie leicht zusammenzuckte, doch er legte ihr die Lippen ans Ohr, »denn er ist nur der Anfang vieler wunderschöner Tage. Wir sind vielleicht oft gestolpert und gescheitert, doch jeder Schritt, den wir gemacht haben, war ein Schritt auf uns zu, und nun haben wir uns gefunden.«

Sie entspannte sich wieder, drehte sich auf die Seite, sodass ihr Gesicht vor seinem lag. »Ich habe viele Dinge erlebt, die ich als Scheitern und Schlimmeres bezeichnen möchte, aber wenn es so ist, wie du sagst, und es das ist, was uns zusammengebracht hat – denn letztlich saß ich nur deshalb auf dem Stuhl dort an der Bar gestern Abend, weil ich an allem gescheitert bin, was ich angefangen habe –, dann ist es ein Wunder. Mir geht einiges durch den Kopf.«

»Was?«, wollte er wissen und stützte sich ein wenig auf den Ellenbogen. Ihr schöner Mund war so nah, er spürte das

Verlangen, sie zu küssen, doch das Verlangen, ihr zuzuhören, war größer.

»Ich habe viele Dinge gehört, denn ich kann dabei …« Sie stockte kurz. »… also ich kann gut zuhören, und Männer reden viel und brüsten sich gern mit vielen sonderbaren Geschichten. Möchtest du welche hören?«

Auch wenn er sich nicht sicher war, ob er Sachen von Männern hören wollte, die Sex mit ihr gehabt hatten, so wollte er sie auch nicht zurückstoßen. Also nickte er vorsichtig: »Aber bitte ohne körperliche Details.« Schon als er es gesagt hatte, merkte er, dass er sie damit verletzt hatte. »Ich möchte nur nicht zu viel über meine Spezies und ihre Art, mit Menschen umzugehen, hören, denn ich schäme mich oft für meine Geschlechtsgenossen.«

Er hatte die richtigen Worte gefunden, denn sie atmete auf. »Du bist nicht wie sie, und du musst dich nicht schämen für das, was andere tun. Solange du es besser machst, bist du wie ein Leuchtturm in der Dunkelheit.«

Er fuhr ihr zart übers Haar, legte sich auf den Rücken und zog sie so an sich, dass sie ihren Kopf auf seine Brust bettete.

»Es gab einmal einen Mann«, sie erzählte, als wäre es ein Märchen und nicht die bittere Realität ihres Lebens gewesen, »der sagte, er sei nur hier, weil er sich mit einem reichen Reeder in Agia Galini treffen wollte, und dort würden sie über Deals in Milliardenhöhe entscheiden. Ich habe ihn gefragt, womit man so viel Geld verdienen könne, und er hat gelacht und gesagt: ›Schätzchen, Leute wie ich haben einen Riecher für das ganz große Geld, und Öl oder Gas zu verschiffen lässt auch noch Platz für andere hübsche Dinge.‹«

»Was meinte er damit? Dass sie auf den Tankern auch Drogen transportieren können?«, fragte er leise nach.

»Das hat er nicht gesagt, aber ich habe es mir zusammengereimt, und wenn es um so viel Geld geht, dann drücken die Leute einfach ein oder sogar zwei Augen zu. Nicht wahr?«

»Wahrscheinlich«, bestätigte er.

Drogenhandel auf der Insel war nichts Neues, und diejenigen, die damit ihr Geld verdienten, strotzten geradezu vor Reichtum. Menschen und deren Schicksale waren ihnen egal, soweit es nicht die Familie betraf. Er wusste auch, dass es Drogenbarone in den Bergen gab, die Söldner aus Albanien um sich scharten, die schon für ein Dakos mit Tomaten und Käse bereit waren, die Waffe zu heben und abzudrücken. Wie weit würden all diese Menschen gehen bei den Summen, die Melina da gerade aufrief.

»Ein anderer hat sich aufgeführt wie James Bond und mir die wildesten Geschichten erzählt, die mich glauben machen sollten, dass er tatsächlich so ein verruchter Kerl sei.«

Er spürte, wie sie grinste. Er spürte auch ihre festen Brüste an seiner Seite und musste sich konzentrieren, damit sein Körper nicht einfach auf sie reagierte.

»Hat er sich auch so vorgestellt? Also erst der Nachname und dann der Vorname und noch mal der Nachname? Wahrscheinlich hat er eher keinen Nachnamen gesagt«, berichtigte er sich selbst.

»Nein«, kicherte sie, »das hat er nicht, wobei ich es wirklich erwartet habe. Aber er hat Sachen erzählt, die wirklich verrückt klingen – von militärischen Bauteilen und Russen, Amerikanern und eigentlich der ganzen Welt, die unsere Insel wie einen schwimmenden Handelsplatz für alle möglichen militärischen Sachen benutzt.«

»Beide Geschichten klingen für mich tatsächlich möglich«, gab er zu, denn dass Kreta für viele Nationen von Interesse war, hatte man während diverser Kriege gesehen, und auch die Besatzungszeiten hatten das verdeutlicht. Die Insel lag einfach strategisch hervorragend zwischen dem Schwarzen Meer, fast allen osteuropäischen Ländern, Südeuropa, Asien und Afrika. Eben deshalb trieben sich alle hier herum, die Böses im Sinn hatten. Von hier aus war das Übel leicht umzusetzen: erstens, weil es seit der Krise so viele

Menschen gab, die nahe der Armutsgrenze lebten, und zweitens, weil man einfach räumlich überschaubare Distanzen hatte. Nach Israel oder Libyen zum Beispiel waren es über das Meer nur vier- bis fünfhundert Kilometer.

»Kann sein, aber es hörte sich trotzdem nach Angeberei an«, gab sie zu bedenken. »Ob du einfach mal deinen Vater fragst, ob da was Wahres dran ist?«, platzte sie nun mit ihrer Idee heraus.

»Was bedeutet es dir, zu wissen, ob es wahr ist?«

»Ich weiß nicht. Mit Drogengeschäften will ich nichts zu tun haben, aber Geheimagentin wäre ich schon gern«, sagte sie verträumt.

»So, so«, neckte er sie, »meine kleine 007!«

»Das ist bestimmt aufregend«, seufzte sie. »Fragst du ihn?«

54. Kapitel

»So, da ist die Kugel.« Penelope ließ sie mit einem Klirren in die Metallschale fallen, die Giorgia ihr hinhielt.

»Kannst du schon was zur Waffe sagen?« Hyeronimos hatte ihr zugesehen, wie sie mit der Pinzette das Geschoss aus dem Gehirn des Piloten geholt hatte.

»Es ist ein kleines Kaliber. Ich schätze, 6,35 mm Browning, aber das ist noch nicht sicher. Sicher ist nur, dass die hier klein ist.« Sie betrachtete die Kugel. »Sie hat sich auch maximal verformt. Das spricht für ein Weichkerngeschoss. Daher auch die große Zerstörung im Hirn. Der Schütze hat die Waffe im Nacken angesetzt und ...« Sie trat hinter ihre Sektionsassistentin, steckte ihr den Zeigefinger in den Nacken und zeigte den Winkel. »... nach oben geschossen. Die Kugel ist durch den Hirnstamm eingetreten, und der Pilot war wahrscheinlich innerhalb kürzester Zeit tot. Wir haben kein Wasser in der Lunge. Als der Helikopter gesunken ist, hat er bereits nicht mehr geatmet.«

»Was kannst du mir sonst noch sagen?«, fragte der Kommissar.

»Dass meine Fahrt hierher wahrscheinlich weniger angenehm war als deine und dass ich Hunger habe!«

Er deutete hinter sich. »Du bist doch sonst so aufmerksam, Watson!«

Sie drehte den Kopf und entdeckte am Kleiderhaken unter seinem Sakko eine Papiertüte. *»Kritikos Fournos.* Du hast mir was zu essen mitgebracht. Du bist ein Schatz!«

»Es ist nichts Besonderes: Pizza und Salat.«

Sie zog fragend eine Augenbraue hoch. Pizza und Salat waren gut, doch es gehörte auch immer etwas Süßes dazu.

»Natürlich ist auch ein Lacta-Törtchen drin«, erklärte er und lächelte dieses leicht schiefe Lächeln, das ihn so sympathisch machte. »Wie du dir sicher vorstellen kannst, meinte ich das aber nicht mit meiner Frage.«

»Ja«, antwortete sie, »weiß ich schon. Wir haben die Fingerabdrücke genommen und hoffen, sie sind im System, damit wir die Identität ohne großes Bohei rausbekommen. Den muss doch jemand vermissen. Er sah zu Lebzeiten gewiss recht gut aus. Er ist Anfang bis Mitte dreißig, gut trainiert, eins siebenundsiebzig groß und wiegt fünfundsiebzig Kilo. Schwarze Haare, braune Augen ... alles ziemlich normal.«

»Ich finde, er hat sehr kleine Füße für seine Körpergröße«, schaltete sich Giorgia ein, »41.«

»Ja, das ist klein«, gab Hyeronimos ihr recht, und Penelope nickte ebenfalls bestätigend.

»Er hat ein Tattoo an der Innenseite des rechten Unterarms.« Sie drehte den Arm so, dass er es gut sehen konnte. »Keine Ahnung, ob es was bedeutet. Kannst du dazu etwas sagen?«

Er trat näher und betrachtete es aufmerksam. Es war eine Schlange, die sich um einen Stab rankte. »Ein Äskulapstab. Denkst du, er war Arzt oder Apotheker?«

Sie hob fragend die Schulter. »Keine Ahnung. Er beantwortet gerade keine Fragen zu seiner Identität. Gibt es vielleicht eine Gruppierung auf der Insel, die so ein Zeichen nutzt? Er ist hingerichtet worden, Hyeronimo, und das passiert im Normalfall nicht mal eben so. Das spricht eher für eine Bandensache.«

»Bandensache hört sich so nett an«, er schüttelte den Kopf, »vor allem, wenn man bedenkt, dass wir hier zwei Männer haben, denen in den Kopf geschossen wurde. In einem Hubschrauber. Mitten auf dem Meer ... beim Flug!«

»Wenn du es so sagst, klingt es tatsächlich nicht nett, sondern sogar richtig mies«, gab sie ihm recht. »Ich muss echt was essen, sonst werde ich auch mies, und das sollte ich nicht sein, wenn ich mich an unseren Gast Nummer zwei mache.«

»Ich werde mal Zacharis und Stelios updaten, und du isst was. Dann sehen wir weiter.« Er berührte ganz kurz ihre Schulter, und sie nahm es erstaunt zur Kenntnis. Die Offenheit, mit der sie gestern im Auto gesprochen hatten, hatte sie einander noch mehr nähergebracht. Seufzend erinnerte sie sich an den Koffer, den sie in ihrem Büro stehen hatte, und daran, dass sie seit ihrer Rückkehr noch immer nicht zu Hause gewesen war. Sie streifte den Kittel und die Handschuhe ab, wusch sich die Hände gründlich und schnappte sich dann die Tüte vom Haken. Wie hatte sie die nur übersehen können? Wahrscheinlich weil sie in ihre Arbeit versunken gewesen war und zusätzlich zur reinen Obduktion auch schon überlegt hatte, was passiert sein konnte, damit der Mann samt dem von ihm gesteuerten Flugobjekt auf dem Grund des Ozeans gelandet war. Zudem hatte sie ihren Sektionssaal mit der klangvollen Musik von Pink gefüllt und dadurch Hyeronimos' Eintreten auch erst einmal überhört.

Sie ging in ihr Büro, holte sich Teller und Besteck und machte sich über Pizza und Salat her. Hyeronimos war ihr gefolgt, schaltete sein Telefon auf laut und berichtete seinem Chef die aktuellen Ergebnisse.

»Wann wissen wir Kaliber und Waffe genau?«, hörte sie Stelios fragen, und Hyeronimos warf ihr einen auffordernden Blick zu.

Sie gestikulierte kurz, um zu verdeutlichen, dass sie erst einmal kauen musste, dann antwortete sie: »Hallo, Stelio, ich denke, mit dem nötigen Nachdruck haben wir das in den nächsten ein bis zwei Stunden. Die Munition hat das Gehirn stark zerstört, und wenn das nicht schon zum sofortigen Tod geführt hätte, dann hätte das Wasser nachgeholfen. So oder so wäre keine Rettung möglich gewesen. Der Mann hat ein Tattoo auf dem Unterarm, das einem Äskulapstab gleicht. Falls ihr da nichts habt, wäre es vielleicht interessant, bei der Direktion für kriminologische Ermittlungen nachzuhaken. Auch wenn ich mich hier vielleicht vertue oder so, aber dieser Hintergrund ist aktuell für mich sehr wahrscheinlich.«

»Ich werde es überprüfen«, sagte Stelios und klang dabei eigenartig desillusioniert. »Danke für deine Einschätzung der Sachlage, Penelope.«

»Der Täter war auf jeden Fall sehr kaltblütig, denn das Risiko, dabei ebenfalls verletzt zu werden, war ja nicht gerade gering«, erklärte Hyeronimos.

Sie nickte bestätigend, während sie ein großes Stück von der Pizza abbiss. In der Papiertasche hatte sie auch eine Flasche Cola light gefunden und sich gefreut, dass er auch diese Leidenschaft bedacht hatte, obwohl er sie nicht nachvollziehen konnte: Sie liebte kalte Pizza in Kombination mit diesem Getränk. Es war nichts, was sie oft aß, aber es hatte irgendwie eine besonders tröstende Wirkung.

»Also haben wir einen Täter mit der Bereitschaft, sich selbst zu opfern, oder er ist ein absoluter Profi«, hörte sie Stelios sagen, und sie merkte an der Art, wie er sprach, dass es ihm nicht gut ging. Sie hatte schon seit einiger Zeit das Gefühl, dass er gestresst und belastet wirkte und dies nicht mehr verbergen konnte oder wollte. War es seine Art, um Hilfe zu rufen, oder verlor er vielmehr die Kontrolle über sich? Sie kannte ihn als bedächtig handelnden Mann, der sein Team mit Hingabe zum Erfolg führte. Dass er immer häufiger zeigte, was er fühlte, und nicht mehr so hart im Nehmen war, ließ ihre Alarmglocke aufleuchten. Womit sie wieder beim Thema war. Sie schluckte rasch und meldete sich erneut zu Wort. »Mir fällt gerade die Art zu fliegen ein. Das zeigt die ausgeprägte kriminelle Energie, und auch wenn ich mich wiederhole: Alles spricht für die Mafia und für einen Bandenkrieg!«

Hyeronimos warf ihr einen warnenden Blick zu.

Auch wenn er selbst oft Probleme mit seiner eigenen Gefühlswelt hatte, so war er eben doch ein hervorragender Beobachter, und natürlich hatte er auch bemerkt, wie es seinem Vorgesetzten ging. Doch dies war nicht der richtige Zeitpunkt für Rücksichtnahme. Je mehr sie darüber nachdachte, umso mehr erschien es ihr die einzige Option zu sein. Eine Auseinandersetzung zwischen rivalisierenden Gruppen hatte auf dem Meer ihren Höhepunkt erreicht, und gewiss würden sie die Namen der Toten genau in diesen Kreisen finden. Doch auch Hyeronimos oder Zacharis konnten mit der Direktion für kriminologische Ermittlungen, kurz DEE genannt, Kontakt aufnehmen. Stelios' Zündschnur war gerade eindeutig zu kurz für eine Entwicklung der Faktenlage in diese Richtung. Mit einem Verbrechen in diesen Kreisen würden einige Türen zugehen und trotzdem alle Augen auf die Polizei gerichtet sein. Eigentlich wollte niemand so recht etwas damit zu tun haben, oder die Leute steckten irgendwie mit drin, denn mit Drogen, Waffen, Menschenhandel und anderen furchtbaren Dingen war eben viel Geld zu verdienen – und seit der Krise musste jeder sehen, wo er blieb.

Sie nahm sich konzentriert eine Gabel voll Salat, um sich jetzt nicht tiefer auf diese Gedanken einzulassen. Sie war in erster Linie die Person, die die Todesursache herausfinden musste. Alles andere war Aufgabe der Polizei, und dort war sie freiwillig mit im Boot. Jedoch würde sie ihren Freund gewiss nicht allein lassen, denn sie waren gut zusammen, und sie brauchte ihn im Augenblick mehr, als sie ihn wissen lassen würde. Alles, was sie mit Eleni verband, war ihr wichtig, und doch musste sie sich über einiges klar werden, und unter Umständen würde das sehr wehtun.

Erneut schob sie die Gedanken weg. Was war nur mit ihr los, warum war sie so unkonzentriert heute?

»Penelope?«, hörte sie nun Hyeronimos, und als sie den Kopf hob, bemerkte sie, dass er sie verwundert anblickte, so, als hätte er ihren Namen bereits mehrfach gesagt.

»Entschuldige«, sagte sie, »ich war abgelenkt.«

»Mit Stelios ist es gerade nicht leicht.« Er zuckte mit den Schultern.

»Ich weiß«, nuschelte sie mit vollem Mund.

»Ich will dich nicht hetzen, doch wir brauchen den Bericht der zweiten Obduktion, die Kugel und dann das Ergebnis der Kriminaltechniker. Zudem schicke ich die Bilder an Zacharis, damit er die DEE kontaktiert.« Er machte zwei Schritte auf sie zu und stützte sich dann auf ihrem Schreibtisch ab. »Aber ich denke wie du. Wir haben es mit der Mafia zu tun und müssen uns dazu mit den Kollegen der DEE an einen Tisch setzen.«

»Vielleicht haben wir ja Glück, und die beiden Typen sind einfach nur brave Bürger, die ...« Sie packte den restlichen Salat weg und leerte die Cola-Flasche. »... die ... Also ich habe tatsächlich auch keine Idee, was die da gemacht haben. Ha! Warte, ein Pilot ist doch so was wie ein Kapitän, die beiden Passagiere wollten im Heli draußen auf dem Meer heiraten, und dann hat sich der Bräutigam die Sache anders überlegt oder erst nach dem Jawort, und nun erbt er ein Millionenvermögen!« Sie legte den Kopf auf die Seite, machte eine kleine Schnute und schaute ihn erwartungsvoll an.

»So wird es gewesen sein«, gab er ihr recht und schüttelte ob ihrer blühenden Fantasie leicht den Kopf, »du bist wirklich außergewöhnlich, Penelope!«

»Außergewöhnlich toll oder außergewöhnlich bekloppt?«, hakte sie nach und verstaute den Salat im Kühlschrank.

»Ein wenig von beidem.« Er öffnete die Tür, und sie traten in den Flur. »Doch nicht minder liebenswert und vor allem großartig in deinem Job. Also hol mir die Kugel, bitte.«

Sie betraten den Sektionssaal, in dem Giorgia den Leichnam des ersten Mannes gerade in die Kühlkammer schob, die zweite Leiche lag schon auf dem glänzenden Stahltisch bereit. Penelope zog sich ihren Kittel an, wusch sich die Hände und trat an den Tisch. Zuerst kam die äußere Beschau, zu der auch das CT gehörte, bevor dann der Körper geöffnet wurde. Die Körper hatten einige Stunden im Wasser gelegen und waren daher leicht aufgetrieben, doch sie war sich trotzdem relativ sicher, dass sie auch hier in der Lunge kein Wasser finden würden und dass der Schuss in die rechte Schläfe des Mannes ebenfalls mit der kleinkalibrigen Waffe und der verheerenden Weichkernmunition durchgeführt worden war.

»Bitte, Giorgia«, nickte sie der Frau zu, und diese schob die Leiche in den Computertomografen, und die Röntgenstrahlen, die den Körper Schicht für Schicht durchleuchteten, würden ihnen innerhalb kürzester Zeit Auskunft über innere Verletzungen oder Knochenbrüche geben. Die Röhre begann zu rotieren. Sie blieben in sicherer Entfernung und warteten auf das zweidimensionale Schnittbild in unterschiedlichen Grautönen. Der Radiologe aus dem Krankenhaus war bereits informiert und würde in wenigen Minuten erneut dazukommen, um die Ergebnisse mit ihnen zu besprechen. Es war nicht so, dass sie nicht dazu in der Lage war, die Informationen zu erkennen oder zu deuten, es galt jedoch immer das Vier-Augen-Prinzip, denn nur so war es möglich, alles für ein Gerichtsverfahren hieb- und stichfest zu belegen. Deshalb benötigte sie auch nach Beendigung einer jeden Obduktion einen Kollegen, der ihren Bericht prüfte und bestätigte.

Nach rund fünfzehn Minuten kam das Gerät zum Stillstand, und das Bild baute sich auf dem Bildschirm auf, sie traten näher, und ihre erste Einschätzung bestätigte sich.

»Verheerender Schaden im Gehirn und keine Austrittswunde, wir haben es bestimmt mit demselben Kaliber zu tun und können von einem Täter ausgehen, der für beide Morde verantwortlich ist.«

»Kann es nicht doch möglich sein, dass der Kerl hier erst den Piloten gerichtet hat und dann sich selbst?«, hakte Hyeronimos nach.

»Ich schließe es noch nicht komplett aus«, gab sie ihm recht, während sie auf die Bilder schaute.

»Noch eine Kugel, die Matsch aus dem Gehirn gezaubert hat.« Der Radiologe platzierte sich neben ihr, zeigte auf die knöcherne Verletzung durch den Einschuss und zuckte entschuldigend mit den Schultern. Sie fachsimpelten einen Augenblick und stellten dann fest, dass der Mann ein Pankreaskarzinom hatte.

»Ui, der wäre auch ohne das Loch im Kopf bald über den Jordan gegangen«, unkte der Radiologe.

Er hatte immer einen besonders lockeren Ton drauf, was Penelope im Regelfall gut gefiel. Er kam rasch zur Sache, war ein echter Fachmann und hatte Humor. Ein Mensch ganz nach ihrem Geschmack. Manchmal nahm er die Toten jedoch nicht ernst genug, was sicher daran lag, dass er bei den Lebenden zu viele grausame Diagnosen kommunizieren musste.

Vielleicht war der Tote ja doch Mörder und zugleich Selbstmörder?

55. Kapitel

Stelios Mentakis starrte aus dem Fenster seines Büros, doch er sah nichts. Er fühlte sich leer, und das machte ihm Angst. Ob es sich so anfühlte, wenn Galavakis einen Anfall hatte? Hatte er gerade etwas dergleichen? Sollte er mit seinem Mitarbeiter reden, sich interessiert erkundigen, wie er sich fühlte, wenn ihn der Dreizehnte heimsuchte, und dabei seine wahre Absicht verschleiern? Er war sich bewusst, dass sich in den letzten Monaten etwas in ihm verändert hatte. Vor allem seit Ariakis' Tod im vergangenen Jahr. Es war, als wäre danach etwas bei ihm aus der Rille gesprungen, so, wie die Nadel bei einem Plattenspieler über einen Sprung stolperte und nicht mehr dazu in der Lage war, ihren Weg ungestört fortzusetzen. Er konnte das nicht zulassen, musste etwas tun, wusste aber nicht, was. Anfangs hatte er gedacht, ein Glas Wein am Abend würde ihm helfen, zur Ruhe zu kommen, denn obwohl er sich irgendwie geschafft fühlte, konnte er doch nicht ruhig werden und schlief auch nicht mehr erholsam. Ein Glas hatte nichts gebracht, also war ein zweites dazugekommen, und an manchen Abenden war daraus eine Flasche geworden. Er hatte kein Problem mit dem Alkohol, es war nur so, dass die kalte Leere sich dann irgendwann verflüchtigte und er im Anschluss tatsächlich in einen tiefen und traumlosen Schlaf fiel. Er wachte zwar nicht erfrischt auf, aber zumindest nicht mehr vollkommen kaputt. Er konnte jederzeit mit dem Trinken aufhören und schadete damit ja auch niemandem, denn er saß allein zu Hause auf seinem Balkon, an kalten Abenden in mehrere Decken gewickelt und an warmen in kurzer Hose und T-Shirt. Er fing mit niemandem Streit an, sagte keine bösen Dinge zu irgendwem. Er saß einfach nur da und trank seinen Rotwein, bis die Last, die ihn niederdrücken wollte, Stück für Stück weniger zu werden schien.

Er hatte schon ein paarmal darüber nachgedacht, mit Penelope zu reden, offen zu ihr zu sein, doch dann war sie weggeflogen, und er hatte den Gedanken beiseitegeschoben. Wahrscheinlich wäre es auch unprofessionell, ihre Beziehung so zu belasten. Doch er war sich nach wie vor sicher, dass sie ihn verstehen würde. Er war einer von den Guten, doch anscheinend hatte er sich irgendwo unterwegs zwischen all den Morden, dem politischen Ränkeschmieden, dem Repräsentieren und dem endgültigen Zerbrechen seiner Ehe verloren. Er wollte sich wiederfinden, er *musste* sich wiederfinden. Er konnte den besorgten Blick in Marias Augen sehen, und auch Hyeronimos schaute ihn mittlerweile häufig so an, als würde er wissen, wie es um ihn stand.

Stelios schloss die Augen, drückte sich die Fingerknöchel gegen die Schläfen und zwang sich aufzustehen. Er durfte nicht hier sitzen bleiben und sich von der lähmenden Dunkelheit einsaugen lassen, er musste dafür sorgen, dass dieses Drama, das da auf sie zurollte, im Rahmen bleiben würde, und hatte keine Ahnung, wie das vonstattengehen sollte, falls Penelope und Hyeronimos mit ihrer These recht behielten. Sich mit der Mafia anzulegen war immer lebensgefährlich, und zudem hatte er noch Dimitris Stefanakis im Nacken, was ihm zusätzlich Kopfschmerzen bereitete, denn sollte der hochrangige Politiker etwas mit der organisierten Kriminalität zu tun haben, saßen sie auf einem Minenfeld und würden über kurz oder lang alle hochgehen. Es würde bei diesem Kampf mengenweise Kollateralschäden geben, denn es gab nichts zu gewinnen.

Er hatte seinen Job einmal geliebt, doch aktuell empfand er ihn als Last. Als etwas, was ihm mit eisigem Atem die Energie aussaugte und ihn zu Boden drückte. Es fühlte sich oft an, als säße jemand auf seinem Rücken und drückte ihm das Knie zwischen die Schulterblätter. Der Druck, der so auch auf die Lunge ausgeübt wurde, machte das Atmen schwer. Das hatte er oft genug bei Ausbildungssequenzen erlebt, denn zu seiner Zeit hatten sie die Techniken aneinander ausprobiert, die sie dann mit Verdächtigen im echten Leben umzusetzen hatten. Adrenalin war bei den Übungen auch mit im Spiel gewesen, und so manches Mal waren sie über das Ziel hinausgeschossen, und es hatte wehgetan. So fühlte es sich nun seit Wochen an – beinahe jeden Tag. Er war gefangen in seiner ganz eigenen Hölle.

Doch wenn er zum Polizeipsychologen ging, war er sich sicher, dass dieser ihn aus dem Verkehr zog, damit er sich erholen konnte, um wieder stark und belastbar zu sein. Doch unter den aktuellen Gegebenheiten war es unmöglich, sich krankschreiben zu lassen und für Wochen, vielleicht sogar Monate auszufallen. Er wurde hier gebraucht, musste für sein Team da sein und sich vor allem der Öffentlichkeit stellen. Das war sein Job.

56. Kapitel

Dorea erstarrte kurz, als sie die Tür öffnete und sah, wer dort stand. Sie hatte erst nicht öffnen wollen, denn obwohl sie sich so viel Mühe gab, sah ihre Behausung immer ein wenig unaufgeräumt aus. Sie hatte zwar Überwürfe genäht und bunte Sitzkissen, sodass die teilweise sehr alten Möbel in neuem Glanz erstrahlten, aber Manolis schien sie immer genau dann zu brauchen, wenn sie gerade dabei war, aufzuräumen oder zu putzen. So war es auch heute gewesen, und überall lag Zeug herum. Irini war nach der Schule nicht nach Hause gekommen, angeblich lernte sie mit einer Freundin. Dorea glaubte das nicht, hatte aber auch keine Kraft, es zu hinterfragen oder gar dagegen anzugehen.

Das Mädchen vor der Tür hatte rot verweinte Augen, und ihr Blick war so voller Verzweiflung, dass sie nicht anders konnte, als es hereinzubitten.

»Selena, was machst du hier? Komm doch herein!«

Das Mädchen trat ein und blieb unschlüssig in dem kleinen Eingangsbereich stehen.

»Hier entlang!« Dorea wies mit der Hand in Richtung Küche. »Setz dich doch. Möchtest du ein Glas Limonade?«

Selena nickte leicht, ließ sich auf einen der weiß getünchten Holzstühle fallen und begann, an ihren Fingernägeln zu knibbeln. Dorea goss dem Mädchen ein großes Glas kalter Zitronenlimonade ein und stellte es vor Selena auf den Tisch. Dann schnitt sie ein Stück von dem Rührkuchen ab, den sie gestern gebacken hatte, und schob es zu ihr hinüber.

Erwartungsvoll schaute sie das Mädchen an, es musste zehn oder elf sein, wenn sie sich richtig erinnerte.

»Schickt dich deine Mutter?«, wollte sie wissen und versuchte, ihre Verwunderung zu verbergen.

Sie waren früher, bevor das Unglück ihr Leben zerstört hatte, Freundinnen gewesen und hatten sich oft an den Wochenenden zum Grillen getroffen, die drei Männer mit einer Bierflasche in der Hand, Fisch und Fleisch wendend, und die Frauen am Tisch, plaudernd oder auf dem Boden mit den Kindern spielend. Anfangs waren es nur die beiden Mädchen gewesen, und dann war der kleine Iraklis dazugekommen. Es waren unbeschwerte Zeiten gewesen. Nach dem Unglück war davon nichts mehr übrig geblieben, und jede von ihnen hatte mit ihren eigenen Schwierigkeiten zu kämpfen. Sie war definitiv am schlimmsten dran, keine Frage, doch das war gerade nicht das Thema.

»Nein«, sagte Selena so leise, dass Dorea sie kaum verstand, »sie weiß nicht, dass ich hier bin. Ich ... ich ...«

Das Mädchen fing plötzlich lautlos an zu weinen. Tränen flossen wie Sturzbäche aus den dunklen Augen, die denen ihres Vaters so sehr glichen. Sie hatte Aristidis gemocht. Er war der ruhigste und zurückhaltendste der drei Freunde gewesen, und man hatte sich gut mit ihm unterhalten können, denn er hatte stets den Eindruck vermittelt, an seinem Gegenüber interessiert zu sein.

»Was ist passiert, Selena?«

»Meine Mutter«, stammelte das Kind, und Dorea spürte, wie ihr ein kalter Schauer den Rücken hinunterlief, »ich glaube, sie wollte sich umbringen ... glaube ich.«

Warum kam das Mädchen damit zu ihr? Sie hatte genug Drama in ihrem eigenen Leben und wahrlich keine Kraft für die Tragödien anderer Leute. Doch dort saß ein Kind, zu jung für all das, was das Leben ihm schon abverlangt hatte und gerade abzuverlangen schien. Sie konnte dennoch nicht anders. »Warum kommst du damit zu mir?« Sie wusste, dass es ablehnender klang, als es gemeint war, und versuchte, diesen Eindruck etwas abzuschwächen. »Ich bin gewiss niemandem eine Hilfe.«

»Ich weiß nicht, wer außer dir und ganz vielleicht noch Gaia das verstehen kann«, sagte die Kleine nun verständiger, als es gut für ihr Alter war. »Alle anderen denken doch, Mama soll endlich aufhören, traurig zu sein, denn sie hat doch schließlich uns Kinder«, sie schluckte schwer, »und Papa ist eben tot. Das lässt sich nicht ändern.«

»Was erwartest du von mir, Selena?«

»Ich ... ich weiß nicht.« Kleinlaut senkte sie den Blick. »Vielleicht könntest du einfach mal wieder zu uns kommen, so wie früher, und mit ihr in der Küche sitzen und reden, und Irini und ich spielen was zusammen.«

Dorea starrte das Kind an, ohne es zu sehen. Sie hatten aufgehört, Zeit miteinander zu verbringen. Sie waren in ihrer eigenen Trauer gefangen und hatten versucht, ihr Leben irgendwie auf die Reihe zu bekommen. Anfangs war Elara noch zu ihr gekommen, damals als Manolis genauso verschwunden gewesen war wie Vangelis. Doch dann war er aufgetaucht, im wahrsten Sinne des Wortes, und danach war die andere Frau weggeblieben.

»Wie stellst du dir das nach all den Jahren vor? Ich rufe an oder stehe einfach vor der Tür, und deine Mama wird dann plötzlich wieder fröhlich?« Sie hasste es, wie verbittert sie klang.

»Nein«, flüsterte Selena, »aber vielleicht würde es ihr guttun, mit jemandem zu reden, dem sie vertraut und der sie kennt und versteht. Du verstehst sie doch, oder?«

Dorea musste nicken. Sie verstand die Sehnsucht in Elara, alles hinter sich zu lassen und einfach nur ihren Frieden zu finden. Sie verstand es sogar zu gut. Einen Augenblick lang schoss ihr sogar durch den Kopf, dass sie die Frau für diesen Schritt bewundern würde, denn es wäre ... mutig.

Als könnte das Kind Gedanken lesen, sagte es mit geradem Blick: »Es ist feige, vom Balkon zu springen und mich mit Iraklis und Alexia allein zu lassen!«

Manolis gab im Wohnzimmer Geräusche von sich, und Dorea wollte aufspringen, um nach ihm zu schauen, doch dann besann sie sich. Er saß in seinem Sessel, konnte allein nicht aufstehen und würde schon nichts anstellen. Seine Lieblingssendung lief im Fernseher, und vielleicht bezogen sich die Töne, die er machte, ganz einfach darauf.

»Ich kann es versuchen«, hörte sie sich zu ihrem eigenen Erstaunen sagen, »aber ich glaube nicht, dass Irini mitkommen wird, werde sie aber fragen. Soll ich einfach morgen kommen, die Nachbarin achtet dann auf Manolis. Ich kann aber nur eine Stunde, länger möchte ich ihr das nicht zumuten.«

Ein winziges Lächeln zuckte durch die tränennassen Augen des Kindes, und Dorea nahm besorgt die Hoffnung wahr, die sich ebenfalls dort abzeichnete. Wie lange hatte sie Elara nicht mehr gesehen? Also so richtig. Nicht beim Einkaufen im Supermarkt mit einem kurzen belanglosen Wortwechsel, sondern so, dass sie beide sich in die Augen geblickt hatten, um zu sehen, dass sich der eigene Schmerz darin spiegelte? Sie wusste es nicht, vielleicht gar nicht mehr seit Oktober 2014. So viele Jahre waren vergangen, so viel Leid hatten sie ertragen.

»Danke«, sagte da eine zarte Stimme.

Sie spürte plötzlich Selenas kleine Hand auf ihrem Arm, hatte gar nicht mitbekommen, dass das Mädchen aufgestanden war, so sehr war sie in ihre Gedanken versunken gewesen.

»Versprich dir nicht zu viel davon«, sagte sie rau und verdeutlichte damit, dass nicht jede Idee von Erfolg gekrönt war und die Realität bitter blieb.

»Ich finde schon raus.« Selena winkte ihr unbeholfen zu, und dann klappte die Eingangstür zu.

Was für ein sonderbarer Besuch. Manolis' Brummen wurde lauter, und Dorea sprang nun doch von ihrem Stuhl auf, vielleicht musste er zur Toilette. Morgen würde sie alldem hier entfliehen. Zwar nur für eine Stunde, aber immerhin. Vielleicht würde auch ihr ein Gespräch mit einer Freundin guttun.

Hoffnung war etwas Furchtbares. Sie hatte gesehen, wo es endete: Sie hatte so sehr gehofft, ihren Mann lebend zurückzubekommen, und diese Hoffnung hatte sich erfüllt!

57. Kapitel

Hyeronimos saß an seinem Schreibtisch. Er hatte das Fenster geöffnet, um die laue Sommerluft hereinzulassen. Er las den vorläufigen Bericht der Kriminaltechniker. Er war nach der zweiten Obduktion, die Kugel war zu einem sehr hohen Prozentsatz aus derselben Waffe abgefeuert worden wie bei dem Piloten, noch kurz zu der Halle gefahren, in der der Helikopter untersucht wurde. Die Jungs hatten mehrere gut verborgene Fächer im Boden und in der Rückenlehne der hinteren Sitzreihe gefunden. Alles sprach für Transporte illegaler Gegenstände: Drogen, Waffen oder was auch immer.

»Im Bodenfach wäre auch Platz für einen kleinen Menschen gewesen«, hatte einer der Techniker mit zusammengekniffenen Augenbrauen gesagt, »wir versuchen, Spuren zu finden, aber das Wasser ist nicht unser Freund.«

»Was ist mit dem Drogenhund?«, hatte Hyeronimos gefragt und in Richtung des Hundes geschaut, der zusammengerollt auf dem Boden lag.

»Er hat sich uneindeutig verhalten«, hatte ihm der Hundeführer erklärt, »wenn alles ausgebaut ist, darf er noch mal ran, und dann sehen wir weiter.«

Dem Bericht entnahm er nun, dass der Hund am Rücksitz angeschlagen hatte, also waren irgendwann einmal Drogen in dem Heli gewesen, was seine Vermutungen nur bestätigte.

Es klopfte, und sein Kollege Christos streckte den Kopf zur Tür herein: »Galavaki, können wir kurz reden?«

Hyeronimos nahm den normalen Umgangston erstaunt zur Kenntnis. Er konnte sich nicht bewusst daran erinnern, dass Christos nur ein einziges Mal aggressionsfrei mit ihm gesprochen hatte, und winkte ihn herein.

»Ja, natürlich«, sagte er vorsichtig und wies auf den Stuhl vor seinem Schreibtisch.

Papadakis zögerte einen Augenblick, seine Aura flammte rot auf, und Hyeronimos wappnete sich innerlich gegen einen Angriff. Doch dann nahm der Mann mit dem karierten Hemd Platz. Sein lockiges Haar war kurz geschnitten, und er war mittlerweile komplett grau.

»Was kann ich für dich tun, Christo?«, fragte Hyeronimos in bewusst neutralem Ton, denn er hatte Stelios' Androhung keineswegs vergessen und war bereit, einiges zu tun, um nicht mit dem Kollegen und einem Mediator irgendwo zusammengepfercht zu hocken.

»Ich mache mir Sorgen um Stelios«, platzte es nun aus Christos heraus, und Hyeronimos glaubte, ganz kurz zu sehen, dass Papadakis' Aura grüne Schlieren bekam. Er war ein Familienmensch, und Hyeronimos wusste, wie stolz der Mann auf seine Kinder, Enkel und Frau war. Gewiss schloss dieses Verhalten auch den geschätzten Chef und einige Kollegen ein. Natürlich ... ihn nicht. Das war klar, aber er wusste eben auch, dass Christos gute Seiten hatte.

»Das geht mir ebenso«, gab er ihm recht und empfand einen kurzen Augenblick so etwas wie Zugehörigkeit, denn plötzlich gab es etwas, das sie einte.

»Da ist irgendwas in seinem Blick«, sprach Christos weiter, »ich kann es nicht genau fassen.«

»So, als wäre er gar nicht hier«, vollendete Hyeronimos die Beobachtung verständig, »als würden seine Gedanken vor dem Alltag fliehen.«

Er konnte sehen, dass Christos mit sich kämpfte. Der Mann sah aus, als wollte er einen Frosch aus seiner Kehle würgen. »Fühlt es sich so an?«, stieß er hervor.

Hyeronimos war sich nicht sicher, ob er die Frage beantworten wollte. Schließlich saß dort Christos vor ihm, der Mann, der seit Jahren jede Situation nutzte, um ihm Steine in den Weg zu legen. Was, wenn er sich ihm gegenüber nun öffnete und der Widersacher morgen oder zu einem anderen Zeitpunkt das Gesagte gegen ihn verwenden würde? Konnte er ihm trauen, oder war es besser, weiterhin vorsichtig zu sein? Er räusperte sich ein wenig und entzog sich der Frage, indem er auf die Beobachtungen einging. »Er macht den Eindruck, als wäre sein Körper hier, sehr müde zwar, aber hier, während sein Inneres irgendwie verschlossen ist. Der Gesamteindruck wirkt niedergeschlagen und desillusioniert.«

»Müssen wir das melden?«, fragte Papadakis, und Hyeronimos biss sich auf die Innenseite seiner linken Wange.

Das hatte er schon seit Jahren nicht mehr getan, doch er musste es tun, um sich zu beherrschen, um nicht laut aufzuschreien. *Das* war also der Grund für die plötzliche Zugewandtheit und Freundlichkeit des Mannes. Er wollte Stelios Mentakis in die Pfanne hauen. Rechnete er etwa damit, als Interimschef eingesetzt zu werden, sollte Stelios ausfallen?

Die Enttäuschung verankerte ihn für einen Augenblick im Hier und Jetzt. Er musste bedächtig reagieren, denn er konnte es nicht zulassen, dass Christos auch Stelios Schaden zufügte. Denn ihm fügte er bei jeder Möglichkeit Schaden zu, hatte ihn sogar schon mit der Faust traktiert und unterminierte seine Ermittlungsarbeiten, wann immer es möglich war.

»Ich denke, es ist gerade in der aktuellen Situation sehr gut, wenn wir alle an einem Strang ziehen, denn immerhin könnte es sein, dass wir es mit der Mafia zu tun haben«, lenkte Hyeronimos das Gespräch in eine andere Richtung, denn er würde sich gewiss niemals mit Christos Papadakis gegen Stelios verbünden. Doch ihm wurde bewusst, dass er etwas tun musste, um Stelios zu helfen.

»Gibt es dafür schon handfeste Beweise?«, wollte der Mann wissen.

»Wir sind im Kontakt mit den Experten, um eine Tätowierung zuzuordnen und die Identität der Toten zu klären. Erst dann können wir definitiv von Beweisen sprechen«, erklärte Hyeronimos und versuchte, so gelassen wie möglich zu klingen. Er wollte, dass Christos sein Büro verließ, und zwar hurtig. Er war für einen kurzen Moment geneigt gewesen, an das Gute im Menschen zu glauben und damit auch an das Gute in Papadakis. Doch da war nichts Gutes. Er war nicht nur ein echtes Kameradenschwein, sondern auch ein Judas, der am Stuhl seines Chefs sägte.

»Noch mal wegen Stelios«, begann der kleinkarierte Kerl erneut, als es klopfte. Auf Hyeronimos »Ja« hin betrat ein Mann im dunklen Anzug den Raum.

»Kapetan Galavaki?« Sein Blick glitt fragend zwischen den beiden Männern hin und her, und da er die offizielle Statusbezeichnung benutzte, hatte Hyeronimos rasch ein ungutes Gefühl.

»Ja«, sagte er erneut und schaute auffordernd in Christos' Richtung, und das Wunder geschah. Der Kollege stand auf, nickte dem neuen Besucher kurz zu und sagte: »Bis später, Hyeronimo!«

Hyeronimos nickte knapp, erhob sich, blieb aber hinter seinem Schreibtisch stehen. Er wollte nicht grundsätzlich unhöflich sein, doch es war ihm wichtig, seine Position zu verdeutlichen, und der Schreibtisch stellte dabei eine natürliche Barriere dar.

Nachdem Christos das Büro verlassen hatte, fragte er: »Mit wem habe ich das Vergnügen?« Er hatte aber schon eine Vorahnung.

»Ich bin Costas Xylouris«, sagte der Mann schlicht und kam näher, »vom EYP.«

Hyeronimos sah sich bestätigt, denn der Kerl hatte schon von Weitem nach Nachrichtendienst gerochen. »Was kann ich für Sie tun?«

»Darf ich mich setzen?«, fragte Xylouris, und Hyeronimos war einen Augenblick versucht, Nein zu sagen, nur um zu sehen, was dann passierte, doch er nickte nur, blieb aber selbst stehen.

»Wie ich höre, ermitteln Sie im Fall des gesunkenen Helikopters, und wir haben da eventuell etwas, was für Sie von Interesse sein könnte!«

Hyeronimos horchte auf, doch er wusste auch, dass man vom Nationalen Nachrichtendienst nichts geschenkt bekam. Er schaute den Besucher auffordernd an: »Wie lauten die Bedingungen?«

»Kapetan Galavaki ... Bedingungen ... das klingt sehr harsch und abweisend. Sagen wir viel eher: Eine Hand wäscht die andere.« Xylouris' Stimme klang süffisant, und Hyeronimos wünschte sich plötzlich an einen anderen Ort.

»Ich möchte dieses Gespräch gern in Gegenwart von Major Mentakis und meinem Mitarbeiter Inspektor Zentakis fortführen«, verlangte er.

»Ich möchte dieses Gespräch unter vier Augen mit Ihnen führen, und mein Chef hat dies bereits mit Ihrem abgeklärt.« Der Mann erklärte dies nun mit ruhiger Stimme und ohne Unterton.

Hyeronimos nahm sich Zeit, ihn genauer zu betrachten, achtete auf die Aura, die sich ihm langsam zeigte und überraschend viel Gelb beinhaltete. Diese Gattung betrachtete er mit besonderer Vorsicht. Die starke Neugier und Abenteuerlust, gepaart mit dem Drang, Entwicklungen voranzutreiben, wenn nötig – und hier kam nun auch jede Menge Rot mit ins Spiel –, mit dem starkem Autonomiebestreben, Regeln ganz nach dem eigenen Gusto zu gestalten oder flexibel zu dehnen. Er setzte sich, denn er hatte es nicht nötig, sich auf diese Art zu behaupten, lehnte sich zurück und wartete ab.

»Ich mache den Anfang und bin ganz offen zu Ihnen.« Xylouris lächelte leicht und beugte sich ein wenig vor. »Wir haben eine Kommunikation, nun, sagen wir einmal, eingefangen, die vielleicht etwas mit Ihrem Hubschrauber zu tun haben könnte. Wenn wir dieses hilfreiche Wissen mit Ihnen teilen, erhoffen wir uns«, er betonte das Wort *erhoffen* ganz besonders, als hätte Hyeronimos tatsächlich eine Wahl, »dass Sie mit uns kooperieren und uns an Ihren Ergebnisschritten teilhaben lassen.«

Der Nachrichtendienst war nicht ermittelnd tätig und benötigte die Polizei für diese Fußarbeit. Die Zusammenarbeit gestaltete sich jedoch nur selten kooperativ, denn der Geheimdienst behielt seine Geheimnisse im Regelfall für sich und war dafür bekannt, seine ganz eigenen Regeln zu generieren. Prinzipiell hatte Hyeronimos keine Wahl, er musste, rein die hierarchischen Strukturen betreffend, mit diesem Mann zusammenarbeiten. Doch die Erfahrung hatte ihn gelehrt, dass es für die Polizei dabei nichts zu gewinnen gab. Kerle wie Xylouris trugen im Regelfall Sorge dafür, dass sie gut dastanden, und gaben keinen Cent auf diejenigen, die ihnen zuarbeiteten. Man hörte sogar eher davon, dass Polizisten, die zu viel mitbekamen, geschasst wurden und am Ende noch nicht einmal mehr Strafzettel verteilen durften. Daher begegnete er Xylouris mit jeder Menge Misstrauen und Vorsicht. »Wir telefonieren hauptsächlich mit Handys«, sagte er nun und konnte sich den spöttischen Unterton nicht verkneifen, »da könnten Sie doch auch gewiss einiges *einfangen* ...!«

»Das entspricht nicht unserem Stil, wir kooperieren lieber.«

Hyeronimos musste sich heute zum zweiten Mal auf die Wangeninnenseite beißen, diesmal jedoch, um nicht laut aufzulachen. Der EYP hatte also Stil und hörte bei Behördentelefonaten weg, dabei war es noch gar nicht lange her, dass eine große Zeitung über den EYP getitelt hatte: *Bei der*

Drecksarbeit gehören wir zu den Besten. »Gut zu wissen«, sagte er und versuchte, unbewegt zu klingen.

»Wie klingt dieser Vorschlag für Sie?«, wollte der Agent nun wissen.

»Wenn ich ganz ehrlich bin, dann habe ich gerade keine Antwort auf diese Frage. Sie können sich gewiss vorstellen, dass wir zum aktuellen Zeitpunkt noch ganz am Anfang unserer Ermittlungen stehen und jeder Hinweis wichtig für uns ist. Jedoch interessiert mich die Informationstiefe, die Sie sich *erhoffen* ...«

Xylouris legte seine Hände auf Hyeronimos' Tisch, was er mit Argwohn betrachtete, denn er würde es nicht zulassen, dass der Mann etwas in Unordnung brachte und ihn damit aus der Spur warf. Denn das wäre gewiss das Ziel einer solchen Aktion. Der Nachrichtendienst wusste ganz sicher über ihn und seine Eigenheiten Bescheid. Er verabscheute diesen Gedanken und fühlte sich plötzlich nackt und verletzlich, doch das durfte er nicht zulassen und schon gar nicht zeigen. Er musste ruhig bleiben und durfte es Xylouris nicht so leicht ermöglichen, in seinen Kopf einzudringen. Er atmete bewusst und zählte innerlich in Dreierschritten von tausend rückwärts, um seine aufwallende Erregtheit zu bezähmen.

Xylouris ergriff einen von Hyeronimos' sorgfältig gespitzten Bleistiften und rollte ihn wie in Gedanken auf dem Schreibtisch hin und her, bis die Spitze brach. Hyeronimos spürte, wie ihm eine einzelne Schweißperle den Nacken hinunterlief, doch er zählte immer weiter. Er hatte seine Profession gelernt, war ein hervorragender Ermittler und hatte nicht ohne Grund eine hohe Aufklärungsquote. Er würde sich nicht so schnell zum Spielball machen lassen.

Das Zählen wirkte.

»Sind Sie jetzt fertig?«, fragte er den Mann auffordernd.

Xylouris legte den Kopf erwartungsvoll leicht schief. »Was meinen Sie damit, Herr Kommissar?«

»Lassen Sie uns mit den Spielchen aufhören und Tacheles reden!«, forderte Hyeronimos.

»Tun wir das denn nicht schon?«

»Selbstverständlich sind wir im Sinne der Ermittlungsarbeit an allen Informationen interessiert. Ganz besonders wichtig ist uns einerseits die Identität der Opfer und andererseits der Schutz unserer Zeugen.« Hyeronimos machte klar, dass er die Persönlichkeitsrechte von Menschen, die in den Fall involviert sein würden, so weit wie möglich wahren wollte. Leider hatte man zu viel über die Arbeit von Geheimdiensten gehört, die Menschen verschleppten, um Informationen zu bekommen. Das hatte man vor gar nicht allzu langer Zeit den Amerikanern vorgeworfen – im Konflikt mit Syrien –, und der Name der Insel Gavdos, die kurz vor Agia Galini im libyschen Meer lag, war dabei mehrfach gefallen. Menschen wurden verschleppt und zum Reden gebracht, und er musste von Anfang an verdeutlichen, dass er diese Praktiken auf gar keinen Fall dulden würde. Er wusste zwar nicht hundertprozentig, ob es wirklich wahr war, doch er wollte keinesfalls dazu beitragen, dass eine Geschichte dieser Art Realität werden konnte. Er würde nicht so schnell nachgeben und seine Werte so mir nichts, dir nichts verraten.

58. Kapitel

Sich zu entscheiden war niemals leicht, wenn man an einer bedeutungsvollen Weggabelung stand. Nicht immer hatte man genügend Zeit, sich vorzubereiten und alle Parameter zu prüfen, jedes Für und Wider abzuwägen, sondern musste den Sprung wagen: Jetzt oder nie!

Doch dies war nicht gleichbedeutend mit Zufriedenheit oder gar einem Erfolgsversprechen. Es konnte auch bedeuten, den Weg zu verlieren und in unendlicher Leere dahinzuvegetieren. Was bedeutete es zu leben? Wer konnte diese Frage beantworten? War es nur der rein körperliche Prozess: Atmung, Blutfluss, Verdauung? Oder bestand das Leben auch aus Beziehungen und allem, was damit im Zusammenhang stand? Zugehörigkeit entpuppte sich als ein Begriff mit vielen Facetten, denn wo er einst Sicherheit bedeutet hatte, konnte schnell Beklommenheit entstehen, und alles, was je dazu geführt hatte, in Ruhe schlafen zu können, war somit dahin. Vielleicht war es auch manchmal die komplett falsche Entscheidung, Teil dieser Welt zu bleiben.

Schon als Kind wurde man mit dem Gedanken geimpft, dass das Leben ein Geschenk Gottes sei, das man nicht vergeuden dürfe. Jeder Gedanke, es zu verschwenden, komme einer Freveltat gleich, sei eine Sünde, die ins Verderben führe. Doch wenn die Kraft zu existieren einzig aus genau jenem Streben gespeist wurde, aus der Dualität von leben wollen und persönlich gesteckte Ziele erreichen und dem unbändigen Wunsch, endlich tot zu sein, dann wurde jeder Tag zu einem Kampf, der jede innere Kraft mit sich nahm.

Da war die Aufgabe, die es zu erfüllen gab, und sie sollte an sich Antrieb genug sein. Doch die Beweggründe entpuppten sich immer mehr als Stachel im Fleisch, entzündeten sich, schmerzten bei jedem Atemzug und vergrößerten die Sehnsucht nach dem Tod sekündlich. Ja, das Leben aufzugeben war eine Sünde, doch es so zu leben, wie man es nie gewollt hatte, jemand zu sein, der man niemals hatte sein wollen, das war das viel größere Sakrileg. Es gab nicht genügend Ikonen, die man küssen konnte, um wieder rein zu sein und frei. Die Stunden, Minuten und Sekunden eines jeden Tages waren nicht ausreichend, um genügend Kreuze zu schlagen, und so blieb nur, mit alldem weiterzumachen, bis der Moment erreicht war. Der Punkt, an dem sich alles fügte, die Zahnräder der Bestimmung ineinandergriffen und die Schicksalsfäden der Moiren endlich rissen. Jede Handlung war am Ende nur ein Puzzleteil im Gesamtbild der Weltgeschichte, und keine Schuld blieb ungesühnt. Auch nicht die, die man selbst auf sich geladen hatte.

Also hatte man sich in das zu fügen, wohin die Schnüre einen führten, an deren Gängelband man sich bewegte. Egal, wie grausam sich die Geschichte entwickelte, es gab kein Entkommen. Niemals.

59. Kapitel

Dimitris überlegte, den Anruf erst gar nicht anzunehmen, doch tat er dies, würde sein Sohn gewiss nicht zögern, die Fähre zu besteigen oder in das nächste Flugzeug zu springen, um ihm vor Ort die Ehre zu erweisen. Mit ungekämmtem Haar und zerrissenen Jeans würde er die Aufmerksamkeit in den Fluren des Ministeriums auf sich ziehen, und alle würden hinter vorgehaltener Hand über den missratenen Stefanakis-Spross lästern und natürlich über ihn: den versagenden Vater.

»Was willst du?«, schnauzte er ohne jede Begrüßung.

»Wie schön, dass du dich so über meinen Anruf freust.« Konstantinos klang überraschend fröhlich trotz dieses Gesprächseinstiegs.

»Das beantwortet meine Frage nicht!«

»Ich möchte mich mit dir über meine Zukunft unterhalten.«

»Deine Zukunft als Drogenkonsument und Dealer?« Dimitris lachte bitter auf.

»Das ist deine Interpretation meines Lebenszwecks«, erklärte sein Sohn weiterhin vollkommen freundlich, »ich jedoch plane die Zukunft meiner Familie.«

»Deiner *was?«* Dimitris verschluckte sich vor Aufregung und hoffte, falsch gehört zu haben. »Wen hast du geschwängert? Eine drogenabhängige Nutte?«

»Wenn ich Vater werde, dann mit einer Frau, die ich respektiere, und mit all meiner Liebe für mein Kind. Doch so weit bin ich noch nicht. Ich möchte mir mit meiner Freundin eine stabile finanzielle Perspektive schaffen, und dazu brauche ich ein entsprechendes Startkapital.«

Natürlich ging es bei Konstantinos immer nur um Geld. »Deine Freundin? Wer soll das sein, du hast nie von ihr erzählt«?«

»Vater, seit wann reden wir über Dinge, die mich bewegen und mich ausmachen? Du willst von mir nichts dergleichen erfahren und bist froh, wenn ich schnell wieder aus deinem Sichtfeld verschwunden bin.«

»Jetzt soll ich also die Drogen für dich und dein Flittchen finanzieren?«

»Sprich nicht so über die Frau, die ich liebe. Sie hat es nicht verdient, so von dir tituliert zu werden.«

Dimitris konnte nun die Empörung in der Stimme seines Sohnes hören, die er so gut von ihm und auch seiner Ex-Frau kannte. Der Tonfall ließ ihn innerlich zusammenzucken, und ein saurer Geschmack stieg ihm aus dem Magen in die Speiseröhre. Gott, wie er all das hasste!

»Was muss ich tun, um dich ein für alle Mal loszuwerden?«, fauchte er.

»Ich bin dein Sohn, dein Fleisch und Blut, und du wirst mich nicht los, denn so gern ich mich auch von dir lossagen möchte, es geht nicht, denn unsere Gene verbinden uns«, belehrte ihn der Kerl nun sogar noch.

»Du weißt, was ich meine: Wie viel muss ich dir zahlen, damit ich nie wieder etwas von dir höre?«

»Hunderttausend«, verlangte der unverschämte Lümmel, und Dimitris brach in ein geckerndes Lachen aus. Er brauchte einen Moment, bis er sich wieder beruhigt hatte. »Was bildest du dir eigentlich ein, Konstantino?«

»Nichts, Vater. Du hast gefragt, ich habe geantwortet!«

»Warum sollte ich dir eine so große Summe geben? Was willst du kaufen? Dein eigenes Meth-Labor?«

»Melina und ich wollen eine Stand-up-Paddling-Schule eröffnen. Aber das interessiert dich gewiss nicht, denn du weißt ja besser, wer ich bin und was ich kann.«

Dimitris konnte jetzt Verbitterung in der Stimme seines Sohnes hören. Er kannte seinen Sohn wirklich nicht, damit hatte er recht. Doch alles, was er von ihm wusste, war enttäuschend und über alle Maßen peinlich.

»Was für eine lächerliche Idee! Und für die benötigst du so viel Geld? Warum sollte ausgerechnet ich es dir erneut geben? Du bettelst ständig vor meiner Tür.«

»Du hast genügend Geld, und ich bin dein Erbe. Schon vergessen? Ich bekomme das Geld also sowieso irgendwann. Vielleicht nippelst du ja auch schneller ab, als du denkst ...!«

»Drohst du mir etwa gerade? Bist du so tief gesunken mit dieser Melina an deiner Seite, dass du deinen Vater töten willst?«

»Ich würde niemals auf eine solche Idee kommen!« Die Empörung in der Stimme des jungen Mannes klang zu Dimitris' Überraschung echt. »Aber andere könnten danach trachten ...«

Dimitris fühlte einen sonderbaren Emotionsmix in sich aufsteigen. Er war wütend und voller Ablehnung, und gleichzeitig keimte etwas in ihm auf, das sich wie Unsicherheit anfühlte. Was meinte sein Sohn damit? In seiner Position hatte man Feinde, keine Frage, aber wie konnte der Bengel auf Kreta wissen, mit wem sein Vater zu kämpfen hatte. Er bluffte doch nur, wollte ihn aus der Reserve locken, um herauszufinden, wie er seinen Vater melken konnte, um sein nutzloses Parasitenleben weiterzuführen.

»Du solltest jetzt besser auflegen, bevor ich dir die Polizei auf den Hals hetze. Ich lasse mich von niemandem bedrohen und schon mal gar nicht von meinem Sohn.« Diese letzten Worte spuckte er beinahe aus.

»Du solltest mir besser zuhören«, sagte Konstantinos eindringlich.

60. Kapitel

Penelope hatte ihren Bericht zu den Obduktionen bereits abgeschlossen. Es hatte keine weiteren außergewöhnlichen Erkenntnisse gegeben. Beide Männer waren mit derselben kleinkalibrigen Waffe erschossen worden, die 6,35 mm Browning hatte sich bestätigt. Beide waren tot gewesen, bevor die Maschine gesunken war, und die Kugeln gehörten zur Spezies der Weichkernmunition. Der Passagier hatte, wie der Radiologe es sofort auf dem CT gesehen hatte, ein Pankreaskarzinom im fortgeschrittenen Stadium gehabt. Jedoch wies nichts darauf hin, dass die Krebserkrankung behandelt worden war. Es gab keine OP-Narben und keine Rückstände einer eventuellen Chemotherapie.

Ob er es überhaupt gewusst hatte?

Sie hatte sich nun daran gemacht, die Einschusswinkel zu überprüfen, ob also der Passagier verantwortlich für das Geschehen dort draußen sein konnte. Durch die immense Zerstörung, die die Kugel im Gehirn angerichtet hatte, war nicht eindeutig zu erkennen, welchen Weg sie genommen hatte. Die Munition war klug gewählt, um verschiedene Szenarien denkbar zu machen. Niemand hatte eine dritte Person gesehen, und die Fingerabdrücke, die die Techniker hatten sicherstellen können, waren vielfältig. Inklusive vorhandener Teilabdrücke waren mehr als zehn unterschiedliche Menschen in dem Helikopter gewesen. Also irgendwann einmal. Sie hatten die Abdrücke bereits an Zacharis weitergeleitet, und Penelope hoffte auf Treffer in der Datenbank, wobei es ein banges Hoffen war, denn wenn das Verbrechen wirklich etwas mit der Mafia zu tun hatte, waren sie alle in Gefahr. Doch wenn sie ehrlich zu sich selbst war, gab es kaum andere Erklärungen. Recht konstruiert klang der Gedanke, dass es sich eventuell um einen Flug gehandelt hatte, der aus anderen Gründen nicht gemeldet worden war: eine hochrangige Person aus dem Militär vielleicht, die ihre Absichten nicht offen zeigen durfte? Das klang selbst in ihren Ohren zu sehr nach Agententhriller. Wobei die Situation, genauer betrachtet, insgesamt durchaus etwas von einem Actionfilm hatte.

Sollte eine dritte Person an Bord gewesen sein, wo war sie dann abgeblieben? Schwamm man mal so eben zwanzig Kilometer zurück an Land oder auch nur zehn zu einer der nahe gelegenen Inseln Dragonada, Gianysada oder Paximadaki. Und wenn man dort ankam, wie bewegte man sich ungesehen voran? Spann sie den Agentenfilm in ihrem Kopf weiter, dann gab es dort einen geheimen Unterschlupf, in dem ein schnelles Boot wartete, mit dem der Täter oder vielleicht auch eine Täterin das Weite suchte. Mit einer solchen Konstruktion sollte sie wahrscheinlich etwas zurückhaltend sein, wobei auch die Einmischung von Dimitris Stefanakis durchaus zu diesem Setting passen könnte. Der Minister tummelte sich im Bereich internationaler Zusammenarbeit, und da kamen einem rasch Gedanken zu einem militärischen Kontext. Sie schüttelte den Kopf, um sich selbst wieder zurück zu dem zu bringen, was wesentlich realistischer war: ein Mafiamord, den sie vermutlich niemals aufklären würden, denn ohne Beweise – wie zum Beispiel die Waffe – wurde es schwer.

Wo war die eigentlich? Wenn es keine dritte Person gegeben hatte, musste sie noch irgendwo dort draußen sein. Suchten die Taucher noch danach, oder war das Wasser rund um die Fundstelle zu tief? Zwei erschossene Opfer rechtfertigten doch gewiss die Suche mit allen technisch verfügbaren Mitteln. Doch auch hier spürte sie den Zweifel in sich, denn wer würde das Geld dafür freigeben, wenn sich herausstellte, dass die organisierte Kriminalität involviert war? Schnell würden alle in ihre Büros zurückrennen und die Türen schließen. Sie griff zum Telefon, um sich mit Hyeronimos über ihr Gedankenchaos auszutauschen, denn so fühlte es sich an. In ihrem Kopf herrschte ein wüstes Durcheinander, und das war nie gut, denn dann neigte sie dazu, das Offensichtliche zu übersehen.

»Penelope, gut, dass du anrufst«, hörte sie seine Stimme, die außerordentlich angespannt klang.

»Was ist los mit dir?«, hakte sie nach.

»Ich bin nicht allein. Ich habe Besuch von einem ...« Er machte eine Pause. »... Mitarbeiter vom EYP, und eigentlich möchte Herr Xylouris gerade gehen.«

Sie hörte den Mann im Hintergrund trocken lachen und fragte: »Möchte *er* das wirklich, oder möchtest du das?«

»Wahrscheinlich eher Letzteres«, gab er zu und sagte dann zu ihrem Erstaunen: »Dr. Demostaki unterstützt mich bei meinen Ermittlungen, daher kann sie getrost unser Gespräch mithören, denn so oder so werde ich es ihr berichten.«

Penelope verbiss sich einen Kommentar und wartete interessiert, was kommen würde, denn wenn der Nachrichtendienst nun schon bei Hyeronimos saß, war das Eisen noch heißer, als sie gerade gedacht hatte.

»Ich halte das für keine gute Idee«, sagte der Agent nun auch prompt.

Gerade eben hatte sie eine Agentenstory noch komplett verworfen, und plötzlich rückten alle ihre actionreichen Gedanken wieder in greifbare Nähe. Sie war gespannt und blieb ruhig. Hyeronimos würde das schon regeln. Sie war sehr froh, dass sie ihren Informationsstand sofort an Zacharis Zentakis weitergegeben hatte, denn der war gewiss schon auf den Spuren der Insassen des Hubschraubers, so sie denn welche hinterlassen hatten. Sie tippte eine Nachricht an Hyeronimos' Assistenten, bevor die EYP oder eine andere Organisation ihnen die Hinweise entreißen würde oder ihnen gar die gesamte Ermittlung wegnahm. Hyeronimos musste vorsichtig sein, oder wollte er etwa genau diese Entwicklung, um sich von dem Moloch der Clans in den Bergen zu befreien, ehe er einen Fuß in deren Territorium setzen musste?

»Wie Sie wünschen«, sagte Hyeronimos mit einer Stimme, die vor Kälte klirrte, »dann ist dieses Gespräch für mich jedoch beendet.«

Überraschenderweise gab der Agent nach: »In Ordnung, sie kann mithören.«

Penelope griff zu ihrem Stift, um alles, was nötig war, zu notieren. Oft legten diese Typen den Fokus auf bestimmte Trigger, um ihr Gegenüber zu verunsichern und dann zu bekommen, was sie wollten. Sie würde auf genau diese Zwischentöne achten und ihren Freund dabei unterstützen, nicht in diese Falle zu tappen.

61. Kapitel

Melina war erstaunt über die Entwicklung des Gesprächs zwischen Vater und Sohn. Konstantinos war bei ihr so ruhig und liebevoll, doch nun im Kontakt mit seinem Vater zeigte er Durchsetzungsvermögen und ließ sich nicht so leicht abschütteln. Das gefiel ihr. Er hatte wirklich alles, was einen Mann für sie ausmachte. Die vergangene Nacht hatten sie zusammen verbracht. Sie hatten lange am Strand gelegen, waren noch einmal mit dem Stand-up raus, hatten wahnsinnig viel gelacht und sich so schnell aneinander gewöhnt, dass es einem märchenhaften Zauber glich. Sie hatten sich noch eine Portion Feta tiganita einverleibt, und der frittierte Käse war knusprig lecker gewesen. Ein einfaches Gericht, das es in jeder Taverne gab, aber eben auch köstlich. Das etwas innovativere Restaurant hatte ein Chutney dazu gereicht, das nach Rosenblüten schmeckte, und sie war vollkommen entzückt davon gewesen. Konstantinos hatte ihr den Inhaber noch vorgestellt und gesagt: »Mano, das ist meine Freundin Melina, und wir werden heiraten!«

Sie hatte sich an seinem Arm festgehalten, denn ihr war wirklich schwindelig geworden bei dieser Aussage. Er meinte es wahrhaftig ernst. Was für eine verrückte Entwicklung! Jeder würde sie für irrsinnig halten, nach zwei Tagen solche Entscheidungen zu treffen. Doch es war eben so. Sie waren füreinander geschaffen, und wenn Gott Menschen füreinander schuf, dann gab es keine vorgeschriebene Zeit, an die man sich halten musste. Sie hörten einfach auf ihr Herz, und nur darauf kam es an. Das Wunder war, dass Konstantinos genauso für sie empfand und nicht die beschmutzte Sexarbeiterin in ihr sah. Obwohl das in den letzten Monaten ihr Leben gewesen war, mit dem sie sich einigermaßen arrangiert hatte, verspürte sie keinerlei Interesse mehr, dahin zurückzukehren. Nie wieder würde sie das tun, und mit dem Geld, das ihr Freund von seinem Vater bekommen würde – und sie war sich vollkommen sicher, dass er es bekommen würde –, wäre ihre gemeinsame Zukunft ein Kinderspiel.

Sie war es gewesen, die Konstantinos das überzeugendste Argument geliefert hatte. Nach dem Essen waren sie noch ein wenig an der Promenade entlanggeschlendert, und er hatte sie in einen der vielen Schmuckläden gezerrt und der netten Verkäuferin berichtet, dass er Verlobungsringe benötige. Tränen der Freude waren aus ihren Augen gerollt, als sie sich die einfachen silbernen Ringe gegenseitig über den Finger gestreift hatten – atemlos und ineinander versunken. Den Weg zu seiner Wohnung hatten sie wie auf Wolken zurückgelegt. Das beeindruckende Haus hatte sich vor dem Panorama der Stadt abgezeichnet, war jedoch unbeleuchtet gewesen.

»Meine Mutter ist unterwegs und besucht Freunde und wahrscheinlich auch meinen Bruder«, hatte Konstantinos erklärt und sie an seiner Hand durch das Tor gezogen. Auch seine Mutter musste reich sein, denn der gepflegte Garten mit Pool und schicken Möbeln zeugte von Geld. Er hatte ihr nicht das komplette Haus gezeigt, sondern erst einmal nur seine Räume, und sie waren ebenso geschmackvoll eingerichtet gewesen, ein wenig unordentlich zwar, aber trotzdem einladend.

Sie hatte gezögert, als er sie bat zu bleiben. »Ich habe noch nicht einmal eine Zahnbürste dabei, das ist mir unangenehm.«

Er hatte eine Schranktür geöffnet, einige Handtücher und eine noch original verpackte Zahnbürste herausgeholt und sie ihr hingehalten wie ein Präsent. Dabei hatte er so liebevoll gelächelt, dass sie nicht Nein hatte sagen können. Also war sie geblieben.

Sie hatten nicht geschlafen, auch nicht miteinander. Sie hatten eng umschlungen im Bett gelegen, nicht mehr gewusst, wo der eine Körper begann und der andere endete, und sie hatten geredet, ohne ein Blatt vor den Mund zu nehmen. Sie hatte kurz gezögert, als er sie gefragt hatte, wie sie die Zeit mit all den Männern empfunden hatte und wie genau die Treffen abgelaufen waren. Er hatte ehrlich interessiert geklungen, und nichts hatte sich nach sexueller Sensationsgier oder gar verurteilend angehört. Also war es ihr leichtgefallen zu antworten: »Nach dem ersten Mal habe ich die ganze Nacht und auch noch den gesamten nächsten Tag geweint und überlegt, Essen aus Mülltonnen zu holen oder doch wieder nach Hause zu gehen. Doch meine Mitbewohnerin hat mir versichert, dass es besser werden würde. Sie hatte recht. Ich habe gelernt, es zu ertragen.«

Er hatte sie federleicht gestreichelt und gesagt: »Ich hoffe, dir hat niemand wehgetan.«

»Nein. Ich hatte bestimmt Glück, denn ich weiß von anderen Mädchen, denen es anders ergangen ist. Vielleicht lag es daran, dass ich an dieser Bar sitzen durfte und das Publikum dort nicht darauf aus war, eine von uns zu verprügeln. Sie wollten nur Spaß haben, und es gab auch Männer, bei denen der Sex zweitrangig war.«

»Wie meinst du das?«

»Sie wollten reden, hielten mich vielleicht für dumm, weil ich für Geld sexuell verfügbar war und keiner vernünftigen Arbeit nachging«, erklärte sie, »und dachten deshalb, dass ich das alles sowieso nicht verstehen, mir keine Zusammenhänge erschließen könne und ähnlich wie eine Psychologin an irgendein Schweigegelübde gebunden sei. Das haben sie dann meist durch ein paar Extrascheine bekräftigt: *Das behältst du aber für dich!«*

»Doch du bist sehr klug und hast genau verstanden, worum es geht«, hatte er in ihr Haar gemurmelt.

»Vielleicht fügen sich Dinge auch erst später zusammen, oder manches habe ich tatsächlich nicht verstanden und als wirres Geschwätz abgetan. Sachen, die Angeber eben im Bett erzählen, um uns Frauen zu beeindrucken.«

Dann waren sie einfach nur eine Zeit lang dagelegen.

»Eine Sache geht mir jedoch nicht mehr aus dem Kopf.« Sie hatte auf einmal gespürt, dass diese Gedanken wichtig sein könnten. »Hast du die Nachrichten von dem Hubschrauber gesehen, der ins Meer gestürzt ist? Eine Touristin hat da etwas erzählt, was sie draußen vor der Küste von Sitia gesehen hat.«

Er hatte träge genickt: »Mmh.«

»Ein Einheimischer hat mir auch mal etwas von einem Hubschrauber erzählt, der geheime Sachen durch die Gegend fliege. Ich habe ihn dir gegenüber schon kurz erwähnt, er prahlte immer damit, dass er so etwas wie ein Geheimagent sei und deshalb genau Bescheid wisse über all das. Eigentlich über alles, was auf der Insel im Verborgenen geschieht.«

Konstantinos' Kopf war hochgeruckt: »Glaubst du, das hängt zusammen?«

»Das weiß ich nicht, aber irgendwie geht es mir gerade durch den Kopf und fügt sich mit der Erzählung dieser Frau zusammen.«

Er hatte sich langsam aufgesetzt und sich dabei sehr vorsichtig von ihr gelöst, dann war sein Griff zum Handy gegangen, und schnell hatte er den Bericht der Frau gefunden, der sich nicht nur in den sozialen Medien verbreitet hatte, sondern auch von verschiedenen Zeitungen und Fernsehsendern erwähnt worden war. Sie hatten sich den Film angesehen, und er hatte einige Einträge über die Bergung des Hubschraubers, den Transport auf dem Bergungsschiff nach

Irakleio und verschiedenste Mutmaßungen über die Insassen und den Hintergrund des Absturzes gefunden.

»Was hat er dir denn noch alles erzählt?«, hatte er dann wissen wollen, das Handy wieder auf den Nachttisch gelegt und sie erneut an sich gezogen.

Es war wunderbar gewesen, einmal kein Sexobjekt zu sein, sondern einfach nur ein Mensch, der die Nähe eines anderen Menschen genoss. Träge hatte sie sich gerekelt und dann ihre Beine mit seinen verhakt.

»Er ist ein Angeber, und es war ihm sehr wichtig, von mir bewundert zu werden. Das war ihm wichtiger als ... als der Akt. Ich erinnere mich noch daran, dass er großspurig erzählt hat, er würde jeden einflussreichen Strippenzieher in den Bergen kennen, und was diese Leute nicht wüssten – und das hat er mehrfach betont und dabei gekichert –, er und andere mächtige Leute würden auch an deren Strippen ziehen.« Sie hatte sich geschüttelt bei dem Gedanken an das hämische Lachen des an sich unscheinbaren Mannes, der ihr ein wenig unheimlich gewesen war.

»Und wenn er zwar etwas dick aufgetragen hat, aber trotzdem was Wahres dran ist?«, hatte Konstantinos sinniert.

»Du könntest deinen Vater fragen!«, war ihr die Idee gekommen, und plötzlich war er wie elektrisiert gewesen.

»Vielleicht weiß er wirklich etwas damit anzufangen, und irgendwas an dem, was der Mann erzählt hat, kann dazu beitragen, herauszufinden, was mit dem Helikopter passiert ist. Das ist bestimmt interessant für meinen Vater.«

Sie hatten beide geschwiegen und nachgedacht.

»Er sollte nicht erfahren, woher ich es weiß.« Ihre Stimme hatte so piepsig geklungen, dass sie sich selbst dafür gern geohrfeigt hätte, denn sie kannte Dimitris Stefanakis nicht, und daher sollte ihr seine Meinung nicht wichtig sein.

»Weißt du, wo wir diesen *Agenten* finden können?«, hatte Konstantinos gefragt, und sie hatte ihm wahrheitsgemäß geantwortet, dass der Mann sie an der Bar *gefunden* habe.

»Vielleicht sollten wir es ins Auge fassen, dass er dich erneut *finden* kann. Dann können wir ihn zur Rede stellen, denn wenn seine Informationen einen Funken Wahrheitsgehalt haben, wäre das etwas, was wir in vielerlei Hinsicht benutzen könnten.«

»Du meinst, i...ich soll ...?« Ihre Worte waren ihr vor Schreck im Hals stecken geblieben. War es das, was er mit ihr vorhatte? Sie auf diese Art zu benutzen?

Es war, als hätte er erneut ihre Gedanken gelesen. »Ich werde gewiss nicht zulassen, dass er dich noch einmal anfasst. Wir reden erst mit meinem Vater, und wenn ich das Gefühl habe, dass da was ist, dann versuchen wir, den Kerl zu finden, und sprechen mit ihm. Mehr nicht.« «

So war die Idee geboren worden, bei seinem Vater nachzubohren, inwieweit dieser solche Informationen benötigte und was sie dafür von ihm verlangen konnten.

62. Kapitel

Elara schämte sich für ihren Wunsch, keinen Kummer mehr zu empfinden, und für ihren Egoismus. Das tat eine gute Mutter einfach nicht. Eine gute Mutter stellte alles zurück, was sie selbst betraf, und handelte nur zum Wohle ihrer Familie. Und doch war es ihr auch heute schwergefallen, normal zu agieren: nach dem Aufstehen die Zähne zu putzen oder sich die Haare zu kämmen.

Als es klingelte, ging sie zur Tür – in der Erwartung, einen Freund von Iraklis dort stehen zu sehen. Sie drückte sich vor Erstaunen die Hand auf den Mund, als sie sah, wer dort wirklich wartete, und strich sich dann rasch die Kleider glatt, ohne sich wirklich bewusst zu sein, was sie heute früh angezogen hatte. Dorea und Gaia standen mit einem Abstand zueinander, den sonst nur Fremde einhielten, vor ihrer Eingangstür.

»Hallo«, sagte sie, und ihre Stimme brach bereits bröckelnd bei diesem einen Wort. Sollte sie die beiden hereinbitten oder einfach die Tür wieder schließen? Warum waren sie hier? Sie hatten sich so lange nicht mehr privat getroffen, waren sich vielleicht einmal im Supermarkt oder vor der Schule begegnet. Sie hatten einander gemieden, als könnte das den Schmerz minimieren, den sie alle erlitten hatten.

Wie immer war es die resolute Gaia, die aktiv wurde. »Du lässt uns schon rein, oder?«, fragte sie mehr rhetorisch und drängte sich bereits an Elara vorbei in den Flur.

Dorea legte ihr sanft eine Hand auf die Wange, sagte jedoch nichts und trat ebenfalls ein.

Die Besucherinnen kannten den Weg. Sie waren oft genug hier gewesen und mussten nicht fragen. Sie hatte nichts umgeräumt oder großartig verändert. Sogar die Kaffeetassen standen noch am selben Ort. Als sie selbst in der Küche ankam, fiel ihr auf, dass ihr sonst so gepflegter Haushalt einen unordentlichen Eindruck machte. Doch ihr fehlte einfach die Kraft, konsequent in einer Ecke anzufangen und dann alles nach und nach auf Vordermann zu bringen.

»Ich …«, begann sie, räusperte sich und startete erneut, »was macht ihr hier?«

Die beiden Frauen warfen sich einen Blick zu, und Elara wurde plötzlich ganz flau im Magen. Sie wussten es. Sie sackte auf einem der wackeligen Küchenstühle zusammen und verbarg ihr Gesicht in den Händen. Es war so still in der Küche, dass sie für einen kurzen Augenblick das Gefühl hatte, ihrer aller Herzen schlagen zu hören.

Wieder war es Gaia, die als Erste das Wort ergriff: »Es ist wohl an der Zeit, dass wir uns endlich wieder umeinander kümmern!«

»Warum *jetzt?«,* stieß Elara hervor, obwohl sie die Antwort schon kannte.

Gaia hob fragend eine Augenbraue, und Dorea, die bisher geschwiegen hatte, ergriff nun das Wort.

»Wir haben alle unsere Last zu tragen …« Sie warf Gaia einen kurzen Blick zu, als wollte sie damit feststellen, dass deren Last nicht so schwer war. »… und früher haben wir uns bei allem unterstützt. Wir sollten das auch jetzt wieder tun. Wir können nichts an dem ändern, was geschehen ist, und nichts bringt uns unser früheres Leben zurück, aber wir drei sollten doch Verständnis füreinander haben, egal, wie unterschiedlich uns das Schicksal getroffen hat.«

Elara nickte stumm, denn sie wusste nicht, was sie dazu sagen sollte. Ja, jede von ihnen hatte auf ihre Art nach dem Unfall zu kämpfen gehabt, doch keine hatte einen ersten

Schritt gemacht, und ganz sicher hatte Gaia es am leichtesten gehabt.

»Ich weiß, was du denkst«, ergriff diese nun auch das Wort und glättete mit beiden Händen fahrig die Tischdecke, »aber es ist schlimm, im Ungewissen zu leben. Mein Mann ist einfach weg und …« Sie stockte und sprach nicht weiter.

»Zumindest musst du keine finanziellen Ängste ausstehen«, warf Dorea nun ein, und ihre Stimme klang bitter.

Elara schaute zu ihr und nahm zum ersten Mal bewusst wahr, wie mager und verhärmt ihre frühere Freundin aussah, und ihre Kleidung wirkte einfallslos und … billig. Früher hatte sie sich modisch gekleidet, und es wäre ihr gewiss gelungen, selbst aus einer Gardine eine Abendrobe zu schneidern.

Gaia ging nicht auf den Vorwurf ein und flüsterte dann: »Ich konnte nie Abschied nehmen. Ich bin keine Witwe. Ich bin einfach nichts, und mir ist von Vangelis nichts geblieben.«

Elara konnte die versteckte Anschuldigung darin hören. Sie hatte Kinder, Dorea auch. Wobei bei Dorea alles etwas anders lag, denn Manolis war schließlich noch da.

»Ich weiß wirklich nicht, warum wir ausgerechnet jetzt anfangen sollten zu reden. Das ist mir zu viel. Ich … ich habe dafür einfach keine Kraft«, stöhnte Elara und spürte, wie sich Tränen hinter ihren Augen sammelten und ein knotiger Kloß ihre Kehle zu verschließen begann.

»Ich habe die beiden gebeten herzukommen«, klang plötzlich Selenas helle Stimme durch den Raum, »und ich bin sehr froh, dass sie gekommen sind. Weil ich nämlich sehr viel Angst habe.« Das Mädchen trat näher. »Meine Geschwister und ich brauchen unsere Mama.« Die Frauen waren nun anscheinend alle erstarrt und schwiegen bewegungslos. »Was ist denn los mit euch? Wenn ich Kummer habe, gehe ich zu meiner Freundin, und Anna-Maria nimmt mich dann in den Arm, und wir reden so lange, bis es mir besser geht.«

Selena zeigte deutlich ihr Unverständnis, und obwohl Elara in ihrem Kokon aus Verlust und Überlastung gefangen war, spürte sie doch einen Hauch von Stolz. Dieses mutige Mädchen war ihr Kind. Vielleicht hatte sie recht, Freundinnen waren genau dafür da: Sie gaben einander Halt, liebten einen so, wie man war, und stützten einen in schweren Zeiten. Doch konnte man jemanden stützen, wenn man selbst schwach war? Vielleicht würden sie es gemeinsam schaffen, einander eine Stütze zu sein und sich gegenseitig wieder aufzurichten.

»Einen Versuch ist es wert«, sagte sie und sah das Erstaunen in den Augen der Frauen, die einst ihre engsten Vertrauten gewesen waren.

Selena schmiegte sich spontan an sie und sagte: »Danke, Mama!«

Konnte es tatsächlich sein, dass in all der zerstörerischen Dunkelheit ein winziges Licht die Macht hatte, den Raum zu erhellen?

63. Kapitel

Zacharis hatte die Nachrichten, die ihm Dr. Demostaki gesendet hatte, mit absoluter Priorität behandelt. Er hatte schon am Tag zuvor ein Telefonat mit der Direktion für kriminologische Ermittlungen geführt und war auf grundsätzliche Kooperation gestoßen. Der Kollege am Telefon war gesprächig gewesen und hatte sich nicht an Zacharis' kurzen Fragen und Antworten gestört. Er war richtig ins Plaudern gekommen und hatte dabei verdeutlicht, dass man bei der DEE den Schrecken nur zu gut kannte, mit dem man es zu tun hatte, und es daher sogar Ermittler gab, die unter falschem Namen arbeiteten. Nicht etwa, weil sie als verdeckte Ermittler eingeschleust wurden, sondern weil sie sich und ihre Familien schützen mussten.

»Das ist ein Minenfeld, auf dem wir uns da bewegen, und jedem hier ist das klar. Ich hoffe, Herr Zentaki, das ist Ihnen und Ihrer Abteilung ebenfalls bewusst?!«

Zacharis hatte es bejaht, denn ihm war die Tragweite vollkommen klar, und das ungute Gefühl, das er bereits gehabt hatte, hatte sich nur noch mehr verstärkt.

Nun griff er erneut zum Hörer, sammelte sich konzentriert und wählte die Nummer des Kollegen vom Vortag.

»Ja! Kaptakis!«, meldete der sich wieder überraschend schnell.

Zacharis strengte sich an, nannte seinen Namen und bat um Amtshilfe: »Ich sch'cke ihnen die Fing'rabdrücke der Tot'n …«

»... und die Bilder, und ich überprüfe sofort, ob wir etwas über die beiden in unserer Datenbank haben. Das ist unsere Aufgabe, und da unterstützen wir die Polizei selbstverständlich gern«, riss Kaptakis das Wort an sich, und Zacharis nickte nur, wohl wissend, dass der andere ihn nicht sehen konnte.

»Wenn Sie es sofort mailen, Zachari – ich darf doch Zachari sagen, oder? –, dann schaue ich parallel, und Sie können sogar dranbleiben und haben ganz schnell eine Antwort oder eben auch keine.« Kaptakis lachte, und Zacharis glaubte sogar zu hören, wie er sich dabei auf die Schenkel klopfte.

»M'ch ich«, antwortete er und mailte ihm die Abdrücke und die Bilder an eine sichere Adresse. Auch das hatte Kaptakis mehrfach betont: »Wir sind IT-mäßig gut aufgestellt, und das ermöglicht uns, auf kurzen Wegen zu kommunizieren.«

Zacharis war froh, dass es so einfach ging, und gleichzeitig zerrte das Telefonat mit dem gesprächigen Kerl an seinen Nerven. Er hörte das Klackern der Tastatur, und Kaptakis redete unaufhörlich weiter.

»Ha!«, brüllte der Kollege plötzlich. »Unter den Teilabdrücken ist einer, der achtzig Prozent Übereinstimmung mit dem Abdruck eines der albanischen Schergen, die sich um Michalis Serpantakis scharen, aufweist.«

Zacharis vernahm den Namen Serpantakis, und das ziehende Gefühl in seinem Magen wurde stärker.

»Ah, okay, und wahrscheinlich auch noch einer. Wir haben die Albaner vor allem wegen kleinerer Verstöße auf dem Schirm, wissen aber genau, was sie wirklich treiben. Das sind harte und gewissenlose Kerle, also genau richtig für eine Privatarmee«, erklärte Kaptakis.

»Ein Sumpf«, sagte Zacharis düster.

»Eher eine Kloake«, warf der Kollege ein, »die Gesichtserkennungssoftware arbeitet noch, das kann etwas dauern, aber aktuell habe ich noch keine Übereinstimmung. Das will aber nichts heißen. Ich habe noch nicht alle Möglichkeiten ausgereizt, und wenn sie eventuell einflussreiche, große Nummern sind, dann kann es auch sein, dass wir nichts Greifbares haben.«

Zacharis seufzte. Natürlich konnte es möglich sein, dass auch andere Passagiere oder Piloten den Helikopter benutzt hatten und er kein Mafiatransporter war, aber die Wahrscheinlichkeit war doch eher gering, und wenn es wichtige Drahtzieher gab, die im Dunklen agierten, wurde alles nur noch komplizierter.

»Das kann noch dauern, Zachari. Wahrscheinlich ist es besser, ich melde mich bei Ihnen, wenn ich durch bin, und ich sage auf jeden Fall Bescheid, also egal, ob ich einen Treffer lande und versenke ...« Wieder lachte der Mann heftig über seinen eigenen Witz. »... oder ob ich ergebnislos bleibe. In Ordnung?«

»In Ordn'g«, bestätigte Zacharis, dem gar nicht zum Lachen zumute war. Vielleicht sollte die DEE den Fall ganz übernehmen oder gleich der EYP. Dr. Demostaki hatte ihm in der Nachricht erklärt, warum sie plötzlich so zur Eile drängte, denn sein Vorgesetzter hatte gerade einen dieser Agenten am Hals und mit denen wollte man nicht gern gemeinsam Honig schlecken.

Er legte nach einer kurzen Verabschiedung auf, stützte den Kopf auf die Hände und versuchte, sich zu sortieren. Er konnte Penelope kaum Ergebnisse bieten. Das war frustrierend, aber er hatte eine Abteilung eingeschaltet, die sich nicht vom Nachrichtendienst aus dem Spiel drängen lassen würde. Er zückte sein Handy und sendete der Pathologin den Stand der Dinge, inklusive der zwei albanischen Namen, die ihm Kaptakis in der Sekunde gemailt hatte. Er druckte die Unterlagen aus und verstaute sie in einer Mappe, die er sofort in seiner Aktentasche verschwinden ließ. Sie mussten sich überlegen, wie und wo sie ihre Informationen sammeln konnten, ohne dass ihnen der Nachrichtendienst auf die Schliche kam. Er war verwundert über sich selbst. Sich an Regeln zu halten war Teil seiner Persönlichkeit und ungeheuer wichtig für ihn, doch je mehr er als gleichwertiger Ermittler, obwohl er das laut seiner Position als Inspektor eigentlich gar nicht war, eingebunden wurde, desto leichter fiel es ihm, diesen geraden Pfad zu verlassen und Umwege einzuplanen. Er war ein Kind der Insel, dieses Verhalten war grundsätzlich nichts Neues für ihn, doch es entsprach eben nicht seiner Art.

Er schob die Aktentasche unter den Schreibtisch und faltete für einen kurzen Augenblick seine Hände, um sich zu sammeln. Dann plingte eine neue E-Mail von Kaptakis auf: Er war noch einmal fündig geworden. Zacharis überlegte kurz, ob er sich einen Arzttermin holen musste, um prophylaktisch etwas gegen das drohende Magengeschwür zu tun, als er die erste Zeile der Nachricht las. Seiner Freundin würde er verheimlichen müssen, wie brisant der aktuelle Fall wirklich war, denn sonst würde sie ihn in der Wohnung einsperren, um ihn vor dem zu schützen, was die Ermittlungen aufwühlen würden. Wenn man schnellen Schrittes durch eine Pfütze lief, wurde sie aufgewirbelt und trüb durch all das, was sich am Boden abgesetzt hatte, und manchmal traten sogar schaurige Dinge zutage. So würde es auch hier sein.

Er dachte darüber nach, ob es besser wäre, sich auf simple, ungefährliche Aktenarbeit zu fokussieren und die Recherche anderen zu überlassen. Doch dann siegte seine Loyalität zu Hyeronimos, Penelope und Stelios Mentakis. Seufzend öffnete er die E-Mail.

64. Kapitel

Dimitris beendete das Gespräch ohne Gruß. Sein Sohn hatte ihn einerseits in eine Ecke gedrängt und ihm andererseits ein spannendes Angebot unterbreitet. Vielleicht war es dumm von ihm gewesen nachzugeben, oder war es gar kein Nachgeben gewesen, sondern vielmehr ein Wenden der Gesamtsituation zu seinen Gunsten? Bei Konstantinos waren Hopfen und Malz verloren, denn er war nicht nur ein Junkie, sondern ganz offensichtlich auch geistig unterbelichtet. Anders konnte er es sich nicht erklären, dass da urplötzlich ein Mädchen an seiner Seite war, die sich als seine *Traumfrau* herausgestellt hatte. Er war sich sicher, dass es sich bei der jungen Frau ebenfalls um eine Drogenabhängige handelte, und höchstwahrscheinlich finanzierte sie – wie alle Junkies ohne reichen Vater – ihren Konsum mit dem Einsatz ihres eigenen Körpers als Zahlungsmittel.

Was dachte der Junge sich dabei, ihn um eine solch horrende Summe zu bitten, um den Grundstein für seine und ihre Zukunft zu legen. Hielt er seinen Vater wirklich für so beschränkt? So musste es sein. Doch dann hatte sich das Blatt gewendet. Er hatte sich nicht anmerken lassen, wie interessant der Hinweis auf gewisses Insiderwissen war, und gelangweilt getan: »Was, denkst du, soll diese Information mit mir machen? Meine Geldbörse öffnen? Für solch eine Lächerlichkeit?«

Dabei hatte sie ihn elektrisiert: Konnte er an Hinweise aus erster Hand kommen und der Polizei auch weiterhin einen Schritt voraus sein? Er spielte all diese Spiele schon sehr lange und wusste, welche Karte man wann ziehen musste, um geschickt zu bluffen und am Ende den Gewinn einzusacken.

»Ganz sicher weiß der Mann noch viel mehr«, hatte Konstantinos dann auch sofort geprahlt und war seiner Taktik auf den Leim gegangen. Dummer Junge!

Dimitris hatte Galavakis auf den Fall angesetzt, um auf der sicheren Seite zu sein, egal, was geschehen würde. Er konnte seine Hände in Unschuld waschen, denn er hatte für alle Welt offensichtlich umsichtig gehandelt. Nun hatte er den nächsten Trumpf in der Hand: Sein Sohn und das kleine Flittchen würden ihn mit Zusatzwissen ausstatten. Er hatte eine fette Möhre vor ihre Nase gehängt, und die beiden Dummköpfe würden gewiss lospreschen. Wenn man sich Drogen kaufte, war man kriminell und fiel in kriminellen Kreisen auch nicht auf. Das war gewiss ein nicht zu unterschätzender Vorteil.

»Zweihunderttausend Euro, wenn du mir die Namen der Hintermänner bringst und was tatsächlich passiert ist – und vor allem will ich danach nie mehr etwas von dir hören. Ist das klar?!«

Sein Sohn hatte geschwiegen, sodass er beinahe schon geglaubt hatte, der Junge habe aufgelegt. Doch dann hatte er sich geräuspert: »Bekommst du diese Namen nicht billiger von der Polizei?«

»Verbrecher reden wohl eher mit Verbrechern, und sollte die Polizei schneller sein als ihr – dann Pustekuchen!«, hatte er seine Position deutlich gemacht und etwas Druck aufgebaut. Schließlich wollte er einen Vorteil durch diese Aktion bekommen, und am Ende würde Konstantinos sowieso mindestens diese Summe bekommen, denn er konnte ihn nicht komplett enterben. Er würde die Zahlung genau so vermerken lassen, als vorweggenommenes Erbe – und damit war er fein raus. Das hatte er dem Bürschchen, das sich für so clever hielt, selbstverständlich nicht auf die Nase gebunden. Er hatte die Geldgier in Konstantinos' Stimme gehört und gewusst, dass seine Taktik genau richtig war.

»Costas und Melina. So macht ihr euch auf die Suche. Halte deinen Nachnamen möglichst raus. Auch wenn Stefanakis nicht so selten auf der Insel ist, so solltest du doch Wert darauf legen, nicht sofort als mein Sohn erkannt zu werden. Das könnte dir eher schaden als guttun!«

Er hatte das Gefühl gehabt, dass den beiden die Scharade sogar gefiel. Wahrscheinlich kamen sie sich wie Bonnie & Clyde vor oder wie Sherlock Holmes und Dr. Watson: clever und genial. Dimitris musste lachen über so viel Naivität, wobei ihn gleichzeitig die Geldgier des Jungen abstieß. Das war unterm Strich alles, wofür er, der alte Sack, gut war. Auch für Iota war er immer nur ein Goldesel gewesen, kein Wunder also, dass die Ehe in die Brüche gegangen war.

Er stand auf und ging zum Fenster, stützte sich auf die Fensterbank und ließ seinen Blick über die Stadt gleiten. Athen war atemberaubend und zugleich ein Moloch. Er sehnte sich oft nach zu Hause, und doch wusste er, dass er nicht mehr zurückkehren würde. Die Stadt hatte ihn der Heimat entfremdet und gleichzeitig auch irgendwie heimatlos gemacht. Er hatte seine schicke Wohnung in einem angenehmen Viertel, der Weg zum Büro war zeitlich in Ordnung. Er wurde regelmäßig zu Empfängen und Partys geladen, sodass er nicht darüber klagen konnte, einsam zu sein, und doch vermisste er Kreta eben oft. Die Insel hatte einen besonderen Duft, und das Leben in den Dörfern war langsamer und beschaulicher als hier in der Großstadt.

Er erinnerte sich an seine jungen Jahre. Das Studium der Politikwissenschaften hatte er Anfang der 1980er-Jahre in Rethymno absolviert. Es war eine wunderbar unbeschwerte Zeit gewesen, und er hatte jeden Augenblick genossen. Iota hatte Sozialwissenschaften studiert, und sie waren sich auf dem Gallos Campus mehrfach über den Weg gelaufen. Die fröhliche junge Frau hatte ihm gefallen, und auf einer Jahrgangsparty hatte er sie dann endlich angesprochen. Es hatte einige Wochen gedauert, bis sie ein Paar geworden waren, und anfangs waren sie sehr glücklich gewesen. Er war langsam die Karriereleiter hochgestiegen, und Iota hatte an der Universität als wissenschaftliche Assistentin gearbeitet. Dann war Nicholas geboren, und sie waren nach Irakleio umgezogen, da er dort ein unschlagbares Angebot bekommen hatte und regelmäßig auf das Festland reisen musste. Irgendwie hatte sie sich dann immer mehr verändert, und er hatte sich oft gefragt, wie er sich so in einem Menschen hatte täuschen können. Als Konstantinos dann geboren wurde, waren sie einander schon so entfremdet gewesen, dass er es auch für möglich gehalten hatte, dass der Junge gar nicht sein Sohn war. Er hatte es überprüfen lassen, und 99,97 Prozent hatten ihn wohl oder übel überzeugt. Er hatte seine Pflichten als Vater so gut es ging erledigt, war jedoch immer öfter in Athen geblieben, auch weil man dort seine Fähigkeiten erkannt und ihn gefördert hatte.

Abrupt drehte er sich um, ging zum Schreibtisch und bat seine Assistentin um einen starken Kaffee. Er musste aufhören, sentimental zu sein. Das stand ihm nicht gut. Er hatte alles im Griff und würde dafür sorgen, dass er noch weiter aufsteigen konnte. Er sah seinen Namen schon auf der Präsidentenbüste stehen.

65. Kapitel

Hyeronimos hasste es, sich gängeln zu lassen, und der Tag hatte ihm nicht nur einen üblen Gesellen in sein Büro gespült, der ihm vorschreiben wollte, was er zu tun und zu lassen hatte, sondern auch noch einen Widersacher, der sich als komplett illoyal erwies. Nachdem er Penelope laut zugeschaltet hatte, war der EYP-Agent plötzlich wortkarger geworden und hatte sich so diplomatisch ausgedrückt, dass man im Nachgang gar nicht mehr hatte sagen können, was er denn nun wirklich gewollt hatte.

Er griff zum Telefon, da er keine Lust verspürte, Christos auf dem Flur zu begegnen, und bat Zacharis zu sich. Er musste zuerst wissen, wie weit sein Mitarbeiter mit den Recherchen war, dann würde er nach Agia Pelagia fahren, um zu schwimmen und nach seiner Yaya zu sehen, bevor er sich weiter um den ganzen Mist hier kümmerte. Er brauchte das Meer, brauchte das Wasser auf seiner Haut, brauchte den liebenden Blick seiner Großmutter und selbstverständlich auch ihre Kochkünste. Er brauchte Abstand zu alldem hier, um klar zu sehen.

Es klopfte, und Zacharis streckte vorsichtig seinen Kopf herein: »Ch'f?«

»Komm herein, Zachari«, bat er. Obwohl er gewiss nie einen Preis als beste Führungskraft einheimsen würde, so hatte sich ihr Miteinander in den letzten Monaten doch verbessert. Sicher war dies auch Penelope zu verdanken, die einfach ein gutes Händchen im Umgang mit Menschen hatte und ihm viel beibrachte. Sie hatte auch rasch einen Draht zu

Zacharis gefunden, nachdem klar geworden war, dass sie Hyeronimos öfter bei seinen Ermittlungen unterstützen würde. Zacharis schaute sie immer an, als wäre sie eine Tochter von Athene, der Göttin der Weisheit.

Der blasse Mann mit der sonderbaren Frisur schob sich durch die Tür, seine Aktentasche fest an sich gepresst, und sah so aus, als hätte er seit Tagen kein Sonnenlicht gesehen. Es war ein Rätsel für Hyeronimos, wie ein Kriti eine solche Hautfarbe haben und halten konnte: Zacharis' Teint war immer irgendwie grünlich-grau.

»Setz dich doch, Zachari.« Er zeigte auf den Stuhl vor seinem Schreibtisch, doch sein Mitarbeiter schüttelte den Kopf, stellte die Tasche dort ab, öffnete sie und zog einige Ausdrucke heraus, die er dann ordentlich an der Magnetwand gegenüber dem Schreibtisch befestigte.

Hyeronimos erhob sich und trat näher. »Was hast du da?«, wollte er wissen.

»Ich h'tte Kontakt m't der DEE«, begann der Mann, und Hyeronimos ließ ihm einfach Zeit, denn je mehr sich Zacharis unter Druck gesetzt fühlte, desto länger dauerte alles, und desto unverständlicher wurde sein Kauderwelsch.

Zacharis deutete auf die Ausdrucke und Bilder, und Hyeronimos las sich alles konzentriert durch, dachte einen Augenblick nach und deutete dann mit dem Finger auf ein Foto.

»Also ein albanischer Söldner, der für Michalis Serpantakis arbeitet ...«

Sein Mitarbeiter nickte bestätigend und deutete auf ein weiteres Bild. »Und n'ch einer.«

»Es ist bekannt, dass er eine Privatarmee beschäftigt, und ich war bisher sehr froh, dass wir um diese Clans herumgekommen sind. Doch jetzt scheinen wir in die Falle getappt zu sein ...«

Zentakis nickte und sah dabei aus, als würde er kurz vor seiner Hinrichtung stehen. Er zog ein weiteres Blatt aus seiner Tasche, klemmte es mit zwei Magneten fest, und Hyeronimos bekam ein mulmiges Gefühl, weil Zacharis sein Tun so zelebrierte.

»Wer ist das, Zachari?«

»K'ptakis von d'r DEE sagt: ›Ein Profi, d'r für v'rschiedene Regier'ngen arbeitet‹«, antwortete Zacharis unerwartet verständlich.

Im Raum entstand Stille, denn Hyeronimos musste die Information erst einmal verarbeiten. Sein Körper begann, nach Zucker zu brüllen, denn er spürte den Stress in seiner Magengegend.

»Haben wir einen Namen?«, wollte er wissen und fokussierte sich auf Fakten, um all die Mutmaßungen, die sein Kopf gerade zu produzieren begann, unter Kontrolle zu halten. Er hatte als Kind sehr gern Agentenfilme geschaut, und noch heute besuchte er freudig erregt das Kino, wenn ein neuer James-Bond-Film gezeigt wurde. Doch die Bösewichte waren oftmals so überzeichnet, dass man es eben auch einfach als Filmfantasie abtun konnte. In den Filmen mit Daniel Craig jedoch hatten die bösen Buben eine andere Ausrichtung bekommen, und sie schienen näher an der Realität zu sein. Trotzdem fiel es leichter, nicht daran zu glauben, dass diese Filme auch wirklich passiert sein könnten. Schon allein die Tatsache, dass die Bösewichte immer technisch auf dem neuesten Stand und hervorragend vernetzt waren, empfand man als Zuschauer als unglaubwürdig oder zumindest zweifelhaft. Deshalb fühlte man sich gut unterhalten, auch wenn vielleicht ein winziges ungutes Gefühl blieb. Frei nach dem Motto: Und was, wenn doch was dran ist?

Jetzt hatten sie es also mit jemandem zu tun, der auch eine Art Söldner zu sein schien, da er für unterschiedliche Auftraggeber arbeitete, nur sein Einsatzgebiet war ein anderes.

»Er hat viele Nam'n ...« Zacharis nahm einen Stift und begann, diese auf das Whiteboard zu schreiben. Seine Schrift war gerade und sah wie gezirkelt aus.

»Costas Papadopoulos, John Andrews, Juri Andropowitsch, Ari Helm«, las Hyeronimos vor.

»Nur ein'ge wenige«, erklärte ihm der blasse Mann.

»Was kauft oder verkauft er?«, wollte er wissen.

»Informationen«, Zacharis sprach so langsam und bedächtig, dass sich alles fast normal anhörte, »h'chbrisante Güter von besond'rem Wert wie z'm Beispiel Sch'ltpläne für Hyperschallwaff'n oder Slaughter Bots …!«

»Slaughter Bots?«, erkundigte sich Hyeronimos.

Zacharis zog einen weiteren Ausdruck hervor, und Hyeronimos las sich die Beschreibung der Drohnentechnik durch, die es möglich machte, dass kleinste Drohnen, als Waffen programmiert, zum Töten genutzt werden konnten.

»Was, um Gottes willen, tun wir hier?«, fragte er mehr sich selbst als seinen Mitarbeiter, doch dieser fühlte sich wohl genötigt zu antworten.

»W'r sitzen in d'r Falle … in ein'm Dr'ckloch, und wir werden versink'n! Unt'rgehen!« Zacharis klang aufgewühlt, und seine Mimik verzog sich theatralisch.

Hyeronimos wiegte den Kopf langsam hin und her, er wusste, dass der Mann nicht unrecht hatte. Das hier war eine Nummer zu groß für sie, und es wäre tatsächlich besser, wenn ihnen der Nachrichtendienst und die Direktion für kriminologische Ermittlungen den Fall abnehmen würden.

»Du weißt über den Besuch von Costas Xylouris von der EYP Bescheid?«, hakte er nach, und Zacharis nickte. »Penelope hat schnell geschaltet, sie hatte wohl Bedenken, dass uns dieser unangenehme Zeitgenosse einfach Dinge wegnimmt, die wir benötigen, um voranzukommen. Wobei ich gerade versucht bin, ihn anzurufen und ihm alles freiwillig zu übergeben.«

Sein Assistent lauschte stumm, die Arme hingen seitlich an seinem Körper herab, und er wirkte beinahe statuenhaft. Dann öffnete er den Mund: »Stelios?«

Hyeronimos schüttelte erneut den Kopf. »Er kann uns nicht helfen. Hier haben andere Kräfte entschieden, und wir haben keine Chance, auszuweichen oder uns zu entziehen. Ähnlich wie bei deinen Slaughter Bots«, und in Gedanken fügte er hinzu: *Und vielleicht genauso tödlich …!* »Hast du noch mehr?«, wollte er von Zacharis wissen.

Sein Assistent zog ein letztes Blatt aus der Mappe und befestigte es an der Wand. Es handelte sich um eine Liste mit Nationen – und Hyeronimos wollte mit keiner davon näher zu tun haben. Fragend blickte er seinen Assistenten an.

»Kaptakis sagt, die komm'n als Auftr'ggeb'r infr'ge.«

»Als Auftraggeber für den …? Wie nennt man so jemanden eigentlich? Sagt man da auch Söldner, oder was sagt man?«

Zacharis deutete auf einen fett hervorgehobenen Begriff: *Entrepreneur.*

»Entrepreneur? Was soll das in diesem Zusammenhang bedeuten?«

»Geschäftsmann«, sagte Zacharis vollkommen klar.

»Man kann wohl alles beschönigend formulieren«, erwiderte Hyeronimos freudlos.

Sie starrten die Wand an, und keiner von ihnen wusste, was er noch sagen konnte oder was sie nun machen sollten.

Hyeronimos drehte sich als Erster um: »Ich gehe jetzt schwimmen!«

Generalisiertes Krampfstadium

66. Kapitel

Die Tage hatten sich gezogen wie Kaugummi, und sie waren mit nichts von der Stelle gekommen. Er hatte darauf geachtet, jeden Tag ins Wasser zu gehen und sich den Dreck von der Seele zu waschen. Am Wochenende hatte er Agia Pelagia jedoch gemieden, es war ihm schon zu viel los am Strand. Das Wetter war herrlich, und die Menschen strömten aus der Stadt ans Meer, wo bereits die Touristen die Liegen ab dem frühen Morgen belagerten. Er hatte zweimal mit Titika zusammengesessen und gegessen, einmal in Penelopes Begleitung. Die beiden Frauen mochten sich sehr, was aus seiner Sicht kein Wunder war, denn sie hatten beide eine lilafarbene Aura. Er hatte eine solch satte Farbe kaum in seinem Leben gesehen, und wahrscheinlich mochte er die Pathologin deshalb so sehr, denn seine Yaya war für ihn mehr als einfach nur eine Oma. Sie war der Mensch, der ihm am nächsten stand. Einmal abgesehen von Kassia. Doch man konnte eine Liebesbeziehung wie die, die ihn mit Kassia verband, nicht mit der Liebe zwischen dieser kleinen, knorrigen Frau mit den wachen dunklen Knopfaugen in dem faltigen Gesicht und ihrem Enkel vergleichen. Das war etwas vollkommen anderes, und er tat sich nicht leicht mit der Emotion, die von Herzen kam. Bis er Kassia getroffen hatte, hatte er auch keine Worte dafür gehabt. Er hatte bereits ein paar Beziehungen geführt, doch keine hatte ihn wirklich fesseln können. Dann war sie in sein Leben getreten, und es war, als wäre er seither erleuchtet, als wäre seine Welt in ein anderes Licht getaucht und er ein anderer Mann. Mit Kassia fühlte er sich vollständig, und dazu musste sie nicht neben ihm im Bett liegen. Sie musste einfach nur auf demselben Planeten sein wie er. Das reichte aus.

Das Wochenende hatte er teilweise damit verbracht, auf der Nida-Hochebene umherzulaufen und am Andartis zu sitzen. Er war durch die karge Natur gewandert, hatte die Bergspitzen des Psiloritis in der Sonne glänzen sehen und den Schafen beim Grasen zugeschaut. Die Zeushöhle war gut besucht gewesen, er hatte von der Ferne die Autos sehen können, die die holprige Straße hinaufgeklettert waren.

Selbstverständlich war er im Anschluss auch nach Anogia gefahren, hatte dort etwas gegessen und versucht, unauffällig seine Fühler nach Michalis Serpantakis auszustrecken, denn Zoniana und Livadia waren nah, und hier oben wusste man, was rundherum geschah, obwohl die Leute einen Teufel taten, offiziell über die Machenschaften dieser Familie zu reden. Zudem kannten die Menschen den Kommissar hier auch, denn Hyeronimos kam schließlich regelmäßig her, um seine offenen inneren Fragen zu klären und seiner Vergangenheit beziehungsweise der seiner Familie näher zu kommen. Sie wussten, dass er der Polizist aus der Stadt war, und auch wenn sie ihn nicht ablehnend behandelten, so doch vorsichtig. Also waren die Informationen, die er zu einem nach Mafiastrukturen organisierten Clan bekam, eher spärlich. Noch immer hoffte er, eines Tages hier die Lösung für all seine Probleme zu finden und den Wahnsinn seines Lebens ein für alle Mal hinter sich lassen zu können.

Den Piloten hatten sie noch immer nicht identifiziert, und Stelios war aus für ihn nicht nachvollziehbaren Gründen nicht dazu zu bewegen, die Öffentlichkeit bei der Suche einzuschalten.

»Wir warten, bis sie zu uns kommen«, hatte er mit ernstem Gesicht bei der Morgenbesprechung am Freitag gesagt, und Hyeronimos hatte sich gefragt, ob sein Chef wirklich damit rechnete, dass ein Mafiaboss wie Serpantakis zu ihm nach Irakleio ins Polizeipräsidium kommen würde, um nach einem erschossenen Piloten zu fragen. Anscheinend war es dem müde aussehenden Mann tatsächlich ernst gewesen damit, denn er hatte ausdrücklich die Veröffentlichung des Fotos mit dem Konterfei des Piloten untersagt. Hyeronimos hatte dazu geschwiegen. Spannenderweise war es Christos gewesen, der aufbegehrte: »Das kannst du doch nicht machen, Stelio. Das ist unprofessionell. Ich mache mir sowieso …«

Weiter war er nicht gekommen, denn Mentakis war aufgestanden, hatte mit eiserner Miene auf den Tisch geschlagen und Christos zum Schweigen gebracht: »So, wie ich es sage, wird es gemacht!«

Dann hatte er den Raum stocksteif verlassen, und sie hatten mit belämmerten Gesichtern die Besprechung beendet.

Er hatte lange darüber nachgedacht, als er am Sonntag unter dem grünen Blätterdach vor der *Aetos*-Taverne in Anogia gesessen war und einem verliebten Pärchen beim Turteln zugeschaut hatte. Das Mädchen war außergewöhnlich hübsch gewesen, und der dunkelhaarige junge Mann hatte deutlich gemacht, dass sie zu ihm gehörte. Als geschultem Beobachter waren ihm die Ringe aufgefallen, die sie trugen und die verdeutlichten, dass sie verlobt waren. Es hatte ihn gefreut, das Glück in ihren Gesichtern wahrnehmen zu können. Wenigstens gab es das auch noch.

Die neue Woche begann unspektakulär. Er machte Papierkram, saß am Schreibtisch und durchforstete das Internet nach Informationen zu Menschen wie dem *Entrepreneur.* Wenn man akribisch genug vorging, konnte man Hinweise finden, dass es diese spezielle Dienstleistung käuflich zu erwerben gab, und er stellte fest, dass man heutzutage auch jeden illegalen Kram auf Messenger-Diensten wie zum Beispiel Telegram finden konnte. Die Welt hatte sich so sehr verändert, seitdem das Internet das Kommunikationsverhalten der Menschen massiv geformt hatte. Er hatte nichts gegen moderne Medien, bewunderte junge Leute wie Eleni, die das auf bewusste Art nutzten, und er schätzte natürlich auch die Möglichkeit, schnell an Informationen zu kommen. Doch er war sich eben auch bewusst, dass es die andere Seite der Medaille gab, und die brachte es mit sich, dass ungeheuer viel Schindluder getrieben werden konnte und man sogar vollkommen anonym an alles geraten konnte, was das Herz begehrte: Man konnte Waffen, Drogen, Menschen und wahrscheinlich auch Dinge, die außerhalb seiner Vorstellung lagen, in den dunklen Tiefen des Netzes erwerben. Die Slaughter Bots, die Zacharis ihm vorgestellt hatte, hatten ihn besonders schockiert. Ein Kampf mit solchen Mitteln hatte nur das Ziel, möglichst viele Menschen zu töten, und die tödlichen Drohnen hatten auch keinerlei Gewissen. Er fragte sich, ab wann man sein Gewissen verlor, wenn man sich auf diese dunkle Seite begab, und in sein Grübeln hinein läutete das Telefon so unerwartet, dass er erschrak.

»Kommissar Galavaki?«

Er erkannte die Stimme des EYP-Agenten sofort. »Herr Xylouri«, sagte er steif, denn er spürte noch immer keinerlei Bereitschaft, dem Mann zu vertrauen.

»Es gibt Neuigkeiten.« Xylouris' Stimme klang aufgeregt.

Hyeronimos schwieg abwartend, denn er wusste, dass in der Zusammenarbeit mit dem Nachrichtendienst nichts umsonst war.

»Wir haben ein Gespräch aufgefangen, in dem es um den Verlust eines Familienmitglieds aus dem Serpantakis-Kreis geht.«

»Verlust?«, wollte Hyeronimos es genauer wissen.

»Verlust wie tot!«

»Der Pilot?«

»Ja, der Pilot«, erklärte Xylouris nun ausführlicher, »wir hatten den Vornamen, der im Laufe des Gespräches genannt wurde, und haben dann Bilder herausgesucht. Der junge Mann war einige Jahre im Ausland, deshalb hatte ihn hier niemand so recht auf dem Schirm, auch die DEE wusste nicht, dass er wieder da ist. Sein Name hätte eigentlich bei der Einreise einen Alarm auslösen müssen, aber wenn er mit falschen Papieren gekommen ist ... können wir nichts machen.«

»Wir haben also einen Toten, der höchstwahrscheinlich mit Serpantakis verwandt ist, und logischerweise weiß dann auch jeder in Zoniana Bescheid, und niemand kommt auf die Idee, die Leiche haben zu wollen, um sie zu beerdigen?« Hyeronimos war erstaunt, denn die Kriti waren sehr eigen, was das Abschiednehmen von ihren Toten anging, und den jungen Kerl einfach im Kühlhaus liegen zu lassen entsprach so gar nicht diesem Verhaltensmuster.

Xylouris gab ein grunzendes Geräusch von sich. »Kommen wir nun zu dem Bestandteil unserer Abmachung, bei dem auch Sie mir etwas geben ...!«

»Ich habe nichts, was Sie nicht wissen«, versuchte Hyeronimos, sich abzugrenzen.

»Kommen Sie, Galavaki. So geht das nicht. So wird das nie eine anständige Kooperation mit uns!«

»Ich habe dem nie zugestimmt, und gleichzeitig denke ich, Sie geben mir diese Information, weil Sie etwas von mir erwarten, und ich bin gespannt, was das ist.«

»Sie sind sehr misstrauisch, Herr Kollege. Ich bin wirklich nur darauf aus, dass wir im Gespräch bleiben und denselben Wissensstand haben.«

»Herr Xylouri!« Der Kommissar machte eine lange Pause. »Wir beide werden nie denselben Wissensstand haben, denn Sie haben überall auf der Insel Ohren und ich nicht. Zudem bin ich als Kapetan auf einer mittleren Entscheidungsebene, und ich habe bereits ausgeführt, dass es aus meiner Sicht besser wäre, wenn Sie das alles mit Major Mentakis besprechen.«

»Das hatten wir doch auch schon. Sie sind mein Ansprechpartner, und besser wäre es, wenn Sie langsam auch *mein* Gesprächspartner werden würden, denn wir wollen doch diese Geschichte hier zielorientiert lösen, nicht wahr?« Jetzt wurde der Nachrichtendienstler auch stimmlich massiver, und das Joviale in seinem Ton wich einer drängenden Ernsthaftigkeit.

»Sie wissen doch schon längst, wer der andere Mann ist, und kennen ihn ganz gewiss auch viel besser als ich.« Hyeronimos spürte, wie er sauer wurde, denn diese Art Spielchen nervten ihn extrem.

»Wenn Sie das meinen.« Xylouris hatte sich wieder im Griff und hörte sich fast belustigt an.

»Lassen Sie uns einfach damit aufhören. Was versprechen Sie sich davon, mit mir im Gespräch zu sein? Ich bringe Ihnen keine Vorteile.«

»Wir brauchen einen gestandenen Ermittler vor Ort, das wissen Sie ebenso gut wie ich!«

»Damit Sie weiterhin Ihre Anonymität wahren können und ich mein Konterfei ins Kreuzfeuer halte?«

»Wenn Sie es so ausdrücken möchten ...«

»Endlich sind wir ehrlich zueinander.« Hyeronimos atmete tief ein und aus.

»Dann könnte ein offizieller Besuch in Zoniana nicht schaden.«

»Mache ich einen lebensmüden Eindruck auf Sie?«, fragte der Kommissar resigniert, denn er hatte schon irgendwie damit gerechnet, dass man ihn dem Löwen in Häppchen zum Fraß vorwerfen würde.

»Wenn Sie nicht mit einer Hundertschaft unangemeldet dort oben einlaufen und die Häuser zu durchsuchen beginnen, sollte Ihnen nichts passieren«, beschwichtige Xylouris ihn nun.

»Also gehe ich allein zu Serpantakis? Das ist Ihr Vorschlag?«

67. Kapitel

Konstantinos zog Melina an sich. »Wir machen das recht gut, finde ich.«

Sie hatten sich in verschiedene Tavernen in Anogia gesetzt und auf Gespräche mit unterschiedlichsten Menschen eingelassen, vor allem mit den knorrigen Alten. Ein Mann mit faltigem, von der Sonne ausgedörrtem Gesicht und wenigen Zähnen im Mund hatte ihnen hinter vorgehaltener Hand eine schaurig-traurige Geschichte erzählt.

Sie lächelte, und das Haar umspielte ihr hübsches Gesicht im Fahrtwind: »Was, denkst du, wird dein Vater tun, wenn er die Information hat? Wird er wirklich bezahlen und auch dafür sorgen, dass der Fall offiziell aufgeklärt wird?«

Konstantinos hatte tatsächlich bereits sehr intensiv genau darüber nachgedacht. Er wusste nicht, ob er seinem Vater wirklich trauen konnte. Er ärgerte sich darüber, dass er das Gespräch mit Dimitris nicht aufgenommen hatte, um wirklich ein Druckmittel in der Hand zu haben. »Ich bin mir nicht sicher«, gab er offen zu, denn er würde Melina gewiss nicht belügen. Sie war ihm zu wichtig, und je mehr Zeit sie miteinander verbrachten, umso wichtiger wurde sie für ihn.

Sie schaute ihn nachdenklich an. »Sollten wir ihn noch einmal kontaktieren und den Deal bestätigen, und ich nehme das Gespräch dann mit meinem Handy auf?«

Perplex blickte er sie an. So war das also, wenn man auch gemeinsam dachte. Sie waren wie ein Organismus, der aus einem Geflecht der Liebe bestand. »Ich habe gerade darüber nachgegrübelt, wie gut es wäre, wenn wir etwas Wirksames gegen ihn in der Hand hätten, und in dem Augenblick sprichst du meine Gedanken aus. Du bist einfach mein Wunder!« Er fuhr rechts ran, schlang seine Arme um sie und zog sie so nah an sich, wie der Platz im Wagen es zuließ. Dann küsste er sie erst zärtlich und dann immer leidenschaftlicher.

Atemlos lehnte sie sich an ihn. »Wir beide sind das beste Team, das man sich vorstellen kann. Vielleicht können wir ihm schon einen kleinen Brocken liefern und ihn so gut in ein Gespräch verwickeln. Was denkst du?«

»Haben wir denn schon etwas, was so interessant ist?«

»Wenn wir den Gesprächen trauen, die wir geführt haben, dann passiert hier auf der Insel viel mehr, als wir uns bisher vorstellen konnten. Also ich für meinen Teil kann das alles noch immer nicht so recht glauben. Ich habe den Kerl für einen Schwätzer gehalten. Jemand, der sich wichtigmachen möchte und glaubt, ein Mädchen mit diesem filmreifen Geplapper beeindrucken zu können.« Sie zuckte verständnislos mit den Schultern.

»Wir haben ihn eben nur noch nicht gefunden, um mehr von ihm zu erfahren«, meinte er und löste sich nur ungern von ihr. Sie roch so gut, und seine Haut prickelte sanft dort, wo er die ihre berührte.

»Aber wir wissen, dass die beiden großen Clans wirklich alles verkaufen, was möglich ist.«

»Oder es ist wieder einfach nur das Gerede von Menschen, die sich wichtigmachen wollen.«

»Glaubst du wirklich, dass dieser alte, zahnlose Kerl ...« Sie hielt ganz kurz inne, denn irgendwie hatte der Mann sie an ihren Vater erinnert. Es war zu teuer, zum Zahnarzt zu gehen, also war es vollkommen normal, dass vielen Menschen Zähne fehlten, und meist erschienen einem Zahnlose gleich als alt. »... also, dass dieser Mann uns einen Bären aufgebunden hat? Ich finde, er klang sehr aufgewühlt, und er ist eben auch persönlich betroffen, dann verschließt man eventuell die Augen nicht mehr so schnell vor den üblen Dingen, die um einen herum geschehen.«

»Da hast du ganz sicher recht«, bemerkte er und fuhr langsam weiter, »gleichzeitig könnte er aber auch aus seiner Verbitterung heraus handeln und Geschichten erfinden und verbreiten, die komplett erfunden sind.«

»Und doch passt es zu diesem Grundton, den wir wahrgenommen haben«, sagte sie, und er war begeistert, wie klug sie es auf den Punkt brachte, was sie beide wahrgenommen hatten.

Es herrschte eine Art kalte Beklommenheit, wenn man die Thematik der Clans auch nur streifte. Sie ließ die Menschen sehr vorsichtig agieren, und doch war es mit Geduld möglich, hinter die Fassade zu sehen, und dann bekam man eben wahre Geschichten zu hören. Der Zahnlose hatte ihnen mit bitterer Stimme erzählt, dass sein Sohn fortgelaufen sei, um nicht in die Armee zu müssen. Verständnislos hatten sie ihn angeblickt, denn normalerweise waren die Jungs ganz scharf darauf, ihren Militärdienst abzuleisten und etwas Geld zu verdienen – und auch mal von der Insel herunterzukommen, um die Luft der großen, weiten Welt zu schnuppern. Daher hatte Konstantinos neugierig nachgehakt. Der Mann hatte ihn angeschaut und die faltige, wettergegerbte Stirn dabei in zornige Falten gelegt. »Ich meine eine andere Armee!«

»Muss man hier«, Konstantinos hatte seine Stimme zu einem Flüstern gedämpft, »jemandem dienen und sich so beweisen?«

»»Es geht um Loyalität«, hatte der Alte abgewehrt, »und das ist eine Sache der Ehre.«

»Es ist immer wichtig, sich ehrenvoll zu verhalten«, hatte er diplomatisch geantwortet, denn ihm war wichtig gewesen, dass der Mann weitersprach. Man ging allgemein davon aus, dass die Clanführer ihre Privatarmeen unterhielten, doch im Internet klang es vielmehr so, als wären die Mitglieder dieser Truppen eher gewaltbereite Kerle aus dem Ausland und nicht Jungs, die um die Ecke großgeworden waren. Welche Familie würde das denn wollen? Man wollte doch das eigene Kind ganz sicher nicht als Mörder sehen.

Er musste beinahe über sich selbst lachen, denn man wurde ja auch im Militärdienst dazu ausgebildet zu töten. Nur unter einem anderen Deckmantel. Man nannte es Verteidigung. Am Ende war es jedoch sehr ähnlich, denn wenn man eine Waffe anlegte, um zu töten, nahm man ein Leben, und dazu wurde man qualifiziert. Der einzige Unterschied war das Thema der Legalität. Die Privatarmeen der Clanchefs gehörten wohl eher zu der Seite, die unrechtmäßig und ungesetzlich agierte.

»Worüber denkst du nach?«, wollte Melina wissen und berührte ihn sanft am Arm.

Er hatte gar nicht bemerkt, dass er vollkommen in Gedanken versunken gewesen war. »Ich dachte über den Unterschied zwischen der *normalen* Armee und den Privatarmeen dieser kleinen Könige nach.«

»*Kleine Könige* klingt sehr nett. Als wären die vollkommen ungefährlich«, wandte Melina ein. »Dabei verkaufen sie nicht nur Drogen, die Menschen kaputt machen können, sondern auch schreckliche Waffen und …« Sie musste schwer schlucken. »… und Mädchen wie mich!«

68. Kapitel

Wenn man bereit war, jede Grenze zu überschreiten, gab es irgendwann kein Zurück mehr, und man musste immer häufiger um Luft ringen. Und wenn man immer mehr darum ringen musste, den nötigen Sauerstoff in den Körper zu pumpen, wollte das Gehirn irgendwann einfach nicht mehr so recht arbeiten. Manchmal krampfte es sich auch so stark zusammen, dass die Welt der schwärzeste und dunkelste Ort war, den man sich nur vorstellen konnte. Alle Freude floss für immer aus einem heraus, und man mutierte zu einer Art Maschine im Überlebenskampf. Nichts davon war leicht, und es ließ nichts mehr übrig außer einem Organismus, der erledigte, wofür er erschaffen worden war. Jeder Blick in eine spiegelglatte Oberfläche trug unendliche Schrecken mit sich, denn plötzlich begann man, sich selbst verzweifelt zu suchen. Irgendwo musste doch noch ein Splitter der Person in einem stecken, die man einst gewesen war, oder gehörte das zum Sterben dazu? Verlor man sich schleichend, während man dabei zusah, wie die irdische Hülle immer weiter in ihre Bestandteile zerfiel: Wasser, Fleisch, Knochen und Haut? Und auch wenn sich die Organe und alles im Inneren aufzulösen begannen, so wurde man doch immer scharfkantiger anstatt weich und nachgiebig. So, als würde der Versuch, die glibberige Masse des Selbst zusammenzuhalten, unweigerlich dazu führen, dass man erstarrte und eine harte Schale bekam. Bis irgendwann die Sehnsucht nicht mehr aufhörte, Löcher in die Hülle zu brennen, die ebenfalls wieder kantig und spitz waren, sodass man sich an jeder neuen schadhaften Stelle zusätzlich verletzte. Sich aufriss und zu bluten begann und jede Wunde im Anschluss einen schorfigen Schmerz hinterließ, der kaum auszuhalten war. Das Gewebe, das einen Menschen zusammenhielt, wurde täglich brüchiger, und dann, eines Morgens, erwachte man und blickte in das Antlitz eines Monsters. Wer konnte das aushalten, ohne ernsthaft Schaden zu erleiden?

69. Kapitel

Alles rund um die Morde entwickelte sich langsam zu einem Horrorszenario. Hyeronimos griff seufzend zum Telefon. Einerseits wollte er Penelope bestimmt nicht in Schwierigkeiten bringen, andererseits war es gewiss einfacher, eine Befragung in der Höhle des Löwen durchzuführen, wenn sie an seiner Seite war. Ihr Einfühlungsvermögen öffnete viele Türen. Er hatte sich zwar schon einiges abgeschaut, was sich als sehr effektiv herausgestellt hatte, doch je angespannter die Gesamtsituation war, umso eher blockierte sich der Bereich in seinem Gehirn, der die Arbeit mit Empathie möglich machte. Dann formulierte er plötzlich seltsame Fragen oder reagierte so harsch, dass alle Anwesenden erschrocken den Atem anhielten, abwartend, ob er dafür mit Missachtung gestraft wurde oder die Befragten wütend und missbilligend reagierten.

»Ich hatte gehofft, dich mit einem Kaffee und Kuchen vor meiner Tür zu finden.« Penelope plapperte gleich ohne Begrüßung los.

»Was nicht ist, kann ja noch werden«, erwiderte er leichthin und versuchte, seine Anspannung so gut wie möglich zu verbergen.

»Oje, du klingst wie zwei Wochen Regenwetter!«

Er konnte ihr einfach nichts vormachen, und genau dieses Einfühlungsvermögen mit ihren Sensoren, die Stimmungen sofort wahrnahmen, brauchte er unterstützend an seiner Seite.

»Ich hatte einen Anruf«, sagte er kryptisch.

»Werbung von *Cosmote?«,* fragte sie scherzend.

Er rang sich ein Lächeln ab. »Ach, das wäre schön gewesen. Es war Xylouris.«

»Der EYP-Xylouris?«, hakte sie nach, denn auch, wenn er aktuell nur mit einer Person mit diesem Nachnamen zu tun hatte, so war es doch ein auf der Insel gängiger Nachname, auch wenn er nicht mit der üblichen Verkleinerungsform *akis* endete. Die Türken hatten sich diese Tücke ausgedacht, denn *aki* oder *akis* am Ende eines Namens nutzte man als Verniedlichung. Während der türkischen Besatzung, die um 1645 mit der Belagerung Irakleios, damals Candia, begann und bis 1898 dauerte, hatte man alles getan, um die stolzen Kriti zu brechen. Jeden Nachnamen mit einer Verkleinerungsform enden zu lassen sollte den Bewohnern der Inseln verdeutlichen, was sie im Vergleich zu den Besatzern waren: klein und nichtig!

»Ja, genau der«, seufzte er.

»Bestehst du darauf, dass ich dir jedes Wort aus der Nase ziehe, oder magst du erzählen, was los ist?«

»Wie wir es uns schon gedacht haben, führen Spuren nach Zoniana und zu Serpantakis. Die EYP möchte, dass ich mich um eine Audienz bei ihm kümmere und ihn dann entspannt dazu befrage, in seinem Zuhause mit seinen Leuten um ihn herum, warum er seinen Neffen Achilleas nicht als vermisst meldet und dann seine Leiche aus deiner Obhut abholt ... Das wird sicher ein sehr lustiges Gespräch, und ich freue mich schon unheimlich darauf«, sagte er sarkastisch.

»O ja, das klingt wirklich außerordentlich amüsant«, gab sie ihm recht, »und gut zu wissen, dass beide Toten nun identifiziert sind.«

»Theoretisch haben wir den Piloten noch nicht offiziell identifiziert, denn der Neffe war lange im Ausland, hat in den USA gelebt und dort seine Pilotenlizenz erworben«, er konnte mit einigen Informationen glänzen, die ihm Xylouris *freundlicherweise* hatte zukommen lassen, »aber alles unter dem Namen George Serp. Sein zweiter Vorname ist Giorgos. Sie sind also mit seiner Namensänderung irgendwie am Original hängen geblieben. Das ist sicher nur eines der Spiele, die Serpantakis mit den Behörden spielt, und dabei lacht er sich gewiss kaputt.«

»Er kommt eben mit allem durch, und das bestimmt nicht nur, weil er etwas Cannabis produziert«, bestätigte die Pathologin.

»Nein, das Cannabis ist wohl mittlerweile eher zum Hobby mutiert. Es geht um lukrativere Geschäfte: Massenvernichtungswaffen, Kommunikationsmittel der besonderen Art für militärische Zwecke oder auch einfach nur, um den Nachbarn abzuhören, Menschenhandel ... Such dir einfach etwas Abartiges raus, in deinem Dunstkreis kannst du es kaufen. Ach warte«, fügte er noch hinzu, »Dienstleistungen jeder Art gibt es natürlich auch. Du magst den Ex deiner Freundin nicht? Kein Problem, denn du kannst jemanden kaufen, der ihm einen Denkzettel verpasst oder ihm das Licht gleich komplett ausbläst!«

»Du bist sehr aufgebracht«, sagte sie ruhig, und er spürte, dass es ihm guttat, dass sie es lediglich feststellte und nichts tat, um ihn zu deeskalieren. Er wollte sich aufregen, wollte zum Ausdruck bringen, wie sehr ihn das alles abstieß und wie wenig er mit diesem Abschaum zu tun haben wollte.

»Typen wie Serpantakis empfinde ich als gesellschaftlichen Abschaum. Obwohl es bestimmt eine Menge Menschen gibt, die das komplett anders sehen. Für die ist er ein Wohltäter. Stiftet Waisenhäuser, stellt Schulen große Beträge zur Verfügung, spendet für Suppenküchen, bezahlt dringend notwendige Renovierungen im Straßenbau und gibt sich eben ganz als der größte Menschenfreund Kretas. Das Schlimmste daran ist, dass die Fassade funktioniert, denn die Leute sprechen seinen Namen mit Ehrfurcht aus und heben ihn quasi in den Himmel, und wo er nicht mit seinem Heiligenschein glänzt, tut es seine Schwester Filomena. Sie ist als

›Die Wohltäterin‹ in aller Munde. Umso schwerer wird es, ihm an den Karren zu fahren.« Er sprach alles aus, was er dachte. Bei Penelope musste er kein Blatt vor den Mund nehmen.

»Wie willst du vorgehen?«, fragte sie.

»Als Erstes möchte ich dich fragen, ob du mir hilfst? Sag nichts! Ich weiß, dass das vollkommen egoistisch ist und dass ich als guter Freund gar nicht darüber nachdenken sollte, dich so in die Schusslinie zu bringen, aber Xylouris meinte, ich solle nicht mit einem Polizeiaufgebot dort auflaufen, aber allein …« Er schwieg bekümmert.

»Ich soll dich begleiten?«, vergewisserte sie sich, und er hatte das Gefühl, Unsicherheit in ihrer Stimme wahrzunehmen.

»Es tut mir leid, Pen, aber genau darum wollte ich dich bitten.«

»Hey, das ist vollkommen okay. Also nicht, dass ich mich darum reiße, mit so jemandem zu verkehren, aber selbstverständlich begleite ich dich. Es ist ja auch nicht vollkommen absurd, dass ich dabei bin, denn schließlich habe ich die Toten obduziert, und sie befinden sich in meiner Obhut.« Er hörte die Zuversicht in ihrer Stimme, und es ging ihm gleich ein wenig besser. Es änderte nichts an der Brisanz der Situation, aber jemanden an seiner Seite zu wissen, dem man vollkommen vertraute, war einfach gut.

»Dann rufe ich jetzt dort an und mache etwas aus«, kündigte er an.

70. Kapitel

Sie hatten sich erneut verabredet. Irgendwie war es von einem sonderbaren Gefühl begleitet, wieder in dieser Runde zusammenzusitzen. Es war so viel geschehen, und nichts davon ließ sich rückgängig machen oder mit einem Glas Wein aus der Welt schaffen.

Gaia lächelte den beiden Frauen zu, doch sie fühlte die Unsicherheit in sich. Sie hatte Dinge getan, die sie niemandem offenbaren konnte, und das machte jede Form freundschaftlicher Gesprächsführung zu einer Farce, denn sie musste ständig darauf achten, sich nicht zu verraten oder zu viel preiszugeben, was dann wiederum Fragen aufwerfen würde, die sie nicht beantworten konnte oder auch wollte. Warum hatte sie sich nur bereit erklärt, erneut an einem Treffen teilzunehmen? Sie hatte im Hotel wahrlich genug zu tun, und es war nicht richtig, Iasonas und Maria mit all der Arbeit allein zu lassen, auch wenn die beiden sie quasi fortgescheucht hatten.

»Geh und triff dich mit deinen Freundinnen«, hatte Maria mit einem warmen Lächeln gesagt, »es wird dir guttun!«

Iasonas hatte bestätigend genickt. »Wir schaffen das hier schon. Wir haben keine An- und Abreisen heute, das Essen ist fertig, und bis zum Abend bist du ja auch wieder zurück.«

Es war dumm von ihr gewesen, den Schwiegereltern davon zu erzählen. Selbstverständlich hießen die beiden es gut, dass sie sich mit Menschen traf, die ihr Unglück irgendwie verstehen konnten, auch wenn sie sich sicher war, dass sie es nicht verstanden, warum Gaia litt. Sie hatte es, von außen gesehen, ja irgendwie am besten getroffen – soweit man es bei einem Unglück dieser Art *gut getroffen* haben konnte. Noch dazu ging es ihr finanziell fabelhaft. Das konnte sie auch nicht abstreiten, denn der Hotelbau zeugte davon.

»Du wirkst so abwesend, Gaia«, bemerkte Dorea nun auch, »ist alles in Ordnung?

Gaia dachte einen Augenblick darüber nach und nickte dann mit ernster Miene, in der Hoffnung, überzeugend zu wirken: »Es geht mir gut.«

Sie sollte zusehen, schnell wieder von hier zu verschwinden. Sie wollte nicht Rede und Antwort stehen und auch nicht den Unterton in der Stimme einer anderen Frau hören, der deutlich vermittelte: *Beschwer dich nur nicht, denn du hast keine Probleme!*

Dorea legte ihr die Hand beruhigend auf den Unterarm: »Wir haben alle unsere schlechten Tage. Das ist in Ordnung.«

Gaia schluckte schwer. Sie hatte keinen schlechten Tag. Es war nur so, dass der Kontakt mit den Frauen alles, was sie getan hatte, aus den Tiefen ihrer Seele nach oben schwemmte, und dann fiel es ihr ungeheuer schwer, sich zu kontrollieren. Da war etwas Rastloses und Finsteres in ihr, seitdem sie ihren Mann auf diese Weise verloren hatte. Vielleicht war es schon immer ein Teil von ihr gewesen, und mit Vangelis an ihrer Seite war diese Seite ihrer Persönlichkeit still und brav gewesen. Doch ohne ihn brandete es auf und machte sie unberechenbar. Das Hotel half ihr dabei, ihre Energien zu bündeln und sie so zum Guten einzusetzen, doch so war es eben nicht immer. Oft genug saß sie am Meer, verfluchte es, und die Jahre flossen an ihrem inneren Auge vorbei wie ein schrecklicher Film, der niemals gut endete. Sie wusste, dass es kein Happy End gab, egal, wie sie alles drehte und wendete. Sie spürte die Blicke der Freundinnen auf sich, erwartungsvoll, auffordernd und auch ein wenig verständnislos.

Sie hielt Elara ihr Glas hin. »Ich nehme gern noch einen Schluck Wein. Entschuldigt bitte, wenn ich so abwesend erscheine, aber ich muss so viel an früher denken, wenn wir hier zusammensitzen.« Sie machte eine ausgreifende Geste und hoffte, dass diese Erklärung ihren Zustand irgendwie begreiflich machte.

Sie schien Glück zu haben. Die beiden nickten bestätigend. Elara goss ihr etwas Wein ein und sagte leise: »So geht es mir auch, und gleichzeitig tut es gut, dass ihr hier seid. Ich bin in den letzten Tagen etwas besser zurechtgekommen, weil ich wusste, dass ich mit euch über das reden kann, was in mir vorgeht und mich anscheinend untauglich für dieses Leben macht … auch als Mutter.«

Wieder war es Dorea, die tröstend ihre Hand ausstreckte und nun mit einer Hand Gaias Unterarm berührte und mit der anderen Elaras. Sie waren untrennbar miteinander verbunden, und das zeigte sich in so vielem. Sie schauten einander schweigend an, dann kam Alexia auf die Terrasse gerannt und begrüßte sie alle, als wäre es vollkommen normal, dass sie hier zusammensaßen. Dabei war es ausgerechnet dieses Kind, das sie nicht so recht kannte und das die Gemeinschaft nicht miterlebt hatte, die die Familien einst verbunden hatte. Plötzlich drängte Alexia sich plappernd auf Gaias Schoß, griff nach einem Stück des saftigen Kuchens, der mittig auf dem Tisch stand, und stopfte sich zufrieden die Süßigkeit in den Mund.

»Alexia«, sagte ihre Mutter tadelnd, »ich hatte dich doch gebeten, uns etwas Zeit zu gönnen.«

Schuldbewusst blickte das Mädchen zu der Frau, schmiegte sich an Gaia und sagte dann mit ihrer glockenhellen Stimme. »Tante Gaia hat bestimmt nichts dagegen, wenn ich mich kurz bei ihr ausruhe.«

Das Kind hatte recht, es fühlte sich gut an, das Gewicht und die Wärme des kleinen Körpers auf dem Schoß zu spüren. Es war wie ein Stück Geborgenheit, und das hatte sie lange nicht mehr gespürt. Sie war so sehr vom Hass auf alles zerrissen und geschunden, dass sie es sich versagt hatte, so zu fühlen, denn das machte einen verletzbar und angreifbar.

»Wenn du aufgegessen hast, gehst du bitte wieder spielen.« Elara klang nun bestimmter, und ihr weicher Blick wurde ein wenig härter. Es war gewiss schwer, zu diesem Kind hart zu sein. Schließlich war es das Letzte, was sie von Aristidis hatte. Warum Menschen sich wohl einbildeten, dass es den Verlust leichter machte, wenn man etwas von dem Verstorbenen hatte? War es nicht viel schlimmer, diesem Kind ins Gesicht zu schauen und so immer wieder an das grausame Geschehen erinnert zu werden? Die Frage brannte ihr auf der Zunge. Konnte sie sie stellen, oder waren sie noch weit davon entfernt, so miteinander zu reden? Sie war das beste Beispiel dafür, wie tief der Graben zwischen ihnen noch immer war, denn sie war nicht bereit, die Wahrheit zu erzählen. Sie musste sich eine Ausrede einfallen lassen und dann von hier verschwinden, und sie würde nie wieder herkommen. Die Arme des Kindes schlangen sich plötzlich um sie, die Kleine schmiegte sich an sie und flüsterte: »Du brauchst keine Angst zu haben, denn alles wird gut.«

Gaia war wie vom Donner gerührt, und ohne dass sie erklären konnte, warum, begann sie zu weinen.

71. Kapitel

Stelios Mentakis schaute seinem Mitarbeiter gerade in die Augen und versuchte herauszufinden, was ihn zu dieser Insubordination bewegte. Er schätzte den Mann und hatte bisher auch keine Zweifel an dessen Loyalität gehabt. Doch Dinge schienen sich zu ändern, oder er hatte vieles einfach immer falsch eingeschätzt. War das auch etwas, was ihn in seiner Position disqualifizierte? Mangelte es ihm an Menschenkenntnis? Man hatte ihm schon oft vorgeworfen, die Menschen in seinem Team zu sehr zu schützen oder gar zu verhätscheln, indem er ihnen immer wieder Rückendeckung gab. Doch war dies nicht das, was einen guten Chef ausmachte? Wie kam es, dass er plötzlich alles und vor allem sich selbst permanent infrage stellte?

»Ich finde eben, dass es besser für dich ist, wenn du dich etwas ausruhst«, fuhr Christos fort und hatte dabei den Kopf leicht schief gelegt, sodass er wie ein liebevoller Großvater aussah, »außerdem ist mir neulich aufgefallen, dass in unserer Organisationsmatrix die Vertretungen nicht deutlich dargestellt sind.« Er schob ein Blatt über den Tisch und beugte sich leicht vor: »Stelio, wirklich, ich will dir nichts Böses, aber ich merke doch, dass etwas nicht stimmt, und Hyeronimos ist übrigens einer Meinung mit mir!«

Stelios konnte den Triumph in Christos' Stimme hören. So, als wäre ihm ein ganz besonderer Coup gelungen, weil er erwähnen konnte, dass Galavakis und er ausnahmsweise einer Meinung zu sein schienen. Es fühlte sich unangenehm an, so vorgeführt zu werden. Doch das Gefühl war nur an der Oberfläche seines Ichs spürbar, tiefer drin war es eher so, als würde dieses Gespräch die sich langsam ausbreitende Taubheit in ihm nur befüttern.

»Schlägst du mir hier gerade vor, meinen Platz für dich zu räumen?«, fragte er nun geradeheraus, denn er war das Herumgeeiere wirklich leid.

Christos hob theatralisch abwehrend die Hände. »Natürlich ist es nicht das, was ich mir wünsche. Mir geht es nur um dich!«

»Christo, du sitzt hier vor mir in meinem Büro und erklärst mir, wie es mir geht, und gleichzeitig kommst du mir mit *dem* hier.« Stelios tippte mit dem Finger auf das vor ihm liegende Blatt. »Also, raus damit, was erwartest du von mir?«

»Ich ...«, begann Christos und fuhr sich mit der Hand über den Nacken, was Stelios sofort als Stressmerkmal erkannte. »Ich weiß, dass dein Job kein Zuckerschlecken ist, und ich merke, dass du oft blass bist, also ich meine nicht deine Persönlichkeit, sondern deine Hautfarbe, und du reagierst mittlerweile oft gereizt, wo du sonst gelassen bleibst. Das macht mich aufmerksam, Stelio, und dann mache ich mir so meine Gedanken.«

Stelios nickte, denn Christos Beobachtungen waren durchaus passend.

Bestätigt von dieser Rückmeldung fuhr Christos Papadakis fort: »Galavakis macht einen guten Job, keine Frage, und doch wissen wir beide, dass er nicht so ... nun sagen wir mal ... belastbar ist. Panikattacken sind für einen Mordermittler ein großes Handicap.«

Stelios schwieg abwartend und hatte das Gefühl, bereits genau den Wortlaut zu kennen, den sein Mitarbeiter nun benutzen würde.

»Du mutest Hyeronimos zu viel zu und lässt ihm freie Hand bei seiner Arbeit. Das überfordert ihn, und ich habe gelesen, dass Panikattacken häufiger oder auch intensiver auftreten, wenn man gestresst und überlastet ist.«

Stelios suchte Augenkontakt zu Christos und hoffte, dass der Ermittler – und er war wirklich ein guter Ermittler – in ihm spürte, dass sich bei seinem Gegenüber etwas zusammenbraute, weil er einfach zu weit gegangen war.

Doch Christos sprach einfach weiter, vielleicht sogar ermutigt durch das Schweigen seines Chefs: »Es ist also auch Hyeronimos gegenüber nicht fair, wenn du es zulässt, dass Athen so über ihn verfügt und ihn jetzt auch noch der Nachrichtendienst am Gängelband führt!«

»Ich war bisher sehr geduldig mit dir, Christo«, Stelios spürte die Kälte in seiner Stimme selbst so stark, dass ihn fröstelte, »aber es ist nun an der Zeit, dass du zur Sache kommst!«

»Mach es mir doch nicht so schwer, Stelio.« Christos klang nun tatsächlich verzweifelt. »Hyeronimos kann dich in einem Notfall nicht vertreten. Du musst eine Entscheidung treffen, die für die ganze Abteilung sinnvoll ist.«

»Und diese Entscheidung bist du?«

»Was den Rang anbetrifft, kommen Galavakis und ich infrage ... auch Spectros von der Cyber-Kriminalität, aber der ist ein Nerd und für eine Zusammenarbeit mit anderen Abteilungen oder gar der Presse vollkommen ungeeignet.«

»Du vereinst also alle nötigen Fähigkeiten zur Führung in dir, verstehe ich das richtig?«, hakte Stelios nach und konzentrierte sich auf die Worte, damit er gefasst blieb.

»Ich will deinen Job nicht, Stelio, bitte versteh mich nicht falsch«, ruderte Christos nun scheinbar zurück. »Mir geht es nur um den Fall der Fälle, und ...« Er holte tief Luft, bevor er zum letzten Schlag ausholte. »... ich möchte, dass *du* es entscheidest, bevor es dazu kommt oder ich einfach woanders Rat suchen muss.«

»Ist das eine Drohung, Christo? Verstehe ich es richtig, dass du mir, deinem Chef, gerade unverhohlen drohst?«

Christos hob beide Hände, und Stelios glaubte zum ersten Mal während des ganzen Gesprächs eine ehrliche Regung im Gesicht des Mannes zu sehen: »Niemals würde ich dir drohen. Das steht mir nicht zu, und du weißt, dass ich ein guter Kommissar bin und an meiner Arbeit und unserem Team hier sehr hänge. Das Einzige, was ich möchte, ist Sicherheit und Klarheit. Ich erwarte von meinem Chef, dass er alle Eventualitäten beachtet und für jede mögliche Situation vorausgedacht hat, damit wir hier unsere Arbeit machen können. Wir alle brauchen die Sicherheit, dass unser Betrieb hier weiterläuft, solltest du einmal krank sein!«

»Danke, Christo, ich habe nun genug gehört. Verlässt du bitte mein Büro! Du wirst meine Entscheidung erfahren.« Stelios erhob sich und wies mit dem Finger auf die Tür. Dann drehte er sich um und würdigte Christos Papadakis keines Blickes mehr. So weit war es also gekommen, weil er müde und ausgelaugt war: Eine Meuterei war im Gange, und er musste auch noch dafür Reserven mobilisieren.

72. Kapitel

Hyeronimos streckte sich auf dem Lounge-Sofa aus und griff nach dem E-Book-Reader, den seine Mutter ihm vor Jahren inklusive eines entsprechenden Abonnements des Herstellers geschenkt hatte. Er las lieber auf Deutsch und konnte unbegrenzt damit schmökern. Athina war die Einzige, die seine Leidenschaft kannte.

Er hatte ein kompliziertes Verhältnis zu seinen Eltern, und erst am Nachmittag hatte er bei seinem Besuch in der Rechtsmedizin, natürlich mit Kaffee und Törtchen aus der *Emmanouil*-Pâtisserie, lange mit Penelope über das Konstrukt Familie sinniert. Das Verhalten der Serpantakis' irritierte ihn sehr. Der Junge war ein naher Verwandter und lag nun schon fast eine Woche in der kalten, stählernen Kammer. Wieso holte er ihn nicht heim oder seine Schwester, deren Sohn der Pilot war? Zudem war das Telefonat mit der *Terminvereinbarung* so leicht gewesen, dass es ihn vollkommen verwundert hatte. Die Sekretärin, Serpantakis hatte eine ganz normale Büronummer, hatte Einblick in seinen Kalender genommen und Hyeronimos freundlich für übermorgen am frühen Nachmittag eine Gesprächszeit *geblockt.* So hatte sie sich ausgedrückt.

Gott, er kam sich vor wie ein Bittsteller, nicht wie ein Polizist mit Ermittlungsauftrag. Sie hatten zwei erschossene Menschen, und egal, ob sie dereinst Täter gewesen waren, nun waren sie Opfer, und er marschierte nicht los und klingelte einfach an der Tür, er machte einen Termin aus! Und zwar dann, wenn es dem Herrscher dieser diffusen Welt aus

Illegalität und legalen Geschäften in den Kram passte. Das war befremdlich.

»Wir sitzen hier und drehen also Däumchen, bis er uns vorlässt«, hatte er empört geschnaubt, »und er demonstriert uns auf diese Art sehr deutlich, wo wir in der Befehlskette stehen: nämlich ganz unten!«

Sie hatte mit den Schultern gezuckt und herzhaft in eine Kombination aus dünnen Teigschichten, die mit unterschiedlichen Cremes gefüllt und mit Erdbeeren verziert waren, gebissen. »Es gibt ja wohl keinen anderen Weg, ohne gleich den Fehdehandschuh zu werfen, oder?«

Er hatte ihr recht geben müssen, denn alles andere käme einer Provokation gleich, und davor hatte Xylouris ihn ausdrücklich gewarnt. Zacharis hatte den EYP-Agenten sorgfältig und mit höchster Vorsicht überprüft. Er hatte eine ordentliche Vita, nicht lupenrein, aber eben auch nur kleinere Dienstvergehen. Sie waren sich alle einig, dass das nicht gefaked war, obwohl sein Lebensweg zu perfekt klang. Die kleinen Vergehen ließen ihn menschlich erscheinen, denn niemand war fehlerlos, und eine zu weiße Weste wirkte unglaubwürdig. Doch warum sollte sich der Nachrichtendienst solche Mühe geben und für den Mann einen Lebenslauf erfinden? Wobei er natürlich für jeden halbwegs begabten Hacker wahrscheinlich auch auffindbar war. Also hatte Zacharis bedächtig weitergegraben und nichts gefunden, was Zweifel an der Integrität des Mannes aufkommen ließ.

»Ich bleibe trotzdem vorsichtig«, hatte Hyeronimos zu Penelope gesagt und nachdenklich von seinem Kuppeltörtchen mit weißer Schokocreme abgebissen. Dabei hatte er den Kern aus crunchigem Walnusskaramell entdeckt und für einen kurzen Augenblick vor wonnevollem Entzücken alles um sich herum vergessen.

Xylouris war ihm unsympathisch. Er hatte etwas Aalglattes und gleichzeitig Scharfkantiges an sich – wie eine geschliffene Waffe –, das machte Hyeronimos misstrauisch, und er würde dem Kerl nicht so schnell auf den Leim gehen.

Sein Telefon klingelte, und der Rufton war so vertraut, dass sein Herz sofort schneller in seiner Brust schlug. Normalerweise schaltete er es auf stumm, wenn er in die Bücherwelt abglitt, doch er hatte es sich noch nicht richtig bequem gemacht, und so nahm er voller Glück den Anruf entgegen, der ihm sonst entgangen wäre.

»Liebster«, hörte er ihre sanfte Stimme, und ein federartiger Schauer lief ihm über den Rücken.

»Du rufst mich einfach so an. Wie ist das möglich?«, wollte er atemlos wissen.

»Ich habe einen freien Slot. Das Wohltätigkeitsdinner ist früher fertig als gedacht, und so kann ich ein wenig Zeit allein verbringen.«

»Du bist allein unterwegs«, fragte er erschrocken, um ihre Sicherheit besorgt.

»Nein, nein, keine Angst! Mein Chauffeur unterhält sich mit Kollegen, und mein Bodyguard hat den Wagen fest im Blick.«

Er konnte das Lächeln in ihrer Stimme hören. »Du fehlst mir«, sagte er spontan, und es war so sehr die Wahrheit. Sie fehlte ihm, auch wenn es gut so war, wie es zwischen ihnen war.

»Ich vermisse dich, Maki«, ihr Tonfall wurde noch weicher, »ich wünschte, ich könnte mich in deine Arme schmiegen und die Welt um uns herum vergessen.«

»Ist alles in Ordnung, Liebste?«

»Ich weiß nicht«, antwortete sie leise, »ich habe so ein sonderbares Gefühl in mir. Ich kann es nicht so recht erklären. Es ist, als wäre ein Knoten in meinem Magen, und gleichzeitig ist da ein Kribbeln, das mich in Aufruhr versetzt.«

Sie waren miteinander verbunden. Es war mehr als begierige Leidenschaft. Sie spürte etwas, ohne zu wissen, was genau es war, und er kannte die Antwort, denn er war es, der sich in Gefahr begab. Er erzählte ihr freimütig, was er wusste, und dann durchfuhr ihn ein panischer Schreck: Was, wenn der EYP seine Gespräche abhörte und somit wusste, dass ihn mit Kassia mehr verband als etwas rein *Geschäftliches*. Er traute es Xylouris zu, denn diese Leute waren zu allem fähig, und das in vielerlei Hinsicht, denn sie waren nicht nur technisch fähig dazu, sondern auch moralisch. Der Deckmantel der Sicherheit des Landes gab ihnen sozusagen jede Rechtfertigung zu tun, was immer sie für richtig hielten. So war es überall auf der Welt. Die Nachrichten- und Geheimdienste hatten sehr viel freie Hand, hielten aber auch den Kopf hin, wenn etwas schiefIief, was wiederum dafür sorgte, dass die obersten Staatshäupter ihre Hände quasi in Unschuld wuschen. Sollte er sie danach fragen oder darauf aufmerksam machen? Wie konnte er Kontakt zu ihr halten, wenn es sie so gefährdete? Er war Single und ein Mann. Ihm würde man wenig vorwerfen, doch sie würde auf einem Altar der Bigotterie geopfert werden. Er spürte, wie ihm kalt wurde und sein Atem sich beschleunigte. Etwas griff nach seinem Herzen, quetschte es zusammen und hinderte es so am Schlagen. Doch es versuchte, sich zu wehren, und pochte dabei so hart gegen seinen Brustkorb, dass es wehtat. Ein langer dunkler Tunnel tat sich vor seinem inneren Auge auf. Doch kurz bevor er in die alles zerstörende Dunkelheit der Schockstarre fiel, erreichte ihn ihre flehende Stimme.

»Maki! Maki!«, rief sie immer wieder seinen Kosenamen und redete ihm gut zu. »Ich bin hier, Liebster. Komm zurück zu mir …«

Ein seufzendes Atmen entfloh seiner Brust und vertrieb die Enge. Er fuhr sich verzweifelt durchs Haar. Er war ein Freak. Keine Frau brauchte so etwas und Kassia erst recht nicht. Vor allem dann nicht, wenn er sie auch noch in Gefahr brachte, nur weil er mit ihr telefonierte.

Hastig sagte er: »Es ist nichts, und ich muss jetzt auch Schluss machen!« Dann beendete er ohne jede weitere Ankündigung das Gespräch, klammerte sich an das Handy und hasste sich für das, was er gerade getan hatte. Wer war er ohne sie? Wer war er ohne die Person, die ihn bedingungslos liebte, die ihn am Morgen eines jeden Vierzehnten anrief, um sich zu vergewissern, dass er sein Leid überstanden hatte? Er wusste die Antworten nicht, stand rasch auf und rannte wie um sein Leben durch die Wohnung, schnappte sich seinen Autoschlüssel und war schon auf dem Weg zu seinem Wagen, als das Handy erneut zu klingeln begann. Er musste fort, musste ans Meer – wie immer, wenn ihm alles einfach zu viel wurde. Er nahm das Mobiltelefon in die Hand. Streichelte zärtlich über das Display, und die Verzweiflung wollte ihn schier zerreißen, als er es auf stumm schaltete. Er musste Kassia beschützen und hoffte, dass es noch nicht zu spät war. Es war illegal, ihn abzuhören, und noch illegaler, auch sie zu belauschen. Doch wen würde sein Aufschrei interessieren?

Der junge Mann am Parkplatz schaute ihn überrascht an. »Herr Kommissar, Sie müssen noch mal weg?«

»Es tut mir leid«, stammelte er, und der Mann machte sich auf den Weg, sein Auto auszuparken, denn um diese Zeit war viel los in der Stadt, und so hatte er die Fahrzeuge der Besitzer, die normalerweise nicht vor dem nächsten Morgen wiederkamen, zugeparkt.

Einige Minuten später winkte Hyeronimos dem Mann zu, er hatte ihm ein Trinkgeld in die Hand gedrückt für die Mühe, die er ihm gemacht hatte, und lenkte das Fahrzeug nun durch die enge Gasse in Richtung Eleftheria-Platz.

In Ammoudara würde noch sehr viel los sein, doch es war nicht weit bis dorthin, und wenn er sich am Heaven links halten würde, wäre er höchstwahrscheinlich auch recht allein. Er konnte jetzt keine Menschenmenge vertragen. Er konnte niemanden vertragen, nicht einmal sich selbst.

Er durchquerte die Stadt und fuhr am Stadion in Richtung Ammoudara. Er öffnete die Fenster im Auto und zwang sich dazu, den Wind in seinen Haaren zu ertragen. Seine Hände umklammerten das Lenkrad, sodass seine Fingerknöchel weiß hervortraten. Er hatte soeben mit der Liebe seines Lebens gebrochen, hatte sie zurückgestoßen, ohne ihr einen Anhaltspunkt zu geben, was er da tat und warum, und in weniger als achtundvierzig Stunden würde er sich vollkommen ungeschützt in die Räume eines der gefährlichsten Männer der Insel begeben und seine beste Freundin mit in dieses Desaster ziehen. Er war nicht gut für die Menschen, die ihm nahestanden. Er brachte sie in Gefahr! Trotz seiner Verzweiflung lenkte er das Auto vorsichtig in die schmale Straße, die bis zu dem lang gezogenen Sandstrand reichte. Er parkte am Rand neben dem Heaven Beach, einem beliebten Lokal, das in der Saison immer voll war. Auch jetzt waren die Sitzplätze außen alle belegt, und sogar auf den Liegen lagen noch Menschen und schlürften an ihren Getränken.

Er schnappte seine Tasche vom Rücksitz und stürmte an den Strandbereich zu seiner Linken, der eher im Dunkeln lag und daher tatsächlich leer war, zog sich rasch um und rannte ins Meer, als ginge es um sein Leben. Wenn er ehrlich zu sich war, ging es tatsächlich um sein Leben, und er war verantwortlich für alles, was nun passieren würde.

Das Wasser umfing ihn wie ein schützender Kokon, und sein Körper machte von ganz allein die notwendigen Schwimmbewegungen. Mit kräftigen Zügen schwamm er in Richtung Dia. Die Insel lag direkt vor ihm und machte wie immer den Eindruck, zum Greifen nah zu sein, obwohl sie rund zehn Kilometer entfernt war. Er tauchte wie ein Fisch hinab, um die samtige Energie des Meeres überall zu spüren, und bat es, die schwere dunkle Last von ihm zu waschen.

Fast eine Stunde bewegte er sich durch das reinigende salzige Nass, dann fühlte er sich gestärkt, und er wusste, dass er vielleicht nicht angemessen, aber trotzdem richtig gehandelt hatte. Alles andere wäre egoistisch gewesen. Als er aus der sanften Brandung stieg, fühlte er sich ein winziges bisschen besser. Er setzte sich in den Sand und starrte hinaus auf das glatte, vom Mond beschienene Meer, als könnte er alle weiteren ihm fehlenden Antworten dort finden. Doch heute blieb es stumm.

73. Kapitel

Melina hatte sich mit einem Lächeln und einem sanften Kuss von Konstantinos verabschiedet. Sie hatten es geschafft, seinen Vater erneut dazu zu bringen, sein Angebot zu bestätigen, und hatten nun ein Mittel in der Hand, um ihn auch tatsächlich zum Zahlen zu bewegen, sollten sie die nötigen Antworten beschaffen können. Diese Informationen waren eine Fahrkarte in ein neues Leben für sie beide. Sie würden ihre Träume leben können.

Seine Mutter hatte ihn kurz darauf mit einem Anruf gebeten, ihr bei etwas zu helfen. Sie war gerade erst von ihrem Familienbesuch zurückgekehrt, und Melina hatte sie noch nicht richtig kennengelernt.

»Geh nur«, hatte sie gesagt, »ich werde mich währenddessen rasch darum kümmern, dass meine Mitbewohnerin meinen Mietanteil bekommt, und ich hole gleichzeitig noch ein paar Klamotten.«

»In Ordnung.« Er hatte sie in seine Arme gezogen und geküsst. »Wir treffen uns dann wieder hier.«

»Es wird nicht so lange dauern. Soll ich mich vielleicht mal umhören, ob jemand aus meinem Umfeld diesen Typen kennt?«

»Ich weiß nicht so recht«, hatte er geantwortet, »das könnte sonderbar wirken, und er ... mmmh ... er könnte es falsch verstehen.«

Sie hatte begriffen, was er meinte, doch sie hatte sich bis jetzt recht gut selbst beschützt und war nicht sehr ängstlich.

Doch sie hatte die echte Sorge in seinem Gesicht gesehen, hatte genickt und war losgezogen.

Nun stand sie in ihrem Zimmer und betrachtete es wie eine Fremde. War sie hier tatsächlich zu Hause gewesen, oder stellte es nur eine Art Zwischenstopp dar? Sie hatte ihrer Mitbewohnerin den Mietanteil in einem Umschlag auf den schmalen Esstisch in der kleinen Küche gelegt und sich dann auf ihr Bett gesetzt, um zu überlegen, was sie mitnehmen wollte. Bilder schossen ihr durch den Kopf, denn nicht alles hier war schlecht gewesen. Sie hatten Spaß gehabt und manche Abende lachend am Tisch verbracht, bevor sie sich aufgehübscht hatten, um loszuziehen. Loszuziehen, um sich an gierige Typen zu verkaufen. Sie sah sich an der Bar sitzen und an einem Drink nippen, während sie wartete, und dann kam ihr die Idee, die Zeit doch gewinnbringend zu nutzen. Vielleicht kannte der Barkeeper den Mann, der sich als Geheimagent ausgegeben hatte, und konnte ihr helfen, ihn zu finden. Das würde Konstantinos und ihr einen echten Schub geben. Sie musste sich beeilen, um nicht zu lange weg zu sein.

Kurz überkam sie ein winziges Gefühl von Schuld, denn er hatte sie schließlich gebeten, nicht allein loszuziehen. Doch was sollte schon passieren. Sie würde nur rasch nachfragen und wäre dann auch gleich wieder weg, doch sie musste aussehen wie immer, um nicht zu sehr mit ihrer Suche aufzufallen. Gewiss würde ihrem Verlobten ein hübsches Outfit auch gefallen. Wie elektrisiert sprang sie vom Bett, nahm ein hinreißendes Sommerkleid mit tiefem Rückenausschnitt aus dem Schrank und zog sich um.

Sollte sie ihm besser Bescheid sagen über das, was sie vorhatte, oder wäre es nicht umso großartiger, ihm das Ergebnis ihrer Recherchen auf einem silbernen Tablett zu servieren? Ach Quatsch, dieses Tablett wäre sogar aus Gold. Sie schminkte sich, zupfte sich das Gummi aus dem Haar und ließ die wellige Pracht über ihren nackten Rücken fallen. Mit einem Paar mörderisch hoher Schuhe war sie bereit für ihren Ausflug als Detektivin: Wie einer drei Engel für Charlie. Den Kinofilm mit Drew Barrymore hatte sie geliebt, und jetzt würde sie zeigen, was sie draufhatte. Sie war nicht nur ein Dummchen, das die Beine breitmachen konnte. Sie würde dafür sorgen, dass Dimitris Stefanakis das versprochene Geld zahlen musste, und Konstantinos würde stolz auf sie sein! Sie packte noch ihre Tasche, stellte sie im Flur bereit und machte sich dann auf den Weg zu der schicken Strandbar, um ihre Fühler auszustrecken.

74. Kapitel

»Warum bist du nicht zu Hause?«, fragte Maria mit ihrer dunklen, rauen Stimme.

Er drehte sich zu ihr um. »Was machst du denn noch hier? Das ist die wesentlich berechtigtere Frage!«

»Ich habe Informationen und dachte, wenn ich sie gleich notiere, kann Zacharis sich morgen früh als Erstes daranmachen, zu prüfen, was sie wert sind.«

»Gut, gut«, sagte er und bemerkte selbst, wie abwesend und desinteressiert er sich anhörte. Das war nicht richtig. Maria war ihm wichtig, und er hatte sie schließlich selbst darum gebeten, sich umzuhören.

»Was ist los mit dir, Stelio?«

Seine Schultern sackten nach unten, und er spürte, wie ihn seine zwanghaft aufrechterhaltene Selbstbeherrschung langsam verließ. Er wollte sie auch nicht mehr aufrechterhalten, er wollte sich jemandem offenbaren, und er wusste, dass Maria ihm niemals in den Rücken fallen würde. Er glaubte zumindest, es zu wissen, denn auch Christos hatte er zwar vieles zugetraut, aber das dann doch nicht. »Es ist, als hätte jemand die Luft aus mir herausgelassen …«

»Wie meinst du das?«

»Ich frage mich, für wen und was ich all das hier mache!«

»Du meinst den ganzen Job oder bestimmte Teile?«, nahm sie den Faden auf und kam langsam näher, als wäre er ein scheues Tier, das davonrennen könnte.

»Am Anfang waren es nur solche Dinge, wie vor der Presse zu stehen und mich beschimpfen zu lassen. Dann kamen die ganzen Gremien hinzu, in denen ich mich für jeden Pups, den wir hier lassen, rechtfertigen muss. Und gleichzeitig darf ich um alles, was wir brauchen, kämpfen wie ein Berserker. Und jetzt …« Er schwieg nachdenklich. Wie war es jetzt?

»Und jetzt möchtest du am liebsten gar nicht mehr hier sein, kannst aber nicht gehen, weil das zu einem absoluten Chaos führen würde«, beendete seine Assistentin seine Ausführungen.

»Ja, so ist es. Christos war heute hier und wollte mich dazu zwingen, ihn als meine Vertretung zu benennen.«

»Sonst?«

»Sonst würde er an der nötigen Stelle verdeutlichen, dass ich ausgebrannt sei und die Abteilung nicht mehr verantwortungsvoll leiten könne!«

»Das hat er gesagt?«, knurrte Maria, und er sah, wie sie die Hände zu Fäusten ballte.

»Im übertragenen Sinne … Er hat es auf seine Art ausgedrückt, aber ich verstehe sehr gut, worauf es hinausläuft.«

»Du hast eine beschissene Scheidung hinter dir und hast einen früheren Freund verloren, auch wenn ihr euch viele Jahre nicht gesehen habt, so was steckt man nicht so einfach weg. Dann die ganzen Budget-Querelen und dieser schwelende Konflikt zwischen deinen beiden Ermittlern. Kein Wunder, dass du irgendwann keine Energie mehr für all das hast. Hätte ich übrigens schon lange nicht mehr.« Sie ging mit ausgreifenden Schritten in Richtung Tür, doch er hielt sie auf.

»Ich kann jetzt nichts trinken, Maria. Ich … ich …« Er brach verzweifelt ab.

Sie kam zurück und setzte sich. »Rede mit mir, Stelio! Du weißt, dass du dich immer auf mich verlassen kannst.«

»Ich trinke manchmal einfach zu viel, und neulich hat mich tatsächlich eine Streife angehalten.«

»Eine Streife«, wiederholte sie erschrocken.

»Ja, aber sie haben mich erkannt und mich davonkommen lassen. Doch es hätte übel für mich ausgehen können. Sehr übel.«

»Du musst wirklich kürzertreten, Stelio, dir eine Auszeit nehmen und deine Energietanks wieder auffüllen, wie man so schön heutzutage sagt«, redete sie ihm ins Gewissen.

Er wusste, dass sie recht hatte, und in gewisser Weise hatte auch Christos recht. Er musste jemanden bestimmen, der ihn vertrat, oder eine übergeordnete Stelle würde es tun, sollte ihm etwas geschehen. Doch die Art, wie der Mann ihm zu nahegetreten war, war unterirdisch.

»Wen soll ich an meine Stelle setzen, Maria? Du weißt, dass meine Ermittler beide dazu nicht in der Lage sind, und den Cyber-Kapetan Spectros sehe ich auch nicht in der Rolle.«

»Ich bin ehrlich, Stelio, wie immer.« Sie straffte sich. »Du hast es versäumt, jemanden *großzuziehen.* Du hast dich für unzerstörbar gehalten, und jetzt musst du feststellen, dass das nicht stimmt, und nun ist die Kacke am Dampfen.«

Sie hatte recht, es war sein Problem, er hatte es kreiert, und es gab nur eine Person, der er zutraute, einen kühlen Kopf in all dem Irrsinn zu bewahren, aber sie war kein Kapetan. Sie war Astinomos B, und das würde sich nicht so einfach bewerkstelligen lassen.

»Du musst es machen, Maria«, setzte er an.

»Bist du bekloppt?«

»Ich muss doch sehr bitten.« Er pochte auf seinen Schreibtisch und setzte sich. »Ich meine das vollkommen ernst. Du weißt über alles Bescheid und kannst es mit einem von diesen Hornochsen gemeinsam machen. Ihm auf die Finger schauen und schwungvoll draufhauen, wenn es nötig ist.«

»Das ist dein Ernst?!« Sie klang fassungslos. »Ich brauche jetzt einen Schnaps. Du bekommst keinen.«

Sie stand auf und ging hinaus. Er hörte sie an ihrem Schrank hantieren und dann das Klirren des Glases, das auf dem Tisch abgestellt wurde. Der Gedanke, der ihm gerade erst in den Kopf gekommen war, nahm Formen an. Diese Lösung könnte ihm ein paar Wochen verschaffen, länger würde er nicht brauchen, um sich wieder in den Griff zu bekommen. Ein bis zwei Monate, dann wäre er wieder auf dem Damm. Das würde ihm auch die nötige Zeit verschaffen, andere wichtige Dinge zu regeln.

»Das ist verdammt viel Verantwortung.« Sie war wieder hereingekommen, stand hoch aufgerichtet vor ihm und ließ ihre Hand wie zufällig über den Schreibtisch gleiten, ihre roten Nägel schimmerten dabei im Licht der Lampe. »Aber diesen Tisch mag ich tatsächlich sehr ...!«

»Ich wusste, dass ich mich auf dich verlassen kann. Jetzt müssen wir nur noch besprechen, wer den operativen Hut aufbekommt. Du hast auf jeden Fall den administrativen auf.« Er schaute sie appellierend an.

»Habe ich denn schon Ja gesagt?«, fragte sie provokativ.

»Du hast nicht Nein gesagt, und das werte ich als Ja. Maria, ich muss mich um mich selbst kümmern, und wenn ich das hier nicht geregelt bekomme ...« Er machte eine Bewegung, die den gesamten Raum einschloss. »... dann bleibe ich, bis ich umfalle, und dann wird es richtig übel.«

»Erpressen Sie mich da gerade, Herr Major?«

»So könnte man es nennen, aber ich nenne es lieber *Vereinbarung auf Zeit mit Herz und Hirn,* und natürlich gehört dieser Arbeitsplatz hier dem administrativen Kopf.«

»Mir ist Hyeronimos menschlich lieber als Christos, aber Christos hat eben nicht *solche* Probleme, und das macht ihn kalkulierbarer und leider auch verlässlicher. Doch es wird so sein, dass, egal, wen du von den beiden nimmst, der andere zutiefst beleidigt ist. Also geht der Hauptgewinn an Elonidas Spectros. Tadaaa!!!« Sie trommelte theatralisch auf den Tisch.

»Das könnte vielleicht sogar dazu führen, dass Hyeronimos und Christos sich zusammentun gegen die neue Doppelspitze«, sinnierte er.

»Übertreibe es nicht, sonst sage ich doch noch Nein.«

»In Ordnung, Maria, aber du hast trotzdem recht. Spectros ist aktuell die beste Wahl.« Er atmete erleichtert auf. Er würde in die Berge fahren, die kleine Hütte seines Großvaters beziehen und ohne Internet in der Abgeschiedenheit Erholung finden. Seine Seele musste sich wieder reparieren, und er musste aufhören zu trinken.

»Ich war so sehr mit mir selbst beschäftigt, bitte entschuldige. Ich habe dich aufgehalten und nicht nachgefragt, was du herausgefunden hast«, leistete er Abbitte, als diese Last von ihm genommen war und er wieder etwas klarer denken konnte.

Sie hob den Blick und schaute ihn bedeutungsschwanger an. »Ich denke, ich weiß, warum sie den Jungen nicht holen!«

75. Kapitel

Er erhob sich und wischte sich den Sand von den Beinen. Er hatte lange darüber nachgedacht, ob seine Reaktion zu spontan und unüberlegt gewesen war, hatte in seinem Kopf Pro-und-Kontra-Listen angefertigt. Doch am Ende wusste er, dass das Wichtigste Kassia war und ihre Sicherheit Priorität hatte. Er hatte keine Ahnung, wie er leben sollte, ohne zu wissen, dass es sie für ihn gab, denn sie war seine Stütze, sein Lieblingsmensch. Doch die Zeit würde Rat bringen. Was ihm zusätzlich bewusst geworden war, war die Tatsache, dass er sie mit seinem Verhalten vor den Kopf gestoßen und verletzt hatte, und er grübelte noch immer darüber, wie er es schaffen konnte, ihr mitzuteilen, warum er so handelte, aber es gab einfach keine vernünftige Lösung. Ein Brief konnte unter Umständen von einem Mitarbeiter geöffnet werden, E-Mails und Telefonate hatte er bereits wegen des Nachrichtendienstes ausgeschlossen. Trommeln und Rauchzeichen fielen auch aus, und damit hatten sich sämtliche Kommunikationskanäle als unbenutzbar erwiesen.

Eine Flaschenpost, dachte er unglücklich, als er einen Stein von seinem Handtuch nahm und in Richtung Meer warf. Immer wieder fuhr die Hand, die er bis vor Kurzem wirklich gut im Griff gehabt hatte, durch sein Haar, nicht etwa einer angenehmen Geste gleichend, die einfach nur die dunkle Fülle berührte, sondern verzweifelt und wütend, sodass er den Schmerz an den Haarwurzeln spüren konnte. Sein Körper zeigte ihm sehr deutlich, was er fühlte und wie verwirrt er war.

Er schlüpfte in seine Bekleidung, packte seine Tasche und ging in grüblerische Gedanken versunken in Richtung Auto. Noch immer saßen viele Menschen im Heaven Beach, und für einen Moment beneidete er sie um ihre Unbeschwertheit, sie hoben prostend die Gläser, lachten, redeten, küssten sich, lehnten sich aneinander. So sah ein normales Leben aus, und er hatte keines. Gut, das war ungerecht, denn er hatte nicht nur einen guten und verantwortungsvollen Job, den er sehr mochte, sondern auch eine wirklich wunderbare Kollegin und Freundin und die beste Yaya der Welt. Er war nicht vollkommen einsam, er hatte auch lockere Freundschaften wie die mit dem Gastwirt Giannis aus Chania, und natürlich waren da seine Eltern im rund 2200 Kilometer entfernten Tübingen.

Mit Kassia verlor er mehr als nur eine billige Liebschaft. Er verlor seine Geliebte, seinen Herzschlag, seine Kraft weiterzumachen und vielleicht am Ende auch sich. Er musste einen Weg finden, ihr zu sagen, was los war, doch die Gedankenspirale in seinem Kopf drehte sich zu wirr umher. Sollte er sich Penelope offenbaren? Sie würde sein Geheimnis ganz sicher niemandem verraten und konnte ihm vielleicht helfen. Doch war es nicht sonderbar, erst jetzt mit dieser Beziehung herauszukommen?

Er stieg ins Auto, legte die Tasche ordentlich auf den Rücksitz und zog das Handy aus der Seitentür. Er war noch nicht bereit zu fahren, er fühlte sich einfach zu aufgewühlt. Ein Blick auf die Uhr zeigte ihm, dass es schon beinahe halb elf war, doch Penelope schlief an einem so schönen Abend sicher noch nicht. Beherzt drückte er auf die Kurzwahltaste und war erstaunt, als sie schon während des ersten Klingeltons das Gespräch entgegennahm.

»Hyeronimo, ist etwas passiert?« Er konnte eine Mischung aus Neugier und Aufregung in ihrer Stimme hören.

»Ich ... ich brauche jemanden zum Reden«, sagte er leise.

»Soll ich vorbeikommen?«

Er fühlte Rührung in sich aufsteigen. Einerseits wurde ihm bewusst, wie glücklich er sich schätzen konnte, und andererseits überkam ihn die Trauer, weil sich der Grund für seine Bitte wie ein Schleier über ihn legte.

»Ich bin in Ammoudara und könnte zu dir kommen«, das klang komisch, so, als würde er bereits vor ihrer Tür herumlungern. »Ich war schwimmen und stehe neben dem Heaven«, fügte er daher erklärend hinzu. »Aber warte kurz, entschuldige Pen, ich ... Es tut mir leid, ich rufe gleich wieder an.«

Er schob das Handy in die Hosentasche und stieg wieder aus dem Wagen aus. Während des Gesprächs war sein Blick über die Glasfront des Lokals geglitten und hatte das blonde, wunderhübsche Mädchen erfasst, das ihm am Sonntag bereits in Anogia aufgefallen war. Was für ein sonderbarer Zufall. Sie saß auf einem Barhocker, den Kopf leicht zur Seite geneigt, sodass ihr langes, welliges Haar sanft über ihre Schultern floss. Doch der Mann, dem ihr verführerisches Lächeln galt, war nicht der dunkelhaarige, den er für ihren Verlobten gehalten hatte. Langsam ging er näher, hob das Handy und schoss einige Fotos durch die Scheibe hinein in den schummrig beleuchteten Barbereich. Etwas an dem Mann kam ihm bekannt vor, doch er konnte nur seinen Rücken sehen und musste unbedingt eine andere Perspektive auf das Paar bekommen. Er hatte keine Ahnung, warum ihn das so elektrisierte, doch sein Bauchgefühl riet ihm, dies zu tun. Die Frau wurde von einer gelb-grünen Aura umwabert und der Mann von einer blutroten.

Er wandte sich in Richtung Parkplatz, denn durch den Eingang von dort hatte man einen Blick auf die Bar in Richtung Meer, und so würde es möglich sein, auch das Gesicht des Mannes zu sehen. Doch etwas in ihm sagte ihm, dass er es schon wusste und dass dies hier einer der Zufälle war, die in Wirklichkeit gar keine waren, sondern reine Vorsehung. Warum sonst war ihm das Mädchen so aufgefallen? Es gab viele wunderschöne Frauen auf der Insel, Einheimische und Touristinnen. Sich eine davon zu merken, sie bewusst wahrzunehmen und ihr Bild abzuspeichern bedeutete also etwas, und seine spontane Entscheidung, an diesen Strand zu fliehen, den er eigentlich gar nicht so sehr mochte, und damit heute Abend hier zu stehen, das schien tatsächlich Fügung zu sein. Er verdrängte all seine belastenden Gedanken und ging gemessenen Schrittes ganz nah am Rand der parkenden Fahrzeuge entlang, um keine Aufmerksamkeit auf sich zu ziehen. Er sah den Mann leider nach wie vor nicht komplett, schoss aber trotzdem noch zwei weitere Fotos.

Der Kerl legte wie zufällig seine Hand an den Arm des Mädchens, und sie erhoben sich beinahe gleichzeitig. Schnell trat Hyeronimos in den Schatten der großen Palme, die dicht an der kleinen Mauer stand, die den Parkplatz umsäumte. Die beiden umrundeten die Theke der Bar und steuerten auf den Ausgang zum Parkplatz hin. Was sollte er tun? Wegrennen und so tatsächlich Aufmerksamkeit erregen, oder sich in den Spalt zwischen Palme und Mauer kauern? Er entschied sich rasch für Zweiteres, und schon kamen die beiden heraus. Die Lichter des Schriftzuges über der Tür beleuchteten das Gesicht des Mannes mit einem rötlichen Schimmer, und er erkannte Costas Xylouris.

76. Kapitel

Gaia hatte sich nach dem Abendgeschäft rasch in ihre Räume zurückgezogen, um allein zu sein und nachzudenken. Sie war am späten Nachmittag geradezu aus dem Haus ihrer Freundin geflüchtet und hatte die fadenscheinige Entschuldigung vorgebracht, etwas stimme mit dem Computersystem nicht und ihre Schwiegereltern seien damit überfordert. Sie hatte nicht länger bleiben können. Alexia, die plötzlichen Tränen, die beiden Frauen, ihr schlechtes Gewissen, die Schuld, die sie auf sich geladen hatte, all das war unaufhaltsam auf sie eingeprasselt und ihr zu viel geworden. Sie würde sich an ihren Entschluss halten und Elara und Dorea nicht mehr in diesem Rahmen treffen, am liebsten würde sie sie gar nicht mehr wiedersehen wollen. Doch jetzt, wo sie mit ihnen gesprochen hatte und sie irgendwie wieder präsent waren – die Formulierung kam ihr selbst sonderbar vor, doch so war es nun einmal –, war alles anders.

Mit ihnen an einem Tisch zu sitzen hatte sie wieder real werden und nicht nur als Scherenschnitt irgendwo in der Ferne aufblitzen lassen. Sie lebten und hatten an ihrem Schicksal zu tragen. Auch wenn Elara, die psychisch instabil wirkte, drei Kinder allein großzuziehen hatte, so schien sie doch finanziell gut abgesichert zu sein, und die Kinder machten einen ordentlichen, wohlerzogenen Eindruck. Dorea hatte es schlechter getroffen, und ihr wurde leicht übel bei dem Gedanken, dass die einst so lebensfrohe Frau auf Essen verzichtete, um Geld einzusparen für Kind und Mann. Sie sollte ihr eine Arbeit im Hotel anbieten, denn hier gab es immer etwas zu tun. Zumindest wäre es eine gute Geste, obwohl ihr bewusst war, dass es unmöglich sein würde, den schwerbehinderten Manolis allein zu Hause zu lassen. Dorea hatte nur ein paar Dinge erzählt, und doch hatte sich Gaia danach beschämt gefühlt.

Sie hatte geglaubt, sie hätte es am schlimmsten getroffen, da sie im Ungewissen schwebte. Ihr tief greifender Glaube, dass er noch lebte, ließ sie zwar irgendwie weitermachen, raubte ihr aber eben auch oft die Ruhe, denn wenn er noch dort draußen irgendwo war, warum versuchte er dann nicht, sich ihr zu offenbaren? Aber vielleicht hatte sie sich auch vollkommen verrannt in ihre Fantasie und sich so einfach der Trauer und dem dazugehörigen Prozess entzogen. Es war so leicht gewesen, alle Zeichen in diese Richtung zu interpretieren und selbst ihren gleichmäßigen Herzschlag als Anhaltspunkt zu nehmen, dass er noch in diesem Universum existierte. Wenn sie all das nicht gehabt hätte, dann hätte sie es wahrscheinlich Elara gleichgetan. Nur dass es eben in ihrem Leben keine Selena gab, die sie daran gehindert hätte. Sie wollte keinen anderen Mann als Vangelis in ihrem Leben. Er hatte sie erweckt und gerettet. Sie war eine Überlebende, hatte Schreckliches ertragen müssen, aber ihn hatte es nicht abgestoßen. Er hatte ihr mit seinen Lippen Liebe in den Körper gehaucht, und das hatte sie stärker werden lassen. Überlebende waren stark. Das hatte sie in jedem Forum im Internet gelesen, doch durch ihn war es wirklich wahr geworden. Sie hatte es spüren können, wie die Kraft sie durchflutete, wenn er sie hielt oder auch nur anlächelte, und dann hatte dieses beschissene Leben ihr wieder einen Schlag versetzt und ihr gezeigt, wo ihr Platz war. Sie hatte nach Luft geschnappt, wie ein Fisch auf dem Trockenen, und nur die Waffe in ihrem Hosenbund hatte ihr geholfen, nicht zu ersticken. Sie hatte so dringend jemanden bestrafen wollen, jemandem die Schuld geben wollen. Die Befriedigung spüren wollen, wenn die Kugel ein Loch in denjenigen gesprengt hätte, der verantwortlich dafür gewesen war, dass der Angelausflug so geendet hatte. Jemand musste schuldig sein, und wenn es dieser verflixte Gott war.

Irgendwann hatten die Bärtigen in den Tavernen begriffen, dass sie nicht einfach so verschwinden würde, und dann war der Tag gekommen, den sie gefürchtet und zugleich erhofft hatte.

77. Kapitel

»Ich habe mir Sorgen gemacht!« Sie schob ihn geradezu herein, obwohl sie wusste, dass er es nicht besonders mochte, so angefasst zu werden. Doch die vergangene Stunde war nicht besonders lustig gewesen.

»Es tut mir leid. Ich konnte dir nicht Bescheid sagen.« Er sah tatsächlich reumütig aus, er schnappte sich vom Tisch einen Zettel und einen Kugelschreiber und notierte. *Sag jetzt bitte nichts, mach dein Handy komplett aus und bring es dann in einen anderen Raum.*

Sie schaute ihn verständnislos an, doch er machte eine bittende Geste, und sie tat wie geheißen.

»Erklärst du mir, was das alles bedeutet? Möchtest du etwas trinken? Ich habe einen schönen Malagousia offen.« Er nickte, und sie ging zum Kühlschrank, holte die kalte Flasche heraus und goss ihm ein Glas ein. Dann warf sie ihm einen auffordernden Blick zu: »Ich habe auf dem Balkon gesessen, kommst du mit raus?«

Erstaunt nahm sie zur Kenntnis, dass er den Kopf schüttelte. »Das geht nicht, aber ich werde alles erklären. Gib mir einfach etwas Zeit, bitte.«

»Okay, lass mich kurz mein Glas hereinholen.« Sie ging rasch hinaus und war nach wenigen Sekunden zurück und goss sich etwas nach, bevor sie die Flasche wieder verstaute.

»Es ist kompliziert«, sagte er und nahm einen Schluck.

»Ich bin gut im Entwirren von komplizierten Dingen, also wenn es dabei nicht um mich selbst geht.« Sie lächelte ihn an.

»Ich … mhh … ich fange am besten von hinten an, obwohl ich in der Pferdetherapie gelernt habe, das Pferd immer von vorn aufzuzäumen.«

»Du warst in der Pferdetherapie?«

»Meine Eltern haben alles probiert, was der Markt so hergab, und eine Bekannte mit Pferd meinte, die sanften Tiere seien gute Menschenversteher«, erklärte er. »Aber das ist jetzt nicht wichtig. Wichtig ist allerdings, dass ich nach dem Schwimmen jemanden im Heaven gesehen habe, und zwar, wie ich nun weiß, in einer prekären Situation.«

»Ich bin ganz Ohr. Wollen wir uns setzen.« Sie zeigte auf ihr gemütliches buntes Sofa. Er nickte und ließ sich in das Polster fallen. Sie tat es ihm nach.

»Es war Costas Xylouris – mit einem Mädchen, das ich eventuell für eine Prostituierte halte.«

»Oha, Hyeronimo, das ist eine fette Anschuldigung. Wie kommst du darauf? Was hat er gemacht? Hat er dich auch gesehen?«

»Er hat mich nicht gesehen. Wie ich darauf komme? Ich habe dieses Mädchen am Sonntag interessanterweise in Anogia schon einmal gesehen, in Begleitung eines anderen Mannes. Jetzt saß sie mit Xylouris an der Bar, dann sind sie aufgestanden und in ein nahe gelegenes Apartmenthaus gegangen. Er kam nach ungefähr dreißig Minuten wieder heraus, ist in sein Auto gestiegen und weggefahren. Sie kam ungefähr fünfzehn Minuten nach ihm heraus, war dann leger gekleidet und trug eine kleine Reisetasche. Ich bin ihr bis an die Straße gefolgt, dann ist sie in ein Taxi gestiegen«.

»Du weißt schon, dass das alles Mögliche bedeuten kann. Das kann seine Tochter sein oder seine Nichte oder seine Freundin, die ihn betrügt«, warf sie ein. »Wie kommst du darauf, dass sie eine Sexarbeiterin ist?«

»Ich musste ja mein Auto holen, das am Heaven stand. Also bin ich noch mal rein, habe mich an die Bar gesetzt, deshalb bin ich so spät dran, und dann habe ich den Barkeeper nach der wahnsinnig attraktiven Blondine gefragt. Er hat komisch reagiert!«

»Wie meinst du das ... komisch?«, hakte sie nach.

»Er hat verschwörerisch gegrinst und gesagt: ›Sie ist gerade beschäftigt.‹ Das sagt man doch nicht einfach so. Er hat mich nicht gefragt, warum ich das wissen will oder so – gar nichts in diese Richtung.«

»Du hast recht, das klingt tatsächlich etwas sonderbar. Trotzdem geht mir die Vermutung etwas zu schnell, und selbst wenn, warum interessiert dich, was der EYP-Agent in seiner Freizeit treibt? Da könntest du bestimmt in jedem Dezernat eine Menge Typen hochnehmen!«, tat sie ihre Meinung kund.

»Ich muss dir etwas erzählen«, begann er, und sie sah an seiner Miene, dass ihn etwas tief zu bewegen und verwirren schien.

»Ich bin deine Freundin, Hyeronimo. Du kannst mir alles erzählen.«

»Da sind zwei Dinge, Penelope. Erstens: Ich habe etwas Furchtbares getan, und ich weiß mir keinen Rat mehr ... Und zweitens: Es wäre wie eine Art Rettungsanker, sollte die junge Frau eine Prostituierte sein.«

»Jetzt wird es kompliziert, du musst mir schon alles von Anfang an erzählen«, forderte sie ihn auf, und er begann bei seinem ersten Treffen mit der Frau, der sein Herz gehörte.

Sie war erstaunt und auch etwas betroffen: Warum hatte er sich ihr nicht früher anvertraut? Sie hatte ihm doch auch alles über ihre Gefühle zu Eleni erzählt und war immer offen gewesen. Doch er war eben Hyeronimos, und seine Herausforderung lag unter anderem darin, Menschen nah an sich heranzulassen. Deshalb überraschte es sie auch, dass er sich auf eine Beziehung dieser Art eingelassen hatte, obwohl sie natürlich auch eine gewisse Form von Sicherheit für ihn beinhaltete. Sicher würde seine Kassia nicht morgen mit ihren Koffern vor seiner Tür stehen und in sein geordnetes Leben eindringen wollen. Und Hyeronimos war einer von den Guten. Er war nicht intrigant, spielte keine Menschen gegeneinander aus oder benutzte sie zu seinem Vorteil, insofern war die nach Liebe und Respekt suchende Politikergattin bei ihm gut aufgehoben.

»Was soll ich jetzt nur machen?«, fragte er verzweifelt, und sie konnte sehen, wie sehr er litt.

»Wir denken gemeinsam darüber nach, wie du ihr erklären kannst, warum du dich so verhalten hast, und wir sollten eine Runde *Was wäre, wenn* spielen!«

»Ich … ich bin gerade nicht besonders einfallsreich«, wehrte er ab.

»Genau deshalb machen wir es ja, weil wir zusammen Lösungen finden, indem wir möglichst viele Perspektivwechsel vornehmen.«

Er schloss kurz die Augen und nickte.

»Trinkst du noch ein Glas? Du kannst ein Taxi nehmen, und wir holen dein Auto morgen einfach gemeinsam … also heute«, sagte sie mit einem Blick auf die Uhr und holte den Wein aus dem Kühlschrank, griff nach einer Schale mit kleinen grünen Oliven und den Graviera-Käsewürfeln.

Er zeigte mit zwei Fingern die Weinmenge an und bat: »Hast du auch einen Schluck Wasser für mich, ich fühle mich vollkommen ausgedörrt.«

Rasch sorgte sie noch für eine Flasche Wasser auf dem Tisch und stellte verschiedenfarbige Gläser dazu. In ihrer Wohnung herrschten bunte starke Farben vor: Pink, Türkis, Gelb, ein leuchtendes Rot. Alles sah durcheinandergewürfelt aus, doch wer genau hinsah, konnte das Konzept dahinter verstehen und erkannte, dass alles aufeinander abgestimmt war. Durch die offene Balkontür drang die laue Luft vom Meer herein, und obwohl ihre Themen alles andere als entspannend waren, fühlte sie sich behaglich. Er war ihr bester Freund, und wenn sie ehrlich zu sich selbst war, dann hatte sie noch nie einen Freund wie ihn besessen, und sie wusste, dass sie für ihn auch etwas Besonderes war.

»Was wäre, wenn ich sie kontaktiere und mit ihr etwas ausbaldowere, wie ihr gefahrlos kommunizieren könnt«, schlug sie vor.

»Was wäre, wenn ich den Nachrichtendienst auf sie aufmerksam gemacht habe und sie jetzt einfach ihre gesamte Kommunikation verfolgen …«

»Hyeronimo, du gehst in deinem Katastrophenszenario davon aus, dass das alles schon passiert ist, aber du weißt es nicht«, warf sie beruhigend ein, aber auch ein bisschen irritiert, denn er sah wirklich im Augenblick nur schwarz. Er konnte nicht wissen, ob der EYP ihn überhaupt überwachte, wobei das tatsächlich keine ganz absurde Vorstellung war, doch es war nicht gleichbedeutend damit, auch sofort die Gespräche einer Frau in exponierter Position in Athen zu belauschen. Sie selbst jedoch hatte man gewiss auf dem Radar, denn erstens war sie auf der Insel bekannt wie ein bunter Hund, und zweitens hatte Hyeronimos sie Xylouris ja auch als seine Vertraute vorgestellt.

»Ich habe dich doch auch schon da mit reingezogen«, sagte er nun und hörte sich an, als trüge er die Last der Welt auf seinen Schultern.

»Dazu brauchen die dich gewiss nicht«, wiegelte sie sofort ab. »Es ist allgemein bekannt, dass wir gemeinsam ermitteln, und ich bekomme deine Toten immer auf meinen Tisch. Wir arbeiten zusammen – und dass wir befreundet sind, ist auch kein Geheimnis!«

Er schwieg nachdenklich. »Du hast recht. Wir haben daraus nie ein Mysterium gemacht, warum auch. Ich verabscheue diesen Kerl, Penelope, und deshalb will ich ihm an den Karren fahren!«

»Und das ist das Problem, Hyeronimo. Wenn du aus einer solchen Emotion heraus agierst, machst du Fehler, und dann bist du es, der sich angreifbar macht. Was wäre, wenn wir gemeinsam versuchen würden, herauszufinden, wer das Mädchen ist, und uns dann überlegen, was wir mit der Information anfangen?«

»Das können wir gern machen«, lenkte er ein, »auch wenn ich mir sicher bin, dass es so ist. Die gesamte Situation wies darauf hin. Das war kein Vater-Tochter-Treffen, und ich bin mir sicher, dass sie nicht seine Freundin ist. Der junge Mann vom Sonntag und sie tragen die gleichen Ringe.«

»Sie könnte Xylouris' Nichte sein oder sein Patenkind. Es gibt so viele andere Möglichkeiten.«

»Nein. Was wäre, wenn ich recht habe?«, beharrte er auf seinem Standpunkt.

»Selbst wenn du recht hast, kannst du ihn nicht einfach damit konfrontieren. Er sitzt am längeren Hebel.«

»Also lassen wir uns von der Angst knebeln«, begehrte er auf, »wir ertragen auf der einen Seite diese Mafiatypen in den Bergen, die sich für ihre kriminell erworbenen Millionen riesige Villen bauen und Privatarmeen beschäftigen, wir ertragen auf der anderen Seite Institutionen wie den Nachrichtendienst, der seine eigenen Leute bespitzelt und vor nichts haltmacht. Weil wir uns fürchten. Mir geht es dabei nicht um mich, ich habe nur Angst um Kassia!«

Sie schwiegen beide nach diesem leidenschaftlichen Plädoyer.

»Und um dich«, fügte er nach einer kurzen Pause hinzu.

»Wir passen aufeinander auf.«

»Was wäre, wenn das alles ein abgekartetes Spiel ist, bei dem uns die Politik einfach den Wölfen zum Fraß vorwirft, weil etwas schiefgelaufen ist?« Er hob den Kopf und schaute ihr in die Augen.

»Wie meinst du das? Denkst du, Stefanakis und Xylouris machen gemeinsame Sache? In welcher Richtung? Wozu brauchen sie jemanden wie den *Entrepreneur*. Was für ein Name, den kann man echt kaum aussprechen!«

»Es könnte doch sein, dass es um den Schmuggel von besonderen Gütern, sogenannten Hochwertressourcen geht, wie zum Beispiel ein Langwellenfunkgerät, einen speziellen Sender oder einen Zünder. Zacharis hat mir eine Liste mit möglichen Objekten besorgt, die im militärischen Kontext interessant sind. Minidrohnen sind auch denkbar. Die Türken bauen sie zum Beispiel, der Iran und auch Singapur«, führte er an.

»Wer könnten die Drahtzieher sein? Für welche Nationen ist das auf diesem Weg interessant, und wozu braucht man da einen Kriminellen?«, fasste sie fragend zusammen, was ihr durch den Kopf ging.

»Es gibt eine Menge Möglichkeiten. Kreta ist für so viele Nationen von Bedeutung. Die Lage der Insel macht es zum Beispiel möglich, mit moderner Abhörtechnik die Ohren bis in den Nahen Osten zu spitzen. Oder es wird einfach nur auf einem sicheren – und damit auch vom Militär losgelöst –, *unauffälligeren* Weg über die Berge transportiert und von dort auf einen offiziellen Frachter verladen ...«

»Ich verstehe nicht, warum man sich so eine Mühe machen würde, draußen auf dem Meer vor Sitia etwas zu übergeben, und es dann quer durch die Pampa schleppt, um es im Anschluss wieder aufs Meer zu schicken. Dann könnte man doch gleich etwas von Boot zu Boot geben. Wobei das wohl einige Risiken birgt, wenn ich so darüber nachdenke.«

Er nickte bestätigend, und sie fuhr fort: »Diese Schiffe müssten sich ja irgendwo treffen, um das *Dings* zu übergeben, damit gibt es in der Besatzung eine Menge Mitwisser, und die Gefahr, dass so ein Treffen beobachtet wird, ist auch sehr groß. Okay, ich sehe es selbst: Das ist nicht clever. Aber so ein Hubschrauber ist ja auch nicht gerade unauffällig.«

»Er könnte aber etwas von einem kleineren Schiff mit geringer Besatzung und in kurzer Zeit übernehmen: Position ansteuern, Seilwinde runter, was auch immer anhängen, hochziehen, und weg ist er. Das Manövrieren von zwei

Schiffen auf hoher See ist wahrscheinlich wesentlich komplizierter und zeitaufwendiger.«

»Warum dann aber drei Leute im Heli?«, sinnierte sie.

»Der *Entre...*, also der Unternehmer – so werde ich ihn jetzt nennen, denn dieses französische Wort ist doch wirklich albern – ist wahrscheinlich dabei, um alles zu beaufsichtigen, und fliegt logisch nicht selbst. Er nimmt die Ware entgegen. Wahrscheinlich ist er sogar derjenige, der den Deal eingefädelt hat, oder eben der Kontaktmann zwischen Verkäufer und Käufer ... oder sogar offiziell der Käufer.«

»Kein ungefährlicher Job, aber es steckt bestimmt eine Menge Profit dahinter.« Sie nickte anerkennend.

»Findest du das irgendwie ... gut?« Er schaute sie irritiert an, denn er hatte ihren Tonfall richtig gedeutet.

»Nein, ich finde das nicht gut, aber wenn es so abläuft, dann ist das eine krasse Organisation, und dieser Typ, okay, nun ist er ziemlich tot und hat von seiner Kohle nichts mehr, hält eine ganze Menge Fäden in der Hand und hat bestimmt irgendwo auf einem Offshore-Konto Millionen liegen!«

»Es ist und bleibt zum Kotzen«, sagte er mit angewidertem Blick, »mit legaler Arbeit kannst du selten so viel verdienen wie mit Macht und Zerstörung. Doch ich bin nicht bereit, bei alldem stillschweigend mitzumachen und mich wie eine Puppe an Fäden führen zu lassen.« Er bewegte seine Hand, als würde er mit einer Schere etwas über seinem Kopf durchschneiden.

»Wir müssen vorsichtig bleiben und uns gut überlegen, wie jeder unserer Schritte aussieht, und am besten unterhalten wir uns ab jetzt weder im Präsidium oder im Institut noch über ein technisches Kommunikationsmittel«, schlug sie vor und kam sich vor, als wäre sie versehentlich in einem Agententhriller gelandet.

Er nickte langsam. »Wir gehen stattdessen ohne Handy spazieren.«

»Ohne Handy? Musste ich deshalb mein Handy wegbringen?«

»Ich habe mal einen entsprechenden Bericht gelesen, in dem stand, dass Hacker die Kamera und das Mikrofon eines Smartphones einschalten können und so alles Mögliche sehen und hören können, was du tust und sagst«, erklärte er.

Einen Moment lang kroch Übelkeit in ihr hoch. Sie nahm einen Schluck des fruchtigen Weines und sagte dann entschlossen: »Wir finden einen Weg, aber jetzt kümmern wir uns erst einmal um deine Kassia!«

78. Kapitel

Sie hatte sich für ein Taxi entschieden, da die Tasche schwerer geworden war als gedacht. Sicher wäre es intelligenter gewesen, zu Fuß zu gehen, um sich noch mehr zu beruhigen und Abstand zu gewinnen. Doch intelligent hatte sie an diesem Abend insgesamt nicht gehandelt, also kam es nun auf diese Entscheidung auch nicht mehr an. Sie hatte keinen Plan B gehabt für so einen Fall. Kaum war sie an der Bar aufgetaucht, um sich zu erkundigen, hatte der Kerl tatsächlich neben ihr gestanden. Fast so, als hätte er auf sie gewartet. Doch warum sollte er das getan haben? Es gab viele Mädchen wie sie. Sie war nichts Besonderes. Andere waren hübscher, besser gebaut und vermutlich viel bereitwilliger als sie.

Konstantinos.

Sie bekam kurz keine Luft, als sie an ihn dachte. Was hatte sie nur getan, und wie sollte sie damit umgehen? Sie wollte ihn nicht belügen, denn das war Gift für jede Beziehung. Doch es war unmöglich, ihm zu erzählen, was sie getan hatte, um an Informationen zu kommen. Obwohl sie es getan hatte, um ihnen beiden eine bessere Zukunft zu bescheren und nicht etwa, weil ihr langweilig gewesen war oder sie den Sex mit einem Fremden vermisst hatte. Der Agententyp hatte sie bedrängt, sie hatte nur mit ihm reden wollen. Ihm ein paar belanglose Fragen stellen wollen, um ihn so dazu zu bringen, dass er ins Erzählen kam. Doch diesmal war er nicht so leicht bereit gewesen, von den Geheimnissen, die ihn umgaben, zu schwärmen.

Er hatte ihr seine feuchtkühle Hand auf den Oberarm gelegt, sie langsam hinabgleiten lassen, so, als hätte er erwartet, dass sie bei dieser Berührung dahinschmolz und sich ihm noch an der Bar hingab. Er hatte nicht geahnt, wie wenig anziehend sie ihn fand. Er war ein Job! Mehr nicht. Sie hatte verführerisch gelächelt und mit allen möglichen Maschen versucht, das Unvermeidbare zu verhindern. Doch irgendwann war ihr klar geworden, dass sie nicht den ganzen Abend hier herumhocken konnte. Schließlich hatte sie Konstantinos versprochen, bald zurück zu sein. Sie musste zum Ziel kommen. Der Kerl musste reden, und das tat er eben am liebsten, wenn sie vor ihm kniete und ihn befriedigte.

Sie wischte sich über den Mund, und der Taxifahrer beobachtete sie im Spiegel, als wüsste er, was sie getan hatte. Sie schämte sich. Das, was ihr der Mann dann letzten Endes erzählt hatte, war dummes Zeug gewesen, denn sie glaubte nicht, dass er alle auf der Insel in der Hand hatte, jeden nach seiner Pfeife tanzen lassen konnte und seine Macht sogar bis Athen reichte. Das war vollkommener Blödsinn.

Kurz vor dem Orgasmus hatte er gestöhnt: »Sogar die Mafia tanzt in meinem Takt. Ich kenne jeden dieser kleinen dreckigen Mörder und kann sie alle jederzeit hochgehen lassen!«

Dann war das Spiel zu Ende gewesen. Er hatte bezahlt, und sie gab dieses schmutzige Geld nun dem Taxifahrer. Wie sollte sie ihr Wissen nutzen, ohne ihrem Geliebten zu sagen, dass sie ihn für 10 Euro und ein paar lächerliche Angebereien verraten hatte? Es war unmöglich, ihm die Wahrheit zu sagen, denn egal, wie gelassen er bisher auf ihre Vergangenheit reagiert hatte, nun waren sie verlobt, und das, was sie getan hatte, war widerlicher Betrug. Er täte gut daran, sie einfach aus dem Haus zu werfen und sie wieder dorthin zu schicken, wo sie hergekommen war. Sie war anscheinend schon vollkommen von diesem Leben aufgesogen und konnte sich nicht mehr befreien, egal, welche wundervolle Perspektive ihr geboten wurde. Trotzdem überlegte sie, wie sie Konstantinos berichten konnte, was ihr der Mann vorgestöhnt hatte, um zu überprüfen, ob alles Blödsinn war oder ob tatsächlich ein Fünkchen Wahrheit in alldem steckte.

Erneut fuhr sie sich mit dem Handrücken über den Mund, um sich das ekelhafte Gefühl wegzuwischen, das der Oralsex dort hinterlassen hatte. Das Auto hielt vor dem hell erleuchteten schönen Anwesen, und die Scham drohte sie fast zu erdrücken.

»Was ist denn nun?« Der Taxifahrer hielt ihr fragend die Hand hin, und sie drückte ihm den Schein hinein.

Dann schnappte sie sich ihre Tasche, das Taxi brauste davon, und sie machte sich auf den Weg zur Haustür, immer noch voller Sorge, dass er es sofort bemerken würde. Doch eigentlich war sie eine recht gute Schauspielerin, denn oft genug hatte sie irgendwelchen Typen Spaß an der Sache vorgemacht, obwohl sie sich danach gesehnt hatte, dass es endlich vorbei und sie wieder allein war. Sie musste sich nur zusammenreißen, dann würde es schon funktionieren. Konnte sie vielleicht behaupten, dass ihre Mitbewohnerin den Mann nun am Hals hatte und dass er ihr ebenjene Aufschneidereien aufgetischt hatte? Das wäre eine Möglichkeit. Sie hatte Konstantinos schon davon erzählt, dass sie über allerlei sprachen, was die Kundschaft anging, sich warnten, Empfehlungen aussprachen, aber auch aufeinander achtgaben. Ja, das war eine gute und umsetzbare Idee.

Sie atmete tief durch, klopfte an die Tür, und als er sie überschwänglich und mit einem glücklichen Strahlen öffnete, musste sie sich gar nicht verstellen, um sofort genau wie er zu fühlen. Sie liebten einander, und nur darauf kam es an.

79. Kapitel

Zacharis schaute Maria an und konnte kaum glauben, dass sie an Stelios Mentakis' Schreibtisch saß.

»Das wird heute noch alles offiziell verkündet. Also mach den Mund zu, sonst fliegen noch Mücken rein«, sagte sie lachend und bedeutete ihm, sich zu setzen.

Was war hier nur los? Er hatte das Gefühl, dass sich alles auf sonderbare Weise veränderte. Sein Vorgesetzter hatte ihm mitgeteilt, dass er keinerlei Informationen über den aktuellen Fall mit ihm am Telefon oder per Mail teilen wollte, und auch sein Büro hatte er zur Tabuzone erklärt. Stattdessen wollte er mit ihm spazieren gehen. Draußen! In der knallheißen Sonne! Er konnte es nicht fassen, und nun erfuhr er, dass der Major für einen aktuell unbekannten Zeitraum krankgeschrieben war und seine Assistentin Maria auf dem Chefsessel saß.

»Ich mache als CAO alles, was bei dieser Position zum Verwaltungsbereich gehört, und die anderen Aufgaben wird Elonidas Spectros von der Cyber-Einheit als COO übernehmen«, fuhr sie fort, während er versuchte, eine angenehme Sitzposition zu finden. Die Situation überforderte ihn ein wenig.

»W's h'ßt d's?«, nuschelte er, und ihm war klar, dass es sich noch unverständlicher als sonst anhörte.

»Die englischen Abkürzungen?«

Er nickte.

»CAO bedeutet einfach nur Chief Administration Officer und COO Chief Operation Officer«, erklärte sie grinsend, »ich finde, das hört sich außerordentlich wichtig an.«

Sie lachte schallend, und er fühlte sich noch unsicherer. Maria war wie eine Naturgewalt, wenn sie lachte. Alles an ihr bebte dann, und er hatte jetzt sogar das Gefühl, dass auch der Raum zu wackeln begann.

»Es ist nur vorübergehend, Zachari. Stelios braucht eine Auszeit, das ist in diesem Irrenhaus auch kein Wunder. Er erholt sich ein paar Wochen und ist bald wieder frisch und munter zurück. Aber jetzt zu uns beiden. Was hast du herausbekommen?«

Zacharis legte die Ausdrucke, die unter seinem klammernden Griff etwas gelitten hatten, auf den Schreibtisch.

»Selbsterklärend?«, fragte sie mit hochgezogenen Augenbrauen.

Er war sich nicht sicher, ob er nicken oder den Kopf schütteln sollte. Er war noch nicht in dieser Wirrnis angekommen und befürchtete daher, kaum einen verständlichen Satz herauszubringen. Doch gerade gestern erst hatte seine Freundin ihm gesagt, dass man im Präsidium sehr zufrieden sein müsse, einen Mitarbeiter wie ihn zu haben, und er solle sich dessen bewusst sein und sich daher nicht kleinmachen. Er solle sich aufrichten, hatte sie gesagt, und so tun, als wolle er zwei bis drei Kerzen von der Ferne auspusten. Das machte er nun, er drehte seinen Kopf ein wenig zur Seite, pustete imaginäre Kerzen aus und sagte dann. »Frag, w'nn du was nicht verst'nden h'st.« Verwundert nahm er wahr, dass es zu funktionieren schien, und obwohl Maria ihn beobachtete, pustete er noch drei weitere Kerzen aus und fühlte sich etwas gelassener.

Sie ließ den Finger über das Papier gleiten, und ihre Lippen bewegten sich beim Lesen. »Also stimmt es. Sie holen den Jungen nicht ab, weil er Mist gebaut hat und Serpantakis nun an dem Sohn seiner Schwester ein Exempel statuiert.«

Zacharis nickte. Es war zwar ein wenig frei interpretiert, doch sie hatte recht. Der achtundzwanzigjährige Achilleas war vor nicht allzu langer Zeit aus den USA zurückgekommen, und der Clanchef hatte ihm rasch anspruchsvolle Aufgaben zugeteilt. Sicher auch, weil er einen Flugschein hatte oder zumindest fliegen konnte, und natürlich, weil er nicht irgendein Neffe war, denn auf Kreta war der Begriff weit gefasst, sondern der Sohn seiner Schwester und damit tatsächlich von seinem Blut.

»Wenn er w'rkl'ch allein v'rantwortl'ch war«, Zacharis pustete noch einmal, »dann ist er auch allein sch'ld!«

»Ja, so wird sein Onkel das wohl beurteilen, denn schließlich ist der Junge tot, und auch ein weiterer wichtiger Drahtzieher lebt nicht mehr«, sinnierte Maria.

»Und d'r Mörd'r ist spurlos v'rschwund'n.«

»Niemand kann spurlos verschwinden. Selbst auf unserer Insel geht das nicht. Man kann sich hervorragend irgendwo in einer Höhle verstecken und wird unter Umständen niemals gefunden. Aber auch das geht gewiss nicht ohne Spuren. Wir müssen diese Spuren finden, Zachari.«

Er nickte. Maria hatte recht. Der Mann – oder vielleicht war es auch eine Frau gewesen – musste irgendwie vom Wasser an Land gekommen sein.

»Dr. Demostaki hat Selbstmord ausgeschlossen?«, fragte Maria.

»Ja.«

»Wir suchen also einen Mörder aus dem Dunstkreis von Serpantakis, der dem Clanchef wohl nicht sehr zugetan ist, oder der Junge war ein Kollateralschaden und es ging nur um diesen Typen mit dem französischen Namen. Hast du schon herausgefunden, wie er sich aktuell bei uns genannt hat?«

Er deutete auf den Namen *Rheos Papadopoulos.* Dies war der griechische Name, unter dem der Mann gearbeitet hatte. Er hatte unterschiedliche Identitäten besessen, und der Kollege von der DEE hatte die Vermutung geäußert, dass der Mann die Namen kontextbezogen nutzte, je nachdem, in welchem Land und Umfeld er sich bewegt hatte.

»Gibt es irgendwas, womit wir etwas anfangen können?«, wollte Maria nun wissen.

Er fächerte die Papiere weiter auf und zog das unterste Blatt hervor. Es war ein sehr körniges Bild, das einen Mann mit dunklem Seitenscheitel, Anzug mit Fliege und einem Lächeln im Gesicht zeigte. Neben ihm stand ein Uniformierter, der selbst bei der miesen Qualität des Fotos als hochdekorierter US-amerikanischer Offizier zu erkennen war.

»Na bravo«, sagte sie, »die Amis kennen ihn also auf jeden Fall schon mal. Von wo stammt die Aufnahme?«

»Von ein'm Empfang in Ch'nia. K'ptakis von der DEE hat sie m'r g'schickt.«

»Ich sollte mich also dringend einmal mit dem Herrn von der Direktion für kriminologische Ermittlungen unterhalten, stelle ich fest.« Sie lächelte wieder, aber diesmal sah sie aus wie ein grinsender Hai.

Es schauderte ihn kurz. Mit Maria sollte man es sich nicht verderben.

»Du od'r eher Spectr's?«, wagte er zu fragen, denn das ging in seiner Welt doch etwas über die klassische Verwaltungsarbeit hinaus und sollte daher eher von dem Kommissar, der mit ihr die Abteilung leitete, in Angriff genommen werden.

Sie winkte ab. »Schließlich ist es mir und meinen *Kontakten«,* sie setzte das Wort mit den Händen in Anführungszeichen, »zu verdanken, dass wir wissen, was die Familie Serpantakis davon abhält, Achilleas abzuholen und ordentlich zu beerdigen. Also darf ich da auch nachhaken, oder spricht aus deiner Sicht etwas dagegen?«

Sie deutete mit ihrem knallrot lackierten langen Nagel auf ihn, und er wäre beinahe zurückgezuckt. Langsam schüttelte er den Kopf. Unterm Strich ging es ihn nichts an. Es war nicht sein Verantwortungsbereich.

»In Ordnung, Zachari. Danke für deine Unterstützung, ich halte dich über die Entwicklung informiert und erwarte das selbstverständlich auch von dir.«

80. Kapitel

Hyeronimos konnte sich nur schwer mit all dem, was sich in der Führungsriege entwickelte, arrangieren, aber immerhin noch besser als Christos, der schier ausgeflippt war. Er hatte so ausgesehen, als wollte er Maria und Elonidas Spectros seine Marke vor die Nase knallen. Nicht nur, dass man Christos und ihn anscheinend übergangen hatte, Stelios hatte es noch nicht einmal mehr für nötig gehalten, seinen Abgang selbst zu erklären, sondern hatte es Maria überlassen, die richtigen Worte zu finden.

Doch das war für Hyeronimos nur noch ein kleiner Nebenkriegsschauplatz. Unterm Strich würde es seine Arbeit wahrscheinlich so gut wie gar nicht tangieren. Er machte seinen Job, und nach dem langen Gespräch mit Penelope hatte er zwar so gut wie gar nicht geschlafen, hatte aber bezüglich Kassia doch irgendwie Hoffnung geschöpft. Sie hatte mehr als ein Dutzend Mal versucht, ihn zu erreichen, und ihm mehrere aufgeregte Kurznachrichten geschickt. Sein Herz hatte gebrannt bei dem Gedanken, wie sehr sein Verhalten sie verletzen musste. Doch Penelope würde das schon hinbekommen. Sie wollte gleich heute Kassia anrufen. Kassia kannte ihren Namen selbstverständlich und erschrak hoffentlich nicht allzu sehr. Die Pathologin würde ihr dann in einer Art Frauengeheimcode, so hatte sie es genannt, erklären, was los war. Doch auch wenn sie danach Bescheid wusste, würde es nichts daran ändern, dass sie nicht mehr wie bisher in Kontakt miteinander stehen konnten. Alles hatte sich durch seine Annahme, im Fadenkreuz des EYP gelandet zu sein, geändert.

Diese Gedanken raubten ihm die Motivation. Die aktuelle Fallsituation und alles, was damit zusammenhing, machte ihm zudem erheblich zu schaffen, denn Zacharis hatte ihn bei einem Spaziergang über all das, was er herausgefunden hatte, informiert. Für Hyeronimos war es immer offensichtlicher, dass sie die Antworten auf ihre Fragen nur von Serpantakis bekommen würden, was letztlich bedeutete, der Wahrheit wahrscheinlich so nah zu sein wie Kreta dem Nordpol. Am liebsten hätte er einfach die Arbeit niedergelegt und es Stelios gleichgetan, denn er konnte nur verlieren, dessen war er sich vollkommen bewusst.

Den Mord an den beiden Verbrechern aufzuklären würde ihn nicht besser schlafen lassen, sondern ihm vermutlich jede Menge Albträume bescheren.

Die Bilder von dem Mädchen an der Bar waren zwar krisselig, aber man konnte sie trotzdem erkennen. Auch Xylouris war auf zwei Fotos so getroffen, dass man ihn ohne Zweifel identifizieren konnte, und er brannte noch immer darauf, diesen widerlichen Schleimbeutel mit seinem Wissen zu konfrontieren. Doch Penelope hatte recht. Noch gab es nichts, was er damit für sich an Vorteil herausschlagen konnte, er würde sich den Mann aktuell einfach nur zum Feind machen. Er musste also auch hier bedächtig Informationen sammeln und dann die Falle im richtigen Augenblick zuschnappen lassen.

Gerade klappte es nicht so gut mit der Besonnenheit, er war so voller Zorn über all das, was ihm immer mehr zu entgleiten schien, dass es schwer war, die stoische Haltung unerschütterlichen Gleichmuts zu bewahren. Er musste aktiv werden und beginnen, all die losen Fäden zusammenzuführen. In der Strandbar konnte er auch mehr als einmal nach der hübschen Prostituierten fragen. Schließlich würde das doch nur verdeutlichen, dass er echtes Interesse an ihr und ihren Diensten hatte. Penelope hatte zwar darauf hingewiesen, dass man ihn aus der Presse kannte, doch gleichzeitig auch eingeräumt, dass Polizisten genau wie andere Männer Sex käuflich erwarben. Warum also nicht auch er? Er konnte auf jeden Fall nicht weiter hier an seinem Schreibtisch sitzen und schweigend Trübsal blasen. Wie würde er herausfinden, ob er abgehört wurde oder nicht? Wem konnte er trauen? Dann kam ihm der Gedanke, dass sein Interims-Vorgesetzter sicher genau wusste, wie man so etwas feststellte und unter Umständen auch, wie man es unterbinden konnte. Spectros war vielleicht nicht die geborene Leitung für ein Dezernat, aber er machte in seiner Abteilung einen hervorragenden Job, und Hyeronimos schätzte ihn sehr. Das änderte zwar nichts an der Tatsache, dass die Gesamtsituation unangenehm war, denn jedem im gesamten Präsidium musste nun deutlich klar sein, was Mentakis von seinen beiden Hauptermittlern hielt. Gleichzeitig musste es dem aktuellen Leiter der Mordkommission aber auch wichtig sein, Willkür durch andere Behörden zu unterbinden und die beiden demontierten Kollegen irgendwie kooperativ zu stimmen.

Er würde Spectros einfach einen Willkommensbesuch abstatten und dabei alles Notwendige klären.

Atemstillstand

81. Kapitel

Nicht vielen Menschen wurde es in ihrem Leben zuteil, das Monster in den eigenen Seelentiefen zu sehen – ihm von Angesicht zu Angesicht zu begegnen und es an manchen Tagen sogar zu lieben. Je mehr man mit sich und seinem Schmerz, dem tiefen Kummer und der Schuld zu kämpfen hatte, umso öfter trat es aus dem Dunkel ins Licht. Hatte man je wirklich die Wahl, welchen Wolf man fütterte? Oder war es einfach nur vorbestimmt? Eine alte indianische Weisheit besagte, dass es der eigenen Wahl unterlag, ob man dem dunklen oder dem hellen Wolf in sich Nahrung gab: Neid, Angst, Hass, Schmerz und Lügen ließen das finstere Monster zu einem alles ausfüllenden Wesen anwachsen, während dadurch gleichzeitig Liebe, Güte, Vertrauen und das Verzeihen zu einem nicht mehr spürbaren Minimum schrumpften und damit alles Helle verloren ging. Der monströse Wolf wurde so rasch zum übermächtigen Herrscher des eigenen Seins. Die Alltagsmaske, die man trug, um das Scheusal zu verbergen, durfte ja niemals verrutschen, denn sollte dies geschehen, so würde man nie mehr dazu in der Lage sein, die Umwelt davon zu überzeugen, dass man eine Identität außerhalb der Bestie besaß. Denn dann würde jeder das erfahren, was man selbst schon lange erkannt hatte: Aus der Dunkelheit gab es keinen Weg zurück ins Licht. So wenig wie man Tote zurück ins Leben holen konnte, ohne einen hohen Preis zu bezahlen. Der Preis war unendlich, und meist verlor man sich selbst dabei vollkommen.

Man stand jeden Morgen auf, verrichtete das Tagwerk wie eine Maschine und warf dem Wolf täglich einige Bröckchen zu, denn der finstere Gefährte forderte knurrend seine Mahlzeiten. Man verschloss sein Herz immer mehr, sah es nur noch als den Muskel an, der es war, mit der originären Aufgabe, Blut durch den Körper zu pumpen. Jede andere Gefühlsregung sorgte nur dafür, dass der Schmerz, der daraus entstand, das Monster schneller wachsen ließ, und je schneller es groß wurde, umso furchtbarer waren die Taten, die man in seinem Namen vollbrachte. Am Abend eines jeden Tages, wenn man sich zu Bett schleppte und den müden Leib in einen unruhigen Schlaf mit albgeplagten Bildern gleiten ließ, verdrängte man die Scham über sich selbst, über all das, was man getan hatte und weiterhin tun würde, und machte sie so ebenfalls zur kraftvollen Nahrung.

Ein Kreislauf, der niemals endete, bis der Tod endlich kommen würde. Der erhoffte Tod, der einem strudelnd den Atem nahm, sodass man in diesem kurzen Augenblick der vollkommenen Atemlosigkeit das Leben an sich vorbeiziehen sehen konnte, die hellen Momente wiedersehen würde und diese hoffentlich im Sterben ihre Kraft wiedererlangten. Sodass das böse Untier zuerst sterben würde und die gute Seele am Ende doch noch gewinnen konnte. Darin lag alle Hoffnung, wenn man dem Monster in sich nicht mehr entfliehen konnte. Hoffnung war etwas Starkes. Hoffnung war etwas Grauenvolles!

82. Kapitel

Penelope hatte sich die ganze Nacht Gedanken darüber gemacht, wie sie einem Übergriff auf ihre Privatsphäre entrinnen konnte, da sie mittlerweile Hyeronimos' Befürchtung teilte, dass auch sie in den Fokus des Nachrichtendienstes geraten war. Ihr Handy fasste sie nur noch mit Vorsicht an, und eine unbeschwerte Benutzung schien ihr kaum noch denkbar. Natürlich bot die Lage auch die Chance, Informationen zu streuen und den EYP so auf falsche Fährten zu setzen oder gar die gesamte illegale Aktion auffliegen zu lassen. Sie stellte fest, dass sie schon vollkommen überzeugt war, dass Xylouris und seine Leute zu allem fähig waren.

Normalerweise brauchte sie Beweise. In ihrem Tätigkeitsfeld konnte alles durch Proben und Tests nachgewiesen werden. Sie mussten also einfach ein Gerücht verbreiten oder etwas unter dem Siegel der Verschwiegenheit austauschen, um dann zu beobachten, was geschehen würde. Was also, wenn sie Hyeronimos über einen Befund berichten würde über eine der Kugeln und einen Teilabdruck, den sie darauf gefunden hatte? Das musste diesen widerlichen Agenten doch auf den Plan rufen, sollte er wirklich den Befehl gegeben haben, sie alle zu überwachen. Sie kannte die Radarstation in den Bergen, die man auf dem Weg von Rethymno nach Irakleio hoch oben thronen sehen konnte, hatte es jedoch bisher nie in Betracht gezogen, dass man von dort aus die eigenen Leute bespitzelte, sondern es als notwendiges militärisches Übel angesehen, dass das Militär dort im Auftrag von wem auch immer Funksprüche militärischen Hintergrundes belauschte. Gott, was war sie naiv! Sie erlebte so oft, wie grausam Menschen sein konnten und dass es keine Grenzen zu geben schien für Verdorbenheit und Bösartigkeit, aber Tausende Erklärungen. Wobei man es wohl eher als Rechtfertigungen einstufen musste denn als Erläuterungen. Aus ihrer Sicht gab es für Gewalt weder das eine noch das andere. Da war einfach nichts, was solchen Verhaltensweisen eine Berechtigung erteilte.

Sie hatte noch immer keine sichere Lösung für das Problem ihres Freundes gefunden, und obwohl sie versucht hatte, jede Menge Zuversicht zu versprühen, fühlte sie sich aktuell eher in einem Gedankenkreislauf gefangen. Je mehr sie sich auf all das einließ, umso schlechter wurde ihr: Sie hatte mit Eleni telefoniert und versucht, der jungen Frau zu erklären, was sie empfand und was ihr so große Sorgen bereitete. Sie hatte mit ihrem Vater gesprochen und ihm wie so oft klargemacht, dass sie nicht nach Hause kommen würde. Das war ihre Privatsphäre. Sie hatte es damals in Athen erlebt, wie es sich anfühlte, wenn intime Dinge an die Öffentlichkeit gezerrt wurden, und es war demütigend gewesen. Genau das wollte sie im Zusammenhang mit ihrer Beziehung zu Eleni vermeiden. Sie wollte nicht, dass Menschen über ihr Sexualleben diskutierten, sie verurteilten oder sie als Vorlage für irgendwelche Fantasien benutzten. Zudem war ihr eben auch bewusst, dass man im Zuge dessen ihre Kompetenz als Pathologin in Zweifel ziehen würde. So war es immer. Sie war eine Lesbe und vergriff sich ganz klar an einem jungen Mädchen. Das ließ auf ein getrübtes Urteilsvermögen schließen und auf eine krankhafte Persönlichkeit. Wie sollte sie da eine gute Gerichtsmedizinerin sein?

Sie hatte solche Verleumdungen einfach zu oft mitbekommen, und genau aus dem Grund mied sie sogar ihre eigene Mutter. Sie konnte noch nicht einmal auf Unterstützung und Rückhalt aus der eigenen Familie zählen, und die patriarchal geprägte Welt dort draußen wartete gewiss nur darauf, dass sie einen Fehler machte, um sie dann erneut zu degradieren. Ja, Kreta war eine Degradierung, auch wenn sie die Insel und ihre Arbeit hier liebte. Ihre Karriereleiter war genau hier zu Ende. Mehr konnte sie nicht erreichen, denn es gab keine höhere Position auf dem Eiland. Sie spürte wie so oft die Wut in sich, ein unbändiges Gefühlsgemisch aus Zorn und Hilflosigkeit. Eleni war nicht nur mutig und laut, sondern auch gut informiert. Das war die junge Influencerin schon gewesen, als sie noch auf Kreta gelebt hatte, und sie hatte ihre Finger in die schwelenden Wunden der Gesellschaft gelegt und tat es auf ihre Weise jeden Tag aufs Neue.

»Es ist kein kretisches oder griechisches Problem«, hatte Eleni gesagt, »sondern ein globales. Frauen werden nach wie vor unterdrückt, und es scheint nicht besser zu werden, sondern an vielen Stellen wird es sogar schlimmer. Die Türkei ist aus der Istanbul-Konvention ausgetreten: einem Übereinkommen des Europarats zur Verhütung und Bekämpfung von Gewalt gegen Frauen. In Polen wurde Abtreibung komplett verboten, auch bei Vergewaltigungsopfern oder wenn der Fötus schwer geschädigt ist. Das ist menschenverachtend und bringt uns in unserer Sache nicht voran!«

Penelope hatte ihr nur recht geben können. Es war fürchterlich, was dort draußen in der Welt passierte und auch jeden Tag vor ihrer Haustür, und sie war ebenfalls dieser Bigotterie zum Opfer gefallen: Männer masturbierten überall auf dem Planeten zu Sexszenen zwischen Frauen, doch wenn eine Frau eine andere liebte, dann war das Grund genug, sie auszubremsen und zu mobben. Sie wollte sich einerseits nicht verbieten lassen, frei zu wählen, wie sie lebte und liebte, und andererseits war sie eine Gefangene genau dieses angstbesetzten Systems. Sie machte sich stundenlang verrückt, dass jemand ihre Kommunikation mit ihrer Freundin belauschen könnte, und zwar weil sie homosexuell war. Sonst wäre es sicher auch nicht lustig gewesen, doch wenn sie »normal« wäre – ihre Mutter benutzte die Bezeichnung immer gern –, dann wäre es wahrscheinlich auch für nachrichtendienstliche Zuhörer nicht von besonderem Interesse, was sie da mit ihrem Typen bequatschte. Frauenkram, Psychozeug, Gefühle und so. Wahrscheinlich würde man da rasch auf einen anderen Kanal wechseln. Frei nach dem Motto: *Die Demostaki hat wieder einen emotionalen Anfall, ihr armer Kerl kann einem echt leidtun.*

Sie schüttelte über sich selbst den Kopf. Wann war sie so spießig geworden? Oder lag es einfach daran, dass sie aufgrund ihrer Partnerwahl nach wie vor Repressalien in einer männerdominierten Welt zu befürchten hatte?

Sie ging in ihr Büro, nahm ihr Handy aus der Schublade und packte es wieder richtig herum in seine Schutzhülle. Sie hatte es heute früh mit Absicht so hineingepackt, dass die Kamera verdeckt war, denn die Paranoia hatte sie vollkommen im Würgegriff gehabt. Jetzt wählte sie Hyeronimos' Nummer und begrüßte ihn mit leichter Stimme: »Hey, Hyeronimo, ich habe großartige Neuigkeiten. Es hat mich einfach nicht losgelassen, dass wir so gar nichts gefunden haben, da habe ich mir die Beweisstücke noch einmal vorgenommen, und stell dir vor, ich konnte auf einer der beiden Kugeln einen Teilabdruck sicherstellen. Es war echt nicht einfach, deshalb haben wir das letzte Woche nicht gleich gesehen.« Sie hörte, wie er den Atem einsog, und plapperte einfach weiter, denn er musste doch begreifen, dass sie hier gerade eine Falle für Xylouris baute. »Aber heute habe ich ein besonderes Verfahren angewendet. Ich hatte bisher nur darüber gelesen und es noch nicht umgesetzt, doch es funktioniert tatsächlich hervorragend. Die Hautfette, die den Abdruck leisten, waren durch die Gehirnmasse geschützt.«

Er schwieg, und sie hätte ihm gern mental gegen das Schienbein getreten.

»Kannst du herkommen, dann können wir das vor Ort besprechen, und ich kann dir die Animationen auf meinem Computer zeigen«, fabulierte sie munter weiter, »park ruhig hinter dem Gebäude, und ich hole dich dann durch den Wäscheeingang rein, denn vorn lungern immer wieder ein paar Reporter herum, und sie sollten noch nichts von der neuen Wendung erfahren, denke ich.«

»Ich komme.« Er schien sich gefangen zu haben. »Ich muss nur noch etwas erledigen. Ich rufe dich dann an, wenn ich vor Ort bin, dann kannst du mich abholen.«

Beinahe wäre ihr ein triumphierendes *Yes!* entfleucht. Sie würden Xylouris mit seinen eigenen Waffen schlagen. Doch nun musste sie sich auch noch schnell eine Lösung für Hyeronimos' Liebeschaos einfallen lassen.

»Bis gleich!«, sagte sie und beendete das Telefonat.

Dann schaltete sie das Telefon aus, packte es in die Schreibtischschublade und setzte sich an ihren PC. Es musste doch eine Möglichkeit geben, Kassia zu erreichen, ohne dass alle Welt etwas davon mitbekam. Das sicherste Mittel gegen alle Arten des Abhörens war ein Rauschgenerator, doch die Dinger waren unfassbar teuer, und sie konnte auch nicht einfach in den Elektrofachhandel gehen und salopp sagen: *Ich hätte da gern mal so einen hübschen Ultraschall-Rauschgenerator.*

Aber Hyeronimos hat die Möglichkeit, so etwas zu bekommen, schoss es ihr durch den Kopf. Auch weil sein neuer Vorgesetzter genau in diesem Segment tätig war. Selbstverständlich hatte sie von Stelios Mentakis' Abgang gehört, denn Irakleio und die Behördenwelt in der Stadt glichen einem Stammtisch in einer Taverne: Spannende Nachrichten machten schneller die Runde, als man einen Kaffee aus dem Automaten ziehen konnte. Spectros hatte auf jeden Fall Zugriff auf Gerätschaften, die Übergriffe auf Gespräche in Behörden unmöglich machten. Doch es würde eben auch bedeuten, ihn zu informieren. Ob Hyeronimos seinem neuen Chef so sehr vertraute? Stelios hatte er vollumfänglich vertraut, aber Stelios war eben nicht mehr da. Sie hatte Verständnis für den Major und seine Entscheidung, schließlich bekam sie den Disput zwischen Hyeronimos und Christos oft genug mit. Stelios' Zustand war ihr auch nicht verborgen geblieben. Seit dem Ariakis-Fall im vergangenen Winter waren sie Freunde geworden, und sie hatte die Zeichen des Burn-outs schon länger kommen sehen. Maria und den Cyber-Kapetan zu einer Führungsspitze zu vereinen war aus ihrem Blickwinkel ein genialer Schachzug, und sie war gespannt, wie sich die Zusammenarbeit zwischen den vier Hauptakteuren in diesem Spiel entwickeln würde.

Am besten wäre es, sie hätte das Gerät sofort zur Verfügung, um die arme Frau in Athen aus ihrer Unwissenheit zu befreien und Hyeronimos die Last von den Schultern zu nehmen. Vielleicht konnte er sogar selbst mit ihr sprechen, und sie würde ihm dann nicht nur verzeihen, sondern auch feststellen, dass er ein Ritter in goldener Rüstung war, der alles dafür tat, die Menschen zu schützen, die er liebte. Sie konnte ihn jedoch nicht anrufen und den Rauschgenerator bestellen wie eine Pizza beim Lieferservice, denn dann würde auch ihre Scharade sofort auffliegen. Sie musste also geduldig sein und auf ihn warten. Geduld zählte jedoch nur am Sektionstisch zu ihren Eigenschaften. Vielleicht sollte sie wirklich die Kugeln noch einmal genauer betrachten. Ja, das war eine gute Idee. Auf jeden Fall besser, als hier herumzusitzen und sich verrückt zu machen.

Sie löschte ihren Browserverlauf, schaltete den Computer aus und schloss ihre Bürotür ab. Der Tag gestaltete sich nun doch aufregender als gedacht.

83. Kapitel

Michalis Serpantakis rückte sich die große Designerbrille zurecht. Er hatte ganz bewusst ein Modell aus schwarzem Horn ausgewählt, das seine dunklen Augen noch hervorhob. Er wusste, wie sehr die Menschen in seinem Umfeld seinen Blick fürchteten. Doch im Augenblick hatten ihn nur zwei Menschen zu fürchten: seine Schwester und Antonios, der seinen Fuhrpark leitete. Er war mehr als sauer, denn der *Entrepreneur* war in seinem Hubschrauber draufgegangen, und das würde man ihm für immer anlasten. Jemanden wie diesen Mittelsmann zu verlieren war mehr als ein Desaster. Nun würde er sich auch noch mit der Polizei herumschlagen müssen. Nicht einfach nur mit ein paar uniformierten Kerlen, die kaum trocken hinter den Ohren waren und wie alle in dieser Generation glaubten, die Weisheit mit großen Löffeln gefressen zu haben. Nein, diesmal war es die Mordkommission. Eine Abteilung, mit der er so gut wie nie etwas zu tun hatte.

Er regelte seine Angelegenheiten gern allein, und das war allgemein bekannt. Sein Neffe, dieser Dummkopf, hatte den Heli versenkt, und dass er mit einer Kugel im Kopf auf dem Grund des Meeres gelandet war, hatte er verdient. Auch wenn seine Schwester, die Mutter des Grünschnabels, das anders sah. Er warf einen Blick auf seine Rolex. Seine Schwester erlaubte es sich, zu spät zu kommen. Das sollte ihn wohl bestrafen oder in irgendeiner anderen Form eine Art Zeichen setzen. Er konnte sich noch nicht einmal ein müdes Lächeln für diese Albernheit abringen. Sie hatte noch nicht verstanden, dass er dadurch nur noch intensiver dafür Sorge tragen würde, dass alle in seinem Umfeld genau verstanden, was es bedeutete, leichtsinnig zu handeln, und welche Konsequenzen die daraus resultierenden Fehler nach sich zogen.

Achilleas war für den Flug verantwortlich gewesen. Er hatte darum gebettelt, endlich eine Aufgabe von Wert zu bekommen, um seinem Onkel beweisen zu können, dass er in den USA allerhand gelernt hatte. Was es wohl gewesen war, was er von den neunmalklugen Amis gelernt hatte? Wie man starb und dabei ein teures Fluggerät zerstörte und ein wichtiges Bindeglied für enorm bedeutsame Geschäfte dem Tod preisgab?

Der Sekundenzeiger seiner Hundertsechzigtausend-Euro-Uhr überschritt die Zwölf erneut, und Filomena war noch immer nicht da. Was wollte sie damit nur beweisen? Dass er bei seiner Schwester Gnade vor Recht würde walten lassen? Glaubte sie das wirklich? Er lachte trocken auf, und ihm war bewusst, dass es eher einem Bellen glich. Doch er war einer von den Hunden, die auch bissen, und dort, wo seine Zähne landeten, floss immer Blut. Wenn auch manchmal nur im übertragenen Sinne, doch es machte ihm keineswegs etwas aus, den roten Lebenssaft real fließen zu lassen. Es gab nichts, was er von seinen Leuten verlangte, was er nicht auch bereit war, selbst zu tun, oder bereits getan hatte. Ihm konnte niemand etwas vormachen, denn er war nicht einfach so der Herr über dieses Imperium geworden. Er hatte sich seinen Sitz in der ersten Reihe erkämpft, und in seinem Metier ging es nun einmal nicht ohne drakonische Strafen und eine gewisse Kälte. Nur dann konnte man Entscheidungen treffen, die der Familie zum Vorteil gereichten. Ganz offensichtlich hatte er sich diesmal von Gefühlen leiten lassen und seinen scharfen Verstand dem Zugehörigkeitsgefühl geopfert. Er hatte den Jungen gemocht, so war es nicht, doch vielleicht hatte genau hierin sein Fehler gelegen, und er hatte diesen Flug genehmigt, obwohl er nicht zu hundert Prozent davon überzeugt gewesen war, dass Achilleas schon so weit war. Als zweiter Mann hatte er sich schon ein paarmal bewiesen, und er war ein hervorragender Pilot mit diesem gewissen Etwas an Mut und Abenteuerlust, das es brauchte, wenn man unter dem Radar hinausfliegen musste. Doch mit der alleinigen Verantwortung war er offensichtlich vollkommen überfordert gewesen, und Michalis machte es sich zum Vorwurf, dass er das nicht gesehen hatte. Es war einerseits schade um den Jungen, denn er hätte wirklich Karriere machen, vielleicht sogar eines Tages in seine Fußstapfen treten können, und andererseits war es wohl besser, dass es jetzt schon schiefgegangen war. Denn es gab gewiss irgendwo noch ein schlimmeres Unheil, das der blutige Anfänger hätte anrichten können. Der Tod des Mittelsmannes war zwar kaum zu übertreffen, aber schlimmer wäre Michalis eigener Tod gewesen, hätte er sich Achilleas eines Tages anvertraut. Die Frage, die jedoch über allem stand, war: Wo war der Mörder abgeblieben?

Seine Leute suchten auf Hochtouren nach dem Mann, jedoch bisher ohne Erfolg. Er musste sehr klug handeln, denn zum jetzigen Zeitpunkt konnte der Mord an diesen beiden Männern alles bedeuten: Auch ein gut inszenierter Schlag gegen sein Imperium war denkbar, denn der Tod seines Neffen konnte ebenso eine Botschaft an ihn sein. Jemand wie er war nie wirklich sicher. Das war wohl der Preis, den er zu zahlen hatte.

Die Tür öffnete sich so langsam, dass er spürte, wie das Blut in seinen Adern zu kochen begann. Seine Schwester kam in einer schmutzigen Jogginghose und einem viel zu großen T-Shirt mit dem Aufdruck der amerikanischen Eliteuniversität, die Achilleas besucht hatte, hereingeschlurft. Ein schlampiger grauer Bademantel und Fellstiefel rundeten das abscheuliche Outfit ab. Fellstiefel! Es war Mai. Wieso trug sie Fellstiefel? Sie sah so heruntergekommen aus, dass er sie beinahe nicht erkannt hätte, und das erschreckte ihn tatsächlich ein wenig, denn sie war sonst eine gepflegte Schönheit. Doch er riss sich zusammen und führte sich das Chaos, das sein Neffe geschaffen hatte, vor Augen. Sofort war der unbeugsame Zorn zurück.

»Filomena, wie schön, dass du es doch noch geschafft hast«, sagte er, und seine Stimme troff vor zuckrigem Sarkasmus.

Sie hob den Kopf, und ihre Augen blickten einfach durch ihn hindurch. Sie schien ihn zwar zu hören, reagierte aber nicht.

»Mir ist zu Ohren gekommen, dass du begonnen hast, ein Begräbnis zu organisieren. Es wird jedoch keines geben!«

Ihre Haare lagen wie ein glanzloser Helm um ihren Kopf, und ihr sonst so attraktives Gesicht wirkte grau und verhärmt. Es war interessant, zu sehen, wie Menschen sich innerhalb weniger Tage unter psychischem Druck veränderten. Nicht, dass er seine Schwester brechen wollte, nichts lag ihm ferner, aber er konnte eben auch nicht zulassen, dass sie seine Autorität untergrub. Sie wollte ihren Sohn beerdigen, und er wollte verdeutlichen, dass er die Macht hatte, genau dies zu verhindern. Es war ein bisschen, wie Gott zu sein, aber er hatte beileibe keinen Gottkomplex. Er musste nur verdeutlichen, dass es Fehler gab, die nicht mit einem Federstreich wiedergutzumachen waren, sondern weitreichende Konsequenzen hatten.

Dass er das ausgerechnet an seinem Neffen demonstrieren musste, gefiel ihm auch nicht, und das wollte er ihr erklären: »Ich mache das nicht gern, das musst du mir glauben.«

Sie hob den Kopf, drehte ihn in seine Richtung, aber ihre Augen blieben tot und sahen ihn irgendwie nicht.

»Es war seine Schuld, und mal ganz abgesehen von den hunderttausend Euro für den Heli hat er sein Leben und das dieses immens wichtigen Mannes für unsere Geschäftsverbindungen auf dem Gewissen. Er war unachtsam, draufgängerisch, leichtsinnig und dumm, und das muss geahndet werden. Denn sonst denkt ab jetzt jeder dort draußen, dass man so schlampig arbeiten kann und dann davonkommt.«

»Er ist tot«, sagte sie mit einer Stimme, die den Raum gefrieren ließ, »wie sollte er ein Beispiel dafür sein, dass man davonkommt? ER IST TOT, MICHALI!«

»Du weißt sehr gut, was ich meine. Es ist mein letztes Wort: Er bekommt keine Beerdigung mit allem Tamtam, um dadurch rehabilitiert zu werden!«

»TOT! Verstehst du das nicht?« Jetzt schien Leben in sie zu kommen. »TOT! Da gibt es nichts zu rehabilitieren. Ich werde meinen Jungen heimholen!«

»Nichts dergleichen wirst du tun, und solltest du dich meiner Anordnung widersetzen, werde ich ihn wieder dahin zurückwerfen, wo die Bullen ihn hergeholt haben, und dann können die Fische ihren Job zu Ende führen.«

»Das wagst du nicht.«

Ihr kaltes Flüstern ließ ihn kurz erschauern, und er erschrak über sich selbst. Warum reagierte er so? Er hatte nichts zu befürchten, denn jeder hier war von ihm abhängig, nicht umgekehrt. Und doch war Filomena immer diejenige gewesen, die ihm am nächsten gestanden hatte. Sie war stets an seiner Seite gewesen, hatte seine Entscheidungen immer mitgetragen und seine harten Strafen unterstützt. Nicht einmal seine Ehefrauen kamen dem im Ansatz nahe, was ihn mit seiner Schwester verband. Umso schwerer fiel es ihm, zu begreifen, warum sie seine Entscheidung nicht nachvollziehen konnte. Es war wichtig für die Moral im Clan, und die stand nun einmal an erster Stelle. Sie konnten sich dabei keine Sentimentalitäten leisten.

»Ich drohe dir nicht gern, Filo«, sagte er und nutzte bewusst ihren Kosenamen, »doch du lässt mir keine andere Wahl.«

»Man hat immer eine Wahl«, sagte sie tonlos, drehte sich um und ging hinaus.

Michalis spürte, wie der Zorn auf ihr stures Nichtverstehen ihn übermannte, und beinahe hätte er das schwere Kristallglas, das neben ihm stand, genommen und ihr hinterhergeworfen. Doch er wusste, dass sie es genau darauf abgesehen hatte: Sie wollte ihn provozieren. Das war alles. Doch egal, was sie auch versuchte, er saß am längeren Hebel, und Achilleas konnte in der Kühlkammer des pathologischen Instituts verrotten oder vom Staat irgendwo verscharrt werden, er würde gewiss nicht nachgeben, sondern durch seine geradlinige Haltung verdeutlichen, dass man es sich mit ihm auf keinen Fall verscherzen durfte. Er war der Boss!

84. Kapitel

Konstantinos war verunsichert, und das kam sehr selten vor. Er ruhte im Regelfall in sich selbst, denn nur so hatte er es geschafft, mit einem Vater wie Dimitris zu leben. Welcher Sohn konnte es schon ertragen, vom eigenen Familienoberhaupt wie ein räudiger Hund behandelt zu werden? Die Liebe seiner Mutter hatte ihn gestärkt, und auch Nicholas hatte sich als großartiger Bruder erwiesen. Sie hatten ihm beigebracht, dass er gut so war, wie er war. Doch die kaltblütige Ader, mit der er Dimitris entgegentrat, hatte er lange kultivieren müssen. Es war seine Art, den Alten für dessen mangelnde Liebe zu bestrafen. Um in diesen Zustand zu kommen, hatte er sehr viele Atemübungen machen müssen. Das hatte ihm geholfen, sich selbst immer mehr zu zentrieren. Für viele Menschen machte er deshalb wahrscheinlich auch den Eindruck, stoned zu sein, denn sie konnten es nicht nachvollziehen, dass er so in sich ruhte.

Melina hatte ein Loch in diese schützende Schicht gebohrt, und das machte ihn nun irgendwie durchlässig. Sie hatte sich an ihn geklammert wie eine Ertrinkende, und er hatte das Gefühl gehabt, dass etwas vorgefallen sein musste, während sie ihre Sachen geregelt hatte. Doch als er sie darauf angesprochen hatte, hatte sie abgewehrt und sich so sehr an ihn geschmiegt, dass er die Botschaft verstanden hatte. Sie wollte gehalten werden, denn ganz sicher war es nicht einfach, wieder mit alldem konfrontiert zu werden, was in den vergangenen Monaten ihr Leben gewesen war. Und vielleicht war es ihr auch nicht leichtgefallen, das alles loszulassen. Ein sonderbarerer Gedanke, aber immerhin war es möglich. Er hatte reden wollen, doch sie hatte seinen Mund mit ihren Lippen verschlossen, und er hatte ihre salzigen Tränen geschmeckt. Er zweifelte nicht an seiner Entscheidung für sie, und doch nagte es an ihm, dass sie ihm nicht so sehr zu vertrauen schien, wie er ihr vertraute. Warum sonst erzählte sie ihm nicht, was vorgefallen war?

Er packte Kaffee, Toast und Orangensaft auf das Tablett und legte eine Jasminblüte aus dem Garten dazu, dann trat er zu ihr und betrachtete sie. Ihr Haar hatte sich wie ein breiter Schleier auf dem Kopfkissen ausgebreitet, ihr Gesicht war rosig vom Schlaf und ihre Lippen leicht geöffnet. Sie lag auf dem Rücken und sah aus wie eine Prinzessin aus einem Märchen, die darauf wartete, von ihrem Prinzen geküsst zu werden. Er stellte das Tablett vorsichtig neben dem Bett ab und beugte sich über sie. Sie schien ihn zu spüren und schlug ihre Augen auf. Ihre Blicke trafen sich, und er versank in ihnen, bevor er sie sanft küsste.

»Ich habe dir Frühstück gemacht.« Er hob das Tablett an, und sie setzte sich mit großen Augen auf. Das leichte Hemdchen, das sie trug, machte sie nur noch verführerischer. Er klappte die Füße des Betttabletts aus, stellte es über sie und strich ihr sanft den Arm entlang. »Wenn du reden willst, Liebste, ich bin für dich da …«

»Es ist alles gut.« Sie schaute ihn an und nahm dann vorsichtig einen Schluck Kaffee. »Ich habe nur … also ich habe gestern mit meiner Mitbewohnerin geredet. Es war nicht mehr so wie früher. Aber ich habe sie gefragt, ob sie diesen Agenten vielleicht auch kennt.« Sie machte eine Pause, nippte weiter an ihrem Kaffee, und ihr Blick glitt irgendwie in die Ferne.

Er wartete ab, saß einfach nur da und gab sich Mühe, sich nicht anmerken zu lassen, dass er spürte, dass sie etwas konfus zu machen schien. Wenn er jetzt zu stark insistierte, würde sie vielleicht gar nicht mehr reden wollen. Er fühlte sich ihr so sehr verbunden, und es kam ihm daher wirklich so vor, als gehörte sie schon lange zu seinem Leben, doch in der Realität kannten sie sich nur wenige Tage, und gewiss war es für sie viel schwerer als für ihn, die Vergangenheit hinter sich zu lassen. Also durfte er sie nicht bedrängen. Er konzentrierte sich darauf, einfach nur ihre Nähe zu genießen und den Duft von Schlaf aufzusaugen. Sie roch wundervoll.

»Sie kennt ihn«, stieß sie hervor, »und er war auch ihr Kunde.«

»Ist das gut?«, fragte er nach, denn ihre Reaktion war seltsam emotional.

»Ja. Ja, das ist gut.«

Wieder entstand eine lange Pause. Sie kaute an dem Toast, den er mit Käse und Tomaten belegt hatte, trank den frisch gepressten Orangensaft in kleinen Schlucken dazu und schien vollkommen in Gedanken versunken.

»Melina, ist etwas passiert? Du wirkst so abwesend. So, als wäre etwas anders zwischen uns beiden.«

»Ich wollte doch nicht ohne dich recherchieren. Wir hatten uns darauf geeinigt, und ich habe mich nicht daran gehalten.« Sie hörte sich an, als wäre sie vollkommen verzweifelt, und sein Herz zog sich zusammen.

»Aber, Liebes, wenn du mit deiner Mitbewohnerin sprichst, dann ist das doch vollkommen in Ordnung«, versuchte er, sie zu beruhigen.

»Sie hat gesagt ... willst du das wirklich so hören ... oder soll ich die *Situation* weglassen?«

»Bitte erzähle es so, wie es für dich am besten ist.« Er formulierte die Worte so offen wie möglich, und etwas in seiner Magengrube zog sich ganz plötzlich zusammen.

»Sie hat ihn mitgenommen, erst vorgestern und er hat wohl geredet. Sehr viel sogar, während sie ihn ... also sie hat ihn mit dem Mund befriedigt.«

Er konnte sehen, dass sie der Gedanke daran ekelte. Er legte sich vorsichtig neben sie, einerseits aus reinem Eigennutz, denn ihre Nähe tat ihm gut, und andererseits, um ihr zu verdeutlichen, dass er für sie da war und ihn ihre Vergangenheit wirklich nicht abstieß. Er wollte sie nicht einengen oder gar bedrängen, nur einfach da sein, sich ihrer sicher sein.

Sie hörte sich gequält an, als sie weitersprach: »Ich bin mir noch immer nicht sicher, ob man ihm glauben kann, aber er behauptet, die Polizei und auch die Mafia in der Hand zu haben.«

»Wie sollte das gehen?«, fragte er.

»Er sagt, er habe über jeden, auf den es ankommt auf dieser Insel, Audiodateien und könne damit alles erreichen, was er wolle.« Sie spuckte die Worte beinahe aus.

Er ließ das Gehörte einen Augenblick sacken. Wenn es tatsächlich stimmte, was der Mann behauptete, und nicht nur das Geschwätz eines Angebers war, dann war er ein Quell an Informationen und wusste wahrscheinlich auch etwas über den Helikopter und die Drahtzieher, die sein Vater so dringend suchte. »Wir müssen ihn identifizieren und aufsuchen«, sagte er entschlossen.

Sie hob so rasch abwehrend die Hand, dass das Glas auf dem Tablett gefährlich zu kreiseln begann.

Rasch griff er zu und stoppte es, bevor es umfallen konnte. »Ist wirklich alles in Ordnung mit dir?«

»Bitte frage mich das nicht andauernd. Es geht mir gut. Wirklich! Ich bin so froh, bei dir zu sein, aber ...«

»Aber was, Melina?« Er legte ihr vorsichtig die Hand unter das Kinn und drehte ihren Kopf zu ihm.

Ihre Lippen bebten: »Aber ich bin, wer ich bin, und ich bin nicht gut genug für dich!«

Er fuhr auf, schnappte das Tablett und stellte es mit einer harten Bewegung auf den Boden, sodass das Porzellan verdächtig klirrte, dann zog er sie ungestüm in seine Arme. »Sag das nie wieder!«

»Es ist wahr«, flüsterte sie an seinem Ohr, »du kannst nicht mit ihm reden. Er wird nur mit ihr oder mir sprechen und …«

»Und?« Der Schmerz, der ihn durchfuhr, als er die Frage stellte, war gleißend, so, als würde ein heißer Dolch sein Herz zerteilen. Er kannte die Antwort bereits in dem Augenblick, in dem er die Frage stellte. »Er wird einen Preis dafür verlangen.«

»Ja.« Ihre Stimme klang nun tränenerstickt.

»Dieser Preis ist zu hoch, Melina! Wir schaffen es auch ohne das Geld meines Vaters. Wir suchen uns Arbeit, wohnen hier und sparen. So teuer sind die Stand-ups nicht, und wenn wir ein halbes Dutzend zusammen haben, können wir Training für kleine exklusive Gruppen anbieten.« Er würde es nicht in Kauf nehmen, dass sie einem solchen Widerling noch einmal zu Diensten war.

»Wir finden Arbeit und schuften zehn Stunden am Tag für fünfunddreißig Euro … sehen uns kaum noch, fallen todmüde ins Bett, und am nächsten Tag machen wir es wieder genauso. Und gute Jobs finden wir nur, wenn uns jemand mit Beziehungen dabei hilft, denn die Saison hat schon angefangen, und dann sind die begehrten Stellen bereits weg, das weißt du so gut wie ich.«

»Wenn wir fünf Monate arbeiten, können wir locker sechs Boards kaufen und haben auch noch Geld für eine kleine Wohnung und einen Platz am Strand«, redete er weiter und selbst in seinen Ohren klang es anstrengend. Wenn sie in diesen Monaten keinen Cent ausgeben würden und wirklich alles Geld sparten, würden um die zehntausend Euro zusammenkommen. Damit würden sie, immer vorausgesetzt, sie blieben auch noch den Winter über hier wohnen und aßen am Tisch seiner Mutter, in die nächste Saison starten können. Es war weiter im Osten ohne Probleme möglich, eine

Wohnung für drei- bis vierhundert Euro zu finden und auch eine kleine Strandhütte zu mieten, um dort für die Touristen sichtbar zu sein, Kurse zu geben und die Boards zu vermieten. Das würde dann sofort Geld in die Kasse spülen, und man konnte sicherlich auch einiges so einstecken, um nicht gleich von Anfang an zu viele Steuern zahlen zu müssen.

»Du hast recht«, sagte sie leise, »es ist möglich.«

Er glaubte, einen resignierten Unterton mitschwingen zu hören, und auch in seinem Kopf ploppten die leicht verdienten zweihunderttausend Euro auf, die sein Vater ihnen angeboten hatte. Dafür müssten sie unter normalen Bedingungen rund zwanzig Jahre jede Saison arbeiten. Seine Schultern sackten niedergeschlagen nach unten. Sie hatte recht. Natürlich war es eine Möglichkeit, irgendwo zu knechten, aber das große Geld lockte mit verführerischem Ruf, und unter Umständen hatten sie es sogar in wenigen Tagen oder gar Stunden verdient. Noch dazu war es so viel reizvoller, als in einer stickigen Küche dreckige Teller zu spülen oder bei vierzig Grad Getränkekisten zu schleppen.

»Du hast recht, Liebste. Bitte verzeih mir. Denkst du, deine Mitbewohnerin lässt sich noch einmal mit ihm ein und kann ihn dann für uns aushorchen? Wir können ihr ja ... Nein, das geht dann doch zu weit!«, unterbrach er sich selbst.

Sie hatte ihn jedoch auch ohne eine weitere Erklärung verstanden. »Sie macht den Job schon länger als ich und kommt besser damit zurecht. Professioneller eben. Wenn der Preis stimmt, wird sie ihn mitnehmen. Er ... er ist nicht ... also er ist nicht pervers oder gewalttätig oder so.« Sie verstummte und wirkte peinlich berührt.

»Dann sollten wir uns überlegen, was wir brauchen, und ihr einige Fragen aufschreiben, oder ist das zu gewagt?« Er ärgerte sich über sich selbst, denn er war doch sonst nicht so unsicher. Aber diese Situation war irgendwie absurd, und das machte ihm ganz offensichtlich zu schaffen.

»Ja, das sollten wir, und ich werde in Ruhe mit ihr sprechen.«

Sie hörte sich ein wenig gefasster an, hatte aber nichts mehr mit dem glücklichen Mädchen vom Vortag gemein.

»Das ist doch klasse, Hyeronimo.« Penelope klang geradezu erleichtert.

»Ich bin noch nicht ganz so angetan davon, denn was, wenn dann die Typen aus der Cyber-Abteilung unsere Gespräche, also sollten sie abgehört worden sein, mitbekommen?«

»Oh!« Sie wurde blass.

»Spectros hat mir versichert, dass das nicht geschehen wird, aber wie gesagt ...«

»Nun ist der Stein ins Rollen gekommen, und wir beiden dürfen uns einfach darin üben, anderen zu vertrauen. Er will seinen neuen Job bestimmt gut machen und wird daher sehr auf die Regeln achten«, machte sie ihm Mut.

»Ja, daran möchte ich auch glauben, und ich denke, Stelios hätte ihn nicht ausgewählt, wenn er ihn nicht für loyal halten würde.«

»Er hat mir eine Mail geschickt«, platzte Penelope heraus.

Nun war es an ihm, »Oh!« zu sagen.

»Du weißt, dass wir seit dem Ariakis-Fall so etwas wie Freunde geworden sind?«, erinnerte sie ihn leicht vorwurfsvoll.

»Ich weiß«, gab er zu, »und mir ist klar, dass er und ich keine Freunde sind, doch sein Abgang hat mich irgendwie ...« Er suchte nach Worten.

»Verletzt«, warf sie helfend ein.

Er zögerte kurz. »Ja, das passt wohl.«

»Er musste sich selbst schützen«, erklärte sie, »es geht um seine Gesundheit und darum, dass er zurückkommen und seinen Job wieder machen kann. Wenn er erst vollkommen zusammengebrochen ist, ist das fast unmöglich, denn dann wird man ihn immer mit diesem Gedanken im Kopf betrachten: der Major der Mordkommission mit dem Burn-out. Ein depressiver Bulle. Ein Weichei. Ein Psycho!«

»Das Attribut gehört schon mir«, warf er grinsend ein.

»Ich bin froh, dass du deinen Humor noch hast.«

»Ich bin froh, dass ich dich noch habe, Penelope.« Er fühlte den Schmerz in sich, als er es zuließ, an Kassia zu denken. »Hast du schon mit ihr Kontakt aufgenommen?«

»Ich brauche deinen neuen Chef dazu!«

Er fuhr sich verwirrt durchs Haar und hätte seine Hand am liebsten mit der anderen eingefangen, um sie daran zu hindern, das zu tun. »Niemand soll davon erfahren, Pen, und schon mal gar nicht mein Chef.«

»Ich will ihm doch auch nichts von deinem Liebesleben erzählen, Hyeronimo«, sie schubste ihn ganz leicht an, »ich will so ein Rauschding von ihm haben, damit ich sicher arbeiten kann.«

»Ein Rauschding?«, fragte er verständnislos, doch dann wusste er, was sie meinte. »Ah einen Ultraschall-Rauschgenerator. Das ist eine sehr gute Idee.«

»Ich habe mir die Dinger im Internet angeschaut und die sehen aus wie meine Bluetooth-Boxen zu Hause. Das kann ich überall mit hinnehmen und du übrigens auch. Dann können wir sicher kommunizieren, aber wenn wir nicht wollen, dass die sofort Bescheid wissen, müssen wir auch Gespräche führen, die durchgehen, und da quasseln wir möglichst viel Blödsinn«, schlug sie vor.

»Das klingt ja schon nach einem fertigen Plan.«

»Jap«, gab sie ihm recht, »und sogar nach einem Riesenspaß. Ich habe mir die Kugeln tatsächlich noch mal angesehen, aber leider nichts gefunden. Der Mörder war clever und hat wahrscheinlich beim Laden der Waffe Handschuhe getragen. Er will nicht, dass wir ihm so leicht auf die Schliche kommen.«

»Das wäre ja auch zu einfach«, sagte er enttäuscht.

»Wir hätten ja mal Glück haben können … oder?«

»Stelios hatte noch mit Stavros Limanakis Kontakt aufgenommen, bevor er abgezischt ist«, er wusste, dass es bitterer klang als beabsichtigt, »und den Auftrag gegeben, Tauchroboter nach den Handys der Männer suchen zu lassen, denn auf Achilleas Serpantakis ist keine Rufnummer angemeldet. Auch nicht auf Rheos Papadopoulos und ebenso wenig auf einen anderen und bekannten Namen des *Unternehmers.«*

»Du ziehst es echt durch«, sagte sie anerkennend.

»Ja, das ist mir zu albern. Ich komme mir sowieso schon vor wie in einem Bond-Film, und wenn ich den Kerl nun noch den *Entrepreneur* nenne, dann kann ich auch gleich *P* zu dir sagen und *M* zu Stelios. Aber der ist ja weg, wie wir alle wissen, und Spectros, nun ja, ich glaube, *Spectre* ist bei Bond eine Geheimorganisation der Bösewichte.« Er unterbrach sich selbst, denn seine Gedanken glitten ab, und die filmischen Bezüge waren doch eher irrelevant.

»Du bist ein echter Craig-Fan«, neckte sie ihn, »mir sind ja eher Goldfinger, Dr. No und der Beißer im Kopf geblieben …«

»Darüber sollten wir unbedingt ein Telefonat ohne das Rauschdings führen«, zog er sie nun ebenfalls auf.

»Gute Idee, Galavaki.« Penelope nickte anerkennend, und sie kehrten um. »Besorg uns die Dinger bitte, denn dann geht es uns echt besser!«

86. Kapitel

Zacharis hatte sich darangemacht, Marias Auftrag zu zerpflücken, um sie nicht zu demontieren oder ihr etwas vorzuenthalten, kaum dass sie die Leitung übernommen hatte. Nichts lag ihm ferner.

Der Mittelsmann war wie eine Art Geist, und ohne die DEE und Kaptakis hätten sie rein gar nichts über ihn. Wahrscheinlich war es normal, wenn man einen solchen Job machte, nicht auf Facebook zu posten, an welchem Strand man gerade lag. Er würde wohl nicht drum herum kommen, noch einmal mit dem Kollegen von der Direktion für kriminologische Ermittlungen zu sprechen. Doch wenn er die neue Kommunikationsorder seines Vorgesetzten beachten wollte, würde er hinfahren müssen und den Mann aus seinem Büro herauslocken. Er schien freundlich und zugewandt und hatte Zacharis bisher bei keinem Gespräch das Gefühl gegeben, ein minderbemittelter Idiot zu sein, so, wie es zum Beispiel Christos immer tat. Als hätte er sich seinen Sprachfehler ausgesucht und wäre nur zu faul oder dumm, um etwas dagegen zu tun. Er hatte sogar das Gefühl gehabt, Kaptakis sei ehrlich an einem Austausch interessiert. Also musste er die Gelegenheit wohl beim Schopfe packen und mit ihm spazieren oder sogar etwas essen gehen. Das konnte er gewiss per Mail ausmachen, aber wie sollte er ihn darauf aufmerksam machen, sein Handy im Büro zu lassen? Es war wirklich kompliziert. Auch wenn er Hyeronimos vertraute und glaubte, kam ihm das trotzdem alles leicht übertrieben vor. Er tippte den Text, klickte auf Senden und war erstaunt, wie schnell der Arbeitskollege antwortete.

Sie würden in kaum zwei Stunden gemeinsam in der Stadt etwas essen. Kaptakis hatte das *Antipodas* am Rande der Fußgängerzone nahe dem Plateia Eleftheria vorgeschlagen, und Zacharis mochte das traditionelle Essen dort auch sehr gern.

Bis dahin hatte er noch einiges zu tun, und er musste sich auch noch Fragen aufschreiben, die er dem Ermittler stellen wollte. Es war besser für ihn, gut vorbereitet zu sein, dann konnte er das Stottern und Nuscheln eher kontrollieren. Er wandte sich der Suche nach dem vermeintlichen dritten Mann zu. Ganz sicher hatte jemand wie Michalis Serpantakis eine Menge Feinde, doch dieser musste ja wohl aus seinen eigenen Reihen stammen, denn ansonsten wäre er wohl kaum in den Hubschrauber gekommen. Es war bestimmt nicht möglich, mal eben an dem geheimen Startplatz aufzutauchen und um eine Mitfluggelegenheit zu bitten. Das schien ihm bei intensiverem Nachdenken auch nicht möglich, wenn man bekannt war. So ein Flug, mit welchem Ziel auch immer, war kein lustiger Ausflug. Was, wenn es vielleicht gar kein Mann gewesen war, sondern eine Frau? Eine, auf die einer der beiden Typen gestanden hatte und die es zu beeindrucken galt? Wäre es möglich, dass sie unerwarteterweise in den Heli hätte klettern können? Frauen waren genauso gute Kämpferinnen wie Männer, und sie waren oft mutig, furchtlos und entschlossen. Sie fixierten sich total auf einen männlichen Täter. Warum eigentlich? War es so absurd, dass es im Umfeld des Mafiabosses auch Frauen gab, die zu seinem Erfolg einen Beitrag leisteten? Er war sich nicht sicher, denn je höher man in die Berge vordrang, umso präsenter war das Patriarchat, und solche Strukturen schlossen es dann eher aus, dass Posten mit Einfluss an das weibliche Geschlecht vergeben wurden. Und das, obwohl es in jeder Familie genügend Frauen gab, die während des Zweiten

Weltkriegs und anderer Besatzungszeiten massive Gegenwehr geleistet und die Verantwortung für das Überleben der Familie innegehabt hatten. Seine Freundin gab ihm oft kluge Hinweise und viele Anregungen zu diesem Thema, und er war offen, alles zu hinterfragen, was man ihm in Kirche, Schule und Familie beigebracht hatte.

Er würde auf jeden Fall in beiden Richtungen suchen, auch wenn es insgesamt schon eine Herausforderung barg, etwas über die Strukturen in Zoniana und Umgebung herauszufinden, ohne persönliche Kontakte zu haben. Natürlich hatten die aufwendigen Ermittlungen vor einigen Jahren eine Menge zutage gebracht, doch am Ende hatte es nichts daran geändert, dass Serpantakis extrem einflussreich war. Zacharis war überzeugt davon, dass es eine Menge Menschen an Schaltstellen in Wirtschaft und Politik gab, die der *Boss* in der Hand hatte oder die sogar freiwillig bei alldem mitmachten und davon profitierten. Geld, Sex und Macht beherrschten die Welt. Dieses Triumvirat machte auch vor Kreta nicht halt. Vielleicht war es auch genau das, was eine Frau so wütend machen konnte, dass sie zwei Männer in einem fliegenden Helikopter abknallte und dann spurlos verschwand. Maria zum Beispiel war das Sinnbild einer solchen Frau. Sie hatte Haare auf den Zähnen, beschützte ihre Familie mit dem Mut einer Löwin und nahm kein Blatt vor den Mund. Gleichzeitig war sie einfühlsam, und man konnte bei ihr Rat suchen. Wenn man sie jedoch gegen sich aufbrachte, dann gnade einem Gott.

Eine Gänsehaut überzog seinen Körper bei diesem Gedanken. Eine Frau kam für sein Empfinden absolut infrage. Er spürte das Bedürfnis, Penelope oder Hyeronimos zu fragen, warum das bisher kein Thema gewesen war, doch leider durfte er ja weder sein Handy noch E-Mail benutzen, um fallrelevante Informationen auszutauschen.

»Zachari!«

Zusammenzuckend fuhr er hoch. Er hatte Galavakis nicht kommen hören.

»Ch'f«, stieß er erschrocken aus.

Hyeronimos winkte ihn zu sich, also loggte er sich aus und folgte ihm. Nicht ohne sich zu vergewissern, dass er das Handy nicht bei sich trug. Sein Vorgesetzter schritt voran zu seinem Büro, öffnete die Tür, und Zacharis trat in den ordentlichen Raum ein. Hyeronimos platzierte etwas auf dem Tisch, das einem Lautsprecher glich, und sagte: »Ultraschall-Rauschgenerator! Eine grandiose Idee von Penelope. Ich gehe zwar wirklich gern spazieren, gleichzeitig möchte ich aber auch Unterlagen einsehen und Informationen visuell verarbeiten können.«

Zacharis hob anerkennend den Daumen, atmete pustend aus und fragte: »Wieso k'ne Frau?«

»Wieso keine Frau?« Hyeronimos wiederholte die Frage verständnislos, und Zacharis wurde bewusst, dass die Frage nur in seinem Kopf logisch geklungen hatte, da er den Kontext kannte und der Ermittler noch nicht. Rasch erklärte er seine Gedanken und fragte erneut: »Wieso also nicht?«

»Sicher liegt es an der Organisation der mafiösen Strukturen in den Bergdörfern, aber auch an der Art zu töten. Dieses Hinrichten scheint eher männlich geartet, aber du hast selbstverständlich vollkommen recht. Eine Frau kann ebenso unser Täter sein, obwohl uns das aktuell ja auch nicht weiterbringt, da wir gar keinen Verdächtigen im Auge haben – weder männlich noch weiblich. Wir haben nichts, oder weißt du mehr als ich?«

»Serp'nt'kis hat eine Schwester«, begann er und Hyeronimos unterbrach ihn nickend.

»Filomena, Achilleas' Mutter, das ist mir bekannt, aber sie wird wohl kaum ihren Sohn in dem Heli in den Kopf geschossen haben!«

»Nein«, gab er seinem Chef recht, »ab'r sie hat Einfl'ss.« Er holte einige Fotos aus der Mappe, die er geistesgegenwärtig unter den Arm geklemmt hatte, als er Hyeronimos gefolgt war. Sie zeigten Filomena und Michalis in edlen Outfits bei diversen Veranstaltungen, die meisten davon mit offiziellem Charakter. Dies erläuterte er seinem Vorgesetzten. Immer war es nur seine Schwester, die ihn begleitete. Sie war vor vielen Jahren Witwe geworden und hatte nicht wieder geheiratet. Serpantakis war zum zweiten Mal verheiratet, er hatte vor rund fünf Jahren eine dreißig Jahre jüngere Frau geehelicht, und die durfte wohl das Haus hüten und die beiden Kleinkinder, die der Beziehung entsprungen waren, aufziehen.

»Was ist mit seiner Ex-Frau?«, wollte Hyeronimos wissen, und Zacharis konnte nur mit den Schultern zucken. »Ich konnte n'chts find'n. Sie ist w'g. Einf'ch w'g.«

»Wie weg?« Der Ermittler kratzte sich am Kopf und rief dann: »Nein, warte. Ich erinnere mich. Man hat damals bei der Riesenrazzia vermutet, dass einige Tipps von ihr gekommen waren und dass die DEE sie außer Landes gebracht und in ein Zeugenschutzprogramm gesteckt hatte. Ich glaube ja eher, dass sie tot ist. So etwas kann Serpantakis doch nicht auf sich sitzen lassen.«

»Nein, kann er n'cht! Doch d'nn muss es Dokumente geb'n, die die Ehe aufh'ben.«

»Sonst kann er nicht offiziell wieder heiraten. Eventuell ist er auch nur kirchlich verheiratet, denn *diese* Brüder hat er gewiss vollkommen in der Hand.«

»N'cht jeder Priest'r ist gleich ein Verbrech'r«, begehrte Zacharis auf. Er hieß beileibe nicht alles gut, was die Kirche tat, aber er war Christ.

»Das wollte ich damit auch nicht sagen, doch du weißt genauso gut wie ich, dass Kerle wie Serpantakis viele Menschen und Institutionen kontrollieren. Nicht ohne Grund ist damals der komplette Polizeiapparat in Rethymno ausgetauscht worden, und diese Art zu herrschen macht eben auch nicht vor der Kirche halt. Es ist nicht immer nur Geld, was dazu führt. Es ist sehr oft auch einfach nur Angst. Jeder hat jemanden, um den er sich sorgt.« Hyeronimos stoppte seine Ausführungen abrupt, und sein Blick glitt in die Ferne.

Zacharis stand still da und wartete, bis sein Chef gedanklich wieder zurück in den Raum kam. Galavakis hatte recht mit dem, was er ausführte. Egal, wie rechtschaffen man auch war, wenn man liebte, war man angreifbar. Er würde auch alles tun, um seine Freundin zu beschützen. Er hielt kurz inne: alles? Doch ja, alles. Dieser Gedanke befiel ihn wie ein stechender Schmerz, und er schnappte nach Luft.

»Ist alles in Ordnung, Zachari?«, fragte Hyeronimos mit überraschend einfühlsamer Stimme.

»W'nn ich alles tue, um zu beschütz'n, b'deutet das d'nn auch Mord?«

»Ganz ehrlich, Zachari? Ich weiß es nicht. Wir, die Hüter des Gesetzes, stehen hier und sagen vielleicht: ›Nein, das würde ich niemals tun, denn es gibt bestimmt auch einen anderen Weg, ohne die Gewaltspirale weiterzuführen‹, doch wir wissen nicht, wie wir handeln, wenn wir tatsächlich in eine solche Situation kommen. Wenn jemand meine Liebsten mit dem Tod bedrohen würde ... wirklich ... ich weiß es nicht!« Hyeronimos' Stimme brach, und Schweigen breitete sich im Raum aus. Dann fasste sich der Kommissar wieder: »Finde alles über die Frauen in Serpantakis' Leben heraus, was möglich ist, und wenn du schon dabei bist, auch alles über das Liebesleben von Achilleas und dem zweiten Toten. Jede Information kann wichtig sein, Zachari. Gute Arbeit!«

Zacharis nickte erfreut, Hyeronimos' Lob tat ihm gut. »Mach ich, Ch'f, aber erst tr'ffe ich m'ch mit K'ptakis.«

Galavakis nickte anerkennend, griff in die Tasche, die er auf seinen Schreibtischstuhl gestellt hatte, zog einen weiteren Rauschgenerator heraus und reichte ihm diesen lächelnd: »Spectros hat mich großzügig versorgt.«

Zacharis fühlte sich zwar nicht vollkommen sicher mit diesem Ding, aber doch etwas besser.

»Nimm es bitte auch mit nach Hause«, forderte sein Chef, und er nickte.

Doch in Zacharis Kopf entstand eine neue Frage: Was, wenn diese Leute ihre Informationen nicht wie erwartet über das Abhören bekommen würden? Wie weit würden sie gehen? Kurz überlegte er, es laut auszusprechen, doch dann erschien es ihm leichter, den Gedanken zu verdrängen und der Paranoia so weniger Raum zu geben.

Er verließ das Büro, um sich an die Arbeit zu machen, und stieß im Flur beinahe mit Costas Xylouris zusammen.

87. Kapitel

Der Mann hatte sich zu ihr an den Tisch gesetzt, ohne sie zu fragen. Er war einer der typischen kretischen Bergdorfbewohner: sonnengegerbte Haut, dunkles, lockiges Haar, ein zum Moustache gezwirbelter Oberlippenbart und einige offensichtliche Zahnlücken. Er war von stabiler Statur, und seine Hände zeugten von harter Arbeit. Sie hatte Zeit gehabt, sich diese genau anzuschauen, als er ihr das kleine Tütchen langsam hinübergeschoben hatte, das halb unter der Hand verborgen lag.

Sie hatte darüber nachgedacht aufzubegehren. Drogen! War der Typ bekloppt? Sah sie so aus, als würde sie *das* suchen? Aber gut, sie saß dauernd hier herum, versuchte, mit den Einheimischen ins Gespräch zu kommen, und verzweifelte beinahe, weil sie so gut wie nichts in Erfahrung bringen konnte. Nun war klar, dass man sie bemerkt hatte und zu dem Schluss gekommen war, dass die neugierige Frau nur das eine suchte. Sie hatte den Augenblick gefürchtet, in dem der Clan auf sie aufmerksam werden würde – und ihn gleichzeitig herbeigesehnt. Diese Leute hatten ihre Augen und Ohren überall auf der Insel, und sie hoffte so sehr, etwas zu hören, was ihr das Unglück erklärte, das ihr Leben zerstört hatte, denn egal, wie sehr man ihr zugeredet hatte, sie glaubte nicht, dass es eben einfach nur schlechtes Wetter gewesen war. Davon war sie ebenso besessen wie von dem Gedanken, dass Vangelis noch lebte.

Sie hatte das Tütchen betrachtet und das Gras darin erkannt, aber auch eine kleine Pille mit einem aufgedruckten

Sternchen. Würde das Zeug Vergessen bringen? Würde es sie zu einer Person machen, der der ganze Scheiß irgendwann egal wäre? Es fühlte sich verführerisch an, doch sie hatte gesehen, was Rauschmittelmissbrauch aus Menschen machte, und hatte sich deshalb geschworen, die Finger davon zu lassen, was nicht hieß, dass sie nicht mal ein Glas Wein trank oder hier oben den selbst gebrannten rauen Tsikoudia probierte. Sie hatte nur eben nicht vor, sich von etwas vereinnahmen zu lassen, was die Persönlichkeit eines Menschen massiv verändern konnte. Also hatte sie das Tütchen wieder zurück über den Tisch geschoben, den Kopf geschüttelt, einen Schein für ihr Essen und ihre Getränke neben ihr Glas gelegt und war aufgestanden.

»Was suchst du dann?«, hatte er sie mit dunklem Timbre gefragt.

Sie hatte innegehalten, nachgedacht, ob es nicht besser wäre, zu verschwinden und wirklich nicht mehr zurückzukommen, hatte gehört, wie seine Finger fordernd auf den Tisch geklopft hatten und sich dann doch umgedreht.

»Mein Mann ist einer von den drei verunglückten Fischern«, war sie aufs Ganze gegangen, »und ich glaube nicht an ein Unglück. Ich suche also Antworten!«

»Auf welche Fragen?«, hatte er nachgehakt, und seine dunklen Augen hatten sie durchbohrt.

»Was ist dort draußen passiert? Wer hat sie getötet und warum? Was geht dort vor sich?«

»Gefährliche Fragen, auf die es keine Antworten gibt«, hatte er geantwortet und sie durch diese deutliche Bewertung noch wissbegieriger gemacht. Sie hatte sich wieder auf ihren Platz gesetzt und ihn provokativ angeschaut. Was hatte sie schon zu verlieren, außer ihrem Leben, das ohne Vangelis nicht mehr lebenswert zu sein schien.

»Gaia«, hatte er gesagt, und sie war kurz erschrocken, weil er ihren Namen kannte, doch so viele Wirte hier wussten, wer sie war, also warum auch nicht jemand, der höchstwahrscheinlich zum Umfeld von Serpantakis gehörte. »Gaia, Gaia, Gaia ... so neugierig und so voller Zorn. Das ist keine gute Kombination, Mädchen, und das weißt du auch.«

Sie hatte abgewartet, denn sie hatte ihm kein Futter bieten wollen. Er war zu ihr gekommen, und sie hatte begonnen, sich zu fragen, ob die Drogen nur eine Art Test gewesen waren.

»Das, was auf dem Meer geschieht, bleibt auf dem Meer.«

»Was soll das bedeuten?«

Er hatte den Kopf langsam hin und her gewiegt: »Du kommst nie mehr in unser Dorf, du benutzt deine Knarre nicht mehr, um auf unsere Schilder zu schießen und unserem Nachwuchs damit zu beweisen, wie hart du bist. Du verschwindest von hier in dein Dorf dort unten und tust irgendwas Normales, an der Kasse im Supermarkt arbeiten oder deinen traurigen Schwiegereltern auf dem Feld helfen. Irgendwas. Nur was du nicht mehr tust, ist, hier herumzulungern und Fragen zu stellen, die implizieren, dass wir deinen Mann auf dem Gewissen haben!«

Sie erinnerte sich noch heute an die eisige Kälte, die ihr über den ganzen Körper gekrochen war und sie quasi hatte erstarren lassen.

Doch dann war wieder genau jenes Gefühl aufgekommen, das sie aufrecht gehalten hatte: Sie war lebensmüde. Und zwar im wahrsten Sinne des Wortes. »Denn sonst?«, fragte sie also mit erhobenem Kinn.

»Sonst holen wir uns deinen Jungen ...«

Nach diesem Satz war es so gewesen, als wäre alles Blut aus ihrem Körper gewichen. Wie konnten diese Leute davon wissen? Was hatten sie alles angestellt, um in ihrer Vergangenheit zu graben? Was wussten sie noch? Sie hatte zum Widerspruch ansetzen wollen, doch der Mann hatte seine Hand so abrupt gehoben, dass ihr die Worte im Hals stecken geblieben waren.

»Wir wissen, dass dein Onkel sich an dir vergangen hat«, er hatte voller Abscheu ausgespuckt, »und du dann nach Gavdos zu einer entfernten Cousine geschickt wurdest, um das Kind dort zur Welt zu bringen. Und wir wissen, wo der Junge jetzt lebt. Er ist ein hübscher Kerl und sieht dir ähnlich.«

Sie war voller Entsetzen aufgesprungen. Niemand wusste davon, außer ihren Eltern, die bereits tot waren, und der Cousine auf Gavdos. Weder Vangelis hatte sie davon etwas erzählt noch irgendeiner Freundin. Sie hatte den Vorfall aus ihrem Leben gestrichen und sich alle Erinnerungen daran herausgerissen. Doch ganz egal, wie sie zu dem Jungen stand: Er war ihr Kind, und sie musste ihn schützen, wenigstens das war sie ihm schuldig.

Also war sie gegangen und nie mehr nach Zoniana zurückgekehrt. Gleichzeitig hatte ihr die Aktion des Mannes jedoch klargemacht, dass es eben nicht nur ein einfacher Unfall gewesen war, der zu dem Unglück auf dem Meer geführt hatte, denn das hätte diesen Aufwand und die Bedrohung eines Kindes nicht gerechtfertigt. Sie hatte geglaubt, mit diesem heroischen Handeln ihr Vergehen gesühnt zu haben und zukünftig ein Mensch zu sein, der keine schlimmen Taten mehr vollbringen würde. Doch weit gefehlt! Ihre Ursprungsfamilie hatte recht gehabt: Sie war sittenlos, verderbt und unmoralisch, und ihre nächste Freveltat hatte dies erneut bewiesen.

Auch jetzt, Jahre später, war ihr dies schmerzlich bewusst. Sie war diejenige, die es in der Hand gehabt hatte, Gutes zu tun, doch sie hatte sich für einen anderen Weg entschieden.

88. Kapitel

Er hatte gerade darüber nachgedacht, ob er es mit dem Rauschgenerator wagen konnte, Kassia selbst anzurufen. Er hielt den kleinen Kasten noch grübelnd in der Hand, als es vehement an seine Tür klopfte. Geistesgegenwärtig stopfte er das Gerät in die Schreibtischschublade, bevor er »Ja« rief.

Dann stand Xylouris unangemeldet in seinem Büro, lächelte feist und sagte: »Ich störe doch nicht!?«

Hyeronimos klemmte sich die Hand unter den Oberschenkel, denn er traute ihr in diesem Augenblick nicht, und die hektische Geste, mit der sie normalerweise sein Haar in solchen Situationen glättete, hätte Xylouris gezeigt, wie nervös er war. Gott sei Dank hatte er den bereits deaktivierten Störsender reaktionsschnell versteckt und nicht noch offen auf dem Schreibtisch stehen.

»Was kann ich für Sie tun?«, fragte Hyeronimos bewusst knapp und wenig umgänglich.

»Nun, ich dachte, wir wären uns einig darüber, dass Sie mich über alles informieren, was den Fall betrifft?« Der EYP-Agent drehte sich zu dem Whiteboard und ließ seinen Blick langsam und provokativ darübergleiten.

»Es gibt nichts Neues zu berichten.«

»Galavaki! Ihr Chef, also der, der jetzt gerade *beurlaubt* ist«, Xylouris setzte das Wort mit den Fingern süffisant lächelnd in Anführungszeichen, »schwört so große Stücke auf Ihren Scharfsinn und Ihre Ermittlungsgabe. Da wird es doch nach einer Woche Ergebnisse geben, die Sie selbstverständlich nicht nur gern, sondern auch pflichtbewusst mit uns teilen!«

Hyeronimos musste an sich halten, um nicht zornig aufzufahren und dem scheinheiligen Kerl zu sagen, was er von ihm hielt. Die vergangenen vierundzwanzig Stunden hatten ihm arg zugesetzt, und er hatte tatsächlich kein Interesse an dem verlogenen Spiel, das hier gespielt wurde. »Wir. Haben. Nichts.«

»Was tun Sie denn alle den lieben langen Tag hier? Sitzen Sie nur rum und schaukeln ihre Eier?«

Hyeronimos hasste es, wenn Menschen sprachlich auf einem solchen Niveau unterwegs waren, aber was war schon von einem Agenten, der Prostitution begünstigte, anderes zu erwarten? Er reagierte nicht, denn er würde sich keinesfalls auf diese Ebene hinabbegeben.

»Es kann doch nicht angehen, dass es weder hier noch in der Pathologie Neuigkeiten gibt! Haben Sie noch andere Morde aufzuklären, die Sie daran hindern, mit Hochdruck diesen Fall zu bearbeiten?«

Die Erwähnung der Pathologie hatte Hyeronimos sofort aufhorchen lassen, jetzt musste er das Gespräch geschickt lenken, und dann würden sie Gewissheit haben über die illegalen Machenschaften des Nachrichtendienstes. »Dr. Demostaki ist die Beste ihrer Zunft und arbeitet grundsätzlich hart, damit sie uns alle notwendigen Informationen liefern kann, um die Täter zu überführen.«

»Tut sie das?«

Hyeronimos nickte und überlegte fieberhaft, wie er die Falle zuschnappen lassen konnte. »Selbstverständlich ... und sie gibt jeden neuen Wissensstand, so schnell es geht, an uns durch.«

»Dann müssen Sie wohl alle härter arbeiten, um belastbares Material zusammenzutragen.«

»Wir brauchen Fakten und vor allem solche, die auch vor Gericht standhalten«, argumentierte Hyeronimos, denn Fingerabdrücke waren genau so etwas.

»Dafür gibt es doch die Pathologie, die Kriminaltechnik und auch die Ermittlungsbehörde, drei Teile des Systems, die zusammenarbeiten müssen, und in einem Fall wie diesem gehört meine Behörde eben auch zu diesem Kreis. Ihnen sollte deutlich bewusst sein, wie wichtig wir sind, wenn es um organisierte Kriminalität und zudem noch um mögliche internationale oder militärische Zusammenhänge geht«, dozierte Xylouris.

»Herr Xylouri, vielleicht wissen Sie ja viel mehr als wir und halten mit Informationen hinter dem Berg ...« Im wahrsten Sinne des Wortes, dachte Hyeronimos. »... und lassen uns im Dunkeln herumstochern. Die Frage, die sich mir dabei stellt, ist, welches Ziel Sie und Ihre Behörde damit verfolgen, denn für mich sieht es so aus, als wollten Sie uns ins offene Messer rennen lassen und würden uns sogar noch einen Schubs geben!«

»Was wollen Sie damit unterstellen, Kapetan Galavaki?«, echauffierte sich der Agent nun.

Vielleicht war das der richtige Weg, um ihn aus der Reserve zu locken. Hyeronimos erhob sich, er hatte sich wieder im Griff, und die Hand würde sich nun vollkommen normal verhalten, dessen war er sich sicher. »Sie werfen uns Bröckchen hin und wissen viel mehr. Das kann doch nur das Ziel verfolgen, meine Behörde zu demontieren. Auch wenn es aus meiner Sicht vollkommen sinnfrei ist, das zu tun. Sie wissen mehr und geben es nicht preis – um was zu erreichen? Dass Serpantakis wieder einmal davonkommt? Dass Dimitris Stefanakis seine Position verliert, weil er es war, der mich unbedingt an vorderster Front haben wollte? Wollen Sie dann ins Ministerium wechseln, und ich bin Ihr Ticket dorthin?« Er wusste, dass das harter Tobak war und dass Xylouris das nicht auf sich sitzen lassen konnte.

»Sie halten sich für ganz schön wichtig, Galavaki, und an Ihrer Stelle wäre ich sehr vorsichtig mit solchen Aussagen …«

»Sonst?«

»Sonst lernen Sie mich mal von meiner unangenehmen Seite kennen!«

»Aha«, sagte Hyeronimos und schaute den Mann auffordernd an.

»Bisher war ich kooperativ, was man von Ihnen nicht sagen kann, denn alles, was uns in Richtung Täter führen kann, darf nicht auf Mutmaßungen beruhen, sondern muss belegbar sein, und Sie wissen genau, wie Dinge belegt werden: über Fingerabdrücke, DNA-Spuren, Geständnisse und glaubhafte Zeugenaussagen. Muss ich Ihnen Ihren Job eigentlich erklären?«

»Wir haben nichts dergleichen vorliegen«, widersprach Hyeronimos.

»Sagten Sie nicht eben, dass Dr. Demostaki in dieser Richtung Untersuchungen angestellt hätte?«, lief Xylouris in die Falle.

Hyeronimos lächelte maliziös. »Sagte ich das?«

Xylouris war für einen winzigen Augenblick irritiert, und Hyeronimos konnte die Aura des Mannes flackern sehen. Das blutige Rot verschwand fast vollkommen, und er war sich nun sicher, dass er nicht unter Verfolgungswahn litt, sondern den richtigen Riecher gehabt hatte.

»Vielleicht nicht in diesem Wortlaut, aber so habe ich es verstanden.«

Es war so lächerlich, zu sehen, wie sich der Agent aus der Sache herauswinden wollte, und Hyeronimos war versucht, ihm sein Wissen vor den Kopf zu knallen und ihn zudem mit dem blonden Mädchen zu konfrontieren, doch dann besann er sich eines Besseren. Die Zeit war wirklich noch nicht reif dafür. Penelope hatte recht. Er würde dafür sorgen, dass es niet- und nagelfest war, und dann zusehen, wie man Xylouris degradierte. Die Sache war persönlich geworden, und er war ein netter und gelassener Mann, doch wenn man ihn betrog und seine Liebsten in Gefahr brachte, dann war er kampfbereit.

»Ich denke, wir beide verstehen uns überhaupt nicht, und deshalb ist es besser, wenn Sie sich fernhalten von allem, was mit mir und mit meiner Arbeit zu tun hat. Haben Sie das jetzt verstanden?«

»Galavaki, Sie vergreifen sich nicht nur im Ton mir gegenüber, sondern Ihnen fehlt es an dem Verständnis, wer ich bin!« Der Nachrichtendienstler wurde nun laut.

»Ich weiß sehr wohl, wer und *was* Sie sind. Doch Sie unterschätzen mich, und das ist ein wirklich dummer Fehler – und nun guten Tag, Herr Xylouri!«

Hyeronimos wies auf die Tür, und tatsächlich verließ der Mann wutschnaubend den Raum. Hyeronimos griff in die Schublade, platzierte den Generator, schaltete ihn ein und wählte Penelopes Nummer, um ihr zu berichten, dass ihre Idee bereits Früchte trug und er sich mittlerweile sehr sicher war, dass der Nachrichtendienst sie tatsächlich belauschte. Zudem erachtete er es doch für besser, dass *sie* das aufklärende Telefonat mit Kassia führte, um seine Geliebte nicht in Gefahr zu bringen. Dann konnte Kassia entscheiden, ob sie das Risiko eingehen wollte, weiter mit ihm in Kontakt zu stehen.

Sein Herz zog sich zusammen bei dem Gedanken, dass sie sich für das Ende ihrer Beziehung entscheiden konnte, doch wenn dem so war, musste er es akzeptieren, denn sie noch mehr in eine bedrohliche Lage zu bringen, würde nur bedeuten, dass er egoistisch war und sich über ihre Sicherheit stellte. Und so war er nicht.

Seufzend stellte er sich dem Gespräch mit Penelope.

89. Kapitel

Melina hatte den Zettel mit den Fragen in ihrer Handtasche und saß in ihrer alten Wohnung am Küchentisch. Sie hatte Konstantinos so sehr belogen, dass sie nicht mehr ein noch aus wusste. Der Agent war immer nur *ihr* Kunde gewesen, und es würde keine simple Erklärung für ihre Mitbewohnerin geben, um ihr plausibel zu machen, warum sie den Kerl mit einem Fragebogen aushorchen sollte. Zudem würde die Erklärung ganz sicher dazu führen, dass die junge Frau mehr vom Kuchen würde haben wollen, und damit verkomplizierte sich alles deutlich. Es war also erneut an ihr, ihm zu Diensten zu sein und sich noch tiefer in ihr Lügengespinst zu verstricken. Sie war ein Nichts. War es das wirklich alles wert?

Sie schrak hoch, als sich der dunkle Pagenkopf ihrer Mitbewohnerin in die Küche streckte. »Was machst du denn hier? Ich dachte, du wohnst jetzt bei deinem Prinzen ...«

»Ja, ich ... also ich«, stammelte sie und versuchte, sich zu konzentrieren.

»Du ... ja?«

»Ich will noch ein paar Sachen holen. Meinen Mietanteil hast du gestern gefunden?«, fokussierte sie sich auf pragmatische Dinge.

»Hab ich.« Sie tapste auf nackten Füßen herein, ihr kurzes Shirt ließ den Blick auf ihre wohlgeformten Beine und den tollen Hintern frei. Sie waren unter sich, also mussten sie sich nicht verstellen oder ihre *Masken* aufpinseln.

85. Kapitel

»Das war zu gewagt.« Er spürte noch immer die Mischung aus Ärger und Angst in sich, die ihn während ihres Telefonats befallen hatte, als er erkannt hatte, was sie im Schilde führte.

»Unterm Strich kann uns nichts passieren, also nicht mehr, als eventuell sowieso schon passiert ist, aber es könnte uns Gewissheit verschaffen, und dann können wir uns schützen.« Sie zog ihn weiter vom Krankenhaus weg, so, als könnten sogar die Mauern Ohren haben.

Aber er empfand ähnlich, er fühlte sich schon paranoid. »Ich habe mit Spectros gesprochen, habe ihn genauso wie heute früh Zacharis nach draußen gezerrt. Ich dachte, er lässt mich gleich einweisen.« Er versuchte zu lächeln, während er von dem Gespräch mit seinem neuen Chef berichtete.

»Kann er uns helfen?«

»Es ist eine schwierige Sache. Der Nachrichtendienst ist eine eigenständige Behörde, Spectros hat somit keinen Zugriff auf deren Material. Und es ist wohl auch kaum möglich, herauszufinden, was sie hören und was nicht, aber irgendwo müssen die Daten gespeichert werden, und« – jetzt war er es, der sie nah heranzog – »das ist wohl nicht ganz legal, aber Spectros war sehr in seiner Ehre getriggert, dass jemand aus den eigenen Reihen die Ermittlungsbehörde bespitzelt, also wird er es auch sehr gern in Auftrag geben, nach diesen Datenmengen zu suchen.«

»Giannis aus der Bar hat mir erzählt, dass du gestern nicht allein gegangen bist, und der Beschreibung nach zu urteilen, war es kein hübscher junger Mann, sondern ein alternder Angeber. Ich dachte, du bist raus aus dem Business?«

Melina überlegte fieberhaft, was sie sagen sollte, doch dann kam sie zu dem Schluss, dass ihr alle Lügen hier sowieso um die Ohren fliegen würden, denn Emmy kannte sie einfach zu gut. So hatten sie sich draußen oft genannt: Emmy und Melly. Kurzformen von Emmanouela und Melina, die sich cool und international anhörten. Anfangs waren sie oft als Team losgezogen, denn Melina war noch unsicher gewesen und Emmy hatte sich ihrer angenommen. Waren sie nicht auf eine gewisse Art Freundinnen oder doch nur Arbeitskolleginnen? Das war schwer zu beantworten.

»Ja, eigentlich bin ich raus, und ich wollte mich irgendwie nur verabschieden, und dann kam er und ... Na ja, du kennst das ja. Er hat mir ein gutes Angebot gemacht und ...« Sie ließ den Satz mit einem Schulterzucken ausklingen.

Ihre Mitbewohnerin machte sich einen Kaffee, schaute fragend zu ihr hin, und Melina nickte wider besseres Wissen. Sie hatte an sich schon genügend Koffein intus, aber für den Zweck, den sie verfolgte, war es besser, gemeinsam gemütlich am Tisch zu sitzen.

»Kennst du den Kerl auch?«, fragte sie nun und versuchte, irgendwie unbeteiligt und doch neugierig zu klingen.

»Ist das der, der immer mit der *Ich habe jeden in der Hand*-Tour kommt?«

Melina nahm vorsichtig einen Schluck des heißen Gebräus und nickte. »Mmh.«

»Ja, ich kenne ihn, aber er wollte noch nie mit mir gehen. Ich bin nicht sein Typ, der steht auf langhaarige Schönheiten, wie du eine bist.«

»Hm, ja, kann sein. Der redet immer ziemlich viel und lauter so Agentenkram. Ich denke dann immer, ich bin einer der drei Engel für Charlie«, versuchte sie, dem Ganzen einen lockeren Anstrich zu geben, und Emmy lachte tatsächlich.

»Er sagt so Sachen wie«, Melina verstellte ihre Stimme, »›ich habe sogar den *Boss* in der Hand.‹ Das klingt so albern. Den *Boss* ... Wer um Himmels willen hat denn einen so albernen Namen?«

»Ach, Schätzchen, du bist einfach so herrlich naiv«, stellte Emmy trocken fest, und es klang nicht einmal abwertend, sondern nur wie eine Feststellung. »Den *Boss* kennt doch jeder auf der Insel, und du kommst aus den Bergen, für dich müsste doch vollkommen klar sein, wer das ist!«

»Tut mir echt leid, ich stehe da voll auf dem Schlauch.« Melina ließ ihre Hand über das gefaltete Papier mit den Fragen gleiten und begann langsam und wie unabsichtlich, einen kleinen Ball daraus zu formen, denn plötzlich war ihr klar, wer gemeint war: »Serpantakis!«

»Kluges Kind!«

»Glaubst du echt, dass man *den* in der Hand haben kann?«

»Alles ist möglich.« Emmy lehnte sich in ihrem Stuhl zurück und nippte nachdenklich an der Tasse.

»Dann wäre dieser Kerl ja wirklich gefährlich«, stellte Melina fest und erschauerte kurz.

»Jap. Ich hatte neulich einen Arzt aus dem Krankenhaus«, ihre Mitbewohnerin beugte sich vertraulich vor, »und die Kerle quatschen im Bett ja wie ein Buch ... Der hat mir erzählt, dass einer von den Toten aus dem Helikopter von letzter Woche Serpantakis' Neffe ist. Der Junge hatte 'ne Kugel im Kopf, die komplette Matsche aus seinem Gehirn gemacht hat. Der andere Typ übrigens auch. Der hat so einen komischen Namen. Irgendwas wie *Äntre...* Ich bekomme es nicht mehr zusammen, aber der war wohl einer von den ganz bösen Buben. Der Doc wusste zwar nichts Genaues, hat aber gehört, dass der Mann bei richtig schlimmen Geschäften zum Einsatz kam. Tja, jetzt ist er mausetot, aber spannend ist das schon. Wobei ich mich nicht mit dem *Boss* anlegen würde. Ich bin froh, dass noch keiner von seinen Schergen bei mir aufgetaucht ist, denn dann ist es vorbei mit der freien Entscheidung. Dann können wir, also jetzt ja nur noch ich, nicht mehr darüber bestimmen à la: *Ich sage, wann, ich sage, wer, und ich sage, wo!*«

Melina hatte mit großen Augen gelauscht. Das waren wirklich interessante Informationen, und damit hatte sie doch schon etwas, was sie mit nach Hause bringen konnte. Das Beste war: Sie hatte es wirklich von ihrer Mitbewohnerin erfahren und sich nicht erneut auf den schmierigen Angeber einlassen müssen.

»Wer will schon etwas mit diesen Typen zu tun haben, keine von uns will das. Wobei es schon komisch ist, dass sie uns so lange in Ruhe gelassen haben, also vor allem dich«, dachte Melina laut und zerknüllte das Papier noch fester.

»Ich bin wie der Hubschrauber: Ich fliege unter dem Radar«, lächelte die Frau.

Und hoffentlich stürzt du niemals ab, kam es Melina in den Sinn, doch diesmal sprach sie ihren Gedanken nicht aus. Sie nahm einen weiteren Schluck aus der Tasse und sagte dann: »Wenn es für dich besser ist, nicht allein zu wohnen, musst du es nur sagen, dann ziehe ich komplett aus und gebe dir meinen Mietanteil so lange, bis du eine Nachfolgerin gefunden hast oder vielleicht auch einen Nachfolger.«

Tatsächlich hatten sich in den letzten Wochen auch einige sehr attraktive männliche Sexarbeiter eingefunden. Die Mehrheit der Jungs war sonst eher um Elounda herum aktiv, doch anscheinend folgte es wie immer dem Gesetz von Angebot und Nachfrage, und mit einem männlichen Mitbewohner würde die Gefahr erst gar nicht bestehen, sich mit der Kundschaft in die Quere zu kommen.

»Das ist gar keine so schlechte Idee. Ich höre mich mal um und sage dir dann Bescheid. Bist du dir echt sicher, dass dein Kerl der Richtige ist, für den du das alles hier aufgibst?«

Emmy lächelte warmherzig und schaute sich in der Küche um.

»Er ist es«, sagte Melina mit fester Stimme. Sie hatte sich wieder beruhigt. Sie musste Konstantinos nicht noch einmal betrügen, und das, was gestern Abend geschehen war, hatte nur dazu geführt, dass sie wichtige Informationen erhalten hatte, die sie nutzen konnten. Zum Beispiel konnte Konstantinos seinen Vater nach diesem bösen Buben, der »schlimme Geschäfte« betrieb, fragen. Dann würde Dimitris Stefanakis schon sehen, dass sie sich engagierten und auch die Möglichkeiten hatten, relevante Informationen zu ergattern. Auch wenn Emmy sie vor Serpantakis warnte, so liefen doch ganz offensichtlich alle Fäden bei ihm zusammen und sie mussten irgendwie in Zoniana an weitere Fakten kommen. Das musste möglich sein. Sie waren ein unauffälliges Paar, niemand würde sie als Gefahr auf dem Schirm haben.

»Ich freue mich für dich«, sagte Emmy in die Stille der Küche und klang aufrichtig.

»Ich muss dann auch los.« Melina erhob sich. Sie stellte ihre Tasse in die Spülmaschine und warf den festen Papierball in den Müll. Dann beugte sie sich über ihre Mitbewohnerin und hauchte ihr einen Kuss auf die Wange. »Danke für alles!«, sagte sie und ging durch den kleinen Flur in Richtung Tür.

»No problem. Wolltest du nicht noch Zeug mitnehmen?«

»Ach ja, selbstverständlich.« Melina fühlte sich ertappt, flitzte in ihr Zimmer und packte noch ein paar Klamotten ein. Dann verabschiedete sie sich winkend.

90. Kapitel

Hyeronimos hatte nach dem provokativen Besuch des EYP-Agenten am Nachmittag einen Kontaktmann beim Finanzamt besucht und sich die Liste der Bewohner des Hauses geben lassen, in dem Xylouris am Vorabend mit dem Mädchen verschwunden war. In allen offiziellen Mietverträgen musste die Steuernummer des Vermieters und des Mieters eingetragen werden. Er hatte eine lange Liste von Namen bekommen und dann über die Frauen recherchiert, die dort eingetragen waren.

Die Tatsache, dass es auf Kreta sehr häufig die Vornamen Maria, Katharina, Eleni und Emmanouela gab, machte es komplizierter, etwas in den sozialen Netzwerken zu finden, doch er hatte sich nicht abbringen lassen und hatte sich Ausweispapiere angeschaut, Gesichter gesucht und damit auch die Chance vergrößert, Infos auf Plattformen wie Facebook und Instagram zu finden. Die blonde junge Frau war eben nur leider nicht unter den Mieterinnen gewesen. Er hatte sie auf Anfang zwanzig geschätzt, und es gab nur eine Bewohnerin, die altersmäßig passte und Mitte zwanzig war, doch es war keinerlei Ähnlichkeit mit dem langhaarigen Mädchen vorhanden. Emmanouela Kenaki wohnte bereits seit drei Jahren in dem Haus und ging keiner eingetragenen Tätigkeit nach, da keine Steuern von ihr abgeführt wurden.

Frustriert hatte er den Computer ausgeschaltet und war nach Agia Pelagia gefahren, um zu schwimmen und seine Yaya zu besuchen. Er hatte die Nähe eines geliebten Menschen gebraucht, denn das Warten auf Penelopes Meldung in Sachen Kassia hatte ihn schier wahnsinnig gemacht.

Schon der Blick auf die Bucht half ihm dabei, sich besser zu fühlen. Langsam zuckelte er durchs Dorf, hob grüßend die Hand, um dem Apotheker zuzuwinken, blieb kurz stehen, um mit Giorgos von der Autovermietung und seiner Frau Koula, die das Restaurant *Edem* an der Promenade betrieb, zu schwatzen, und versprach, bald mal wieder auf ein Glas Wein vorbeizukommen.

All diese normalen, alltäglichen Dinge sorgten dafür, dass er Abstand zu den belastenden Themen des Tages gewinnen konnte.

Als hätte sie die ganze Zeit hinter dem blauen Tor stehend gewartet, stand Titika auf ihren dürren Beinchen auf der Straße, kaum dass er den Wagen in eine der schmalen Parklücken am Wegesrand gequetscht hatte.

»Maki«, sagte sie, und der Kosename, den auch Kassia verwendete, verursachte erneut einen scharfen Stich in seinem Herzen. »Mein Junge. Gut, dass du da bist!«

Dann zog sie ihn in den nach Jasmin duftenden Garten, drückte ihn in einen der Stühle und goss ihm ein Glas Wasser ein.

»Es geht dir nicht gut«, sagte sie mit wissendem Blick, er hatte noch nie viel vor ihr verbergen können.

Er nickte und sagte: »Deshalb brauche ich das Meer, leckeres Essen und dich.«

Sie legte ihm sanft die Hand auf die Schulter. Es war eine zarte Berührung, denn sie wusste, was er ertragen konnte und was nicht, und sie spendete ihm einfach nur Nähe.

»Du gehst schwimmen, Junge, und ich mache dir einen Teller Lamm mit Avgolemono warm, und zum Nachtisch habe ich einen Gastrin nach dem Rezept meiner Großmutter gebacken.«

Hyeronimos liebte diese Süßspeise mit Mandeln, Mohn und Honig sehr, aber auch das Lamm auf gekochtem Salat mit der lauwarmen Zitronen-Ei-Soße war ein Gedicht. Er hatte die richtige Entscheidung getroffen. Seine Yaya erreichte seine Seele und auch seinen Magen, denn wenn dieser zufrieden war, dann ging es ihm insgesamt besser.

Später am Abend standen Penelope und er an der Bar in Ammoudara und holten sich ein Getränk. Hyeronimos scannte die Umgebung, während Penelope mit ihrer offenen Art den Barkeeper in ein Gespräch verwickelte. Heute war es ein anderer junger Mann als gestern Abend, das hatte er erleichtert zur Kenntnis genommen. Doch sie mussten immer davon ausgehen, dass die Leute wussten, wer sie waren. Sie hatten ihre Handys ausgeschaltet im Auto gelassen, sodass sie reden konnten, was sie wollten. Er hoffte auf gute Nachrichten von Kassia, doch das musste wohl noch ein wenig warten. Auf den Außenplätzen saßen an einigen Tischen einzelne Personen, teils Frauen, teils Männer, und viele Gruppen belegten die gepolsterten Bänke, aber auch auf den Liegen am Strand saßen noch Touristen, die das sanfte Rauschen der Wellen genossen, dabei gekühlte Getränke schlürften und Snacks zu sich nahmen. Nichts deutete darauf hin, dass hier Menschen unterwegs waren, um sich einem schnellen Lustgewinn hinzugeben. Vielleicht hatte er sich wirklich vertan und alles überinterpretiert, weil ihm Xylouris so unfassbar unsympathisch war.

Penelope hatte sich für einen Aperol Spritz entschieden, und er hatte einen Virgin Mojito bestellt. Unschlüssig hielt er das Getränk in der Hand. Sollten sie hier im Innenbereich bleiben, sich auf eines der Sofas nahe der weit geöffneten Fensterfront setzen und damit einen Großteil von Bar und Restaurant im Auge behalten, oder war es besser, hier an der Bar zu sitzen? Er war unschlüssig, warf Penelope einen fragenden Blick zu, doch die hatte ein Thema mit dem Barkeeper gefunden und befragte ihn zu den plastikfreien Strohhalmen, als wäre das die interessanteste Angelegenheit der Welt. Er konnte sehen, wie die grüngelbe Aura des Mannes aufflammte und ihn komplett einhüllte. Er schien seinen Job mit Hingabe und Spaß zu erledigen, und das Gespräch mit der hübschen dunkelhaarigen Penelope genoss er ganz offensichtlich. Das war gut. Sie hatte eben genau die Ader, die es brauchte, um in Kontakt mit anderen Menschen zu kommen und leichtfüßige Unterredungen zu führen. Das ging ihm vollkommen ab. Er tat sich an dieser Stelle immer schwer, denn Small Talk empfand er grundsätzlich als etwas Unnötiges, und er war im Regelfall auch nicht darauf aus, beim Essen Leute kennenzulernen, während Pen offen und kommunikativ war. Er konnte sehen, dass sie Beziehungsaufbau mit dem Mann betrieb, und ließ ihr die Zeit, während er an seinem alkoholfreien Drink nippte und sich umschaute.

Als er nach dem Telefonat mit Kassia hier geschwommen war, war er kaum dazu in der Lage gewesen, sich auf die Schönheit des lang gezogenen Strandes zu konzentrieren. Dia lag majestätisch vor ihm, und man konnte in der sternenhellen Nacht das Ungeheuer, das die Insel darstellte, erahnen. Er mochte die Insel sehr und ließ seinen Blick umherschweifen. Die Stimmung mit den im leichten Abendwind flatternden Strohschirmen und der bunten Beleuchtung war sommerlich. Der Strand schimmerte hell, und das Meer rauschte beruhigend.

Morgen mussten sie in die Höhle des Löwen. Er wollte nicht daran denken, doch der bevorstehende Besuch drängte sich in sein Bewusstsein. Penelope lachte perlend, der Mann hinter der Bar schien einen Witz gemacht zu haben. Sie hatte ihre langen dunklen Haare hochgesteckt, trug ein fließendes Sommerkleid und sah Weltklasse aus. Kein Wunder, dass der Barkeeper mit ihr flirtete. Hyeronimos konzentrierte sich auf das Gespräch zwischen den beiden und nahm

Belanglosigkeiten wahr. Sie lächelte ihm kurz entschuldigend zu, und er lauschte weiter mit einem Ohr, während seine Gedanken erneut zu Serpantakis glitten. Er erwartete nicht, etwas Verwertbares von dem Mann zu bekommen, der sich selbst *Boss* nannte. Es war eine Art aufgezwungener Besuch, der nur dafür sorgen würde, in den Fokus der Mafia zu geraten. Auch das hatte er Xylouris zu verdanken und letztlich Dimitris Stefanakis, der ihn überhaupt erst in die Schusslinie gebracht hatte. Wenn er allen Gedankengängen in seinem Kopf freien Lauf ließ, dann wurde das Ganze zu einer Art abgekartetem Spiel zwischen Politik und Nachrichtendienst, und er war nur ein Bauer, den man auf das Spielfeld geschoben hatte und nach Belieben opfern konnte. Man brauchte die Bauern im Spiel, um sich zum Beispiel den Rücken frei zu halten oder die Aufmerksamkeit von anderen wichtigen, sorgsam vorbereiteten Spielzügen abzuwenden. Am Ende war aber jeder Bauer verzichtbar. Man konnte also zu aller Ablenkung auch noch einen Ermittler loswerden, den man eventuell als störend empfand, ohne dabei selbst ins Kreuzfeuer der Befindlichkeiten zu geraten. Empfand man ihn als so störend, oder nahm er sich zu wichtig? Der hingerichtete Mittelsmann war für viele Operationen tatsächlich wichtig gewesen. Zacharis hatte ihm nach seinem Mittagessen mit Kaptakis von der DEE noch einen kurzen Abriss über die Rolle des Kerls gegeben.

Der unter dem Namen *Rheos Papadopoulos* agierende Mann hatte in den vergangenen zehn Jahren viele heikle Deals eingefädelt und zwischen verfeindeten Nationen Hochwertressourcen hin und her geschachert, als wären es Süßigkeiten auf einem Kindergeburtstag. Die Direktion für kriminologische Ermittlungen ging davon aus, dass einige davon in den Gewässern auf hoher See vor der kretischen Küste stattgefunden hatten, indem man per Boot oder Hubschrauber etwas von einem U-Boot übernahm, es an Land brachte, dort entweder dem neuen Eigentümer übergab, wie zum Beispiel den auf Kreta angesiedelten Amerikanern, oder es in den Transit über die Insel brachte, um es auf einem Frachter auf der Südseite unauffällig weiterzutransportieren. Zacharis hatte klug nachgefragt, wie es denn sein könne, dass solche Aktionen unbemerkt von Küstenwache und anderen Behörden blieben, und Kaptakis hatte ihm ausführlich von Silent-U-Booten wie dem ungefähr sechsundfünfzig Meter langen U 212A berichtet, die ungesehen und ungehört durch das Mittelmeer schipperten, Taucher aussetzten oder eben Hochwertressourcen transportierten. Da man sie nicht lokalisieren konnte, waren sie dazu in der Lage, quasi ungesehen zu kommen und zu gehen. Das Auftauchen und die Übernahme einer Ware war ein Akt von wenigen Minuten, und niemand kam im Anschluss auf die Idee, ein Fischerboot zu filzen, um was auch immer zu suchen. Auch die unter dem Radar fliegenden Helikopter waren ja auf eine gewisse Art unsichtbar, und *zack* war der Zünder für eine Massenvernichtungswaffe auf dem Weg zur Hisbollah oder in Kriegsgebiete. Es war ein unfassbarer Moloch, und Leute wie Rheos Papadopoulos verdienten sich damit eine goldene Nase.

Für Serpantakis war es mit Sicherheit ebenfalls ein extrem lukrativer Geschäftsbereich, und er würde einen Teufel tun und einem kleinen Mordermittler Informationen dazu geben. Ein sinnloses Unterfangen, und doch spürte Hyeronimos den Reiz, zu beweisen, dass er herausfinden konnte, was dort draußen geschehen war. Man musste nur den Schwachpunkt finden und diesen geschickt nutzen. Während er dieser Vorstellung nachhing, fiel sein Blick auf eine junge Frau, die sich gerade an einen der Tische direkt an der windgeschützten Front des Heaven setzte, und beinahe hätte er *Tschakka!* gerufen, denn es war die junge Bewohnerin des Hauses, in dem Xylouris mit der Blonden verschwunden war: Emmanouela Kenaki! Er erinnerte sich genau an das Gesicht, das er auf ihrem Personalausweis gesehen hatte. Sie winkte dem Barkeeper lächelnd zu, der sich entschuldigend von Penelope abwandte, einen Drink mixte und ihn dem Mädchen persönlich an den Tisch brachte.

»Das ist die Mieterin der Wohnung«, wandte er sich an die Pathologin.

»Was sollen wir machen? Beobachten oder irgendwie versuchen, ins Gespräch zu kommen?«

»Das erscheint mir im Augenblick zu aufdringlich, und außerdem ist es ja bisher eine absolute Mutmaßung, dass sie die blonde Frau kennt. Nur weil sie in einem ähnlichen Alter ist, muss das noch lange nichts bedeuten, aber vielleicht kannst du bei deinem neuen Fan«, er lächelte sie breit an, »herausfinden, ob sie vielleicht sonst mit einer Freundin herkommt und so weiter. Keine Ahnung, wie du das am besten machst, ohne dass es zu auffällig wirkt, aber du bekommst das schon hin.«

»Sie scheinen auf jeden Fall irgendwie vertraut im Umgang miteinander zu sein«, bemerkte sie und deutete mit dem Kopf in Richtung der dunkelhaarigen Frau und des Barkeepers.

Sie unterhielten sich, er stand nah bei ihr und lachte dabei.

»Magst du mir was über die Auren verraten?«, fragte sie sanft.

Er überlegte kurz und nickte dann. »Seine ist grüngelb, und daher glaube ich, er macht seine Arbeit hier wirklich gern. Geselligkeit ist ihm wichtig, ebenso Herzlichkeit und Lebensfreude. Sie hingegen schimmert sehr orange. Sie scheint mutig zu sein und zieht Abenteuer der alltäglichen Langweile vor. Autonomie, Selbstbestimmung, aber auch Neugier sind da echte Antreiber.«

»Krass. Das ist wirklich sehr cool, was du da wahrnimmst. Das hättest du mir viel früher erzählen dürfen. Ich wünschte, ich könnte das auch sehen, aber da ist nichts.« Sie zuckte bedauernd mit den Schultern.

Er schaute sie entschuldigend an. »Ich gehe mal zur Toilette«, sagte er mit einem Seitenblick auf den herannahenden Barkeeper. Penelope sollte freie Bahn haben, um ihre Fragen stellen zu können. Er würde dabei eher stören.

91. Kapitel

Dimitris Stefanakis schaute auf die Uhr und überlegte, ob er den Anruf seines Sohnes überhaupt noch annehmen sollte. Gewiss hatte der Junge keine Informationen für ihn. Woher auch? Er hatte das hohe Preisgeld ausgelobt in dem Wissen, dass Konstantinos und sein kleines Flittchen niemals etwas Wertiges bringen würden.

»Was willst du so spät noch von mir?«, schnauzte er ohne Begrüßung ins Handy.

»Ich will wissen, was du alles über diesen bösen Buben an Bord des Hubschraubers und dessen schlimme Geschäfte weißt.«

Das klang einerseits vage und andererseits doch so, als wüssten sie etwas. Die Polizei hatte bisher nicht herausgegeben, wer die beiden Toten waren, die Order der übergeordneten Behörden hierzu war eindeutig. Daher war es interessant zu hören, dass Konstantinos doch etwas wusste.

»Warum sollte ich dir Informationen geben? Das ist doch nicht unser Deal, oder soll ich mich am Ende selbst bezahlen?«, fragte Dimitris halb belustigt, halb verärgert.

»Nun ja, ich will nur wissen, ob wir unsere Antworten in Zoniana finden, jetzt, nachdem Serpantakis ein Familienmitglied mit Kugel im Kopf hat und der zweite Mann ja ebenfalls eine im Gehirn ...!«

»Du jonglierst irgendwelche Halbwahrheiten und glaubst, das Geld schon in der Tasche zu haben. Wie immer machst du es dir einfach«, verdeutlichte Dimitris seinem Sohn, dass er es ihm nicht so leicht wie vielleicht erhofft machen würde.

»Antworte doch einfach auf meine Fragen, Vater«, blieb Konstantinos hartnäckig.

»Wenn der Mörder in Zoniana zu finden ist, denkst du nicht, dass Serpantakis ihn dann schon längst gefunden hätte, oder glaubst du, er sitzt dort oben herum und dreht Däumchen?«

»Tja, aber wenn dem so wäre und du es bisher nicht weißt, dann wäre es ja an uns, herauszufinden, ob dem so ist und wer es ist. Nicht wahr?« Der Junge klang so selbstbewusst, als ginge es um einen Ausflug in den Streichelzoo und nicht in das gefährlichste Gebiet der Insel.

»Das ist sicher richtig. Wenn ihr gerade dabei seid, das herauszufinden, nutze ich doch die Chance, den Auftrag ein kleines bisschen zu erweitern. Ich will wissen, welchen Deal der *Entrepreneur,* das ist der Name des *bösen Buben,* diesmal eingefädelt hat und für wen!«

»Das klingt nach gefährlichem Zusatz. Was ist es dir wert?«, fragte das geldgierige Bürschchen sofort, und Dimitris lachte trocken auf. Egal, wie sehr er den drogensüchtigen Nichtsnutz verachtete, diese Chuzpe nötigte ihm fast Respekt ab.

»Das, Konstantinos, muss mit drin sein! Denn schließlich hast du ja auch keine Skrupel, mich anzurufen und nach Sachen zu fragen, die du für dieses Honorar eigentlich selbst herausfinden solltest.«

»Gleichzeitig weißt du aber durch meine Fragen, dass eben auch wir unsere Quellen haben und nicht ganz so blauäugig durch die Welt laufen, wie du es uns unterstellst«, verteidigte sich der Junge und hatte nicht ganz unrecht mit seiner Aussage. Sie schienen tatsächlich Kontakte zu haben, und Dimitris hätte nur zu gern gewusst, wer da seine Klappe nicht halten konnte, denn die Nachrichtensperre galt für alle Behörden. Er wollte keine dummen Geschichten in der

Presse lesen, die sich darauf verstiegen, Serpantakis oder gar militärisches Geschäftsgebaren ins Rampenlicht zu zerren, denn diesen Ärger konnte man selten ohne große Kollateralschäden wieder ausbügeln. Vielleicht war es dumm von ihm gewesen, das Ganze nicht nur den Profis zu überlassen und diese törichten Amateure mit ins Rennen zu schicken, aber die Chance, dass auch ein blindes Huhn einmal ein Korn fand, war eben sehr groß – und ein junges Pärchen war unauffälliger als Bullen oder der Nachrichtendienst. Zumal der verantwortliche Agent Xylouris ein unsympathischer Widerling war, der zumeist auf seinen eigenen Vorteil bedacht war. Dimitris wusste das nur zu gut, denn er war ja nicht von allen guten Geistern verlassen. Er kannte alle Ränkespiele, denn er hatte sie alle schon selbst gespielt.

»Das mag sein, Konstantino, aber stell dir vor: Die Gerichtsmedizin und die Polizei vor Ort berichten an mich.« Er konnte seinen Sarkasmus nicht verbergen. Es war einfach wie immer: Sein Sohn ging davon aus, intelligenter als andere zu sein, tat dies überheblich kund und fiel dann gewaltig auf die Schnauze. Genau das hatte er von Anfang an moniert, doch seine Ex-Frau hatte sich immer auf Konstantinos' Seite geschlagen und ihn über den Klee gelobt. Dennoch konnte man nur über sich hinauswachsen, wenn man ab und zu einmal einen richtigen Dämpfer erhielt.

»Wenn du so große Klasse bist, dann brauchst du uns doch gar nicht«, warf sein Sohn nun mit beißendem Ton ein.

»Besser, als in Zoniana rumzuhängen, ist es vielleicht, dein kleines Flittchen mit ein paar Amis rummachen zu lassen und so herauszufinden, was da verkauft werden sollte, denn dann bekommen wir den Mörder gewiss sehr schnell zu fassen«, giftete Dimitris.

»Hör auf, sie so zu nennen«, sagte Konstantinos kalt.

»Es ist einfach nur die Wahrheit, oder denkst du, ich weiß nicht alles über sie?«

»Mir ist egal, was du zu wissen glaubst, aber ganz bestimmt wird Melina kein Futter für diese als Schafe verkleideten Bluthunde«, verteidigte Konstantinos sein Mädchen.

»Keine handfesten Fakten – kein Geld!«

»Ja, das hast du bereits mehrfach deutlich gemacht, Vater.« Das letzte Wort spuckte der junge Mann beinahe aus, und dann war die Leitung tot.

Dimitris lehnte sich in seinem Sessel zurück, nahm einen Schluck Rotwein aus dem großen, dünn geschliffenen Glas und dachte über seine Schachzüge und Ziele nach. Serpantakis hatte zu viel Einfluss, und seine Zusammenarbeit mit dem *Entrepreneur* hatte diesen nur untermauert, denn wer das Vertrauen eines Dienstleisters dieser Art genoss, baute seinen Machtbereich enorm aus. Dieser *Unternehmer* hatte schon Nationen in Geschäftsbeziehungen gebracht, die so verfeindet waren, dass sie nichts anderes taten, als sich gegenseitig abzuknallen. Doch wenn einer etwas brauchte und der andere es zufällig gerade anbot, dann war es am Ende nur eine Frage des Preises. Dimitris wusste, was in den Gewässern vor Kreta vor sich ging, und ließ die Machenschaften genau aus diesen Gründen gewähren, denn auch er profitierte davon, indem er Kontakte knüpfte und vor allem Unmengen an Wissen anhäufte. Im Grunde hatte er eine *Blacklist* über alle verbrecherischen Transaktionen, die je in seinem Radius stattgefunden hatten. Allein dieses Wissen war mit Gold nicht aufzuwiegen, und jede Information machte ihn reicher und mächtiger. Am Ende war er sogar mächtiger als die Präsidenten und Herrscher vieler Länder, doch das würde er niemals an die große Glocke hängen. Er zog die Fäden lieber unauffällig im Hintergrund, so wie zum Beispiel jetzt durch den Einsatz seines einfältigen Sohnes.

92. Kapitel

Dorea drückte sich das Kissen auf den Kopf, um das röchelnde Schnarchen ihres Mannes nicht mehr zu hören. Sie hatte noch lange genäht und war dann erschöpft neben ihm auf die durchgelegene Matratze gesunken. Sie fand keinen Schlaf, einerseits weil Manolis neben ihr diese rasselnden Geräusche von sich gab, und andererseits, weil sie vollkommen am Ende war. Warum hatte sie sich nur von Selena so antriggern lassen? Warum war sie bei Elara aufgetaucht und hatte mit ihr und Gaia an einem Tisch gesessen? Sie hatten wirklich nichts mehr gemein. Doch dann hatte Gaia ihr heute ein Angebot unterbreitet. Sie hatte angerufen und mit fast atemloser Stimme »Ich könnte dich hier bei uns im Hotel anstellen« gesagt.

Dorea hatte nicht gewusst, was sie antworten sollte. Ein Job in einem wunderschönen, nagelneuen Hotel, in dem man auch ihre Nähkünste gut brauchen konnte, war ein Traum und würde leider eben auch einer bleiben. Wusste diese dumme Gans das nicht?

»Ich habe einen behinderten Mann«, hatte sie geantwortet, »soll ich den zur Arbeit mitbringen?«

»Ich ... also ... vielleicht kann man das ja über eine ... hm ... staatliche Stelle lösen«, hatte Gaia dann vorgeschlagen.

»Danke für dein Angebot«, hatte Dorea gesagt, »ich denke darüber nach.«

So ein bitterer Moment. Als wäre Manolis einfach eine Last, die man ohne Probleme abschieben konnte. Das, was sie besonders wütend gemacht hatte, war, dass sie eben genau jenen Gedanken immer wieder in sich trug: Er musste weg! In ein Heim oder sonst wohin. Sie konnte ihn einfach nicht mehr versorgen. Sie hatte schlicht keine Kraft mehr.

Die Luft unter dem Kissen wurde weniger, und nach Atem japsend tauchte sie wieder auf. Elara hatte eigentlich recht mit der sich in ihr ausbreitenden Lebensmüdigkeit, die sie empfand. Dorea konnte sie nur zu gut verstehen.

Doch war das fair? Sie hatte so viele ihrer besten Jahre verloren, sich an dieses Haus, ihre Tochter und den kranken Mann gekettet, bis von ihr quasi nichts mehr übrig war. Hatte sie nicht ein Anrecht auf ein wenig Glück? Im selben Atemzug waren die belastenden Gedanken wieder da, was die Leute wohl denken würden, wenn sie ihren Mann abschob, was Irini denken würde und so weiter. Ein Teufelskreis, aus dem es eben nur ein Entkommen gab ...! Doch Irini zurückzulassen war unmöglich. Das Mädchen war zu jung, um allein zurechtzukommen.

Dorea biss in das Kissen, um ihren Schmerz zu unterdrücken und nicht laut weinend aufzustöhnen. Dann war es plötzlich still neben ihr. Die Schlafapnoe, an der ihr Mann litt, brachte immer wieder kurze Atemaussetzer mit sich, bevor er dann wieder umso lauter schnarchte. Der Arzt hatte ihr erklärt, dass Manolis' Gehirn zu atmen *vergaß* und dies schlimmstenfalls zu einem Herzinfarkt führen konnte. Fast hätte sie bei diesen Worten laut aufgelacht: Schlimmstenfalls! Als wäre ihr Leben so, wie es war, nicht schon der schlimmste Fall. Ein Herzinfarkt würde sie alle von diesem Leiden befreien. Sie hasste sich für diese Gedanken, und doch kamen sie immer wieder. Was, wenn sich Manolis' Gehirn nicht mehr daran erinnern würde zu atmen und er einfach im Schlaf erstickte. Niemand würde sich aufgrund der Schädigungen durch die Sauerstoffunterversorgung seines Gehirns, die er da draußen im Meer erlitten hatte, Gedanken darum machen, was zu seinem Ableben geführt haben könnte.

Langsam schob sie das Kissen von ihrem Mund und legte es auf sein Gesicht. Wenn er tot war, wäre sie frei, und auch für Irini wäre es besser, ohne diese Belastung aufzuwachsen. Sie drückte etwas fester zu. Sie würde zur Arbeit gehen, Geld sparen und sich doch den Traum einer eigenen Nähstube erfüllen können. Ihre hübsche Tochter würde endlich um den verlorenen Vater trauern können, anstatt Mutter und Vater für das tägliche Elend zu hassen. Das Leben würde vielleicht doch noch ein paar schöne Jahre für sie bereithalten. Sie erhöhte den Druck noch ein wenig, und seine Hände begannen, unkontrolliert zu zucken. Hatte sie es nicht verdient, glücklich zu sein? Hatte Irini es nicht verdient, ein unbeschwertes Leben zu führen und alles zu tun, was Teenager heute so machten?

Mit einer Mörderin als Mutter, flüsterte plötzlich eine Stimme in ihrem Kopf.

War das wirklich so? Wäre sie eine Mörderin oder nicht vielmehr ein guter Engel, der die Erlösung mit sich brachte?

93. Kapitel

Er war nach dem Toilettengang nicht an die Bar zurückgekehrt, um Penelope Zeit zu geben. Man konnte durch den leeren Gastraum auf die Terrasse nach draußen treten und von dort ans Meer gelangen. Er war über die Holzplanken ein Stück den Strand hinuntergegangen und hatte immer mal wieder zu der dunkelhaarigen Emmanouela geschaut. War er zu schnell mit seiner Kategorisierung? Vielleicht war sie einfach nur eine junge Frau, die sich im Leben noch nicht orientiert oder Ersparnisse von zu Hause hatte. Wobei es schon seine Aufmerksamkeit band, dass sie noch kein offizielles Einkommen versteuert hatte, aber regelmäßig ihre Miete bezahlte. Es war nicht ungewöhnlich, dies auch in bar zu tun, ebenso zahlte man Strom und Wasser auch in bar. All das war auf Kreta normal, während man in Deutschland für alles einen Dauerauftrag hatte oder die Beträge abbuchen ließ. Natürlich konnte man das auf der Insel ebenso halten, aber niemand wunderte sich eben, wenn Bargeld floss. Durch den offiziell auf die Steuernummern von Mieter und Vermieter geführten Mietvertrag bekam das Finanzamt die Miethöhe mitgeteilt, und der Vermieter musste seinen Verpflichtungen nachkommen, egal, wie das Geld bei ihm landete.

Dass er noch immer keine Möglichkeit bekommen hatte, Penelope zu Kassia zu befragen, wühlte ihn innerlich auf, und er musste sich immer wieder auf seinen Atem konzentrieren, um nicht zu wenig Sauerstoff zu bekommen. Deshalb hatte er sich den ganzen Tag wie verrückt beschäftigt, um nicht in diese Gedankenspirale abzudriften. Doch jetzt hier im Dunkeln, die säuselnden Geräusche von Meer, Musik und Geplauder im Ohr, fehlte ihm Kassia so sehr, dass es wehtat. Rasch drehte er sich um und musste feststellen, dass Penelope die Bar verlassen hatte. Es war einfach zu blöd, ohne Handy unterwegs zu sein. War sie ebenfalls zur Toilette gegangen?

Er machte sich auf den Weg in den Innenbereich, und als er sich an den Tresen lehnte, kam der Barkeeper zu ihm und flüsterte mit unterdrücktem Zorn in der Stimme: »Ihre Freundin ist weg, und dass eins klar ist, ich bin kein Zuhälter!«

Hyeronimos warf ihm einen erstaunten Blick zu, holte einen Schein aus seiner Börse, doch der Mann winkte ab. »Sie hat bezahlt, bevor sie gegangen ist.«

Er machte sich also auf zum Auto und sah sie zu seiner Erleichterung danebenstehen.

»Na endlich«, begrüßte sie ihn ungeduldig, »wir müssen hier weg und irgendwo in Ruhe reden.«

Sie stiegen ein, er drehte das Radio an und steuerte den Wagen in Richtung Mades. Dort gab es einen Strand, der tagsüber von den Gästen einer großen Hotelanlage genutzt wurde, aber um diese Zeit im Regelfall vollkommen leer war. Sie schwiegen, bis er das Auto durch die schmalen Gassen hinunter bis ans Meer gesteuert hatte. Man konnte das Auto oberhalb des Strandabschnitts parken und dann über einen geteerten Weg die wenigen Meter bis zum Wasser zurücklegen. Er streifte seine Schuhe ab, und sie tat es ihm gleich. Die Handys blieben in der Mittelablage. Sie hatten beide während der Fahrt kurz die Geräte eingeschaltet, um zu sehen, ob etwas Wichtiges geschehen war, doch es hatte sich nichts Weltbewegendes getan.

»Was ist passiert?«, fragte er nun und konnte seine Neugierde kaum im Zaum halten.

»Ich habe dem Typen die Story vom Pferd erzählt«, sagte sie und grinste, was ihn schon immens erleichterte.

»Du hast was?«

»Ich habe erzählt, dass Xylouris der Mann meiner hochschwangeren Schwester ist, also ohne den Namen zu benutzen. Ich habe ihn beschrieben, und der Barkeeper wusste ganz offensichtlich sofort, wen ich meine.«

»Okay.« Er war gespannt, worauf das hinauslief.

»Ich habe ihn gefragt, ob die Dunkelhaarige seine Freundin ist und er hat ziemlich vehement verneint. Dann bin ich auf gestern Abend zu sprechen gekommen, ich wusste ja von dir, dass er nicht da war, und habe von meinem Schwager erzählt, der auf so junge attraktive Frauen steht, aber eigentlich mehr auf blonde. Er hat mich gefragt, warum ich ihm das alles erzähle. Na ja, und dann habe ich auf die Tränendrüse gedrückt und gesagt, dass das Schwein meine hochschwangere Schwester betrügt und ich dem Mädchen reinen Wein einschenken will, damit sie sich keine großen Hoffnungen macht.«

Sie setzte sich auf eine der Liegen, und er zog sich eine zweite herbei, während hinter ihnen die Lichter des Hotels den Nachthimmel erhellten und das Mondlicht sich vor ihnen auf der leicht gekräuselten Wasseroberfläche spiegelte. Kleine Felsgruppen rahmten die paradiesische Bucht ein, und Boote schaukelten sanft auf den Wellen. Alles sah so idyllisch aus.

»Deine Fantasie muss man erst einmal haben«, sagte er anerkennend.

»Er schwankte irgendwie zwischen Empörung und Mitleid, also habe ich tatsächlich ein paar Tränen herausgedrückt. Das fiel mir leicht, weil meine Schwester ja so kurz vor der Geburt wirklich sehr unter der Fremdgeherei ihres Mannes leidet. Ich konnte sehen, dass ihn das weichkocht, und dass er vorher so offensichtlich mit mir geflirtet hat, hat auch geholfen.«

»Ganz schön durchtrieben, Frau Doktor!«

»Alles nur für die gute Sache. Er hat mir den Namen der Blondine gegeben und mir erzählt, dass die Dunkelhaarige und sie Mitbewohnerinnen sind, obwohl Blondie jetzt wohl einen festen Freund hat. Aber wenn sie gestern Abend hier war und sich mit meinem *Schwager* getroffen hat, dann sei er sich da doch nicht mehr so sicher. Ich hätte ihm am liebsten noch dein Foto von gestern Abend gezeigt, aber ohne Handy ...« Sie zuckte entschuldigend mit den Schultern.

»Wie heißt sie denn nun?«

»Melina. Leider gibt es keinen Nachnamen, aber er meinte, wir bräuchten uns keine Sorgen machen, dass sie mehr von ihm wollen könnte, denn Melly und Emmy – so hat er die beiden genannt – seien da eher professionell!«

»Na, wenn das mal nicht eine Bestätigung meiner Vermutung ist, dann weiß ich auch nicht«, platzte es aus ihm heraus.

»So sehe ich das auch«, gab sie ihm recht, »dein Instinkt war richtig.«

»Es wäre natürlich toll, wir würden sie finden, aber ich bin jetzt auch nicht so gepolt, dass ich Emmanouela bei der Sitte verpfeifen möchte. Ich müsste das eigentlich tun, aber es wäre kontraproduktiv, einen solchen Wind zu machen«, sinnierte er.

»Ja, wenn du so vorgehst, kannst du das Wissen nicht so nutzen, wie du es möchtest«, bestätigte Penelope.

»Vielleicht muss ich sie fragen und ihr verdeutlichen, dass sie sich durch Kooperation größere Probleme vom Leib halten kann, obwohl das wirklich verschlagen klingt – und das gefällt mir nicht.«

»Das bist du auch nicht«, gab sie ihm recht, »gleichzeitig ist gerade so vieles im Argen, dass du eventuell etwas von deinem gewohnten Pfad abweichen ... darfst.«

»Das hört sich zwar sehr diplomatisch an, aber ich möchte niemanden erpressen müssen. Zumindest nicht ein Mädchen wie Emmanouela«, erwiderte er und seine Gedanken drifteten ab.

»Möchtest du mich nicht etwas ganz anderes fragen?«

Er hob seinen Blick und suchte den ihren im Halbdunkel. Er fürchtete sich vor diesem Teil des Gespräches. »Doch, natürlich ...«

Sie legte ihre Hand sanft auf seinen Arm, und er ließ es geschehen. »Es ist alles in Ordnung, Hyeronimo. Sie hatte furchtbare Angst«, ein Zittern durchlief ihn, während sie redete, »dass dir etwas passiert ist. Doch nachdem ich ihr erklärt habe, was hier los ist, war sie ... Also ich würde fast sagen, dass sie dich jetzt noch mehr liebt als vorher, weil du sie beschützt hast. Sie ist echt toll, deine Kassia.«

Er versuchte, seine Fassung zu bewahren, musste sich aber erst mehrfach räuspern, bevor er reden konnte. »Danke, Pen!«

»Du sollst sie morgen um neun Uhr anrufen, da ist es möglich und mit dem Rauschdingens ja auch kein Problem mehr«, erklärte sie.

»In Ordnung«, flüsterte er und konnte noch immer nicht fassen, dass Kassia nach wie vor etwas mit ihm zu tun haben wollte, obwohl er sie so behandelt hatte.

»Alles wird gut, Hyeronimo«, meinte Penelope, nahm ihre Hand von seinem Arm und schaute auf die Uhr.

»Wir sollten bald los«, deutete er ihre Geste, und sie nickte.

»Aber zuerst müssen wir einen Schlachtplan schmieden, was wir nun mit meinem *Schwager* machen und wie wir unser Wissen richtig nutzen.«

»Deine Schwester hat keinen guten Geschmack bei Männern«, versuchte er mit einem Witz, seine Fassung wiederzugewinnen.

»Sage ich ihr auch immer«, feixte sie.

»Wir nutzen es nur dann, wenn es wirklich nötig ist, und morgen versuchen wir herauszufinden, wo Serpantakis'

Schwachstelle ist. Zacharis sucht alles über die Frauen in seinem Leben heraus. Der *Unternehmer* hat auf jeden Fall auch mit den Amis gemeinsame Sache gemacht. Ich bin zwar nicht begeistert davon, aber Spectros hat Christos damit beauftragt, sich morgen in Chania umzuhören.«

»Du kannst eben nicht überall sein, und ganz ehrlich, Hyeronimo, ihr solltet mit dem Kinderkram aufhören und an einem Strang ziehen. Er ist kein schlechter Ermittler und wird sicher etwas herausfinden, was von Nutzen für uns ist.«

»Ich will nur, dass er Zacharis in Ruhe lässt«, verteidigte er sich.

»Vielleicht sagst du es ihm einmal ganz vernünftig und machst damit auch deine Grenzen klar«, schlug sie diplomatisch vor.

Eigentlich war sein erster Impuls zu widersprechen, doch dann dachte er daran, wie sehr sie ihm heute geholfen hatte, und nickte zustimmend.

»Dann lass uns nach Hause fahren. Morgen brauchen wir jede Zelle in unserem Körper in einem gut ausgeruhten Zustand.«

Sie hatte vollkommen recht. Morgen durften ihnen keine Fehler unterlaufen, zudem wollte er das Telefonat mit Kassia einfach nur genießen und nicht nach einer durchwachten Nacht vollkommen verwirrt erscheinen. So brachen sie auf und fuhren mit offenen Fenstern und angenehmer Musik durch die laue Sommernacht. Für einen kurzen Augenblick verdrängte er all das, was vor ihnen lag, und genoss es, einfach nur zu sein.

Finale Schnappatmung

94. Kapitel

Wenn alle anderen Gefühle stärker als die Angst wurden, erst dann war es möglich, sie zu überwinden. Hass, Abscheu, tiefste Verachtung und am Ende auch die Liebe waren dazu in der Lage, aus der lähmenden Furcht Kraft zu generieren, um sich aus der Tiefe nach oben zu drücken, Luft in die Lunge zu pressen, nach ihr zu schnappen, ohne dabei im Pfuhl der Emotionen zu ertrinken. Wenn man das geschafft hatte, war man beinahe unsterblich. Doch wollte man unsterblich sein, wenn man nicht in den Armen eines geliebten Menschen liegen durfte? Wenn man immer wieder allein gegen die aufkeimende Panik ankämpfen muss? Nichts davon war erstrebenswert. Wenn alle Pflichten, die man sich auferlegt hatte, erfüllt waren, war die Zeit gekommen, endlich reinen Tisch zu machen. Doch manchmal war es einfach unmöglich, genau dies durchzuziehen. Wenn zu viel auf dem Spiel stand, zu viel in der Waagschale lag, dann bedeutete dies zu jeder Zeit und in jedem Augenblick, alle Sinne vereint zu haben, um die richtigen Entscheidungen immer punktgenau treffen zu können. Jeder Augenblick und jede Handlung mussten wohlüberlegt sein, und wenn man seine Taten so plante, dann war jede Störung wie ein kleiner Tod. Doch wenn man eigentlich bereits tot war, war das Sterben Gewohnheit. Wenn der dunkle Wolf so lange kraftvoll war, weil jeder Gedanke ihn gefüttert hatte und er dann plötzlich nicht mehr genügend Nahrung bekam, wendete er sich gegen die fütternde Hand, verschlang sie und bereitete sich darauf vor, immer mehr zu nehmen, bis am Ende nichts mehr übrig war, wofür es sich zu kämpfen lohnte. Man hatte überlebt, um zu sterben. Was für ein heuchlerischer Plan des Universums. Sich selbst zur Waffe machen zu lassen gegen das Unrecht, das einem widerfahren war, war mehr als unaufrichtig. Man muss sich immer wieder fragen, ob der Weg, den man eingeschlagen hatte, der richtige war oder ob es eine Abzweigung gab, die man übersehen hatte, an der man hätte fliehen können. Zorn sorgte lediglich dafür, dass man blind wurde. So, wie einen die Angst erstarren ließ, sorgte die brennende Wut dafür, dass man blindlings vorwärtsrannte, und wenn dann alles vollendet war, musste man feststellen, dass die Trümmer des eigenen Lebens nicht etwa weniger geworden waren, sondern sich noch höher auftürmten als zuvor. Damit verschwand dann auch das letzte Fünkchen Hoffnung.

Hoffnung war sowieso nur etwas für die Guten, und das eigene Spiegelbild zeigte eben am Ende der vollbrachten Taten rein gar nichts Gutes mehr. Doch sich selbst zu richten würde bedeuten, alles umsonst getan zu haben. Es gab kein Entkommen aus der röchelnden Atemlosigkeit des Todes. Niemals.

95. Kapitel

Penelope sortierte den Papierstapel, den Hyeronimos ihr gereicht hatte, auf ihrem Schoß: »Da hat Zacharis sich ja wieder einmal selbst übertroffen.«

Hyeronimos nickte und wirkte entspannt, was in Anbetracht der Tatsache, dass sie auf dem Weg zu einem irren Verbrecherboss waren, wirklich sonderbar anmutete. Doch er hatte ihr berichtet, dass Kassia ihm vergeben hatte, weil es aus ihrer Sicht nichts zu vergeben gab, und das beeinflusste seine Haltung massiv. Die Frau war eine Heilige. Sie selbst hätte das sicher nicht so leicht weggesteckt, und ihre Telefonate mit Eleni waren aktuell insgesamt eher angespannt. Die junge Frau wollte einfach nicht begreifen, warum Penelope einen solchen *Tanz* aufführte. So nannte es die Influencerin. Genau darin lag auch das Problem: Sie waren eben unterschiedliche Generationen und bewerteten damit ihre sexuelle Ausrichtung anders. Eleni hatte sich in die freie Welt gestürzt, bevor sie überhaupt Repressalien erlebt hatte, und Penelope war ein gebranntes Kind. Da gab es wohl keine Schnittmenge, die so einfach zu finden war. Sicher war Hyeronimos' Beziehung nicht einfach gestrickt, doch die beiden Liebenden hatten einen Modus gefunden, wie sie ihre Liebe festhalten konnten. Das war bewundernswert. Doch nun musste sie ihre Gedanken weg von der Liebe lenken.

»Tu mir bitte den Gefallen und schau es durch«, bat Hyeronimos nun, »ich möchte nicht, dass wir etwas übersehen, und du nimmst Dinge anders wahr als ich.«

Sie nickte und vertiefte sich in die Notizen. Serpantakis' erste Frau war verschwunden. Niemand konnte so recht sagen, wann sie zum letzten Mal gesehen worden war, doch offiziell präsent war sie das letzte Mal im Jahr 2010 gewesen. Ihre Schwester hatte damals nach ihr gesucht, aber schon nach kurzer Zeit wieder damit aufgehört.

Warum?, hatte Zacharis mit seiner klaren Schrift an den Rand geschrieben und *Prozess Athen – Druck? Drohungen?* danebennotiert. Es würde wohl unmöglich sein, das herauszufinden, denn gewiss würde sich niemand offen gegen den Boss stellen, es sei denn, man war lebensmüde. Gut, vielleicht hatten sie Glück und fanden jemanden, der keine Lust mehr auf seine Existenz dort oben hatte. Es gab ja schließlich Zeugenschutzprogramme und damit auch die Chance, aus Zoniana zu entfliehen. Doch am Ende des Tages war es fraglich, ob man je vor dem langen Arm der Mafia fliehen konnte.

»Denkst du, sie ist tot, oder ist sie eher vor ihm geflohen?«, fragte sie, um zu hören, welche Gedanken er sich dazu gemacht hatte.

»Ich hatte heute früh bei der Morgenbesprechung schon das Vergnügen, mit meinen neuen Chefs, Christos und den Assistenten darüber zu spekulieren. Ich halte Ersteres für realistisch und mein lieber Kollege Zweiteres.«

»Du verdrehst die Augen, ich mutmaße also, dass du meinen Rat von gestern noch nicht ganz befolgst«, sagte sie streng.

»Ich habe mich nicht mit ihm gestritten oder ihn gar einen hirnverbrannten Deppen genannt, und darauf bin ich sehr stolz, denn er meinte, ich solle doch einfach meinen neuen Freund fragen, und das war eine deutliche Provokation ... wie immer!«

»Na ja, so ganz im Unrecht ist er damit nicht. Also nicht, dass Xylouris dein Freund ist, aber wenn er so auf Zusammenarbeit drängt, dann wäre der Verbleib von Ehefrau

Nummer eins ja tatsächlich eine Frage, die du an ihn richten kannst.«

»Klar, er ist ja auch so wahnsinnig kooperativ, wenn ich ihm nichts Gleichwertiges dafür zu bieten habe.«

»Wann ist Christos mit dem General der US Army verabredet?«, erkundigte sie sich.

Er warf einen Blick auf die Uhr und sagte: »Er ist gleich nach der Morgenbesprechung abgedüst und sollte jetzt mit ihm zusammentreffen. Das bringt uns also gerade im Moment nichts. Außerdem glaube ich persönlich auch nicht daran, dass er etwas Relevantes erfährt, oder denkst du, der General sagt ihm ganz fromm und frei, dass sie illegal irgendwelches Zeug auf und über unsere Insel schleppen und sich dazu gern eines Verbrechers bedienen?«

»Wenn du es so sagst, klingt es eher unwahrscheinlich. Wenn wir also erfahren wollen, was der Nachrichtendienst weiß, müssen wir ihn irgendwie reinlegen«, sinnierte sie. »Was wäre, wenn du Maria anrufst und ihr erzählst, dass du unwiderlegbare Beweise gefunden hast, dass die Frau tot ist und in einem bestimmten Gebiet zwischen Zoniana und der Sfendoni-Höhle verscharrt wurde. Das Telefonat führst du ohne den Störsender, aber sie müsste natürlich wissen, dass du ihr diese Fake News erzählst, um Xylouris herauszufordern.«

»Puh, Penelope«, Hyeronimos klang wenig begeistert, »das ist wieder ziemlich *dünnes Eis* – das sagen wir in Deutschland zu so etwas: Wenn Eis dünn ist, kann man einbrechen und sterben.«

»Meinst du das jetzt auch im übertragenen Sinn?«

»Was? Das mit dem Sterben? Keiner von den Kerlen, mit denen wir es hier zu tun haben, ist ungefährlich. Keiner spielt mit offenen Karten, und daher mutmaße ich, dass jeder etwas zu verlieren hat und wir deshalb nur unzureichende Informationen bekommen. Also: Ja, das meine ich ernst!«

»Was wäre«, begann sie das gemeinsame Spiel, »wenn du gleich mit Stefanakis sprichst und ihn fragst, welche Geschäfte er mit einem *Go* versehen hat und von welchen er gern durch die Ermittlungen in diesem Fall erfahren möchte, und dann fragst du ihn geradeheraus, ob Serpantakis' erste Frau in einem Zeugenschutzprogramm gelandet ist.«

»Sie ist in den Zeiten des Prozesses 2010/2011 in Athen, der auf die Schießerei im November 2007 in Zoniana folgte, verschwunden. Zeitlich passt das zu beiden Szenarien. Genügend Zeugen haben damals ihre Aussagen zurückgezogen, weil sie höchstwahrscheinlich unter Druck gesetzt wurden. Serpantakis und seine Leute sehen sich noch immer als *Palikaria.* Sie glauben, die Guten zu sein. Die echten Männer – ein Mix aus wilden Kämpfern und mutigen, beinahe schon edlen Rittern. Mit Whiskey im Blut und einem Pick-up unter dem Hintern – eben *Palikaria!«,* fügte er noch bitter hinzu.

»Ruf ihn an, und dann werden wir sehen, was passiert«, forderte sie ihn erneut auf. Sie mussten Bewegung in die Sache bringen.

»Serpantakis ist so oder so ein Mörder, Penelope, oder was glaubst du, warum ich mich so wahnsinnig unwohl und schuldig fühle. Du solltest eigentlich nicht hier sein. *Wir* sollten nicht hier sein.«

»Stefanakis«, sagte sie unnachgiebig und deutete auf sein Telefon, hielt sich kurz den Finger an den Mund, knabberte leicht an der Nagelhaut und fügte dann an: »Sodass der EYP alles hören kann!«

Er seufzte ergeben, deaktivierte den Rauschgenerator und wählte Dimitris Stefanakis' Nummer, die er nach dessen erstem Anruf geistesgegenwärtig gespeichert hatte. Es dauerte lange, und sie befürchtete, dass er gleich auflegen würde, doch dann meldete sich der Mann. Die beiden machten etwas gequälten Small Talk, aber dann hatte Hyeronimos offensichtlich keine Lust mehr, um den heißen Brei herumzureden, und fragte geradeheraus: »Welche Informationen erwarten Sie von uns? Was gibt es, was wir herausfinden können, was Sie noch nicht wissen?«

»Auch wir kennen den Mörder nicht. Es gibt vielleicht zwei oder drei Menschen, die wissen, wer in dem Hubschrauber saß, und Sie sollen den Namen herausbekommen. Das muss das Ziel Ihres Gesprächs mit Serpantakis sein.«

»In Ordnung«, antwortete der Ermittler erstaunlicherweise vollkommen ruhig, »was wollten die Männer dort draußen? Der Mittelsmann ist dafür bekannt, Hochwertressourcen zu beschaffen oder zu verhökern. Also, worum ging es?«

»Sie haben Ihre Hausaufgaben gemacht, Galavaki.« Es klang fast ein wenig Respekt mit. »Wir wissen nicht, worum es diesmal ging. Das macht es so kompliziert. Wir gehen davon aus, dass die Männer das Zeug bereits hatten und es mit dem dritten Mann verschwunden ist. Wir brauchen den Mörder und das Produkt.«

»Herrgott, Stefanaki ...« Jetzt hörte sich Hyeronimos nicht nur frustriert an, sondern er machte über die respektlose Ansprache auch deutlich, dass er dabei war, die Geduld zu verlieren. »Sie wussten das alles schon von Anfang an und haben es nicht für nötig befunden, uns alle Informationen zur Verfügung zu stellen. Also raus damit: Worum geht es hier? Wie geht das alles vonstatten? Mit U-Booten wie den U-212A-Modellen?«

Stefanakis sog hörbar den Atem ein, und Hyeronimos schwieg abwartend.

»So oder ähnlich«, sagte der Mann aus Athen vage, »und die letzten Male, wenn der *Entrepreneur* involviert war, ging es häufig um Zünder für hochmoderne Massenvernichtungswaffen wie Hyperschallwaffen. Diese Teufelsdinger fliegen mit Mach 5, sie sind ungeheuer schnell und präzise, nicht mehr aufhaltbar und verfehlen ihr Ziel niemals. Sie sind dazu in der Lage, in der Atmosphäre ihre Höhe und damit ihre Flugbahn zu verändern. Man kann daher kaum einschätzen, wo sie einschlagen werden. Diese Waffen sind in der modernen Kriegsführung sogenannte Game Changer. Auch bewaffnete Drohnen zählen zu dieser Gattung. China, Russland und die USA sind bei den Hyperschallwaffen ganz weit vorn, und andere Nationen wollen da selbstverständlich auch mitspielen.«

»Mach 5?«, fragte Hyeronimos verblüfft nach. Sie hatten beide nicht mit einem solchen Informationsfluss gerechnet. Es war, als hätte Stefanakis nur auf diese Fragen gewartet. Wie immer war das Machtgehabe solcher Männer für Penelope vollkommen unverständlich. Was brachte es ihm, den Kommissar unwissend im Dunkeln tappen zu lassen? Brauchte er das, um dann zu demonstrieren, wie unglaublich wichtig und omnipotent er war?

»Mach 5 bedeutet ungefähr sechstausendeinhundert Kilometer pro Stunde, sie können wahrscheinlich auch schneller fliegen.«

»Haben die USA solche Waffen bei uns stationiert?«, wollte Hyeronimos nun wissen, und seine Stimme stockte leicht bei der Frage. Er war aufgeregt, und sie konnte sehen, dass seine Hand das Lenkrad mit weißen Knöcheln umklammerte, weil er versuchte, sich zu beherrschen.

»Wir gehen davon aus, wissen es aber nicht genau. Sie wissen, dass wir seit Jahren vermuten, dass sie oberhalb von Chania atomare Sprengköpfe aufbewahren. Warum also nicht auch alles, was zu einer Hyperschallwaffe gehört? Was wir nicht wissen, ist, wer an dem Deal auf dem Meer beteiligt war, und daher haben wir keine Ahnung, was von wem und für wen verkauft wurde. Das weiß nur Serpantakis und der Mörder natürlich auch.« Stefanakis klang nun müde und ausgelaugt.

»Ist Serpantakis' erste Frau im Zeugenschutz?«, platzierte Hyeronimos nun die eigentliche Frage, und die Stille, die jetzt entstand, füllte den kompletten Wagen aus.

96. Kapitel

Christos Papadakis schaute den General herausfordernd an. Sein Englisch war passabel, und das befähigte ihn, eine vernünftige Konversation zu betreiben, doch der hochgestellte Militär drückte sich ganz offensichtlich mit Absicht unverständlich aus, sodass er immer wieder nachfragen musste, was seine Position stark unterminierte und ihm gar nicht gefiel. Stelios' Wahl hatte ihn getroffen und ihn sogar an sich zweifeln lassen, und das geschah wirklich außerordentlich selten. Daher stach das Gespräch genau in diese Wunde hinein, denn es führte dazu, dass er sich unzulänglich fühlte. Sie hatten ihm schon beim Hereinkommen verdeutlicht, dass er sich in ihrem Territorium bewegte, er hatte sein Handy abgeben müssen und war von der Außenwelt abgeschnitten.

»Sagt ihnen der Name Rheos Papadopoulos etwas?«, setzte er erneut an. Das war eine sehr einfache Frage, die keinen Raum für Missverständnisse barg.

Der General schüttelte verneinend den Kopf und wirkte dabei fast bekümmert.

»Dann vielleicht John Andrews?«

»John Andrews«, wiederholte der Amerikaner, »das ist ein Name, den Sie in den USA tausendmal finden.«

»Was keine Antwort auf meine Frage ist«, blieb Christos hartnäckig.

»Vielleicht kommt mir der Name bekannt vor, aber ich weiß es nicht genau.«

»Ari Helm?«, versuchte Christos es weiter und nannte nacheinander alle Namen des als *Entrepreneur* bekannten Mittelsmannes.

»No, no«, winkte der General mit großer Geste ab.

Christos überlegte, ob er auch den russischen Namen nennen sollte, und entschied sich dafür. »Dann vielleicht Juri Andropowitsch?«

Das Gesicht seines Gesprächspartners zeigte keine Regung.

»Dann also John Andrews!«

Der General blieb erneut reaktionslos, und Christos holte umständlich und bewusst langsam die schmale Mappe aus seiner Tasche, die ihm Maria heute früh in die Hand gedrückt hatte. Zacharis hatte einiges recherchiert, unter anderem war ein Bild des Generals mit Rheos Papadopoulos dabei, es war schon einige Jahre alt, und der General war noch Major General gewesen. Er war gespannt, wie der Amerikaner darauf reagieren würde, und legte die körnige Aufnahme, die die beiden Männer, offensichtlich in ein Gespräch vertieft, zeigte. Er schob es ihm langsam über den Tisch, und der Uniformierte beugte sich über das Bild. »Ich treffe sehr viele Menschen. Das gehört zu meinem Job. Ich bin immer in Gesprächen. Es tut mir leid, wenn ich mich nicht an jeden erinnere. Wer soll das sein?«

»Ein *Unternehmer.«* Christos lächelte sanft bei diesen Worten, denn er hatte den Köder nun ausgelegt und hoffte, dass der General ihn schluckte. Ganz sicher war er durch seine Tätigkeit hervorragend trainiert und konnte ein Pokerface aufsetzen. Doch Christos erkannte an dem Flattern der Lider, dass der Mann nervös war. Das hatte er gerade erst neulich in einer Reportage gesehen: Wenn Menschen Stress verspürten, blinzelten sie häufiger. So, so, der General war also nervös, jetzt galt es dranzubleiben. »Welchen Deal hat er denn für Sie eingefädelt?«

»Ich verstehe nicht, was Sie meinen, Sie gehen deutlich zu weit«, wand sich sein Gesprächspartner, »es hört sich so an, als unterstellten Sie mir unlautere Machenschaften.«

»Davon habe ich nichts gesagt. Ich frage Sie nur, ob Sie den Mann, mit dem Sie in einer scheinbar sehr vertrauten Situation hier am Tisch sitzen, kennen.« Christos deutete erneut auf das Bild.

»Ich sitze mit ihm dort, also wird er mir nicht unbekannt sein.«

Christos spürte, wie es ihm auf die Nerven zu gehen begann, dass sich der andere aus allem herauslavieren wollte. »Ich brauche einen Namen, keinen Lebenslauf!«

»Wirklich, *Mr Christos,* ich erinnere mich nicht mehr. Das ist mindestens acht Jahre her.« Er tippte auf die zwei Sterne auf seiner Jacke, die seinen Rang anzeigten. Heute zierten vier davon seine Uniform.

Christos ließ die Provokation, die er hinter der Ansprache vermutete, trotz seines erhöhten Adrenalinspiegels an sich abprallen: »Einen Namen, Herr General! Mir reicht ein Name. Oh, vielleicht doch nicht ganz. Ich wüsste auch zu gern noch, um welches Produkt es damals ging ...«

Der Amerikaner stemmte sich von seinem Stuhl hoch, beugte sich über das Bild und sagte: »James, Jo, John? Ich weiß es nicht mehr, und wir haben uns höchstwahrscheinlich nur unterhalten. Wie kommen Sie überhaupt an dieses Bild?«

Jetzt hatte er ihn langsam. Spectros hatte ihn heute Morgen gebeten, keinen Eklat mit der US-Army zu verursachen – als wäre er ein Frischling ... Doch er hatte Jahrzehnte Erfahrung und wusste genau, wie er sich in einer politisch so brisanten Situation zu verhalten hatte. »Sie sind zu Gast in unserem Land, Herr General, und wir achten immer auf die Sicherheit unserer Gäste.«

Schweigen entstand, und Christos wusste, was das bedeutete: Der Mann dachte darüber nach, welchen Informationsbrocken er ihm hinwerfen konnte, der klein genug war, um nicht zu viel preiszugeben, und gleichzeitig groß genug, um ihn mit dem Fressen zu beschäftigen.

»Welchen amerikanischen Namen hatten Sie eben noch genannt?«

»John Andrews, Herr General.« Christos lächelte fein.

»Ja, jetzt erinnere ich mich. Mr Andrews wurde mir bei diesem Empfang vorgestellt. Ich glaube, er verkaufte Monokulare und andere Zoomobjektive.«

»Wie lief das Geschäft?« Christos wollte mehr hören als dieses oberflächliche Gelaber.

»Ich habe nichts von einem Geschäft gesagt!«

»Lassen Sie uns doch mit dem Geplänkel aufhören, Herr General. Sie wissen genau, dass ich Ihnen nichts anhaben kann, und als guter Gastgeber möchte ich Ihnen auch keinesfalls zu nahe treten. Doch als Gast sollten Sie eben auch kooperativer sein. Ich gehe davon aus, dass Sie wissen, dass der Mann tot ist?«

Der General zuckte ganz kurz zusammen, und für Christos war dies schon Antwort genug. Dann nickte er sogar zögerlich und setzte sich wieder hin. Er hatte wohl eine Entscheidung getroffen.

»Dann hören wir mal mit den Spielchen auf, *Mr Christos.«* Ein süffisant provokatives Lächeln glitt über das Gesicht des Generals.

»Gern.« Christos lehnte sich zurück. Er musste aufpassen, dass er jetzt nicht zu aufgeregt reagierte, denn das konnte unter Umständen den Erfolg des Gesprächs sabotieren.

»John Andrews war vor allem ein Vermittler für Geschäfte – sagen wir einmal salopp – der besonderen Art, und jemanden wie ihn gilt es zu kennen.«

»Worum ging es damals?« Christos wollte sich nicht so leicht abwimmeln lassen.

»Das kann ich Ihnen nicht sagen. Dafür reicht Ihr Dienstgrad nicht aus.« Jetzt grinste der General so breit, als wollte er seine Zähne fletschen und ihn damit in die Flucht schlagen.

Doch Christos ließ sich nicht so schnell in die Enge drängen. »Wie gut kennen Sie Michalis Serpantakis?«

»Nun wird es Zeit, dass Sie gehen. Wir pflegen keine Beziehungen zur Mafia!«, blaffte der General.

»Sie kennen ihn also. Prima.«

»Wollen Sie mir das Wort im Mund verdrehen?«

Christos konnte sehen, dass der Mann nun sauer wurde, und erwartete beinahe, dass ihm Rauch aus den Nasenlöchern kommen würde. »Ich will nur ein paar einfache Antworten, und die sollten aufgrund der freundschaftlichen Beziehungen zwischen Griechenland und den USA ehrlich ausfallen.«

»Ich habe Ihre Fragen beantwortet, und nun gehen Sie, Herr Kommissar!« Der General wies mit der ausgestreckten Hand in Richtung Tür, und Christos dachte kurz nach, ob es Sinn machen würde, einfach sitzen zu bleiben, doch er hatte ja die Bestätigung erhalten, dass die Army sich des *Entrepreneurs* bedient hatte und sehr genau wusste, wer auf der Insel die organisierte Kriminalität anführte. Also verließ er erhobenen Hauptes den Stützpunkt.

97. Kapitel

Hyeronimos wartete ab. Seine Frage hatte Stefanakis ganz offensichtlich aus der Bahn geworfen, und das war gut so. Langsam war er Penelope dankbar für den Schubs, den sie ihm gegeben hatte, um dieses Telefonat zu führen.

»Ich glaube, wir fahren gerade in ein Funkloch«, kündigte er an und schaltete den Ultraschall-Rauschgenerator wieder ein. Er spürte Penelopes fragenden Blick, während sie die Papiere auf ihrem Schoß durchforstete. »Bitte legen Sie nicht auf, Herr Stefanaki. Ich muss Ihnen jetzt etwas Wichtiges sagen.«

Die Pathologin auf dem Beifahrersitz schenkte ihm nun ihre vollkommene Aufmerksamkeit. Er bemerkte, dass sie einen Finger in den Stapel geklemmt hatte, um eine Seite zu markieren. Sie schüttelte leicht den Kopf, doch er hatte das Gefühl, dass es sich dabei nicht um eine Verneinung handelte, sondern eher um Unglauben.

»Ich habe soeben einen hochmodernen Störsender zugeschaltet, denn wir sind uns sehr sicher, dass der EYP mithört.«

Stefanakis sog laut hörbar den Atem ein. »Xylouris ist schon immer ein ganz mieser Hund gewesen und sägt, wann immer er kann, an meinem Stuhl.«

»Ist das etwas Persönliches?«, erkundigte sich Hyeronimos, denn etwas an der Formulierung ließ ihn aufhorchen.

»Durchaus. Wir kennen uns von früher und – eigentlich geht Sie das ja nichts an, aber ich will ehrlich zu Ihnen sein: Er war vor vielen Jahren an meiner Ex-Frau interessiert, aber ich habe das Rennen gemacht, und dann bin ich nach Athen berufen worden, und er hängt weiter auf der Insel fest.« Stefanakis brach seinen Redefluss mit einem Räuspern ab. »Aber das alles sollte unter uns bleiben, Herr Kommissar!«

»Ich möchte noch einmal auf meine Frage von vorhin zurückkommen«, blieb Hyeronimos sachlich, um zu verdeutlichen, was ihm wichtig war und worauf er sich fokussierte, »ist Serpantakis' Ehefrau Nummer eins im Zeugenschutz oder eher irgendwo verbuddelt?«

»Das kann ich nicht beantworten, denn das ist tatsächlich der Befugnisbereich der Direktion für kriminologische Ermittlungen und des Nachrichtendienstes. Ich kann mir durchaus vorstellen, dass dem so ist, aber dann würde mich der Ausgang der Prozesse damals 2010 sehr wundern, denn mit Aussagen einer so nahestehenden Person ... hm ... Wobei seine Schwester ihm schon immer näher stand als jede Ehefrau, aber mit einer Person, die täglich mit ihm lebt, als Zeugin, da hätte er doch irgendwie verurteilt werden müssen, und das ist offensichtlich nicht geschehen«, dachte Stefanakis laut nach.

»Dann ist sie wahrscheinlich eher tot.« Hyeronimos hatte das Gefühl, dass es besser wäre, wieder umzukehren und die Befragung einer anderen Behörde zu überlassen. Doch er wusste, dass es an ihm hing. Er hatte sich, was Serpantakis betraf, keinerlei Illusionen hingegeben, doch sich darüber klar zu werden, dass dieser Verbrecher auch vor der Mutter seiner Kinder keinen Halt machte, war noch einmal eine ganz andere Nummer.

»Sie sollten es in Erwägung ziehen, dass auch das möglich ist. Versteifen Sie sich jedoch bitte nicht darauf, diesen Mord oder andere dort oben geschehene Morde aufklären zu können, sondern darauf, den Namen des dritten Mannes zu bekommen. Denn den brauchen wir.«

»Könnte es nicht auch eine Frau sein?«, stellte Hyeronimos die Frage, die ihm und Zacharis durch den Kopf gegangen war.

»Außer Filomena mischt da gewiss keine Frau an vorderster Front mit«, gab Stefanakis zu bedenken, »und sie müsste wirklich recht weit vorn sein, um mit dem *Entrepreneur* mitzufliegen.«

»Aber grundsätzlich halten Sie es nicht für unmöglich«, hakte Hyeronimos noch einmal nach, »denn es könnte ja vielleicht auch sein, dass der Neffe einfach jemanden mit an Bord genommen hat, ohne seinen Onkel um Erlaubnis zu fragen?«

»Grundsätzlich ist nichts unmöglich, aber ich glaube es eher nicht.«

»Danke für Ihre Offenheit, Herr Stefanaki. Ich weiß das sehr zu schätzen«, sagte Hyeronimos zufrieden, dass der bisher so komplizierte Kontakt zu dem Mann etwas besser geworden zu sein schien. Er traute ihm noch immer nicht hundertprozentig, denn Stefanakis hätte ihm all diese Informationen auch ohne seine Nachfrage zur Verfügung stellen müssen, aber dass er sie nun überhaupt hatte, war besser als nichts. Er beendete das Telefonat und war gewillt zu glauben, dass Stefanakis seinen Abschiedssatz tatsächlich ernst gemeint hatte: »Rufen Sie mich an, wenn Sie weitere Fragen haben, und halten Sie mich bitte über Ihre Fortschritte auf dem Laufenden. Danke, Herr Galavaki, auch für *Ihre* Offenheit.«

»Was war das denn?«, fragte Penelope nun erstaunt.

»Keine Ahnung«, antwortete er wahrheitsgemäß, »bisher hatte ich nicht das Gefühl, dass ich dem Kerl trauen kann und dass er es irgendwie gut meint. Mein Gefühl sagte mir eher, dass er etwas vertuschen will oder mich einfach opfert.«

»Das verstehe ich. Aber bevor wir gleich da sind«, warf Penelope ein, während sie das Ortsschild von Zoniana passierten, »habe ich noch eine Frage.«

Sie zog das Papier aus dem Stapel, das sie mit ihrem Finger markiert hatte. »Warum hat Zacharis diesen Bericht von einem Fischerboot-Unglück von 2014 mit zu den Unterlagen gelegt?«

»Ich weiß es nicht«, sagte er wahrheitsgemäß, denn er sah den Zeitungsbericht auch zum ersten Mal. »Kannst du bitte rasch zusammenfassen, was da steht.«

»Drei Fischer sind außerhalb der Zehnmeilenzone auf hoher See vor Sitia verunglückt. Einen hat man tot geborgen, einen eher halb tot – er ist heute schwer behindert –, und eine Leiche wurde nie gefunden. Die hat das Meer als Tribut behalten. Die Familien der Männer haben beteuert, dass die drei sehr versiert waren und keine Risiken eingegangen sind«, sie blickte von dem Papier hoch, »obwohl es, weiß Gott, ein Risiko ist, so weit draußen nach Rotem Thunfisch zu fischen. Aber das war wohl nicht das erste Mal, dass sie das gemacht haben. Erfahrene Fischer, und das Wetter war zwar herbstlich, aber jetzt nicht so schlimm, dass es ein Boot gleich zum Kentern bringt.«

»Hat er etwas dazu notiert?«, hakte er nach.

»Koordinaten würde ich sagen.« Sie tippte auf einige Buchstaben und Zahlen am Rand, schnappte sich ihr Handy und überprüfte das sogleich. »Und sie liegen quasi auf der Verlängerung der Route unseres Helis.«

»Denkst du, was ich denke?«, wollte er wissen.

»Was wäre, wenn ein U-Boot das Fischerboot zum Kentern gebracht hätte. Meinst du das?«

»Ja, Dr. Watson. Das meine ich. Zacharis macht so etwas nicht unbedacht. Wir fragen ihn nachher, welche Schlussfolgerungen er gezogen hat. Vielleicht hat man das Boot ja auch mit Absicht versenkt, um zufällige Beobachter aus dem Weg zu räumen.«

Sie nickte bestätigend, sammelte die Papiere zusammen, schob sie in die Kunststoffmappe zurück und verstaute diese im Handschuhfach. »Das lassen wir besser hier, oder?«

»Ja«, bestätigte er.

»Magst du noch etwas essen?«, wollte sie wissen und zog die Papiertüte von *Emmanouil* auf den Schoß.

»Tut mir leid. Mir ist gerade echt nicht danach. Mein Magen ist irgendwie verknotet«, gab er offen zu und sah, wie sie herzhaft in ein Stück Karottenkuchen biss. »Du bist wirklich außergewöhnlich, Penelope!«

98. Kapitel

»Wir haben die richtigen Entscheidungen getroffen.« Maria lehnte sich in ihrem Stuhl zurück.

»Das ist alles in allem ein außerordentlich kritischer Fall.« Elonidas Spectros lehnte sich ein wenig vor, »und wir sind alle auf eine gewisse Art in Gefahr, denn ganz bestimmt lässt sich der Nachrichtendienst nicht gern von uns an der Nase herumführen.«

»Meinst du, sie empfinden es so, wenn wir unsere Rechte wahren und ihnen nicht erlauben, uns zu belauschen?«, hakte sie nach.

»Ich kenne diese Leute. Wir haben in meiner Abteilung öfter mit denen zu tun, als uns lieb ist. Und Xylouris, ganz ehrlich, Maria ... Xylouris ist ein Arschloch, wie es im Buche steht!«

»Keine Frage, Elonida, das ist er. Wie können wir dem Kerl eine vor den Bug schießen, ohne uns angreifbar zu machen?«

»Ich fürchte, es gibt nichts, was wir tun können. Selbst wenn wir eine Schwachstelle finden, führt das am Ende nur dazu, dass wir uns sehr mächtige Feinde machen, und das sollten wir vermeiden. Auch weil Stelios es bisher ohne so etwas geschafft hat.«

»Einerseits hast du ganz sicher recht«, bestätigte Maria, »doch andererseits ist Stelios weg, und wir treffen die Entscheidungen.«

»Aber wir sollten nichts tun, was sich nicht mehr reparieren lässt. Dazu bin ich nicht bereit. Wir sind dann wieder auf unseren Posten, und er muss die Suppe auslöffeln, die wir ihm eingebrockt haben. Das ist nicht fair«, ließ Spectros nicht locker.

»Wir können uns das doch nicht gefallen lassen«, begehrte sie erneut auf, und ihre dunkle Stimme grollte rau.

Er zuckte resigniert mit den Schultern: »Meine Leute suchen nach dem Datenvolumen. Wenn wir beweisen können, dass sie uns abhören, dann können wir sie unter Druck setzen, aber vorher macht es wirklich keinen Sinn.«

»Gut«, lenkte sie ein, »lass uns mal Struktur in das, was wir haben, bringen.« Sie zückte einen Block, sah seinen verwirrten Blick und erklärte: »Das ist Papier. Da kann ich Sachen aufschreiben, die der EYP nicht so einfach in die Finger bekommt.«

»Ich kenne Papier«, erwiderte er spitz.

Sie zeichnete eine Linie, setzte den Absturz des Helikopters an den Anfang. »Dann kam sofort der Anruf von Dimitris Stefanakis an Hyeronimos. Ohne die normalen Wege zu berücksichtigen.« Sie machte mit dem Bleistift Striche für jedes Ereignis und notierte Datum und Begebenheit.

»Hätte Stelios eine Möglichkeit gehabt, Xylouris zu verbieten, Hyeronimos auf die Pelle zu rücken?«, fragte sie den Kapetan der Cybereinheit.

Er bewegte den Kopf bedächtig hin und her. »Ich denke nicht. Wenn er das untersagt hätte, hätte der EYP größere Geschütze aufgefahren. Bei denen kommen immer Argumente wie der Heimatschutz und jede Menge Blablabla, da hat man keine Chance. Außerdem brauchen sie den Ermittlungsapparat.«

»Wir versuchen also ganz schlicht, den Mord aufzuklären?«

»Den Pfad haben wir doch schon verlassen, indem wir Christos nach Chania geschickt haben.« Er schaute auf seine Uhr.

»Dieser Job hier ist nicht ohne ...« Maria zog ihre Mundwinkel nach unten und nickte kurz mit leicht hochgezogenen Schultern.

»Ja, Stelios gilt mein ganzer Respekt, und ich bin sehr froh, dass wir das gemeinsam machen können.«

Maria empfand es ebenso. Der Mann ihr gegenüber war angenehm. Er war klug, ein guter Ermittler, sehr kooperativ und damit genau die richtige Wahl.

»Wir hören sicher bald von Christos. Hyeronimos und Penelope betreten die Höhle des Löwen gleich, und ich denke nicht, dass die Audienz bei Seiner Majestät viel länger als eine Stunde dauern wird. Zacharis hat die Frauen überprüft, und die neue Gattin dürfte eher gar nichts wissen. Sie ist sehr jung, und ganz sicher hält er sie nach den Erfahrungen mit Gattin eins aus allem raus. Seine Schwester ... Das ist kritischer, denn diese Art, die er gerade an den Tag legt, könnte sie zu seiner Feindin machen. Er will offensichtlich ein Exempel statuieren. Aber sie so gegen sich aufzubringen, halte ich für sehr dumm!«

»Manchmal sind wir Männer sehr dumm«, bestätigte Spectros, und er gefiel Maria dadurch noch besser.

»Du bist ein guter Kerl«, sagte sie anerkennend.

»Wie kommst du zu diesem Schluss? Weil ich zugebe, dass wir nicht fehlerfrei sind?«

»Unter anderem.« Sie lachte ihr derbes Lachen und holte die Flasche mit dem Selbstgebrannten aus der Schreibtischschublade hervor. Wenn er jetzt ein Glas mit ihr trinken würde, würde sie ihn vollends ins Herz schließen. Sie hoffte, dass er die Bewährungsprobe bestehen würde.

Er nahm das Glas beherzt und kippte es nach dem Zuprosten hinunter. Er schaffte es sogar, keine Miene zu verziehen.

»Wir klären den Mord auf, machen ein Dossier mit allen Zusatzinformationen, geben diese Stefanakis und Xylouris und ziehen uns dann schnell und unauffällig zurück. Mit *militärischen Geschäften* sollen die sich herumschlagen, nicht wir … und schon mal gar nicht die Mordkommission«, sagte er mit fester Stimme.

Sie nickte. Er hatte vollkommen recht.

»Auf einem Bein kann man nicht stehen!« Sie goss jedem einen weiteren Schluck ein und verstaute die Flasche wieder. Stelios konnte sehr zufrieden mit ihnen sein. Sie würden das Kind schon schaukeln.

99. Kapitel

Zacharis hatte versucht, das blonde Mädchen unauffällig zu identifizieren. Hyeronimos hatte ihm ein pixeliges Handyfoto zur Verfügung gestellt, auf dem die junge blonde Frau mit dem Agenten des Nachrichtendienstes an einer Bar saß. Ihr Vorname lautete Melina, und er hatte ihren Kopf ausgeschnitten, mehrfach bearbeitet, sodass die Gesichtszüge etwas schärfer hervortraten. Nun hatte er die Gesichtserkennung aktiviert. Er war zwar vorsichtig, doch mit der Aktivierung der Software war er ein Risiko eingegangen. Der Rechner ratterte und hatte nach wenigen Minuten eine Übereinstimmung auf einem Facebookfoto gefunden. Da es jedoch keine Verlinkungen zu den Profilen der einzelnen Personen auf dem Bild gab, brachte es ihn nicht weiter. Hyeronimos hatte die Vermutung geäußert, dass es sich bei der jungen Frau um eine Sexarbeiterin handle, und er hatte ihn gebeten, niemandem von dieser Suche zu erzählen. Es war einfach zu heikel, denn wenn sie belegen konnten, dass der EYP-Agent die Prostitution begünstigte, hatten sie ihn in der Hand. Auch wenn das tatsächlich ein Spiel mit dem Feuer war. Costas Xylouris mit diesem möglichen Wissen zu konfrontieren konnte richtig mies ausgehen, doch sein Vorgesetzter war nicht davon abzubringen gewesen.

»Wir sollten unbedingt auf all euren Rechnern die Sicherheitsprotokolle erneuern.«

Zacharis wäre beinahe vor Schreck vom Stuhl gefallen. Spectros lehnte im Türrahmen und hatte ihn angesprochen.

»Äh ... äh ... selbstv'rständl'ch«, stotterte er erschrocken und wechselte zu einem anderen Programm.

»Ich schicke gleich einen meiner Jungs vorbei«, sagte sein aktueller Chef, »und bis dahin solltest du möglichst nichts machen, was kein anderer sehen darf!«

Zacharis fühlte sich ertappt. Wusste Spectros etwa von dem Sonderauftrag? Wie konnte das sein? Oder vermutete er nur etwas?

»In Ordn'ng«, sagte er daher rasch, versuchte, möglichst wenig schuldbewusst dreinzuschauen, und schloss die Suchseite augenblicklich. Er würde weitermachen, sobald die Programme aktualisiert worden waren. Sein Magen knurrte ein wenig, vielleicht vor Aufregung, vielleicht aber auch, weil er einfach zu wenig gegessen hatte. Er würde die Zeit nutzen.

Die Portionen im *Antipodas* waren so großzügig gewesen, dass er sich die Reste hatte einpacken lassen. Also marschierte er mit dem Paket in der Hand in die kleine Küche, erwärmte sich die kross gebratenen, mit Rosmarin gewürzten Leberstückchen und die fluffigen Käsebällchen in der Mikrowelle. Die Chorta würde er kalt essen. Man konnte das typisch kretische Gemüse sowohl warm mit Öl und Zitrone verspeisen als auch kalt.

Kurz darauf saß er an dem schmalen Tisch und versuchte, alle komplizierten Gedanken von sich fernzuhalten, denn er hatte bereits begonnen, von alldem zu träumen, und brauchte nun einen Moment, ohne sich zu sorgen.

100. Kapitel

Das Gebäude war ein architektonisches Kunstwerk. Sie ließ ihren Blick über den hellen Marmor gleiten, der den kompletten Eingangsbereich dominierte. Hohe Säulen trugen ein leichtes Vordach, und während man darauf wartete, eingelassen zu werden, stand man geschützt vor dem Wetter mit einem Blick auf die hinreißende Außenanlage, die von dem Bergpanorama des Ida Gebirges quasi eingerahmt wurde.

»Echt krass hier«, flüsterte sie, und Hyeronimos nickte verhalten.

Die Tür, also das Portal, wurde geöffnet, und ein schlanker Grieche mit glatt rasiertem Gesicht bat sie höflich herein: »Dr. Demostaki, Kommissar Galavaki, bitte kommen Sie doch herein. Herr Serpantakis erwartet Sie bereits in seinem Büro.«

Uhhh, dachte Penelope höflich lächelnd, endlich mal kein Salon, denn regelmäßig wurde man bei der Elite der Insel in Salons empfangen. Sie war sehr gespannt auf das Büro eines superreichen Hochkriminellen und wurde nicht enttäuscht.

Der Dünne öffnete die schwere Holztür und kündigte sie an, dann gab er den Blick auf Serpantakis und sein Umfeld frei. Der *Boss* saß auf einer Art Thron, also zumindest stand der Stuhl seltsam erhöht, hatte eine hohe geschnitzte Rückenlehne und war mit einer Art Kurzhaarfell bezogen. Das Ding sah wie ein kleines Meisterwerk aus und war bestimmt eine Einzelanfertigung. Der Schreibtisch war so groß wie ein Bett, und die Platte bestand aus dem gleichen Holz wie der Stuhl und hatte unterschiedlich große Epoxydharzeinschlüsse. Das sah toll aus, und sie hatte Angst, dass sie mit offenem Mund staunend dastand. Daher checkte sie schnell ihre Mimik, stellte aber zu ihrer Erleichterung fest, dass ihr Mund geschlossen war. Serpantakis saß vor einer riesigen Fensterfront, durch die man die Berge sehen konnte – er inszenierte sich wirklich hervorragend. Eine elegante Sitzgruppe, ein hohes dunkles Regal und zwei geschwungene Metallstühle, die ebenfalls mit dem Fell bezogen waren, rundeten den gehobenen Stil ab. Der Kriti, dem man seine Herkunft ansehen konnte, wirkte auf den zweiten Blick jedoch irgendwie fehl am Platz.

»Bitte setzen Sie sich doch«, sagte er nun, »möchten Sie etwas trinken?«

Hyeronimos verneinte, doch sie hatte Lust auf einen Kaffee und mutmaßte, dass es hier gewiss eine sauteure Maschine gab. »Ich hätte gern einen Kaffee und ein Glas Wasser.«

»Selbstverständlich.« Der junge Mann sauste ab, um ihren Wunsch zu erfüllen.

»Was kann ich für Sie beide tun?«, wollte Serpantakis nun jovial wissen. Er saß so geschickt im Gegenlicht, dass sie die Augen leicht zusammenkneifen mussten, um ihn ansehen zu können.

Hyeronimos ergriff das Wort. »Ihr Neffe liegt in einer von Dr. Demostakis Kühlkammern. Wir haben einige Fragen zu dem Unglück.«

»Was genau möchten Sie wissen?«, fragte er, und seine Stimme klang geschäftig.

Die Tür ging auf, und der Mitarbeiter stellte Kaffee und Wasser vor Penelope sowie ein Glas mit Orangensaft vor Serpantakis ab. Sie nahm einen Schluck Kaffee, und selbstverständlich schmeckte er exquisit.

»Was hat Ihr Neffe dort draußen gewollt?« Hyeronimos fackelte nicht lange.

»Er hat einem Bekannten die Gegend gezeigt.«

»Hm ... und dazu war es nötig, unangemeldet unter dem Radar zu fliegen?«

»Sie wissen doch, wie die jungen Leute heutzutage sind«, wiegelte Serpantakis die Frage ab.

»Nein«, sagte Hyeronimos, »das weiß ich nicht. Es ist illegal, und ich gehe nicht davon aus, dass alle jungen Leute Illegales tun.«

»Wahrscheinlich wollte er nur ein bisschen angeben, und wie Sie wissen, ist er tot. Das ist wohl Strafe genug für sein Vergehen.«

Das Gespräch spitzte sich sehr schnell zu, und Penelope spürte, dass Hyeronimos den Mann als außerordentlich unangenehm empfand, daher mischte sie sich rasch ein. »Ihr Neffe und der zweite verstorbene Mann hatten beide hochzerstörerische Munition im Gehirn stecken. Was, denken Sie, ist dort draußen geschehen?«

Serpantakis schaute sie erstaunt an.

Ja, ich darf mich ganz offiziell an diesem Gespräch beteiligen, wollte sie rufen, beherrschte sich aber.

»Wenn ich ganz ehrlich bin, habe ich keinerlei Vorstellung davon, was passiert ist, und vor allem, warum.« Der *Boss* klang verstörend glaubhaft.

»Und wenn Sie eine Idee hätten oder spekulieren dürften?«, hakte sie weiter nach.

»Dann bin ich noch immer überfragt. Mein Neffe und unser guter Bekannter Rheos waren offene, freundliche Menschen. Niemand hätte einen Grund gehabt, sie zu erschießen.«

»Wenn er so ein offener und freundlicher Kerl war, warum lassen Sie ihn dann nicht abholen und beerdigen?«, grätschte Hyeronimos in den Dialog.

»Wir müssen noch einiges vorbereiten. Eine Beerdigung eines Familienmitglieds bei uns in den Bergen ist eine große Sache, und in der Kühlkammer in der Pathologie ist er sicher aufgehoben ... bis dahin.«

Penelope nahm rasch einen weiteren Schluck Kaffee, um nicht aufzulachen. Serpantakis spielte seine Rolle hervorragend.

»Sie wissen also nicht, wer noch an Bord war, Herr Serpantaki?«, wollte Hyeronimos es nun genauer wissen.

»Wenn ich es wüsste, wüssten Sie es auch, Herr Kommissar. Schließlich wollen wir doch alle, dass der Täter gefasst wird.«

Ja klar, du mich auch. Penelope war erstaunt, wie wenig Angst sie empfand. Das war sicher nicht clever, aber irgendwie erschien ihr der Typ wie ein verirrter Seelöwe mit Hornbrille. *Er ist ein gefährlicher Mörder!* Sie brachte sich innerlich zur Räson, um zu begreifen, dass hier gar nichts lustig war.

»Ich gehe davon aus, dass Sie auch nicht wissen, dass Rheos Papadopoulos, auch der *Entrepreneur* genannt, ein Mittelsmann ist, der unter anderem Geschäfte mit sogenannten Hochwertressourcen vermittelt.« Hyeronimos zog sein Programm weiter durch.

»Er ist *was?«*, erkundigte sich ein höchst erstaunt dreinblickender Serpantakis.

»Jemand, der Käufer und Verkäufer zusammenbringt.«

»Das scheint mir nicht verboten zu sein.«

»Nein, das ist grundsätzlich nicht verboten, jedoch ist er ebenso tot wie Ihr Neffe, und wir fragen uns nun, wer das priorisierte Ziel des Mörders war: Ihr Neffe oder der Vermittler. Was denken Sie?«

»Auch diese Frage kann ich Ihnen wirklich nicht beantworten. Hat nicht jeder von uns Feinde, Herr Kommissar?«

Serpantakis' Stimme hatte jetzt einen Unterton angenommen, der nicht mehr besonders freundlich klang, sondern eher so, als spräche er eine Warnung aus.

»Wer hat den Hubschrauber flugfertig gemacht?«, fragte der Ermittler nun.

»Antonios«, antwortete Serpantakis wie aus der Pistole geschossen.

»Wir möchten bitte mit ihm reden.«

»Oh, das tut mir sehr leid. Die ganze Sache hat ihn furchtbar mitgenommen, und er hat sich ein paar Tage freigenommen.«

»Wissen Sie, wo er hinwollte?«, fragte Hyeronimos, und Penelope wusste bereits, welche Antwort folgen würde.

»Leider nein. Er wollte eventuell für einige Zeit in einem Kloster Stille finden.«

Penelope fragte sich, ob Antonios noch lebte oder sich möglicherweise ein Loch mit dem Skelett der Ex-Frau und einigen anderen unliebsamen Mitwissern teilte.

»Ich muss zur Toilette«, sagte sie spontan, denn der Kaffee und das unfruchtbare Gespräch schlugen ihr auf die Blase.

»Gleich die übernächste Tür rechts«, sagte Serpantakis, »und *nur* diese Tür, Dr. Demostaki.«

Sie hob den Daumen. Gewiss würde sie nicht durch das Anwesen des Mafiabosses streifen und dabei auf Nimmerwiedersehen verschwinden.

Sie schloss die schwere Bürotür hinter sich und hielt nach dem WC Ausschau. Der lange Flur schien gespenstisch leer. Konnte sie es wagen, Hyeronimos mit dem Mafiaboss allein zu lassen? Sie würde sich beeilen, denn der Wunsch, zur Toilette zu gehen, war tatsächlich kein Vorwand, sondern ein reales Bedürfnis. Sie öffnete die Tür und nahm erleichtert wahr, dass sie in einem großen Marmorbad mit abgeteilter WC-Kabine stand.

Dann wurde sie in den Raum geschubst, und ehe sie etwas tun konnte, hörte sie, wie die Tür verschlossen wurde. Der Schreck fuhr ihr eiskalt durch die Glieder, und sie drehte sich ganz langsam um.

101. Kapitel

»Du musst kommen, Melly. Unbedingt. Ich ... ähm ... also ich habe Neuigkeiten für dich. Du weißt schon!«

»Du klingst so angespannt, Emmanouela. Kannst du es mir nicht am Telefon sagen? Ich habe eigentlich nicht so viel Zeit«, sagte Melina, denn sie war dabei, ihre Sachen in einer Reisetasche zu verstauen. Konstantinos und sie wollten nach Chania aufbrechen, um dort irgendwie mit Leuten von der Army ins Gespräch zu kommen. Die Panik in Emmys Stimme sagte ihr jedoch, dass sie sofort losmusste, um zu hören, was die junge Frau bewegte.

»Nein, das geht nicht, du musst unbedingt herkommen.«

Melina war verunsichert, und so sagte sie ihr zu, legte auf und erzählte Konstantinos davon.

»Soll ich dich fahren?«, wollte ihr Verlobter wissen, denn sie hatte keinen Führerschein. Dafür hatte das Geld nie gereicht.

»Wenn es für dich okay ist, im Wagen zu warten. Sie will mir etwas zeigen. Vielleicht hat es was mit unserem letzten Gespräch zu tun«, meinte sie vielsagend.

»Ich warte unten auf dich oder trinke einen Kaffee im Heaven«, antwortete er, und die Liebe war in ihr aufgewallt wie ein warmer Schauer.

Sie brachen sofort auf, und er parkte kaum eine Viertelstunde später unweit des Mehrfamilienhauses, in dem sie gewohnt hatte, am Straßenrand.

»Bis gleich, Liebster«, meinte sie, beugte sich zu ihm hinüber und küsste ihn zärtlich. Er schmeckte immer irgendwie nach Glück.

Er blieb sitzen und winkte ihr zu, als sie sich noch einmal nach dem parkenden Auto umdrehte, dann öffnete sie die hässliche verkratzte Eingangstür und erklomm das müffelnde Treppenhaus. Es roch immer ein wenig feucht und modrig.

Sie steckte ihren Schlüssel in die Tür.

»Emmanouela?«, rief sie fragend, nachdem sie einen leeren Flur vorfand. Sie hatte damit gerechnet, die quirlige Emmy hier schon unruhig wartend anzutreffen. Doch die kleine Wohnung schien unnatürlich still zu sein.

»Emmy«, rief sie noch einmal, und dann zog ein erstickter Laut ihre Aufmerksamkeit auf sich. Die Tür fiel hinter ihr langsam ins Schloss. Das Geräusch war aus dem Raum, der bisher ihrer gewesen war, gekommen. Was hatte das zu bedeuten? Sie öffnete die Zimmertür und schrak zurück. Eine eiskalte Hand griff nach ihrem Herzen, denn ihre Freundin saß vollkommen nackt, mit weit gespreizten Beinen auf dem Holzstuhl, der aus dem Mobiliar der Taverne gegenüber stammte und dort aussortiert worden war. Melina hatte ihn mit türkiser Farbe bepinselt und ein weiches pinkfarbenes Kissen draufgelegt. Billig und trotzdem modern und gemütlich. Emmanouelas Beine waren mit Klebeband an die vorderen Stuhlbeine geklebt, und ihr nackter Oberkörper wölbte sich ein wenig nach vorn, da ihre Arme hinter der Lehne waren. Melina vermutete, dass sie dort auch mit Klebeband gefesselt waren. Über Emmys Mund klebte ebenfalls ein Streifen. Sie rannte zu der Freundin, die die Augen noch weiter aufriss. Was war hier geschehen? Hatte ein Freier über die Stränge geschlagen und ihr etwas angetan?

Sie wollte gerade den Klebestreifen vom Mund der jungen Frau ziehen, als sich ein Arm hart um ihren Hals legte und ihr binnen Sekunden so die Luft abdrückte, dass ihr schwarz vor Augen wurde.

Irgendwann kam sie wieder zu sich, ihr war jedes Zeitgefühl abhandengekommen. Sie fror ganz erbärmlich, denn sie war nackt. Ihre Kleider lagen auf dem Fußboden und sahen aus, als wären sie zerschnitten worden. Ihre Arme und Beine waren mit Klebeband an den Metallpfosten ihres Bettes fixiert worden, und der Streifen quer über ihrem Gesicht hinderte sie daran zu schreien. Entsetzliche Panik überkam sie. Jemand war hier, der sie beide quälen und töten würde. Sie hatte hin und wieder von Splatterfilmen gehört und von Irren, die das auch in der Realität erleben wollten. Doch eher in solchen Ländern wie Amerika und nicht auf einer beschaulichen Insel wie Kreta. Vor einigen Monaten hatte sie einen Film über den Mord an einer schwedischen Journalistin gesehen, der auf einer wahren Begebenheit basierte. Der Mann hatte gemordet, um einer gequälten Frau beim Sterben zuzusehen. Also gab es diese Irren wohl doch überall.

Sie würde sterben.

Vor lauter Panik konnte sie ihren Urin nicht halten, und er strömte warm über ihren Unterkörper. Emmanouela gab winselnde Geräusche von sich, und dann sah Melina den Mann, der mit einem vom Grinsen verzerrten Gesicht in der Tür stand und ein Messer in der Hand hielt, das ganz offensichtlich aus der Küche stammte. Als er aus dem Gegenlicht trat, erkannte sie ihn.

102. Kapitel

An der Tür stand eine Frau, die im ersten Augenblick erschreckend verwahrlost aussah. Sie trug einen fleckigen Bademantel, kurze Fellstiefel, eine labbrige Jogginghose, ein übergroßes T-Shirt mit dem Aufdruck einer amerikanischen Universität, und alles war mit Flecken übersät. Ihr Haar stand filzig vom Kopf ab, und der wirre Blick ihrer rot geränderten Augen war unstet.

»Sie!«, flüsterte die Frau.

Penelope erkannte in ihr Serpantakis' Schwester Filomena. Sie kombinierte rasch und fragte sanft: »Suchen Sie tatsächlich mich, Filomena?«

Die Frau rutschte an der Tür nach unten, sackte auf den Boden wie eine knochenlose Gliederpuppe und raunte: »Sie sind die Ärztin, die mein Kind aufgeschnitten hat.«

Penelope lief kurz ein Schauer über den Rücken, und sie wusste nicht genau, ob es besser war, in der Toilettenkabine Schutz zu suchen oder hier bei der Frau zu bleiben und mit ihr zu reden, denn schließlich sah es so aus, als wollte sie etwas von ihr. »Ja, ich bin die Pathologin, die herausgefunden hat, wie ihr Sohn ums Leben gekommen ist«, sagte sie mit ruhiger Stimme. »Was möchten Sie wissen?«

»Nichts.« Wieder der wirre Blick, der nicht zu greifen war. Die Hände der Frau begannen, an dem schmuddeligen Mantel zu nesteln.

»Wie kann ich Ihnen helfen?«, fragte Penelope einfühlsam, denn es war ganz offensichtlich, dass der Tod ihres Sohnes dabei war, Filomena den Verstand zu rauben.

»Ich will mein Kind«, flüsterte sie, »geben Sie mir mein Kind zurück. Ich will ihn sehen. Ich will ihn beerdigen. Ich will mich verabschieden. Geben Sie mir mein Kind!«

»Wir haben die Leiche bereits freigegeben«, erklärte Penelope vorsichtig.

»Er verbietet mir, mein Kind zu mir zu holen. Er ist grausam. Ein grausames Scheusal. Ich will mein Kind. Bitte!«

»Normalerweise beerdigen wir Tote, die nicht abgeholt werden, in einem dafür vorgesehenen Grabbereich auf dem Friedhof in Irakleio«, erklärte sie sachlich.

»Mein Junge darf nicht irgendwo verscharrt werden. Bitte, Frau Doktor. Bitte!« Tränen der Verzweiflung rannen der verhärmt aussehenden Mutter über das Gesicht.

Egal, wie ihr Leben bisher gewesen war, nun war sie nur eine Mutter, die um ihren Sohn trauerte.

»Ich weiß im Augenblick noch nicht, wie ich Ihnen helfen kann, aber mir wird etwas einfallen. Das verspreche ich Ihnen. Doch jetzt muss ich zurück, sonst wird Ihr Bruder argwöhnisch.« Vor lauter Aufregung über die Situation hatte sie vollkommen vergessen, zur Toilette zu gehen, aber das musste nun eben warten. Sie zog eine Visitenkarte aus der Hosentasche, drückte sie der Frau in die Hand und sagte: »Bitte, Sie müssen mich jetzt hier rauslassen. Rufen Sie mich an, und ich sorge dafür, dass Sie sich von Ihrem Sohn verabschieden können.«

Filomena rutschte ein wenig zur Seite, und Penelope hatte schon den Schlüssel in der Hand, als ihr eine Frage durch den Kopf schoss. Sie wusste aus Zacharis' Recherchen, welche Rolle Filomena in dem Imperium innehatte. Sie war nicht einfach nur eine ferne Handlangerin, sondern nahe an dem *Boss* dran und an allen Geschehnissen hier oben. Man sagte ihr sogar eine tragende Position nach, die häufig unter dem Deckmantel der Wohltätigkeit versteckt lag. Zudem ging es um den gewaltsamen Tod ihres Sohnes, da wusste sie ganz bestimmt Bescheid. »Wer war der dritte Mann im Helikopter? Ihr Junge, der *Entrepreneur* und wer noch?«

Von draußen näherten sich Schritte. »Ist alles in Ordnung, Dr. Demostaki?«, fragte der Assistent.

Penelope legte Filomena den Finger auf den Mund, um ihr zu bedeuten, leise zu sein. »Ich habe mir wohl den Magen etwas verdorben. Ich bin sofort fertig.«

»Oh, bitte entschuldigen Sie, Dr. Demostaki, ich wollte nicht unhöflich sein, aber sowohl der Kommissar als auch mein Chef waren in Sorge.« Die Schritte entfernten sich langsam wieder.

Penelope beugte sich zu der Frau hinab und fragte leise: »Wer, Filomena?«

»Vangios Dermizakis.« Sie flüsterte es nahezu tonlos, sodass Penelope ihr Ohr fast gegen den Mund der Frau drücken musste, um sie zu verstehen. Sie roch nach abgestandenem Schweiß und Verwahrlosung. Obwohl sie genau wusste, dass Filomena zu oft in ihrem Leben an Entscheidungen teilgehabt hatte, die als kriminell und böse zu werten waren, überkam sie Mitleid. »Danke, Filomena, ich helfe Ihnen, wie versprochen.«

Dann öffnete sie die Tür ein wenig, vergewisserte sich, dass der Assistent wirklich gegangen war, schlüpfte durch einen schmalen Spalt aus dem Badezimmer und ging schnellen Schrittes auf das Büro zu. Jetzt musste sie Hyeronimos nur rasch hier herausbekommen, ohne dass es wie eine Flucht wirkte.

»Sie waren lange weg.« Serpantakis schaute sie mit einer Mischung aus Neugier und Ärger an.

»Möchten Sie gern etwas über meinen Mageninhalt hören, Herr Serpantaki?«, fragte sie betont flapsig und verzog das Gesicht angeekelt. »Ich habe mir wohl eine Magenverstimmung zugezogen und würde deshalb jetzt auch lieber gehen.« Sie spürte Hyeronimos' fragenden Blick auf sich und wandte sich an ihn: »Vielleicht war eine der Muscheln schlecht, die ich vorhin beim Mittagessen hatte.«

Er verstand sie sofort. Das war der Vorteil, wenn man ein eingespieltes Team war.

»Ich habe dich noch gewarnt, aber du hörst ja nicht auf mich«, sagte er tadelnd und wandte sich an Serpantakis. »Ich würde unser Gespräch gern zu einem anderen Zeitpunkt fortführen, wenn ich darf, denn jetzt erscheint es mir sinnvoller, Dr. Demostaki nach Hause zu bringen. Entschuldigen Sie unseren überstürzten Aufbruch.«

Serpantakis winkte gelangweilt ab. »Kommen Sie wieder, wenn Sie neue Erkenntnisse haben, Herr Kommissar!« Es hörte sich aber eher nach einem *Falls* an, so, als zweifelte der Mann daran, dass Hyeronimos dazu in der Lage sein würde, überhaupt an Informationen zu kommen.

Doch sie hatten ja bereits genau das, was sie wollten, und er hatte es sogar selbst zu verantworten, dass seine Schwester sich gegen ihn wandte. Es war dumm von ihm gewesen, ihr den Abschied von ihrem Kind zu verwehren. Sie erhoben sich, der Assistent tauchte wie aus dem Nichts auf und brachte sie zur Tür. Penelope tat so, als wäre ihr übel, und stöhnte einige Male, dann saßen sie im Auto, und Hyeronimos fuhr gemächlich vom Grundstück.

»Was ist los, Pen?«, fragte er, nachdem er den Rauschgenerator eingeschaltet hatte.

»Ich weiß, wer der dritte Mann ist!«, gab sie triumphierend bekannt und erzählte ihm rasch von ihrer Begegnung mit der trauernden Mutter.

»Bring niemals eine Frau gegen dich auf«, sagte Hyeronimos langsam, dann wählte er erneut Dimitris Stefanakis' Nummer.

»Herr Kommissar, was haben Sie herausbekommen?«, fragte dieser atemlos.

»Einen Namen: Was wissen Sie über Vangios Dermizakis?«

»Ich prüfe das sofort und melde mich dann bei Ihnen.«

»Bitte prüfen Sie es, während ich in der Leitung bleibe«, widersprach Hyeronimos sofort, und Penelope nickte ihm anerkennend zu. Auch wenn Stefanakis vorhin recht kooperativ gewesen war, so blieb er doch ein durchtriebener Politiker, und seine Reaktion war irgendwie zu schnell gekommen. Sagte ihm der Name bereits etwas? Es war gut, dass Hyeronimos sich nicht kleinkriegen ließ.

Nach einer kurzen, scheinbar nachdenklichen Pause, vielleicht war es aber auch nur eine Kunstpause, stimmte der Minister zu, und sie lauschten seinen gebellten Befehlen. Hyeronimos schaltete sein Handy kurz auf stumm und sagte: »Ruf rasch Zacharis an, er soll ebenfalls nach diesem Namen suchen!«

Sie tat wie geheißen und hatte den Auftrag schon weitergegeben, bevor Stefanakis rief: »Galavaki, sind Sie noch dran?«

Hyeronimos drückte auf die entsprechende Taste und bejahte.

»Wir haben Bilder zu dem Mann und interessanterweise eine Einreise aus den USA vor ungefähr viereinhalb Jahren auf den Namen *Van Dermott.*«

»Was hat das zu bedeuten?«, wollte Hyeronimos wissen. »Ein amerikanischer Spitzel in den Reihen der kretischen Mafia?«

»Das kann sein, aber das wissen wir noch nicht. Wir bleiben dran und informieren uns gegenseitig.«

»Herr Stefanaki, wie halten wir es mit der Weitergabe der Informationen an Xylouris und den EYP?«

»Wir klären die Identität erst, und dann sehen wir weiter«, wiegelte Stefanakis ab und verabschiedete sich.

»Irgendwie fällt es mir schwer, ihm zu vertrauen«, sagte Hyeronimos und seine Hand flitzte durch sein Haar, »die Reaktion auf den Namen war zu wenig überrascht oder enthusiastisch, aber andererseits, wenn er ihn schon gekannt hätte, macht unsere komplette Ermittlung irgendwie keinen Sinn …«

»Das wird immer verrückter«, sagte Penelope, »doch jetzt musst du anhalten und ich muss hinter einen Busch, denn dazu bin ich eben nicht gekommen …«

103. Kapitel

Konstantinos schaute auf die Uhr. Wo blieb Melina nur? Das war doch nicht normal. Ihre Mitbewohnerin hatte ihr nur kurz etwas zeigen wollen. Doch nun war beinahe mehr als eine halbe Stunde um. Ob er nach dem Rechten sehen sollte? Emmanouela hieß die Frau. Die Wohnung würde er gewiss finden, so groß war das Haus nun auch wieder nicht. Unsicher schaute er erneut auf die Uhr und tippte ihre Nummer ein. Sofort sprang die Mailbox an. Jetzt war er wirklich besorgt.

Er beschloss, nach seiner Freundin zu sehen, stieg aus dem Auto, ging über die Straße und stand vor der verschlossenen Eingangstür. Von den Klingelschildern waren nur wenige beschriftet, was sein Vorhaben erschwerte. Also drückte er einfach auf einige Knöpfe und wartete ab.

Eine genervte Männerstimme quäkte: »Ja?«, und er rief geistesgegenwärtig: »Ein Paket für Emmanouela …«

»Diese Weiber bestellen dauernd Schrott und kriegen es dann noch nicht mal hin, ihr Klingelschild anständig zu beschriften«, schimpfte der Mann und drückte den Summer. »Sie wohnt im dritten Stock.«

»Danke«, sagte Konstantinos überrascht über die Unterstützung und machte sich auf den Weg nach oben. Er erkannte die Tür sofort, denn Melinas Schlüssel steckte sonderbarerweise von außen. Was war hier los? Vorsichtig drehte er den Schlüssel im Schloss und versuchte, dabei so wenige Geräusche wie möglich zu machen. Leise öffnete sich die Wohnungstür, und er schlüpfte hinein. Was, wenn er einfach nur überreagierte, und die Frauen ins Gespräch vertieft waren und die Zeit darüber vergessen hatten? Melina würde gewiss mit ihm schimpfen, aber es war auf jeden Fall besser, einen Freund zu haben, der sich sorgte, als einen, der desinteressiert war.

Er spürte die Situation, noch bevor er etwas hörte, denn plötzlich hatte er überall Gänsehaut, und sein Herz fühlte sich an wie in einem eisigen Griff. Es war ein furchtbares Geräusch, das ihm durch Mark und Bein fuhr: ein Ton voller Qual.

Was war hier nur los? Durch den Sport war er dazu in der Lage, seinen Köper vollkommen zu beherrschen, und er schlich lautlos weiter. Die Wohnung war nicht groß, und er hatte schnell die Tür erreicht, hinter der sich das verbarg, was den kalten Schrecken verbreitete. Er schob sie vorsichtig auf, und was er dort zu sehen bekam, war so furchtbar, dass sich ihm der Magen umdrehte. Ein Mann beugte sich über eine gefesselte Frau, sie lag auf dem Bett, eine weitere gefesselte Frau saß breitbeinig auf einem Stuhl. Beide Frauen bluteten aus mehreren Wunden. Konstantinos' Verstand erkannte Melinas Körper auf dem Bett, und dann hakte etwas in seinem Gehirn aus. Mit dem Schrei eines Wahnsinnigen machte er einen Satz auf den leicht dicklichen Kerl zu und schlug ihm so hart in den Nacken, dass er zur Seite kippte wie ein gefällter Baum. Er brüllte Melinas Namen, ihre Augen waren weit aufgerissen, und er konnte nicht erkennen, ob sie lebte oder tot war. Die dunkelhaarige Frau auf dem Stuhl regte sich. Sie lebte.

Er hörte einen unmenschlichen Schrei durch den Raum hallen, und während er die geschockte Emmanouela mit dem Messer, das der Mann hatte fallen lassen, befreite, erkannte er, dass er selbst es war, der den Schrei produziert hatte. Er durchschnitt die Fesseln, die Melina am Bett fixierten, und zog sie vorsichtig in seine Arme, während er das Klebeband von ihrem Mund entfernte. Er presste sein Ohr an ihre Brust und erkannte erleichtert, dass ihr Herz noch schlug. Emmanouela kroch blutend aus dem Raum, und auf dem Boden entstanden schlierige rote Spuren. Sein Schrei ging langsam in hektisches Atmen über, und ein klarer Gedanke huschte durch seinen Kopf: Er musste einen Krankenwagen rufen.

Mit blutig-glitschigen Fingern zog er sein Handy aus der Hosentasche. Es rutschte ihm aus der Hand und fiel zu Boden. Als er sich bückte, um es aufzuheben, schaute er in die irren Augen des Killers.

104. Kapitel

Zacharis hatte an diesem Nachmittag wahrlich unangenehme Erlebnisse zu verarbeiten. Als er vom Essen kam, saß ein Junge an seinem Schreibtisch, der aussah, als drückte er am Vormittag noch die Schulbank. Er saß an seinem Platz, ganz ohne Skrupel. So etwas machte man doch nicht!

»Entsperren Sie bitte Ihren PC, Herr Zentaki«, sagte der Kerl sehr höflich mit einer überraschend volltönenden Stimme, und Zacharis tat, wie ihm geheißen. Dann folgten so rasche Tippbewegungen auf Tastatur und Maus, dass er kaum folgen konnte.

Nach wenigen Minuten war der Spuk vorbei, und der junge Mann sagte: »Ich hoffe, Sie haben heute nichts wirklich Wichtiges gemacht, denn der Schutz im System war durchlässig wie eine offene Tür, aber jetzt passt wieder alles.« Dann wanderte er weiter zum nächsten Schreibtisch.

Christos' Assistent schaute irgendwie genauso so aus der Wäsche, wie Zacharis sich fühlte. Er hatte mitbekommen, dass das Gespräch mit dem General in Chania nicht besonders gut verlaufen war, und der Kommissar hatte seinem Mitarbeiter durchs Telefon so laut diverse Aufträge zugeschnauzt, dass Zacharis sie an seinem Platz noch gehört hatte. Er wolle den General an den Eiern packen, und dazu solle der Assistent alles ausgraben, was es nur zu finden gab.

Zacharis empfand es als eher unklug, der Army zu sehr auf die Pelle zu rücken, doch er behielt seine Meinung für sich. Er fühlte sich unwohl, nachdem der Mann aus Spectros' Team seine Arbeit gemacht hatte, denn er hatte durchaus etwas Wichtiges und Heikles erledigt und hoffte nun, dass er damit keinen fürchterlichen Fehler begangen hatte. Er wollte sich gerade wieder der Suche nach dem Mädchen widmen, als sich die Ereignisse überschlugen.

Dr. Demostaki erteilte ihm den Auftrag, alles über einen Vangios Dermizakis herauszubekommen. Er solle auch sofort Kaptakis von der DEE mit ins Boot holen, befahl sie hektisch und hatte das Gespräch bereits beendet, bevor er Fragen stellen konnte. Was als Nächstes geschah, warf ihn so aus der Bahn, dass er für einen Moment starr vor Entsetzen war, dann rannte er zu Maria und vergaß jede Form angemessenen Benehmens. Er klopfte nicht an, sondern platzte einfach in ihr Büro.

»Zachari«, sie schaute ihn erstaunt an, »was um Himmels willen ist passiert?«

Er öffnete den Mund und verfluchte seinen Sprachfehler, denn nichts kam heraus. Gar nichts! Er griff nach einem Zettel, riss einen Stift aus dem Halter auf dem Schreibtisch und notierte rasch einige Sätze.

Sie zog den Zettel zu sich und wurde blass: »Das musst du mir genauer erklären.«

Doch sie griff zu ihrem Telefon, und sein Vorgesetzter war wenige Sekunden später am Apparat.

»Hyeronimo«, hörte er sie sagen, »Zacharis ist hier bei mir. Er hat ein Mädchen für dich gesucht: Melina. Von der Adresse ihrer Freundin Emmanouela wurde ein Notruf abgesetzt. Es gibt zwei Verletzte und einen Toten. Er sagt, du musst dort hinfahren. Sofort!«

»W…w…was s'gt er?«, stieß Zacharis gequält hervor.

Maria lauschte einen Augenblick und hob dann den Daumen. Zacharis sank erleichtert auf den Stuhl vor Marias Schreibtisch. Jetzt brauchte er wirklich einen Tsikoudia. Er machte eine zackige Bewegung mit der Hand, als würde er einen Schnaps kippen, und kurze Zeit später hatte er ein Glas in der Hand. Er hoffte, dass das Teufelszeug seine unter

Schock stehende Zunge lösen würde. Hatte seine Suche etwa dazu beigetragen, dass mehrere Menschen Verletzungen oder sogar den Tod erlitten hatten, oder nahm er sich einfach zu wichtig?

»Notr'f check'n«, stieß er aus und spürte ihren fragenden Blick. Gott im Himmel, es musste ihm doch gelingen, zwei Worte verständlich zu artikulieren. Er versuchte es mit voller Konzentration erneut: »Prüf bitte d'n Notr'f!«

Maria verstand nun und griff auf das polizeiinterne System zu. »Der Krankenwagen ist vor Ort eingetroffen und die Einsatzkräfte ebenfalls. Das sieht nach einer sexuell motivierten Tat aus. Zwei junge Frauen wurden mit vielen Schnittwunden gefunden, sie waren nackt.« Maria stockte kurz, wählte eine Nummer und schnauzte ohne umfangreiche Begrüßung: »Den Einsatzleiter, sofort!«

Zacharis hörte die genervte Stimme des Mannes durch den Äther fließen: »Ich arbeite hier!«

»Fassen Sie nichts an, bis Kommissar Galavakis da ist!«, befahl ihm Maria und legte dann auf. Ihr Blick fiel auf ihn, und er fühlte sich so unbehaglich wie früher in der Schule, wenn er zur Tafel nach vorn kommen musste.

»Eine Katastrophe, Zachari! Eine wirkliche Katastrophe!«, rief sie aus, dann verfiel sie in brütendes Schweigen.

Er blieb stumm auf dem Stuhl sitzen und wartete auf Hyeronimos' und Penelopes Rückmeldung.

»Hast du nichts zu tun?«, fragte sie sanft, und ihm fiel siedend heiß Dr. Demostakis Auftrag ein.

»Doch«, stieß er vollkommen klar aus, erhob sich und trottete mit gesenktem Kopf zurück an seinen Schreibtisch, um den Namen *Vangios Dermizakis* zu überprüfen.

105. Kapitel

Hyeronimos legte die wenigen Meter auf der Nationalstraße zurück, um die Abfahrt nach Ammoudara zu nehmen. Maria hatte furchtbar geklungen, und die Aussicht, die beiden Frauen verletzt oder gar tot vorzufinden, ließ ihn hektisch werden.

»Du musst ruhiger atmen«, erinnerte ihn Penelope umgehend. Sie hatte gleich nach Marias Anruf Giorgia gebeten, mit ihrer Ausrüstung zum Tatort zu kommen.

Hyeronimos versuchte, ihren Rat zu beherzigen, erinnerte sich bewusst an das liebevolle Gespräch mit Kassia am Morgen und spürte, wie die Kraft ihn durchströmte und seinen Atem verlangsamte. Für einen hoffnungsvollen Augenblick glaubte er, sich vollkommen im Griff zu haben. Doch dann war der Moment vorbei. Er spürte seinen Herzschlag, fühlte die Kälte in seinen Extremitäten trotz der warmen Außentemperatur und landete hart in der Realität.

Er konzentrierte sich auf seine Atemzüge und wurde ruhiger, bog rechts ab und ließ das Auto einfach mitten in dem Gewirr aus Polizeiwagen und Schaulustigen stehen. Penelope war neben ihm und dann auch Giorgia, zwei große Alukoffer schleppend. Die Tür eines Krankenwagens stand noch offen.

»Wartet kurz«, sagte er und wandte sich zu dem Fahrzeug. Auf einer Trage lag eine junge Frau. Sie hatte helles, mit dunklem Blut durchzogenes Haar: Melina. Er erkannte sie sofort, packte einen Sanitäter kurz am Arm, hob seine Dienstmarke in die Höhe und fragte: »Lebt sie?«

Der Mann nickte. »Sie steht unter Schock, aber die Wunden sind fast alle nur oberflächlich. Der Kerl ist schlimmer dran! Er liegt noch oben, und der Mörder ist da drüben.« Er deutete mit dem Kopf auf ein Polizeiauto mit Gittern vor der Rückbank.

Hyeronimos warf einen Blick auf die Frau, eine kleine Welle der Erleichterung schwappte über ihn. Sie war nicht tot und schien auch nicht schwer verletzt. »Was ist mit der zweiten Frau?«

»Ähnlich. Ein paar mehr tiefe Wunden, aber sie ist nicht in Lebensgefahr.«

Hyeronimos bedankte sich, schloss wieder zu Penelope und Giorgia auf, und sie machten sich auf den Weg in die Wohnung, um Tatort und Leiche zu beschauen. Den Mann im Auto würde er sich später vornehmen, erst musste er den Tatort und das Opfer gesehen haben, bevor er sich mit dem Täter befassen konnte.

»Malakka«, hörte er das griechische Schimpfwort für alle Lebenslagen durch das Treppenhaus, »das sieht echt übel aus in der Wohnung ...« Ein junger Polizist ging grüßend an ihnen vorbei.

Sie erreichten den dritten Stock und betraten vorsichtig die gesicherte Wohnung. Die Kriminaltechniker warteten bereits auf Penelope und machten nun den Weg frei in ein kleines, bunt eingerichtetes Schlafzimmer. Überall waren Blutspuren zu sehen, sie zogen sich durch den Flur, und auf dem Boden lag ein Mann, die Augen weit aufgerissen und ganz offensichtlich tot. Hyeronimos musste sich am Türrahmen festhalten. *Das* hatte er nicht gewollt. Costas Xylouris war tot!

106. Kapitel

Konstantinos fühlte nichts. Nichts außer vollkommener Erleichterung. Er hatte seine Geliebte gerettet, und dafür war kein Preis zu hoch! Plötzlich hatte die Polizei im Zimmer gestanden, er hatte sie nicht kommen hören. Nachdem sich der Mann, der Melina diese furchtbaren Dinge angetan hatte, wie ein Dämon vom Boden erhoben und versucht hatte, ihm das Messer zu entringen, war es für ihn um Leben und Tod gegangen. Er hatte ihn stoppen müssen, sonst wären sie alle drei umgekommen. Das Messer war in den Bauch des feisten Kerls gedrungen wie in Butter. Es war ganz leicht gewesen, und der Schock hatte ihn vollkommen kaltblütig handeln lassen.

So war das also, wenn man keine Wahl hatte. Er war immer ein friedlicher, pazifistischer Mensch gewesen, hatte noch nicht einmal einer Fliege etwas zuleide getan. Gut, er hatte seinen Vater bis aufs Blut provoziert, aber es war eben auch nur Dreistigkeit gewesen und keine körperlichen Übergriffe. Er hatte Prügeleien in der Schule vermieden, und nun hatte er ein Menschenleben ausgelöscht. Einfach so. Innerhalb weniger Tage hatte sich sein Leben mehrfach komplett verändert, und nun wusste er nicht mehr, wer er war. Alle Träume waren ausgeträumt. Er hatte nicht die Absicht gehabt, jemanden zu töten, war er dann trotzdem ein Mörder?

Die Polizisten hatten ihm Handschellen angelegt, ihn abgeführt und ihn in ein Auto gesetzt, in dem er sich wie in einem Käfig vorkam. Von hier aus konnte er das Treiben sehen. Melina lebte. Nur darauf kam es an, das war alles, was zählte. Vielleicht war noch wichtig, zu erfahren, was dort oben in der Wohnung vorgefallen war und wen er getötet hatte. Er versuchte, seine Gedanken zu sammeln, doch sie glitten immer wieder davon, sahen seine Freundin blutend auf dem Bett, die schreckgeweiteten Augen ihrer Mitbewohnerin. Er hatte nicht gewusst, dass Menschen so dreinblicken konnten, hatte noch nie solche Angst in den Augen eines anderen gesehen und noch nie solches Entsetzen gespürt. Das Grauen umfing ihn und wollte ihn einfach nicht loslassen, doch er wusste, dass er etwas tun musste. Er konnte nicht hinter diesen Gittern sitzen und ein stummer Beobachter sein. Er wollte Melinas Hand halten, wollte ihr versprechen, dass alles wieder gut werden würde, doch die Türen des Autos waren verschlossen, und er war allein.

Warum war er allein? Wie konnte das sein? Machte man das mit Mördern so? War er ein Mörder? Egal, was auch immer er war, er würde damit leben müssen, ein anderes Leben ausgelöscht zu haben. Konnte man das überhaupt verkraften? Warum durfte er nicht bei Melina sein? Begriffen diese Leute denn nicht, dass er es war, der die Frauen gerettet hatte? Wo war seine Mutter? Warum war sie nicht hier, um ihm zu helfen? Und sein Vater? War es nicht die Aufgabe von Eltern, ihre Kinder zu retten, vor allem, wenn diese alles richtig gemacht hatten?

Ich bin ein Held, rief sein Kopf, doch seine blutigen Hände sprachen eine andere Sprache. Er schaute an sich herab, und das, was er sah, brachte den Schock zurück: Blut! Er war über und über voll mit Blut. Noch nie in seinem Leben hatte er so viel Blut gesehen, und nun klebte es an ihm. Er versuchte, seine Hände zu säubern, rieb sie wie verrückt an der Hose, auf der der Lebenssaft bereits dunkelrot krustig angetrocknet war. Das Blut würde für immer an seinen Händen kleben. Für immer!

Wieder brach sich der Schrei einen Weg hinaus aus seiner Brust. Der Jammerlaut hallte im Inneren des Wagens so stark wider, dass sein Körper dem Geräusch kaum standhalten konnte und wie Espenlaub zu zittern begann. Niemand hörte ihn. Niemand half ihm, und er konnte nicht aufhören, seinen Schmerz und seinen Schrecken hinauszubrüllen.

Tod durch Ertrinken

107. Kapitel

Da war nun nichts mehr zu tun – außer dieser einen Sache. Diesem einen Blick. Doch was, wenn ein Blick Gefahr bedeutete und das, was man liebte, strudelnd mit in den Abgrund riss, in dem man selbst bereits versunken war?

Da war einfach nichts mehr, wofür es sich lohnte, sich immer wieder an die Oberfläche zu kämpfen, japsend und nunmehr ohne jegliche Kraftreserven, denn die letzten Jahre hatten so viel Kraft gekostet. Es war nun vorbei. Der dunkle Wolf hatte seine Pflicht getan und wollte nun diesen Kreuzzug nicht mehr anführen. Er hatte den hellen Wolf auf dem Gewissen, und ohne Futter war er nun ebenfalls so gut wie tot. Nur noch diesen einen Blick, den forderte er, damit auch er sich zum Sterben zurückziehen konnte. Beide Wölfe waren sich einig. Die Zeit war gekommen, denn wenn man ein ungewolltes Bonusleben lebte, dann gab es weder Glück noch Liebe.

Wenn man alles getan hatte, um denen zu helfen, die bedeutsam waren, und dabei gegen jede Regel verstoßen und jedes Versprechen gebrochen hatte, das man je in seinem Leben gegeben hatte, dann gab es nichts mehr zu verlieren, sondern nur noch das Letzte zu geben, was geblieben war. Nun war es so weit. Endlich würde sich der Traum erfüllen, und der letzte Blick würde das Dunkel der rasch herannahenden ewigen Nacht erhellen. Wenn sich das Bild dann auf die Netzhaut gebrannt hatte, war es Zeit zu gehen.

108. Kapitel

Sie saßen alle zusammen bei der Morgenbesprechung. Hyeronimos sah nur graue Gesichter, denn keiner von ihnen hatte in der vergangenen Nacht Schlaf bekommen. Die Ereignisse hatten sich mehr als überstürzt, und Maria hatte ihm das Wort erteilt.

»Costas Xylouris ist tot, und soweit ich das gestern klären konnte, war es Notwehr«, begann er seinen Bericht. Er hatte die beiden Frauen im Krankenhaus befragt, sie hatten unter Schock gestanden, vollgepumpt mit Beruhigungsmitteln, doch auch ihre kurzen Beschreibungen hatten Licht ins Dunkel gebracht. »Er ist in der Wohnung von Emmanouela Kenaki aufgetaucht. Sowohl Frau Kenaki als auch Melina Zirouni sind als Prostituierte tätig und kannten ihn. Mit Melina pflegte er intimen Umgang und plauderte dabei immer wieder aus dem Nähkästchen. Ich habe ihn selbst mit ihr gesehen und Zacharis gebeten herauszufinden, ob Melina eine Freundin oder eine Dienstleisterin ist.«

»Warum war das wichtig?«, wollte Christos wissen.

»Wir sind uns ziemlich sicher, dass Xylouris und der EYP uns abgehört haben und es vielleicht noch immer tun«, schaltete sich Spectros nun ein, was Hyeronimos nur recht war, denn es machte deutlich, dass er sich das Ganze nicht eingebildet hatte und ein Mensch nun tot war, weil *er* eine Lawine ins Rollen gebracht hatte.

»Und ich wollte etwas gegen ihn in der Hand haben, um dieses illegale Treiben zu unterbinden«, nahm er den Faden selbst wieder auf, »wahrscheinlich hat er mitbekommen, dass wir nach dem Mädchen suchen, denn unsere Sicherheitssysteme waren definitiv zu durchlässig, wenn man bedenkt, dass unser Gegner aus den eigenen Reihen kam. Er hat sich also Zutritt zu der Wohnung verschafft, Emmanouela hat sich dabei nichts Böses gedacht, denn sie hatte erst kürzlich mit Melina über ihn gesprochen. Er hat sie überwältigt und gezwungen, Melina in die Wohnung zu holen. Keine Ahnung, was da bei ihm ausgetickt ist. Klar ist es für die Karriere sicher nicht so gut, wenn man Prostitution begünstigt, aber nachdem er begonnen hatte, die Frauen zu misshandeln ...« Er musste eine kurze Pause machen, als er an all die Wunden auf den Körpern der Mädchen dachte. »... blieb ihm wohl kein anderer Weg mehr, als sie zu töten. Sicher wollte er es wie eine Milieutat aussehen lassen.«

»Er ist total ausgetickt«, schaltete sich nun Penelope ein, die heute ausnahmsweise an der Morgenrunde teilnahm, »was vielleicht daran lag, dass ihm die gesamte Situation irgendwie entglitten war. Was auch etwas mit Dimitris Stefanakis zu tun hat.«

Hyeronimos schaute zu ihr, nickte und fuhr fort. »Hier wird es nun besonders kompliziert. Stefanakis hat uns gestern erzählt«, während er das ausführte, kam es ihm so vor, als wäre es viel länger als ein paar Stunden her, »dass er und Xylouris schon seit Jahrzehnten persönliche Probleme miteinander haben, was sich auch auf die Zusammenarbeit zwischen Ministerium und Nachrichtendienst hier auf der Insel auswirkt. Doch viel schlimmer als all das ist die Tatsache, dass das Schicksal ausgerechnet Stefanakis' Sohn Konstantinos dazu bestimmt hat, Xylouris zu töten!«

»Ich dachte wirklich, das sei ein Gerücht und der Name des Täters nur zufällig gleich.«

Christos war heute früh so kooperativ, dass Hyeronimos ihn genauer anschaute, um zu überprüfen, ob es sich bei dem Sprecher wirklich um seinen Kollegen handelte oder vielleicht um ein Alien im Christos-Morphsuit.

»Nein, leider nicht. Der Junge ist der Freund von Melina, die für ihn aus dem *Gewerbe* aussteigen wollte. Er hat im Auto gewartet und sich dann irgendwann Sorgen gemacht. Er hat die beiden Frauen gerettet und Xylouris mit dem Tatmesser überwältigt. Wir haben ihn gestern Abend noch in psychiatrische Behandlung übergeben, darum hat er selbst gebeten. Dimitris Stefanakis kommt heute Vormittag noch auf die Insel. Er will zu seinem Sohn und hat zudem auch noch interessante Informationen für uns.« Er hielt inne und nahm einen Schluck Kaffee.

»Konntest du in Chania etwas erreichen?«, forderte Maria Christos nun zum Berichten auf.

»Wie bereits erwartet, kennen die Amerikaner den *Entrepreneur,* und obwohl der General es nicht eins zu eins zugegeben hat, so war doch offensichtlich, dass sie sich seiner bedient haben. ›Man muss so jemanden kennen‹, hat er wortwörtlich gesagt, und als ich dann nach Serpantakis gefragt habe, hat er mich mit den Worten ›Wir pflegen keine Beziehungen zur Mafia‹ rausgeschmissen.« Christos schien trotz des mäßigen Gesprächserfolges zufrieden zu sein.

»Wir vermuten schon länger, dass die USA – so wie viele andere Nationen auch – Kreta als schwimmenden Waffenträger missbrauchen.« Elonidas Spectros raufte sich ein wenig das Haar. Hyeronimos musste zugeben, dass der Mann die neue Aufgabe gut bewältigte.

»Auch knapp außerhalb unseres Hoheitsgebietes finden auf See Übergaben statt. Nur leider sind uns da die Hände gebunden. Ich habe heute früh schon ein sehr ernstes Gespräch mit einem Kollegen von Xylouris geführt, und ich muss sagen, der Nachrichtendienst ... hm ...« Spectros hüstelte. »... war recht handzahm, nachdem ich ein klitzekleines bisschen geblufft habe, was die Abhöraktion angeht. Mir wurde bestätigt, dass regelmäßig sogenannte Silent-U-Boote als Transportmittel genutzt werden. Sie tauchen kurz auf, die Ware wird meist an einen Zwischenhändler übergeben, der per Boot oder auch mal per Helikopter an einem Rendezvous-Punkt wartet.« Jetzt wirkte er wirklich zufrieden.

»Daher gehen wir davon aus, dass der gesunkene Helikopter genau das tun wollte oder getan hat. Wir wissen nicht, ob die Ware übergeben wurde. Ein Hubschrauber trudelt beim Sinken, daher kann nicht mehr sicher festgestellt werden, ob er hinaus- oder hineingeflogen ist«, erklärte Hyeronimos nun.

»An Bord waren unsere beiden Toten, der *Entrepreneur* und Michalis Serpantakis' Neffe Achilleas, das wissen wir sicher, denn sie liegen in meinem Kühlhaus«, schaltete sich Penelope ein. »Und was wir noch wissen, ist, dass ein Vangios Dermizakis mit im Heli war. Vermutlich unser Mörder.« Sie berichtete kurz, wie sie an den Namen gekommen war.

Ja, manchmal waren es genau diese Zufälle, die ihnen halfen. Hyeronimos korrigierte seine Gedanken: eher sogar häufig.

»Zacharis hat sich gestern sofort mit der Suche nach Informationen zu diesem Mann beschäftigt.« Maria deutete mit einem ihrer langen roten Nägel auf einige Ausdrucke, die vor ihr lagen, und nickte seinem Assistenten freundlich zu. »Auch basierend auf den Zugeständnissen von Dimitris Stefanakis Hyeronimos gegenüber. Er hat ihm *herzensgut,* wie er ja nun mal ist, ein paar Brosamen hingeworfen: Man kennt den Namen Vangios Dermizakis anscheinend, und die Vermutung liegt nahe, dass er als Van Dermott aus den USA eingereist ist, und dann verliert sich seine Spur.«

»Ist er ein amerikanischer Spion?«, stellte Christos nun die Frage, die sich auch Hyeronimos schon hundertmal gestellt hatte, seitdem er den Namen gehört hatte.

Maria übernahm das Antworten wieder für Zacharis. Hyeronimos wusste, warum: Nicht nur, weil sie so nett war und ihn unterstützen wollte, denn an sich war es nicht nett, jemandem das Wort zu entziehen, nur weil er ein Problem hatte. Die Sachlage war eine andere: Zacharis gab sich die Schuld an dem Unglück in Ammoudara. Er hatte nach Melina gesucht, ganz offen im Netz, und das hatte Costas Xylouris dazu gebracht, die junge Prostituierte aus dem Weg räumen zu wollen. Ihre Mitbewohnerin war als Kollateralschaden mit unter das Messer geraten. Er hatte versucht, seinem Assistenten klarzumachen, dass Ermittlungsarbeit immer risikobehaftet war, doch in Zacharis schien etwas zerbrochen zu sein. Hyeronimos hoffte, dass es wieder heilen würde, denn obwohl er sich anfangs sehr schwer mit seinem Mitarbeiter und seiner Rolle als Vorgesetztem getan hatte, so musste er nun doch zugeben, dass er Zacharis nicht nur schätzen gelernt hatte, sondern ihn sogar irgendwie mochte.

»Das wissen wir nicht. Wir haben keinen Zugang zu Daten, die Van Dermott betreffen. Dazu werden wir mit Stefanakis sprechen. Ein Vangios Dermizakis ist auf unserer Insel jedenfalls nicht zu finden. Wenn er hergekommen ist, um sich bei Serpantakis einzuschleichen, muss er aber eine überprüfbare Vita haben.« Maria lächelte seinem Assistenten wohlwollend zu. »Zacharis hat einen sehr guten Kontakt zur Direktion für kriminologische Ermittlungen, und der Kollege Kaptakis dreht bereits jeden Stein um, um unseren Mann zu finden.«

Sie schwiegen alle nachdenklich, und man konnte das Kauen und Schlucken hören, während sie sich alle mit Zucker und Koffein aufputschten. Hyeronimos war vor der Sitzung bei seinem Lieblingsbäcker vorbeigefahren und hatte den Laden halb leer gekauft. Denn das wussten alle: Auf eine durchwachte Nacht würde ein weiterer langer Tag folgen.

»Ich weiß, dass Stelios' Wahl nicht so leicht nachzuvollziehen ist«, sagte Spectros nun in die Stille hinein, »aber es ist nun mal, wie es ist. Doch wir sind alle ein Team, und ich möchte, dass wir gemeinsam vor die Presse treten. Ich habe einen Konferenztisch für fünf Personen einrichten lassen.«

Hyeronimos sah, wie Zacharis aufschreckte und mit den Armen zu wedeln begann: »Nein, d's k'nn ich ni...nicht!«

»Ich dachte auch nicht an dich, Zachari«, wandte sich Spectros an ihn, »sondern an Dr. Demostaki.«

»Stellen wir einen Zusammenhang zwischen den Fällen her?«, wollte Penelope auch sogleich wissen.

Wieder schwiegen alle.

»Ich glaube nicht, dass das sinnvoll wäre«, wandte Hyeronimos ein. »Auch wenn Xylouris sicher eine treibende Kraft war, so sollten wir uns den EYP nicht komplett zum Feind machen, und gleichzeitig erwarte ich von euch«, er wandte sich an Maria und Spectros, »dass Ihr dem Abhörspuk sofort ein Ende setzt!«

»Da sind wir schon auf einem sehr guten Weg«, bestätigte Elonidas.

»Da draußen ist die Hölle los«, knurrte Maria, »denn die Verwicklung von Konstantinos Stefanakis in ein Tötungsdelikt und das Prostitutionsgewerbe ist für die Presse wie Blut für die Haie. Wir erwarten daher Zusammenhalt von unserem Team. Keine Mätzchen und keinen öffentlichen Schlagabtausch.« Sie deutete mit ausgestrecktem Zeigefinger auf ihn und Christos, und sein Kollege und er nickten wie gescholtene Buben.

Sie hatte recht, sie mussten sich am Riemen reißen, denn die Behörde war in den Fokus der Öffentlichkeit geraten und durch Konstantinos auch ein Ministerium. Da musste wenigstens ihre Abteilung Geschlossenheit zeigen. Die Presse würde nur darauf warten, dass sie Fehler machten. Er nickte seinem Kontrahenten zu und nahm erstaunt zur Kenntnis, dass dieser das Nicken erwiderte.

109. Kapitel

Dimitris Stefanakis war direkt in die Klinik gefahren, um seinen Sohn zu sehen. Iota hatte ihn nicht gebeten, sondern ihm befohlen, sich wie ein Vater zu benehmen. Sie erwartete ihn am Eingang und war noch immer wunderschön, auch wenn der Kummer ihr tiefe Furchen ins Gesicht gegraben hatte.

»Was hast du getan?«, fuhr sie ihn heiser an, und er kannte sie gut genug, um zu wissen, dass sie wahrscheinlich die ganze Nacht geweint hatte.

Er wollte widersprechen, sich freisprechen von allem, denn er hatte doch wirklich nichts damit zu tun, dass ausgerechnet Xylouris durch die Hand seines Sohnes gestorben war, doch er besann sich eines Besseren. Vielleicht hatte sie recht, denn er hatte den Stein ins Rollen gebracht, der sie nun alle zu überrollen drohte.

»Er ... ich ... er wollte sich beweisen und Geld ...« Er merkte, dass schon die wenigen Worte vollkommen in die falsche Richtung gingen, deshalb schwieg er kopfschüttelnd.

»Ich wusste, dass du dafür verantwortlich bist. Du bist ein arrogantes Arschloch, denn sonst würdest du dein Kind nicht so sehr hassen.«

Er wollte sich verteidigen, doch sie hob abwehrend die Hand und raunte: »Du bist schuld, und du machst es wieder gut. Dort oben sitzt ein zerbrochener Junge. Er hat nichts getan, außer zwei Mädchen zu retten, doch er kann sich selbst nicht vergeben. DU! Du wirst dafür sorgen, dass er das kann, und wenn du nicht sein Vater sein kannst, dann hau genau jetzt ab, DIMITRI!« Jetzt brüllte sie, und ihre Augen füllten sich dabei mit Tränen.

Das Bedürfnis, sie in die Arme zu schließen, überkam ihn. Er hatte sie immer geliebt, auch wenn es am Ende nicht mehr bedeutsam gewesen war, denn seine Karriere war ihm wichtiger gewesen. Sie schien es zu spüren.

»Fass mich ja nicht an«, fauchte sie, drehte sich um und trat in das Gebäude. Er folgte ihr.

Als er eine Stunde später die psychiatrische Einrichtung wieder verließ, war er erschüttert. Der Junge mit dem leeren Blick hatte nichts mit dem aufrührerischen Kerl zu tun, der Geld aus ihm herauspressen wollte wie Saft aus einer Orange. Das lange Gespräch mit dem Arzt hatte ihn zudem befangen gemacht. Man hatte Konstantinos auf jede Art von Drogen getestet und nichts gefunden. Auch die Proben seines langen Haares hatten nachgewiesen, dass er vollkommen drogenfrei war. Wie hatte er sich nur so täuschen können, und warum hatte der Junge ihn in dem Glauben gelassen, ein verdammter Junkie zu sein? Nur wegen des Geldes, oder steckte noch eine andere Botschaft dahinter?

»Bist du jetzt zufrieden?«, fragte Iota und legte all ihre Enttäuschung über ihn als Ehemann und Vater in diesen kurzen Satz.

Nein, er war nicht zufrieden, denn als er die blicklosen Augen seines Sohnes gesehen hatte, den vom Schreck versteinerten Körper, da hatte er Mitleid gespürt und so etwas wie Liebe. Er konnte es ihr aber nicht sagen. Es war zu spät für all diese Dinge. Stattdessen sagte er: »Ich komme für alle Kosten auf!«, und er spürte die Verachtung in ihrem Blick, als sie sich umdrehte und zurück zu Konstantinos ging, um ihn mit ihrer Liebe wieder ins Leben zu holen.

Er war hier überflüssig, also würde er sich auf das konzentrieren, was er noch zu erledigen hatte. Der Fahrdienst brachte ihn zum Polizeipräsidium, und ausnahmsweise schien das Glück ihm hold zu sein, denn im Gebäude fand die Pressekonferenz statt, und er konnte somit quasi ungesehen hinein. Natürlich nicht komplett, denn er musste sich am Empfang anmelden und wurde dann in ein karges Wartezimmer verfrachtet. Zumindest brachte man ihm etwas zu trinken, während er auf die verantwortlichen Ermittler wartete. Er hatte Galavakis aus verschiedenen Gründen ausgewählt, und einige davon bestätigten sich wieder, während er auf dem Bildschirm an der Wand der Konferenz folgte. Andererseits war er sich auch vollkommen bewusst darüber, dass es ein Fehler gewesen war, alle offiziellen Pfade zu umgehen, denn damit hatte er sich in gewisser Weise angreifbar gemacht. Diese ganze Geschichte hatte sich zu einer verdammten Zwickmühle entwickelt, und er hatte an verschiedenen Schaltstellen die falsche Abzweigung gewählt. Die unvorhergesehene Entwicklung mit seinem Sohn hatte ihn dazu bewogen, nun die Karten aufzudecken.

110. Kapitel

Gaia hatte den Frühstücksdienst beendet und einige Abreisen an der Rezeption gemanagt. Sie hatte sich vorgenommen, über Mittag nötige Einkäufe zu erledigen, um zu den Anreisen am Nachmittag wieder zurück zu sein. Sie hatte Dorea ein Angebot unterbreitet, bei ihr zu arbeiten. Einerseits, um ihr schlechtes Gewissen zu beruhigen, und andererseits, weil sie es sich tatsächlich als unterstützend vorgestellt hatte, die Freundin zu beschäftigen. Sie hatte einen guten Blick für Design. Das war etwas, was ihren Schwiegereltern vollkommen abging und somit ihr allein oblag. Manchmal war es wunderbar, die Verantwortung für alles zu tragen, doch hin und wieder eben auch eine Belastung. Diese zu teilen wäre vollkommen in Ordnung. Doch Dorea hatte nicht geantwortet, und Gaia war nun im Zweifel, ob sie vielleicht zu wenig Geld geboten hatte. Sie musste hier noch einmal aktiv werden, dessen war sie sich vollkommen bewusst, doch jetzt war erst eine Fahrt zum Markt dran.

Sie holte ihre Handtasche aus dem kleinen Büro hinter der Rezeption und stellte das *Geschlossen*-Schild auf den Tresen. Ein Blick auf die Uhr zeigte ihr, dass sie sich sputen musste. Schnellen Schrittes verließ sie die Lobby und stieg in ihren Wagen.

Kurze Zeit später schlenderte sie mit dem Korb am Arm über den Markt, plauderte hier und da und suchte gerade alle Köstlichkeiten zusammen, als ihr ein sonderbares Gefühl über den Nacken kroch. Sie fuhr sich mit der Hand darüber und drehte sich kurz um. Es war, als würde sie ein Blick durchbohren. Manchmal spürte man es, wenn jemand einen durchdringend anschaute. Doch sie sah nur wuselnde Menschen, die mit ihrem Einkauf beschäftigt waren. Also konzentrierte auch sie sich wieder auf das, was zu tun war.

Der Käsehändler ihres Vertrauens hatte ihre Auswahl bereits verpackt, und sie war gerade dabei, das Paket in ihrem Korb zu verstauen, als das Gefühl, beobachtet zu werden, erneut stärker wurde. Abermals drehte sie sich um, ließ ihren Blick durch die Menge gleiten. Was war nur los mit ihr? Nachdem sie damals aus Zoniana geflohen war, hatte sie sich lange Zeit beobachtet gefühlt, daher waren ihre diese Empfindungen nicht unbekannt, doch nie hatte sie jemanden eindeutig zuordnen können, der ihr auf den Fersen hätte sein können. Erneut fuhr sie sich mit der Hand durch den Nacken, als könnte sie das Gefühl damit vertreiben, doch es blieb: ein Kribbeln zwischen unangenehm und wohlig. Dieser Aspekt der Empfindung war jedoch irgendwie neu, stellte sie verwundert fest und machte sich auf den Weg zum Parkplatz. Das wundervolle Wetter und die gut angelaufene Saison sorgten dafür, dass der Markt extrem gut besucht war und sie sich durch Menschentrauben drängen musste, um das Gelände zu verlassen.

Die Körperempfindung verstärkte sich, und mit dem Kribbeln kam plötzlich so etwas wie ein Griff um ihr Herz, und sie musste stehen bleiben, um zu atmen, denn alle ihre Sinne begannen zu vibrieren. Drohte ihr Gefahr? Sie war geübt darin, Gefahren abzuwenden, und seitdem ihr Serpantakis' Leute gedroht hatten, hatte sie sich oft umgesehen, aber nie so oft wie heute.

Als sie wieder ruhiger Luft holen konnte und sich umdrehte, bereit, einen Verfolger in die Flucht zu schlagen, sah sie ihn.

Ihr Hals zog sich zu, und der Schmerz, der sich von dort durch ihren ganzen Körper schlängelte, war von einer Sekunde zur anderen unerträglich. Für einen kaum zu beziffernden Zeitraum versank ihr Blick in den dunklen Augen des Mannes. Dann verschwand dieser in der Menge. Ihr Korb fiel zu Boden, denn sie musste ihren Rumpf mit beiden Armen umfassen, um nicht auseinanderzufallen.

Sie hatte es immer gewusst. Ihr Gefühl hatte sie nie getrogen. Vangelis lebte!

Menschen gingen an ihr vorüber, betrachteten sie neugierig, und eine ältere Frau bückte sich, legte etwas in ihren Korb und drückte ihn ihr in die Hand. Gaia war wie paralysiert, konnte sich nicht von der Stelle bewegen.

Warum hatte er den heutigen Tag gewählt, um sich ihr zu zeigen? Warum hatte er sie all die Jahre im Ungewissen gelassen?

Jemand fasste sie leicht an der Schulter.

»Ist alles in Ordnung mit dir, Gaia?« Der Käsehändler stand plötzlich neben ihr und führte sie in Richtung Parkplatz. Sie klammerte sich an seinen Arm wie eine alte Frau, denn sie konnte sich kaum auf den Beinen halten.

»Ich komme zurecht«, sagte sie tapfer, denn sie musste jetzt allein sein und hatte keine Kraft, irgendeine Geschichte zu erfinden, um ihr sonderbares Verhalten zu erklären. Sie stellte den Korb auf den Rücksitz und bemerkte einen Umschlag darin. Wieder ein Umschlag, der auf merkwürdige Weise bei ihr gelandet war. Wie war er dorthin gekommen? Dann fiel ihr die fremde Alte wieder ein. Sie hatte ihr den Korb gereicht und etwas hineingetan, von dem sie gedacht hatte, es wäre ihr herausgefallen. Vorsichtig nahm sie den Umschlag an sich, setzte sich hinters Lenkrad und legte ihn auf den Beifahrersitz. Sie wollte keinesfalls unter Beobachtung sein, wenn sie ihn öffnete. Vangelis lebte, doch er konnte nicht zu ihr zurückkehren, und es gab bestimmt einen triftigen Grund dafür, ebenso für sein Unterfangen heute, sie in aller Öffentlichkeit sehen zu wollen und ihr etwas zu übergeben. Sie würde es erfahren, sobald sie den Umschlag öffnete, dessen war sie sich vollkommen sicher.

Zitternd lenkte sie den Wagen vom Parkplatz in Richtung Meer, sie kannte eine felsige Stelle, die von Touristen gemieden wurde. Dort würde sie sich dem stellen, was ihr Leben erneut für immer verändern würde.

111. Kapitel

»Herr Stefanaki.« Hyeronimos begrüßte den Mann mit leichter Zurückhaltung.

Der Minister erhob sich, nickte und folgte ihm in den Besprechungsbereich. Maria, Penelope, Spectros und Christos warteten schon. Christos und er hatten sich bei der Pressekonferenz so verhalten, dass man glauben konnte, zwischen ihnen sei alles geklärt und in Ordnung. Das hatte sich, obwohl es in erster Linie Marias Ansage entsprungen war, gut angefühlt. Er hatte sich etwas entspannen können, und das hatte bei der sachlichen Schilderung des Tatbestandes geholfen. Sie hatten bewusst nicht verlauten lassen, dass Dimitris bereits im Kommissariat war, um eventuelle Mutmaßungen so gering wie möglich zu halten.

»Bitte setzen Sie sich doch!«, sagte Maria höflich, aber bestimmt, und der Mann gehorchte.

Dann schauten alle zu ihm, und Hyeronimos ergriff das Wort: »Wir haben uns ja gestern schon über Van Dermott alias Vangios Dermizakis unterhalten. Doch unsere Recherchen haben uns nicht davon überzeugt, dass diese Identitäten die wahre Identität des Mannes sind, den wir mittlerweile als Mörder des Mittelsmannes und von Achilleas Serpantakis einstufen. Wir bitten Sie hiermit also nachdrücklich, uns *alles* zur Verfügung zu stellen, was Sie wissen!«

Stefanakis räusperte sich leicht, er sah mitgenommen aus nach dem Besuch bei seinem Sohn. Sicher hatte auch er letzte Nacht kein Auge zugetan. Doch im Todesfall Xylouris gab es nur noch wenige offene Fragen, und Hyeronimos'

Bauchgefühl sagte ihm, dass die Antworten auch bei Stefanakis zu finden sein würden. Die Aura des Mannes wies ein fahles Rot auf, das unter normalen Umständen bestimmt kräftig und leuchtend war, denn man konnte nur so weit kommen, wenn man persönliche Beziehungen hintanstellte und stattdessen Ruhm und Prestige präferierte.

»Wir sind uns sicher, dass er kein Spion der Amerikaner ist, den sie bei Serpantakis eingeschleust haben, denn wir haben über unsere Gesichtserkennungssoftware eine ganz andere interessante Übereinstimmung gefunden. Vielleicht wissen Sie es nicht«, Stefanakis wandte sich an alle in der Runde, »aber wir arbeiten unter anderem mit einem Institut zusammen, das sich auf eine Software zur Emotionserkennung in Gesicht und Körper spezialisiert hat, und dabei werden alle Parameter im Gesicht gemessen. Das System ist supermodern, extrem schnell und kaum fehlbar. Daher haben wir auch diese Software genutzt, um nach Van Dermott zu suchen. In den Highschool-Unterlagen seiner Vita gibt es interessanterweise keine Bilder. Das ist in den USA sehr unüblich, denn Jahrbücher gehören dort zum normalen Standard. Er scheint nicht studiert zu haben, denn seine Spur verliert sich über einige Jahre oder ist so unbedeutend, dass sie nicht registriert wurde. Nun ja, wir sind mit der DEE und der EYP übereinstimmend zu dem Schluss gekommen, dass es niemanden gibt, der als Van Dermott geboren wurde und auch nicht als Vangios Dermizakis.«

»Wer ist er dann? Sie wissen doch, wer er ist, also machen Sie es bitte nicht so spannend!«, forderte Hyeronimos ihn unwirsch auf, denn er war zu müde für Spielchen.

»Es handelt sich bei dem Mann, den Sie suchen, um Vangelis Dandoulakis. Eigentlich ist er *tot.* Daher ist sein Auftauchen mit gleich zwei neuen Namen wirklich bemerkenswert.«

»Ein Toter ist unser Mörder? Respekt«, machte sich Penelope nun bemerkbar, »dafür hat er echt super getroffen.

Klappt aber wahrscheinlich auch besser, wenn man tot ist, denn dann sehen einen die Opfer nicht kommen …«

»Ihr Sarkasmus in Ehren, Dr. Demostaki, aber er sollte tot sein, denn er war einer von den drei Fischern, die …«

»… 2014 vor Sitia bei einem Unglück umkamen. Zumindest einer, ein anderer ist schwer behindert, und der dritte Mann ist … war … verschwunden«, beendete Penelope seinen Satz, und alle im Raum horchten auf.

Hyeronimos ebenfalls, weil er mit Penelope schon darüber gesprochen hatte, jedoch ohne auf die Idee zu kommen, dass der dritte Fischer eben nicht ertrunken war.

»Sie wissen davon?«, fragte Stefanakis nun ebenfalls erstaunt.

»Die Lorbeeren gebühren Zacharis Zentakis, Kommissar Galavakis' Assistenten, er hat über das Unglück gelesen und es nicht einfach weggeklickt, sondern das Gefühl gehabt, dass es irgendetwas zu bedeuten hat«, fuhr die Pathologin fort.

»Was sich uns nur nicht erschließt, ist der Zusammenhang, wobei das nicht ganz richtig ist, denn beim Brainstorming haben wir schon etwas gefunden, aber es erschien uns doch recht konstruiert.« Hyeronimos blieb zurückhaltend, denn die Geschichte, die sie sich da zusammengereimt hatten, beinhaltete ein U-Boot, das ein Fischerboot zum Kentern brachte und die Fischer einfach sterben ließ. Doch nun hatte offensichtlich einer überlebt. Wie war das möglich? Genau diese Frage stellte er nun auch laut: »Wie ist das möglich?«

Christos nickte beifällig und konnte es sich nicht verkneifen, »Das klingt alles ziemlich an den Haaren herbeigezogen!« zu sagen.

Doch er hatte ja recht. Die Situation war absurd.

»Es gab relativ zeitgleich Unterwasseraktivitäten in der Gegend. Diese Silent-U-Boote sind kaum auszumachen, und die U-212-Modelle sind darüber hinaus klein und wendig. Eine unserer Mutmaßungen ist, dass eine Übergabe dort draußen stattgefunden hat und das Fischerboot ein Kollateralschaden war. Wenn zwei Männer schon vom Meer verschluckt wurden und der dritte noch lebte, dann haben die Besatzungsmitglieder ihn vielleicht gerettet und mitgenommen. Drei Leute wegen eines Fahrfehlers auf dem Gewissen zu haben ist hart, also setzten vielleicht Mitleid und Schuldgefühle ein? Der Mann wird gerettet, bekommt eine neue Identität und Geld, damit er schweigt, und darf von nun an in dem Land der unbegrenzten Möglichkeiten leben.« Stefanakis sah bei dieser Räuberpistole vollkommen überzeugt aus.

»Das sieht beinahe so aus, als wüssten Sie ein bisschen zu gut, wie das geht«, hakte Spectros nun überraschend scharfsinnig ein, und Hyeronimos begann, den Mann wirklich richtig gut zu finden.

»Wir lassen hier mal die Hosen runter, Kapetan, denn wenn ich das tun würde, könnte ich Ihre Ausführungen bestimmt bejahen«, äußerte Stefanakis trocken.

»Konnten Sie ihn auf der Insel ausfindig machen?«, stellte Hyeronimos nun die Frage aller Fragen.

»Leider nicht«, gab Stefanakis zerknirscht zu, »in Zoniana haben wir so gut wie keinen Zugriff. Die hauen jede Kamera kurz und klein, die wir dort je platziert haben, und auch unsere Drohnen haben sie so oft runtergeschossen, dass uns das Vergnügen zu teuer geworden ist. Allerdings haben wir einen verdeckten Ermittler dort oben, und er bestätigt den Namen Vangios Dermizakis.«

»Warum hat er den *Entrepreneur* und den Jungen umgebracht?«, fragte sich Hyeronimos laut.

»Vielleicht habe ich zu viele Agententhriller in meinem Leben angeschaut«, legte Penelope los, denn *Was wäre, wenn* war wirklich eine ihrer liebsten Beschäftigungen, »aber was wäre, wenn der *Entrepreneur* damals bereits in die Übergabe auf dem Meer verwickelt war und Vangelis den Tod seiner Freunde und auch seinen eigenen vorgetäuschten gerächt hat. Achilleas' Tod war vielleicht nur ein Begleitschaden.«

»Klingt konstruiert«, meldete sich Christos zu Wort, »vielleicht wollte er eigentlich Serpantakis büßen lassen, hat aber keine Chance bekommen und dann mit dem Neffen vorliebgenommen, denn jeder weiß, wie eng der Kontakt zwischen Michalis und seiner Schwester Filomena ist – und Achilleas' Tod führt ja nun auch genau dorthin: Ein Zerwürfnis zwischen den Geschwistern ist entstanden, und Filomena wendet sich möglicherweise komplett gegen ihren Bruder. Das wird er ihr nie vergeben.«

»Sie ihm wahrscheinlich auch nicht«, warf Maria ein, »damit wäre für eine ganze Menge Unfrieden gesorgt, und diesen Mittelsmann für gefährlichste Produkte ebenfalls zu töten hat der Welt sicher nicht geschadet.«

»Das kann man so und so sehen«, sagte Stefanakis, »andere werden folgen, und es ist nicht gesagt, dass die weniger skrupellos sein werden. Alles, was heute nachwächst, ist sogar eher noch gefährlicher.«

»Bedeutet das, dass wir zwar einen mutmaßlichen Mörder haben und gleichzeitig auch nicht?«, erkundigte sich Hyeronimos, der für all die Ereignisse der letzten Tage jemanden hinter Schloss und Riegel sehen wollte.

»So sieht es wohl aus«, sagte Dimitris Stefanakis bedauernd, doch Hyeronimos hatte das Gefühl, dass sein Bedauern nicht echt war.

»Eine Frage noch, Herr Stefanakis, wie sind Ihr Sohn und seine Freundin Melina in all das verwickelt, und bitte sagen Sie uns die Wahrheit, wenn sie auch bitter sein mag …«

Stefanakis schluckte schwer, und alle im Raum konnten erkennen, dass Hyeronimos mit seiner Frage ins Schwarze getroffen hatte.

»Sie wollten unbedingt helfen, den Mörder zu finden«, sagte er tonlos.

Hyeronimos war klar, dass das zwar der Wahrheit entsprach, aber irgendwie nicht den vollständigen Kontext beinhaltete. »Einfach so? Und Sie lassen es zu, dass Ihr Sohn sich mit der Mafia und dem Nachrichtendienst anlegt?«

»Ich ... also ... ich ... Das ist privat«, stammelte der sonst so sicher wirkende Mann und sah aus wie ein ertappter Ladendieb.

»Noch eine Frage, Herr Minister: Warum ich?«, wollte Hyeronimos noch wissen.

»Sie sind ein sehr guter Ermittler mit hoher Erfolgsquote, Kommissar Galavaki.«

Wahrscheinlich hätte sich jeder andere gebauchpinselt gefühlt, aber für Hyeronimos klang es wie eine Beleidigung.

112. Kapitel

Oktober 2014 bis Oktober 2017

Aristidis und Manolis waren weg. Das Meer hatte sie verschwinden lassen. Vangelis war erstarrt vor lauter Panik, als er das beidrehende Boot wahrnahm und in die Mündung einer Waffe schaute, die auf ihn zielte. Er sah nur die Augen seines Mörders, die sich in sein Gehirn brannten. Dann hatte die brodelnde See das Fischerboot endgültig zum Kentern gebracht, und er hatte in der Erwartung des Seeungeheuers, das ihn nun zerfetzen würde, voller Entsetzen ein U-Boot auftauchen sehen. Die Kugel aus der Waffe des Mannes auf dem anderen Boot peitschte nur wenige Zentimeter neben ihm über die Wasseroberfläche, dann öffnete sich die Luke des U-Bootes, und ein dunkel gekleideter Mann kam auf die Brücke, brüllte einige Befehle, und kurz darauf befand sich Vangelis im Inneren des Unterseegefährtes.

Sie nahmen ihn mit und flogen ihn nach Amerika aus. Sie hatten ein schlechtes Gewissen wegen der beiden bereits ertrunkenen Zivilisten und er profitierte von ihren Schuldgefühlen. Eine neue Identität und so viel Geld, dass er es in seinem Leben wohl niemals würde ausgeben können, verpflichteten ihn zum Schweigen. Er lebte, und schließlich kam es doch nur darauf an.

Tatsächlich war es aber nicht so, es kam nicht nur darauf an zu leben. Seine Freunde waren tot, ertrunken auf hoher See, weil eine Wache am Seerohr ihren Job nicht richtig gemacht hatte und das U-Boot einfach aufgetaucht war, ohne seine Umgebung genau zu prüfen. Er konnte nicht aufhören, an Gaia und seine Eltern zu denken – und was der Verlust mit ihnen gemacht hatte. Auch Aristidis und Manolis hatten Familien. Drei Familien mit so vielen Menschen, zerstört wegen eines illegalen Vorhabens. So viel Elend war entstanden, weil diese Leute illegal mit gefährlichen Dingen handelten und sogar mit der Mafia gemeinsame Sache machten. Er hatte die Gespräche mit seinem Schulenglisch gut verstehen können.

Nach wenigen Jahren pfiff er auf sein Versprechen und machte sich aus dem Staub. Wenn man Geld hatte, war es kein Problem, neue Papiere zu bekommen. Er war als Amerikaner eingereist, und kaum drei Jahre nach dem Unglück verbrannte er seine Identität als Van Dermott und schlich sich als Vangios Dermizakis in den Dunstkreis von Michalis Serpantakis ein. Das Schweigegeld oder auch Blutgeld, wie er es oft in Gedanken nannte, hatte er Gaia gegeben, ohne dass sie wusste, von wem es gekommen war.

Teilen Sie es mit den anderen Opfern, hatte sein Begleitschreiben gelautet. Mehr nicht. Sie hatte nicht einmal ahnen sollen, wo es herkam, denn *ihr* Vangelis war tatsächlich an jenem Tag damals im Meer gestorben.

Epilog

In der Gegenwart

Gaia hatte den Umschlag geöffnet und war über den Worten *Ich liebe Dich* zusammengebrochen. Sie hatte richtig gefühlt und richtig gesehen. Vangelis lebte, und er war hier. Der Brief erklärte nichts.

Da waren nur diese drei Worte, und sie bedeuteten ihr alles, gleichzeitig war ihr auch klar, dass dies nun ein endgültiger Abschied war, denn warum hätte er sich ihr sonst gezeigt und ihr diese Zeilen zukommen lassen? Von nun an wäre sie wirklich allein.

Nachdem sie keine Tränen mehr übrig gehabt hatte, hatte sie ein Boot aus dem Papier gefaltet und es aufs Meer gesetzt. Dann war sie zurück zu ihrem Lebenstraum, ihrem Baby, gefahren und hatte wie geplant die ankommenden Gäste begrüßt. *Das* war jetzt ihr Leben.

»Ich war bereit, ihn zu töten«, flüsterte Dorea, und Elara wischte ihr die Tränen von der Wange.

»Du wolltest ihn töten und ich mich. Wir haben zu sehr gelitten. Wir hatten einfach keine Kraft mehr. Doch jetzt haben wir uns und stützen uns gegenseitig.«

Dorea nickte. Sie würden sich zukünftig gegenseitig helfen, doch mit Gaia hatten sie abgeschlossen. Sie hatte ihnen gestanden, eine nicht unerhebliche Summe vor einigen Jahren bekommen zu haben – mit der Vorgabe, diese mit ihnen zu teilen. Doch sie hatte es nicht getan, während Dorea immer mehr vor die Hunde gegangen war und auch Elara trotz der finanziellen Absicherung, auf die sie hatte zurückgreifen können, ums Überleben hatte kämpfen müssen.

»Ich werde ihr das niemals verzeihen.« Dorea blieb unversöhnlich, denn Gaias Jobangebot war verlogen gewesen, nur um ihr Gewissen zu beruhigen, und es war der Auslöser in jener Nacht gewesen, Manolis das Kissen auf das Gesicht zu drücken. Seine hilflos zuckenden Hände hatten sie wieder zur Besinnung gebracht, und sie war weinend neben ihm zusammengebrochen. Dann hatte er nach ihrer Hand gegriffen, vielleicht nur ein Reflex, aber es war so tröstlich gewesen. Sie würde ihr Haus nun vermieten und zu Elara ziehen. Sie würden sich helfen, sodass jede von ihnen die Chance hatte, etwas freie Zeit zu gewinnen. Dorea zum Nähen und Elara, um mit einem Psychologen ihre Depression in Angriff zu nehmen.

Man hätte beinahe glauben können, alles sei nun gut, doch am Ende des Tages war Manolis immer noch schwer behindert und Elara eine alleinerziehende Mutter und Witwe. Nichts war gut, aber vielleicht konnte es irgendwann besser werden.

Melina saß auf dem Stuhl in ihrem Zimmer. Das Leben hier oben in den Bergen war ruhig, und nichts hatte sich geändert, während sie weg gewesen war. Ihre Eltern hatten sie ohne Vorwürfe wieder aufgenommen, obwohl die Zeitungen sehr deutlich geschrieben hatten, womit sie vor dem furchtbaren Geschehen ihr Leben finanziert hatte. Die Wunden an ihrem Körper waren verheilt, nur wenige Narben waren geblieben. Doch die Narben in ihrer Seele heilten nicht so rasch. Sie hatte Konstantinos in der Klinik besucht, nachdem sie entlassen worden war. Seine Mutter hatte lange gezögert, sie zu ihm zu lassen, denn ganz sicher gab sie ihr die Schuld an dem, was passiert war. Doch dann hatte sie wohl einen Funken Hoffnung gehabt, dass Melina ihn wieder zurück ins Leben bringen würde. Er hatte sie nur aus großen Augen angeblickt, und nachdem das Erkennen aufgeflammt war, hatte er lautlos zu weinen begonnen.

Sie hatte seine Hand genommen und geflüstert: »Ich werde auf dich warten, Konstantino, so lange, wie es dauert, bis du wieder gesund bist.«

Dann hatte seine Mutter sie gebeten zu gehen, und sie war gegangen. Sie hatte ihre Worte aus tiefstem Herzen ehrlich gemeint: Sie würde auf ihn warten und bis dahin ihrer Mutter im Garten zur Hand gehen und das Haus sauber halten. Vielleicht würde irgendwann doch noch alles gut werden. Konstantinos hatte es verdient, wieder gesund und geliebt zu werden. Sie hatte es auch verdient, geliebt zu werden und in den Armen ihres Geliebten zu schlafen. Zurzeit waren es die Arme ihrer Mutter, in denen sie zur Ruhe kam. Denn sowie sie sich ins Bett legte, kamen die Träume und brachten sie zum Schreien. Zurzeit war nichts gut.

Penelope beendete das Telefonat mit einem Strahlen im Gesicht. Sie hatte jemanden in ihrem Leben, den sie liebte und der sie liebte. Es war verschwendete Lebenszeit, sich immer nur Gedanken über das zu machen, was schiefgehen konnte. Also hatte sie Eleni angerufen und gesagt: »Es tut mir leid, dass ich dich mit meinen Sorgen und Zweifeln belastet habe. Ich will nur glücklich mit dir sein.« Und wahrscheinlich war es auch dem Zauber der Jugend zu verdanken, dass Eleni ihr so schnell verziehen hatte.

Sie hatten mit dem Fall in gewisser Weise gegen die Mafia verloren, denn am Schluss hatte es niemanden gegeben, den sie für den Tod von Achilleas und dem Mann, der sich unter anderem Rheos Papadopoulos genannt hatte, verantwortlich machen konnten. Vangelis Dandoulakis blieb verschwunden, vielleicht war er auch nach der Tat ertrunken, denn aus einem abstürzenden Hubschrauber mitten im Ozean zu entkommen war gewiss nicht so leicht. Womöglich hatte ihn das Meer nach so vielen Jahren dann doch noch verschlungen. Sie hatte ihr Versprechen gehalten und Filomena ermöglicht, ihren Sohn zu sehen. Sie hatte sich hierzu einer List bedient und Serpantakis eine gepfefferte Rechnung geschickt – für jeden Tag, den Achilleas in ihrem Kühlhaus lag. Man sollte nicht glauben, wie teuer so ein kühles Plätzchen sein konnte. Also hatte er zugestimmt, dass seine Mutter ihn beerdigen durfte, jedoch nicht in Zoniana. Da war er eisern geblieben und hatte sehr deutlich gemacht, wer hier der *Boss* war.

Penelope hatte sich darum gekümmert, dass Achilleas begraben wurde, nachdem Filomena den zwei Wochen alten Leichnam ohne Zögern geküsst hatte. Sie hatte etwas besser ausgesehen, war aber noch weit von der Person entfernt, die sonst auf diversen Fotos perfekt zurechtgemacht in die Kamera lächelte. An dem namenlosen Grab war Penelope dann zusammen mit der Frau gestanden, obwohl sie sich dabei nur mäßig wohlgefühlt hatte, denn es blieb Filomena Serpantakis, die sie ohne jeden Zweifel für eine skrupellose Verbrecherin hielt.

Es war sonderbar, keinen Mörder zu verurteilen, aber sie akzeptierte es und freute sich auf den Sommer mit Eleni.

Er hatte die furchtbaren vierundzwanzig Stunden, die der Dreizehnte dauerte, erneut überlebt. Manchmal hoffte er auf ein Wunder und dass er sich seine Qualen nur einbildete oder sich in etwas hineinsteigerte, was sich leicht aussetzen ließ, wenn man nur aufhörte, an die Macht dessen zu glauben. Doch so einfach war es leider nicht. Er hatte seine Plakate aufgehängt und sich daran erinnert zu atmen, denn zu atmen bedeutete zu leben. Nach dem ersten Klingeln seines

Timers um Mitternacht war er wie immer in einen tiefen Schlaf gefallen, und nun hörte er sein Handy die ihm wohlbekannte Melodie abspielen. Kassia rief ihn an. Wie immer am frühen Morgen eines jeden Vierzehnten. Wie immer war es ihr wichtig, zu wissen, wie es ihm ging, und sie scheute dafür kein Risiko.

Er eilte zu seinem Telefon: »Liebste!«

»Maki, wie geht es dir?«

Beseelt von der Erleichterung, wieder er selbst zu sein und ihre Stimme im Ohr zu haben, sagte er: »Deine Stimme zu hören macht mich zum glücklichsten Mann im Universum. Ich danke dir so sehr, dass du mir verziehen hast!«

»Es gab nie etwas zu verzeihen, Liebster, und das sage ich nicht nur so, sondern meine es auch. Du wolltest mich beschützen und hast dabei in Kauf genommen, mich zu verlieren. Was könnte ein größerer Liebesbeweis sein als das?«, erklärte sie sanft, aber bestimmt.

»Nichts ist mir wichtiger, als die Menschen, die ich liebe, zu schützen. Das hat mir dieser Fall sehr klargemacht«, verdeutlichte er.

Sie schien ein wenig Zeit zu haben, und sie tauschten weitere Zärtlichkeiten aus, dann sagte sie überraschenderweise. »Ich habe Dimitris Stefanakis nie gemocht und traue ihm auch nicht.«

»Das tue ich auch nicht«, bestätigte er, »ich bin sogar überzeugt davon, dass er mehr als eine Lüge von sich gegeben hat.«

»Das passt zu ihm.«

»Er hat mich nicht gewählt, weil er den Fall aufklären wollte. Ich war sein Alibi, denn ich bin davon überzeugt, dass er genau weiß, wo sich der Mörder befindet, und er war auch bereit, seinen Sohn für diese Sache zu opfern. Alle diese Aspekte hat er komplett anders dargestellt, aber eines Tages werde ich ihn kriegen, Kassia, denn das ist für mich noch nicht vorbei!«

»Du musst vorsichtig sein, Liebster, egal, was auch immer du tust. Ich kann mir ein Leben ohne dich nicht vorstellen, deshalb darfst du kein unnötiges Risiko eingehen.«

Er versprach ihr, nichts Dummes zu tun, und dann verabschiedeten sie sich mit innigen Liebeserklärungen in den Tag.

Er kochte sich einen Kaffee, der so stark war, dass ein Löffel darin stehen konnte, und stand nun auf seiner Dachterrasse und sah der Sonne beim Aufgehen zu. Das Meer schimmerte wie ein Smaragd und zog ihn magisch an. Er würde schwimmen gehen. Er hatte es ernst gemeint, als er Kassia versprochen hatte, keine unnötigen Risiken einzugehen, doch ebenso ernst hatte er es auch gemeint, dass er mit Dimitris Stefanakis noch nicht fertig war.

Vangelis stand an der Reling der privaten Jacht, die ihn irgendwo hinbringen würde. Er kannte das Ziel nicht. Er wusste nur, dass dieser Doppelmord ihn zu einem begehrten Mann hatte werden lassen, denn sogar die Regierung hatte angeboten, ihn zu schützen und ihm eine neue Identität zu geben. Er hatte den dunklen Wolf einfach zu lange gefüttert und würde für all das, was nun kam, einen hohen Preis zahlen müssen! Das wusste er.

Zusatzmaterial

Kreta wird in militärischen Kreisen als *schwimmender Flugzeugträger* bezeichnet oder als Tür zu Orient und Okzident, denn durch ihre Lage ist die Insel dafür geradezu prädestiniert.

In den Bergen rund um den Ort Zoniana gab es im November 2007 tatsächlich eine groß angelegte Drogenrazzia, die mit einem Schusswechsel und drei Verletzten endete. Man empfing die vierzig Beamten mit über tausend Schüssen. Zwei Tage später sandte die Regierung aus Athen vierhundert Spezialkräfte, die tonnenweise Drogen sicherstellten, aber nur Frauen und Kinder vorfanden. Die Männer waren in die Berge geflohen, um sich zu verstecken. Sie wurden erst später aufgegriffen, und 2010 standen zweiundvierzig von ihnen in Athen vor Gericht. Nur wenige wurden rechtskräftig verurteilt.

Michalis Serpantakis ist fiktiv, jedoch werden in den kretischen Bergen geschätzt hundert Millionen Euro Umsatz pro Jahr mit dem Drogenhandel erzielt.

Im Zuge der Razzia wurde damals der komplette Polizeiapparat in Rethymno ausgetauscht, da man ihm vorwarf, korrupt zu sein, wegzuschauen oder an den illegalen Geschäften sogar aktiv beteiligt zu sein.

U-Boote, die teils ungesehen auch in nicht so tiefen Gewässern tauchen können, wie die U-212-Serie gibt es wirklich, und sie werden unter anderem in Deutschland gebaut.

Ebenso gab es diverse Unglücke im Meer, bei denen Menschen zu Schaden kamen, weil ein U-Boot auftauchte, ohne seine Umgebung voll und ganz überprüft zu haben. Ein Szenario wie Vangelis' Überleben mit neuer Identität und hoher Schweigegeldsumme ist daher realistisch.

Hyperschallwaffen sind keine Fiktion, sondern harte Realität, auch der Handel mit Hochwertressourcen ist keine schriftstellerische Erfindung. Hierzu habe ich mehrere Gespräche mit einer hochrangigen militärischen Quelle geführt, die nicht genannt werden darf. Sogenannte »Slaughter Bots« – schussfähige Drohnen – werden ebenfalls von verschiedenen Regierungen bereits gebaut und sind teilweise auch schon im Einsatz in diversen Kriegsgebieten.

Auch die Motivation des Nachrichtendienstes EYP ist durchaus nicht unrealistisch: Die Presse titelte vor einigen Jahren zum Thema Nachrichtendienst: »Bei der Drecksarbeit gehören wir zu den Besten« (hier ging es vor allem um Abhörpraktiken im eigenen Land). Wissen über alles und jeden anzuhäufen ist eine Währung: So hat der Nachrichtendienst z. B. auch mit der NSA, dem größten Auslandsgeheimdienst der Vereinigten Staaten, zusammengearbeitet und groß angelegte Abhöraktionen genehmigt. Das kam im Land nicht gut an und dient als Grundlage für die ablehnende Haltung von Hyeronimos.

Ab sofort gibt es Elenis T-Shirt-Kollektion auch »in echt«! Eleni P. Kollektion – mehr als ein Statement. Jetzt unter nikolavertidi.de.

Folgende Videos und Artikel zum Thema sind interessant (am 22.2.22 gelesen oder angesehen):

https://radio-kreta.de/zoniana-%e2%80%9eunser-dorf-hat-sich-niemals-besetzen-lassen%e2%80%9c/

https://www.nzz.ch/international/hyperschall-waffen-wundermittel-oder-ueberschaetzte-technologie-ld.1632410

https://www.youtube.com/watch?v=9CO6M2HsoIAhttps://www.ardmediathek.de/video/die-nordstory/die-orkanfahrt-von-u-31/ndr/Y3JpZDovL25kci5kZS80OWJhMDhlYi0yYzI2LTQ0ODMtYjU1NS0zMjBjMzI0YTZiNjU/

Kretische Rezepte für vier Personen

Frittierte Zucchini aus der Taverne in Exo Mouliana

Zutaten

— 6 Zucchini (am besten kleine, mit wenigen Kernen)
— 3–4 Esslöffel Salz
— 300 g Mehl
— 1 Teelöffel Backpulver
— 1 Gefrierbeutel (am besten mit Zip oder eine große Papiertüte)
— 500 ml Olivenöl zum Frittieren

Zubereitung

1. Die Zucchini waschen, in gleichmäßige Scheiben schneiden, auf ein Blech geben und großzügig mit Salz bestreuen, um überflüssiges Wasser herauszuziehen.
2. Die Scheiben 15–20 Minuten ruhen lassen, dann in einem Sieb das Salz mit Wasser abspülen und mit einem Küchentuch gut trocknen.
3. Mehl und Backpulver vermischen und in den Beutel geben, die Zucchinischeiben hinzufügen, den Beutel gut verschließen und so lange vorsichtig schütteln, bis alle Scheiben mit Mehl bedeckt sind.

4. Jetzt das Öl erhitzen und die Scheiben portionsweise in das heiße Öl zum Frittieren geben. Fertig ist diese Köstlichkeit, die es in jeder Taverne gibt!

Titikas Lamm mit Ei-Zitronen-Soße

Zutaten

- 2–3 Frühlingszwiebeln
- 1 kg Lammfleisch in mittelgroßen Stücken
- 150 ml gutes Olivenöl
- 1 Bund Dill
- Meersalz und Pfeffer
- 2 Gläser Leitungswasser
- 2–3 Köpfe grüner Salat
- 2 Eier
- 2 Zitronen

Zubereitung

1. Die Zwiebeln in dünne Scheibchen schneiden, den Dill hacken.
2. Das Fleisch in Olivenöl anbraten, die Zwiebelringe, den Dill, einen Teelöffel gutes Meersalz darüberstreuen und mit frisch gemahlenem Pfeffer würzen und umrühren. Dann die zwei Gläser Wasser hinzugeben. 45–60 Minuten köcheln lassen.
3. Nun den Salat in mittelgroße Stücke bzw. Streifen schneiden.
4. Kurz bevor das Fleisch gar ist, den Salat hinzugeben. Auf kleiner Flamme warm halten und die Soße zubereiten.
5. Hierzu die Eier trennen und das Eiweiß schaumig schlagen. Die Eigelbe nacheinander hinzugeben und

langsam unterrühren. Die Zitronen auspressen und den Saft unter Rühren hinzugeben.

6. Nun von der Flüssigkeit aus dem Fleisch-Salat-Topf 3–4 Esslöffel entnehmen und unterrührend der Eier-Zitronen-Soße zufügen.
7. Die Avgolemono-Soße in den Fleisch-Salat-Topf gießen. Den Herd ausmachen, das Ganze umrühren und kurz ziehen lassen.
8. Salat mit Soße auf den Teller geben und in der Mitte das Fleisch drapieren. Nach Belieben noch mit Salz und Pfeffer nachwürzen.

Titikas Gastrin

Für die Teigblätter

- 100 g Sesam, geröstet und gemahlen
- 500 g Mehl
- 1 TL Salz
- 4 EL Olivenöl
- Saft von 1 Zitrone
- 1 Glas Wasser

Für die Füllung

- 100 g Sesam, geröstet und gemahlen
- 300 g Mandeln, geröstet und gemahlen
- 300 g Walnüsse, gemahlen
- 300 g Haselnüsse, gemahlen
- 100 g Mohn
- ½ TL Pfeffer
- ½ Glas Honig
- 2 EL Sesam zum Bestreuen

Für den Sirup

- ½ Glas Wasser
- ½ Glas Most
- 1 Glas Zucker
- ½ Glas Honig
- 2 EL Zitronensaft

Zubereitung

1. Sesam in einer Pfanne leicht anrösten und zu feinem Mehl mahlen. Nun alle Teigzutaten mischen und zu einem glatten Teig verkneten, in Folie einschlagen und 30 Minuten kühl stellen.
2. Den Teig im Anschluss dritteln und dann zu drei ungefähr 3 cm dicken Teigplatten ausrollen, um damit eine mittelgroße Backform bedecken zu können.
3. Für die Füllung den Sesam in einer Pfanne leicht anrösten und dann grob mahlen. Mandeln anrösten und grob mahlen, Wal- und Haselnüsse grob mahlen, dann alle Zutaten vermischen. Um das Vermischen zu erleichtern, kann man den Honig leicht erwärmen, er wird dadurch flüssiger.
4. Den Ofen auf 180 °C vorheizen.
5. Den Boden der Backform mit Öl ausstreichen und mit einer Teigplatte belegen. Nun die Teigplatte mit der Hälfte der Füllung bedecken.
6. Füllung mit der zweiten Teigplatte belegen und die restliche Füllung auf der zweiten Teigplatte verteilen.
7. Diese Schicht nun mit der dritten Teigplatte belegen. Diese Teigplatte jetzt mit einem scharfen Messer erst in Quadrate schneiden und dann diagonal zu Dreiecken. Den Teig anschließend mit etwas Wasser ein-

pinseln und nach Belieben mit 1–2 EL Sesam bestreuen.

8. Den Gastrin auf der zweiten Einschubebene 30 Minuten backen, zum Auskühlen aus dem Ofen holen.
9. Für den Sirup Wasser und Most zum Kochen bringen, den Zucker unter Rühren darin auflösen, den Honig einrühren, Zitronensaft hinzugeben und alles 3–4 Minuten leicht köcheln lassen. Immer wieder umrühren, damit nichts anbrennt.
10. Wenn das Gebäck kühl ist, den heißen Sirup darübergießen und einziehen lassen (ca. 3–4 Stunden).

Info: Der Gastrin wird manchmal als das »alte Baklava« bezeichnet.